新华社"钟华论"评论集
（2019—2023）

读懂
新时代中国

新华社评论部 著

新华出版社

"钟华论"是怎样炼成的

新华社评论部

"'钟华论'出手,必是大事""'钟华论'有什么深意""'钟华论'是谁写的"……随着新华社播发的"钟华论"文章一次次镇版刷屏,引发社会广泛关注。"钟华论"是新华社融媒体重要政论栏目,于2019年创办,由新华社党组直接指挥,评论部具体统筹组织,举全社之力尤其是评论骨干力量精心打造。

"钟华论"从何而来?新华社积极贯彻落实习近平总书记关于宣传思想文化工作尤其是新闻舆论工作的系列重要论述和明确要求,高度重视并不断加强评论工作,将之作为履行职责使命、服务党和国家工作大局的重要抓手和有力支撑,初步构建起由高端评论、新闻时评、报刊评论、专业评论、英文评论、新媒体评论等构成的多层次评论报道体系,培养了一支高素质专业化的评论工作队伍,推出了一批有品质、叫得响的评论作品。在此基础上,集中全社评论力量,打造重要政论品牌,是评论工作高质量发展的必然要求。

"钟华论"因何而设?推出和建设"钟华论"专栏,着眼于传播习近平新时代中国特色社会主义思想、阐释党中央意图、揭示新时代要求，发挥明方向、辨是非、强信心、筑同心、鼓干劲的作用。这是加强和创新习近平新时代中国特色社会主义思想报道的需要，通过深入、系统、生动、鲜活的评论内容，把习近平总书记作出的重大部署、发表的重要讲话、提出的重大论断解读好、阐释好，讲好总书记治国理政的故事，展现总书记的韬略和智慧，让党的创新理论更加深入人心，更好地指导实践、推动工作；是做大做强主流舆论的需要，在经济社会深刻变革、各种社会思潮相互激荡的背景下，各种观点鱼龙混杂，受众对深度分析和权威解读的需求日益强烈，更加需要主流媒体敲响"定音鼓"、擦亮"定盘星"，激浊扬清、凝心聚力，以主流声音引导社会舆论，以主流价值凝聚社会共识，传播积极向上、团结奋斗的正能量；是守正创新、推进融合发展的需要，新技术、新业态等激荡之下，舆论生态和传媒格局发生深刻变革，评论的内容形式、创作机制、呈现形态、传播方式等也在发生变化，只有与时俱进、因时而变，坚持内容为王、创新为要，推进评论报道的全媒体转型，才能不断增强传播力、影响力、公信力，进一步发挥好主力军、主渠道、主阵地的作用。

"钟华论"专栏以习近平新时代中国特色社会主义思想为指引，着力践行"四力"，推进融合创新，打造有高度、有深度、有温度的重磅评论，成为"新华体"在评论方面的重要代表。近年来，在新中国成立70周年、抗击新冠疫情、党史学习教育、中国共产党成立100周年、党的十九届六中全会、北京冬奥会、党的二十大、学习贯彻习近平新时代中国特色社会主义思想主题教育、第三届"一带一路"国际合作高峰论坛等重要关头、重大事件、重要部署的报道中,"钟华论"专栏推出了《让爱国主义旗帜永远高扬——礼赞70年新中国》《在民族复兴的历史丰碑上——2020中国抗疫记》《百年风华：读懂你的样子——献给中国共产党百年华诞》《伟大的精神之源,奋进的磅礴力量——论伟大建党精神》《青春无悔,强国有我》《同赴冰雪之约 共创美好未来》《紫荆花永远盛开》《民族复兴的领路人 亿万人民的主心骨》等一批精品力作,作品荣获中国新闻奖,编入全国高中语文统编教科书,平均媒体采用数超过1000家次,平均浏览量超过2亿。这些评论报道高举伟大旗帜、吹响奋进号角、汇聚亿万民心,展现了党领导的国家通讯社、世界性通讯社的品格和力量。受众纷纷点赞"钟华论"文章"写出了人民心声""入情入理、令人振奋""大气磅礴,感人至深"。

回顾"钟华论"的创新实践历程,我们有以下一些思考和认识。

其一,提升高度,让评论更有思想力。评论之所以为评论,观点与思想是为立身之本。评论思想大厦的根基,来自深入系统的学习思考,来自对大局大势的科学把握。每一篇"钟华论"文章的写作,都注重突出思想性,尤其是以习近平新时代中国特色社会主义思想指引评论报道的开展,把深入学习习近平总书记重要论述作为基础性工程,努力走进习近平总书记的语境、情境、心境,占据思想制高点。

创作《在民族复兴的历史丰碑上——2020中国抗疫记》时,写作团队系统把握习近平总书记关于统筹疫情防控和经济社会发展系列重要论述精神,从中华民族伟大复兴的战略全局和世界百年未有之大变局的高度观察思考抗疫斗争,从党的领导、制度优势、人民力量、民族精神等方面总结抗疫斗争经验,站位高远,视野开阔。在创作《百年风华:读懂你的样子——献给中国共产党百年华诞》过程中,团队认真学习习近平总书记有关党史重要论述论著,学习习近平总书记关于中国共产党人的初心和使命、品格和力量、中国共产党为什么能等问题的重要论述,先后搜集整理了上百万字的资料。越是深入学习,就越能感到,习近平新时代中国特色社会主义思想是一个富矿,其中有体大思精的思想体系,也有做好各项工作的科学指南。向习近平总书记学思想、学逻辑、学语言、学方法论、学情怀境界,是我们做好评论报道的底气和基础。比如,习近平总书记关于我们党和党史有很多重要论述,"大就要有大的样子"总是触发我们的思考,启示着我们写作立意和切入的角度。

在不断的学习思考和碰撞中,我们逐渐明确了从读懂百年大党的"样子",解析其精神气质、品格力量的角度来谋篇布局,举重若轻而又独辟蹊径,使评论既有政治高度,又有选题立意上的新意。

1938年，毛泽东同志指出："如果我们党有一百个至二百个系统地而不是零碎地、实际地而不是空洞地学会了马克思列宁主义的同志，就会大大地提高我们党的战斗力量。"

今天我们做评论工作，学深悟透党的创新理论同样至关重要。通则不惑，懂则有悟。唯有整体、系统、深入地把握习近平新时代中国特色社会主义思想，析其机理，察其源流，通其逻辑，悟其精髓，明其要求，才能更好地理解和阐释这一重要思想，让评论报道提升精神海拔、筑牢思想基座，让党的声音成为时代最强音。

思想力的支撑是政治能力。打造高品质评论报道尤其是高品质政论，需要不断提升政治判断力、政治领悟力、政治执行力，以政治眼光明辨是非，以战略思维谋篇布局，以大局意识定位坐标，心怀"国之大者"，书写"论之时者"，把握正确方向和发展大势，更好地服务于党和国家工作大局。

"水之积也不厚，则其负大舟也无力"，思想力的积厚成势，不可能一蹴而就，往往是一个长期的过程。我们感到，思想力不是闷在办公室里"憋"出来的，也不是扎入故纸堆中"编"出来的，需要呼吸大千世界的新鲜空气，感受伟大实践的强劲脉搏，倾听人民群众的热切心声，吸收历史和文化的丰富滋养。在迎接建党百年的重大评论报道中，创作团队组织多个小分队，在多个省市采访调研，足迹涵盖中共一大会址、嘉兴南湖、北大红楼、井冈山、瑞金、延安、浙江义乌陈望道旧居、"一带一路"义新欧班列起点、古田会议会址、长汀瞿秋白烈士纪念馆、闽西苏区革命遗址等，总行程上万公里，先后访谈了党史人物、烈士后代、专家学者、基层干部群众等上百人。现场有思想的气场，也有情感的磁场，往往就是在不经意间，给人以触动，给人以启发。

我们在福建长汀中复村采访时，听红色文化讲解员钟鸣讲当年红军鏖战松毛岭的故事，说起今天这个"网红村"发展的好年景，又得知钟鸣是烈士后代、共产党员，于是问一个问题：一百年需要记住的人和事很多，启示和经验也不少，作为共产党员，您觉得最不能忘记的是什么？钟鸣思索了一会，很坚定地回答："永远不能忘了老百姓为什么选择共产党！"话很朴实，却很深刻，在当时的情境下说出来更有一种震撼人心的力量。那一刻，我们更加理解了习近平总书记为什么反复强调"人心是最大的政治"，更加理解了"江山就是人民，人民就是江山"这一真理，也进一步读懂了中国共产党与人民群众牢不可破的血肉联系。这种触动与启发，跨越千山万水，一直渗透到"钟华论"文章写作之中去。

其二，挖掘深度，让评论更有说服力。在今天的舆论场上，思想深刻、见解独到、给人启发的优质内容依然是稀缺品。重要政论作为舆论重器，思想深度是其核心竞争力，必须穿透一层说，才能讲出新的理解、领悟。"钟华论"在挖掘评论的思想深度上坚持不懈，下了一番苦功夫、真功夫。"钟华论"文章《伟大的精神之源，奋进的磅礴力量——论伟大建党精神》，率先在全国媒体中就伟大建党精神重磅发声，被人民日报、光明日报、解放军报等4000多家媒体刊载转发，总浏览量超过4亿。文似看山不喜平。思想上的跃迁，往往构成了文章的风景与气象。这篇"钟华论"文章在解读伟大建党精神四个层面内涵的基础上，进行了建党精神内在逻辑解析，开展了对何谓"精神之源"的分析，拓展思考了历史主动与精神主动等问题，构成一个层层递进和深化的立体思维架构。受众和业界专家纷纷认为，新华社"钟华论"文章"既有政治高度，又有思想深度"，是"一篇对伟大建党精神进行全面深入阐释和生动细致解读的权威文章"。有深度才有力度，有深度才有热度，这就是评论思想魅力的一个生动体现。

王安石有云，"世之奇伟、瑰怪，非常之观，常在于险远，而人之所罕至焉，故非有志者不能至也"。评论创作也是这样，思想上的攀登与开掘往往是艰辛的、痛苦的，但只有跳出"舒适区"、敢闯"无人区"，多深入一层、多拓展一些，才能发人所未发、言人所未言，领略"登高壮观天地间"的风景。

如何让评论更有思想深度？毛泽东同志在《如何研究中共党史》一文中提出的"古今中外法"很有启发性和指导性。所谓"古今中外法"就是弄清楚所研究的问题发生的一定的时间和一定的空间，把问题当作一定历史条件下的历史过程去研究。"古今"就是历史的发展，"中外"就是中国和外国，就是己方和彼方，就是打开历史视野、世界视野，坚持事物是普遍联系和发展变化的观点方法。化而用之，评论的深度和张力从哪里来？来自虚写和实写的融合，来自历史与现实的对话，来自中国与世界的激荡。

道不可空论，理不可空谈，联系实际说是立论的重要基础。尤其是写宏大的议题，必须要实化，给思想找到意象，给精神找到主角，发现思想观点的现实指向性，避免概念到概念、术语到术语的空洞叙事。《伟大的精神之源，奋进的磅礴力量——论伟大建党精神》采取史论结合的方式，通过党的百年奋斗史中的重要事件、典型人物，体现伟大建党精神四个层面的内涵。比如，体现共产党人践行初心、担当使命，以李大钊"新造民族之生命，挽回民族之青春"的宏愿、方志敏"我渴望着光明；我开始为光明奋斗"的誓言、王进喜"拼命也要拿下大油田"的奋斗、焦裕禄"心中装着全体人民，唯独没有他自己"的情怀、孔繁森"一个共产党员爱的最高境界是爱人民"的剖白、黄文秀"投身到人民群众最需要的地方去"的抉择等言之。《彪炳史册的伟大成就，坚如磐石的中流砥柱》用"一个巨大的字母C写在中华大地"来描述我们党从小到大、由弱变强的历史轨迹，引发"C位是怎样炼成的"的深入思考，阐明中国共产党是引领中华民族走向伟大复兴的坚强领导核心。

贯通历史与现实，评论就有了穿透力。我们展现百年来党带领人民取得的巨大成就、中华大地上的沧桑巨变，以习近平总书记同三位航天员的天地通话引起，再从屈原的《天问》到新时代中国发展"答卷"，从中国航天的"星际跨越"到神州大地上的"发展跨越",上下几千年,纵横九万里,让历史之问在今天得到有力回答,生动呈现党领导人民书写的恢宏史诗。我们观察和思考中国抗疫斗争,将其放在新中国发展史、民族复兴史、人类抗击疫病史的历史视野中来审视观照,突出其重要意义,揭示深刻启示,增强了文章的厚重感。在《新征程,我们再出发——2021年新年献词》中,我们从"新年"看百年,串联起1921年的新年、1949年的新年、1979年的新年、2021年新年,在这样一个历史坐标系中定位新征程、新起点,凸显了"历史不会终结,因为新的历史正在书写",使得文章最后一句"再出发,我们的征途是星辰大海;再出发,我们的梦想是民族复兴"水到渠成而又意蕴深沉。

今日之中国,是世界之中国。我们党也是一个具有世界影响力的马克思主义执政党。具有世界视野,是今日中国政论的"标配"。我们以中国与各国"青山一道,同担风雨"的行动、"携手抗疫、共克时艰"的中国声音,凸显全球抗疫、命运与共,团结合作是最强的"免疫力",说明构建人类命运共同体的紧迫性和重要性;从浙江义乌两条并行的"路"——全长约13公里的"望道信仰线"和1.3万多公里的"义新欧"中欧班列引起,结合百年来中国共产党人推动世界和平发展事业的思想与实践,诠释我们党"为世界谋大同"的天下情怀与责任担当;从北京冬奥会开幕式上一朵朵"小雪花"共同构成一朵"大雪花"的经典场景,深刻阐明"一起向未来"的共识,充分说明这是简约、安全、精彩的奥运盛会,是鼓舞世界的盛会,是团结合作的盛会;从共建"一带一路"的扎实成就解析背后的中国理念、中国方案,让读者既能看到互联互通之"路",更能感悟合作共赢之"道",从而对共建"一带一路"的重大意义和实践规律有了更深认识,增强了筑就阳光大道的信心和力量。

其三,彰显温度,让评论更有亲和力。评论报道实践告诉我们,评论的力量,既来自思想与逻辑的力量,也来自情感的力量。正如习近平总书记强调的,要把"陈情"和"说理"结合起来。"感人心者,莫先乎情。"我们笔尖流淌的,不能是冷冰冰的东西,而应是常带感情的活的文字。评论只有融情入理、情理交融,带着情感来讲道理,观点才会有温度,才能增强贴近性和感染力。

犹记在撰写抗疫主题"钟华论"文章的时候,常常在深夜辗转徘徊,反复打磨,写写改改,不知东方之既白。窗外是万家灯火,案头是一个个感人的故事,心潮常常为之翻滚。读到护师张静静完成援鄂任务即将回家之时,却因突发心脏骤停不幸去世,为了别人的团圆,却甘愿自己承受离别甚至是与亲人的永诀,看到这样的奉献与牺牲,不觉泪下。那一刻,一种人间大爱的力量奔涌而出,顿觉我们有一种责任,要把这么气壮山河的抗疫斗争记录下来,要让我们的子孙永远铭记这种伟大的精神,让这片土地、这个国家永远充满温暖和力量。血总是热的,我们手中的笔连着我们的心。评论是人心深处的鸣响,写评论既要解决"哲学的贫困"问题,也要解决"情感的匮乏"问题。只有把真情实感激发出来，与逻辑的力量、理性的力量融为一体，才是有生命、有温度、动人心的评论。近年来，"钟华论"在给评论"加温"方面作了一些探索和尝试。

讲出生动而有温度的故事。人民在共产党人心中居于怎样的位置？我们通过红军长征途中发生在贵州困牛山的故事来说明。当年，面对强敌裹挟老百姓做"人盾"，红军战士抱定"宁死不当俘虏，宁死不伤百姓"的信念，集体跃身跳下70多米高的山崖。人生大事，莫重于生死。把生的希望留给群众，把死的危险留给自己，还有什么比这更能说明人民在共产党人心中的地位？还有什么比这更能彰显共产党人对人民的赤诚？这一感人故事，足以说明"共产党人对人民的爱，是无私无畏的大爱，是生死相依的真情，是心甘情愿的付出"。书写中国的抗疫斗争，我们讲述抗战时期和抗疫时期的"武汉保卫战"的故事——从面对日寇侵略举起写着"不死"的反抗旗帜，到疫情期间"武汉加油"的呼声，展现了中华民族在危难面前始终挺立着不屈的脊梁，传承着生生不息的精神力量。好故事撑起一片天，好故事挺立精气神，讲好评论的故事，可以带来更生动的细节、更新颖的角度、更鲜活的表达、更贴近的情感、更多元的意义指向及空间，从而更好地让观点拉近与受众的距离，实现融情入理、入脑入心。

增强"后浪"意识，打造青春叙事、青春语态。赢得青年才能赢得未来，赢得青年是赢得受众的重要体现。共青年之情、用青年之梗、道青年之语、聚青年之力，是"钟华论"着力探索和实践的重要课题。《百年风华：读懂你的样子》中，从陈乔年、陈延年兄弟英勇就义的历史瞬间与"延乔路"和"繁华大道"的寓意，到张桂梅"以江姐为榜样"的事迹和心声，都是青年熟悉和热追的典型人物、红色故事，引发广泛共鸣。《让爱国主义旗帜永远高扬——礼赞70年新中国》的结尾，以张伯苓提出的"爱国三问"激发今日学子们的爱国之情、报国之志，问答方式契合青年表达方式，在交流和对话中凸显"爱国是永不褪色的'潮'"。《青春无悔，强国有我》注重采取对话语境，用好第二人称，与青年进行平等交流，寻找共鸣点、共情点，凝聚"青年向上，国家向前"的共识，激发"中国很努力，我们要争气"的奋进力量。

增强金句意识，打造情理交融、意蕴丰厚的评论金句。不遗余力打磨金句，是"钟华论"写作的一大突出特色。我们深感"没有金句就没有评论，没有金句就无法传播"，坚信"炼句关键是炼思想"，以"百炼为字，千炼为句"的工匠精神打磨金句，紧贴本质说，一语道破说，在创作中开展"金句行动"，以之作为创新表达、改进文风的突破口和支撑点。在实践中，我们总结出一套"金句心法"并不断丰富完善。比如，"借用化用"法，把流行语句加以改造、融入文中，使文章接地气、有"潮味"。展现新中国70年来的巨大成就，来一句"如果奇迹有颜色，那一定是中国红"，更能引发网友共鸣。"断言揭示"法，敢于断言，击中要害，一语道破，把独到深刻的见解以精粹语言表达出来。疫情面前，如何对待人的生命，胜过千言万语。"一个国家对生命的态度，是最有说服力的文明标尺"的句子，折射出社会主义中国"人民至上、生命至上"的价值追求，也无形中鞭挞了西方国家"利益至上"的残忍逻辑。"注情共情"法，融入人情世态，贴近普通人感受，采取通俗化表达，"追梦人的世界，没有'容易'二字"引发受众共鸣。"意象升华"法，取典型意象，寓深刻之理，虚实相生，"只要心中有光，世界就有希望""火堆只要燃着，日子就不会难过""唯有实干才能拨动命运的齿轮"等语句给人以力量和信心。

增强全媒意识，创新和丰富评论的传播形态。近年来，新华社评论积极探索评论可视化、融媒化的路径和可能，打造了"辛识平""学习快评"等新媒体评论品牌。在这些创新探索的基础上，"钟华论"突破了传统的纯文字评论形态，实现了文字、视频、海报、图片等要素全媒呈现，打造出融媒体重要政论，在舆论场中特色鲜明。在报道实践中，我们初步锻造了重要政论新媒体传播的"三板斧"——探索用视频语言表达观点、制作重磅微视频；把金句与精美而有视觉冲击力的图片融合起来、推出金句海报；对评论内容进行碎片化处理、在网上设置话题传播。这些做法让体系化论述与碎片化传播和谐共生，更好把握网络传播规律，努力与网友共情共鸣，进行柔性引导，"钟华论"相关话题多次登上热搜榜，实现了镇版刷屏、破壁出圈的传播效果。我们一个深切的感受是，在网络时代，评论的可能性被极大地丰富和拓展了。除了文字形态，视频、音频、图片、漫画、海报等都可以传达观点和思想，成为评论的新形态，可以说评论的新"物种"层出不穷，评论正在被重新定义。有道是"文无定法，论无定式"，丰富和拓展评论的表现形态和传播样态，不断打造全媒体评论，只有进行时没有完成时。

习近平总书记在致新华社建社90周年的贺信中要求，努力建成国际一流新型全媒体机构，为实现中华民族伟大复兴的中国梦、推动构建人类命运共同体作出新的更大的贡献。这既是嘱托与勉励，更是新征程上的前进号角。站在新的起点上，"钟华论"怀着爱党爱国之情，传播民族复兴之声，发出黄钟大吕之音，书写直抵人心之论，责重于山，大有可为。在强国建设、民族复兴的新征程上，我们要不忘初心、牢记使命，继续守正创新、开拓前行，创作更多有高度、有深度、有温度的新华章，努力让正能量有"大流量"、让主流成为"顶流"，不负伟大时代，共襄伟大事业。

目 录

2019 年

001 **让爱国主义旗帜永远高扬**
——礼赞 70 年新中国

创作手记　在人心深处奏响爱国主义交响曲

2020 年

023 **在民族复兴的历史丰碑上**
——2020 中国抗疫记

创作手记　融入深思深情，记录大战大考

045 **新征程，我们再出发**
——2021 年新年献词

创作手记　最是真情动人心

2021 年

063 **风雨苍黄百年路，高歌奋进新征程**
——从党史学习教育中汲取智慧力量

创作手记　高举党史明灯，照亮前行之路

新华社"钟华论"评论集：读懂新时代中国

079 百年风华：读懂你的样子
——献给中国共产党百年华诞

创作手记　为百年大党"画像"，为初心使命礼赞

101 伟大的精神之源，奋进的磅礴力量
——论伟大建党精神

创作手记　思想的攀登让评论更有力量

121 青春无悔，强国有我

创作手记　以青春之名，为梦想书写

139 彪炳史册的伟大成就，坚如磐石的中流砥柱

创作手记　让意象与思想交融共生

目 录

159 **把握历史主动，创造新的伟业**

创作手记　揭示"把握历史主动"的成功密码

177 **逐梦新征程，奋斗创未来**
　　　　——2022年新年献词

创作手记　写给新时代的奋斗宣言

2022年

191 **赓续中华文脉，光耀复兴之路**

创作手记　解译"第二个结合"的复兴密码

205 **同赴冰雪之约　共创美好未来**
　　　　——写在北京 2022 年冬奥会开幕之际

创作手记　从冬奥盛会读懂新时代中国

> **221** **中国携手世界　向着春天出发**
>
> ——写在北京第二十四届冬季奥林匹克运动会闭幕之际
>
> 创作手记　展现冬奥答卷，展望奋斗征程

> **237** **在青春的赛道上奋力奔跑**
>
> ——2022 年新年献词
>
> 创作手记　把准青春脉搏，激扬奋斗力量

> **253** **紫荆花永远盛开**
>
> 创作手记　让血脉深情融入"香江名句"

> **267** **回答时代课题　照亮复兴征程**
>
> 创作手记　聚焦时代课题，阐释真理伟力

目　录

- ***287*** **办好发展和安全两件大事**

  创作手记　讲清"两件大事"背后的"大逻辑"

- ***305*** **我将无我，不负人民**

  创作手记　抒写人民情怀，凝聚奋进力量

- ***321*** **夺取新征程新胜利的根本保证**

  创作手记　阐明"两个确立"的决定性意义

- ***339*** **让明天的中国更美好**

  ——2023年新年献词

  创作手记　感悟梦想与奋斗的力量

2023年

- ***351*** **向着美好的未来奋跃而上**

  创作手记　唱响强信心主旋律，激发新征程奋进力

新华社"钟华论"评论集：读懂新时代中国

369 民族复兴的领路人　亿万人民的主心骨
创作手记　展现人心所向，凝聚奋斗伟力

385 在强国建设、民族复兴新征程上勇毅前行
创作手记　读懂中国式现代化的评论探索

405 将调查研究发扬光大
创作手记　让"传家宝"在新时代焕发新光彩

421 聚亚洲之力，筑未来之路
——写在杭州第十九届亚洲运动会闭幕之际

创作手记　亚运盛会，不止于体育

目 录

435　筑就通向美好未来的阳光大道
——写在第三届"一带一路"国际合作高峰论坛召开之际

创作手记　唱响"一带一路"建设光明论

451　将改革开放进行到底

创作手记　吹响新时代改革开放的奋进号角

469　龙腾中华，逐梦前行
——2024年新年献词

创作手记　强发展之信心，抒奋斗之豪情

迎着东方的曙光，鲜艳的五星红旗冉冉升起——

在长江黄河奔流的大地上，在天风海涛激荡的国门边，在千家万户洋溢的欢笑中，它迎风飘扬，是壮美的情怀，是温暖的力量。

从第一面五星红旗在天安门广场升起，70年过去了。红旗飘飘的时空里，中华民族迎来了从站起来、富起来到强起来的伟大飞跃。

历史写下了新篇章，也将不变的深情与信仰写在每一个中国人的心中——

我爱你，中国！

让爱国主义旗帜永远高扬

——礼赞 70 年新中国

作为首篇"钟华论"文章，在新中国迎来 70 周年华诞之际播发。这篇文章充满爱国主义情怀和力量，道出了"我爱你，中国"的人民心声，引起强烈反响，受到社会各界广泛好评。《人民日报》《光明日报》等数百家媒体采用转载，总浏览量突破五千万。

2019年10月1日,庆祝中华人民共和国成立70周年大会在北京天安门广场隆重举行。(新华社记者岳月伟摄)

（一）

历史的巧合，有时意味深长。

八达岭长城脚下，两条铁路在此交汇：一条是詹天佑主持修建的京张铁路，一条是作为2022年北京冬奥会配套交通工程的京张高铁，两条线路组合成一个醒目的"大"字。

从打破"中国人不能自建铁路"断言的"争气路"，到引领智能高铁的"先行路"，历史的跨越之中，折射出一个国家的沧桑巨变。

70年，两万五千多天，五星红旗照耀下的中国发生了什么？

曾经一穷二白的国家，如今已成为世界第二大经济体，成为世界经济增长的主要动力源；

曾经连火柴、煤油都要进口的国家，如今已成为拥有联合国产业分类目录中全部工业门类的制造业第一大国；

曾经山河破碎、百业萧条的国家，如今活跃着上亿市场主体，公路成网、高铁飞驰、航班穿梭、港口繁忙，三峡大坝、青藏铁路、港珠澳大桥、北京大兴国际机场等超级工程熠熠生辉；

曾经愚昧落后、暮气沉沉的国家，如今已建成世界最大规模的高等教育体系，拥有9000多万科技工作者，"神舟"飞天、"北斗"组网、"嫦娥"探月、"蛟龙"入海、"天眼"巡空……重大科技成果不断横空出世；

曾经民不聊生、哀鸿遍野的国家，如今建成了覆盖十几亿人的世界最大社会保障体系，7亿多农村贫困人口成功脱贫，人民生活迈向全面小康，精神面貌焕然一新；

曾经封闭僵化、饱受欺凌的国家，如今以海纳百川的宽广胸怀拥抱世界，携手各国共建"一带一路"，推动构建人类命运共同体，日益走近世界舞台中

夜幕下的"地壳一号"万米钻机整机系统（2018年6月1日摄）。2018年6月2日，吉林大学主要承担研发的"地壳一号"万米钻机正式宣布完成"首秀"：完钻井深7018米，创造了亚洲国家大陆科学钻井新纪录，标志着我国成为继俄罗斯和德国之后，世界上第三个拥有实施万米大陆钻探计划专用装备和相关技术的国家。（新华社记者许畅摄）

央……

"如果奇迹有颜色，那一定是中国红！"新中国70年，是一部创造人间奇迹的历史。今天，一个日新月异、充满希望的中国，巍然屹立在世界东方。这一切，曾让多少人魂牵梦绕，又让多少人为之奋斗牺牲。

我们可以告慰革命先烈和志士仁人的是：这盛世，如您所愿！

1839年，农历己亥年，正值鸦片战争前夜，诗人龚自珍写下感时忧国的诗句：九州生气恃风雷，万马齐喑究可哀。

180年后，又是一个己亥年。神州大地早已换了人间。

跨越百余年的时空，中国人民挥写了一部惊天动地的壮丽史诗，无比自豪地向世界宣示——

"今天，我们比历史上任何时期都更接近中华民族伟大复兴的目标，比历史上任何时期都更有信心、有能力实现这个目标。"

（二）

"我们不但善于破坏一个旧世界，我们还将善于建设一个新世界。"

新中国70年，是一部革故鼎新、开拓创新的历史。在中国共产党的领导下，中国人民以"敢教日月换新天"的英雄气概，创造了"无边光景一时新"的历史巨变。在这幅最新最美的画卷背后，闪耀着更深层的历史逻辑。

自鸦片战争以来，在中国历史舞台上，各种政治力量轮番登场，各种主义思潮纷纷亮相。多少轰轰烈烈，多少慷慨悲歌，多少前赴后继，依然未能改变江山飘摇、神州陆沉的悲惨命运。诸路皆走不通了，中国共产党人历经艰辛探索，终于找到了一条新路：把马克思主义基本原理同中国具体实际相结合，不断推进马克思主义中国化，开辟出实现民族复兴的人间正道。

70年来，在中国共产党领导下，中国由新民主主义走向社会主义，开创和拓展中国特色社会主义道路，形成了中国特色社会主义理论体系，确立了中国特色社会主义制度，发展了中国特色社会主义文化。这是党和人民历尽千辛万苦、付出巨大代价取得的最根本成就。

方向决定前途，道路决定命运。正如习近平总书记深刻指出的，70年来我国取得的历史性成就、发生的历史性变革，充分说明只有中国共产党才能领导中国，只有社会主义才能救中国，只有改革开放才能发展中国、发展社会主义、发展马克思主义，只有中国特色社会主义道路才能引领中国走向繁荣富强。

这是实践的昭示，这是历史的结论。

（三）

"中国应当对于人类有较大的贡献。"新中国成立之初，共和国的缔造者们就立下了这样的雄心壮志。

新中国70年砥砺奋进，不仅彻底改变了中华民族的命运，也重塑了中国与世界的关系。因为中国的崛起，全世界"向东看"已经成为一种常态。

封闭落后、积贫积弱的旧中国，曾被黑格尔认为置身于"世界历史之外"。如今，面对新中国取得的辉煌成就，国际社会纷纷称之为"当今时代最为重大的事件"，联合国秘书长古特雷斯评价，中国的发展不仅是不可阻挡的历史潮流，也是对人类进步的重大贡献。

世界看到了什么？

从风靡全球的《习近平谈治国理政》中，阿联酋阿布扎比王储穆罕默德读懂了一个执政党的责任与担当。

从中国摆脱贫困的实践经验中，纳米比亚开国总统努乔马看到了非洲的希望："中国的成功是我们发展中国家的共同骄傲。"

从广阔的中国市场前景中，美国太空探索技术公司创始人埃隆·马斯克发现了巨大机遇："中国就是未来。"

学者梁漱溟曾发问："中国以什么贡献给世界？"英国历史学家汤因比也指出：如果中国能够在社会和经济的战略选择方面开辟出一条新路，那么她将证明自己有能力给全世界提供中国和世界都需要的礼物。

曾几何时，西方国家的现代化路径被奉为圭臬，一些人更是提出了所谓"历史终结论"。然而，面对中国特色社会主义事业的蓬勃兴旺，面对"中国之治"与"西方之乱"的鲜明对比，"历史终结论"被历史终结——

中国特色社会主义的巨大成功，无可辩驳地告诉世界：现代化不是单选题。中国拓展了发展中国家走向现代化的途径，打破了对西方国家现代化的"路径依赖"，把现代化道路选择变成了"多选题"，为解决人类问题带来了新希望。

这是新中国对人类文明发展的重大贡献。

（四）

中国奇迹令世界震撼，更引发国际社会的深入思考：为什么中国能在如此短时间内取得如此巨大的成就？为什么中国能用几十年走完发达国家几百年走过的现代化历程？

在历史前进的逻辑中前进，在时代发展的潮流中发展。把握新中国70年历史巨变所蕴藏的内在逻辑和深刻启示，就能解码中国奇迹、读懂中国故事。

1949年，沈钧儒先生代表各民主党派向中国共产党祝贺28周年生日时说：中国人民之所以获得今日空前的胜利，原因很简单，就是因为有了共产党。

"没有共产党就没有新中国"。熟悉的旋律，唱出了人民的心声，更激荡着历史的结论。

70年来，面对历史风云的变幻莫测，中国共产党是指引前进方向的"领航人";面对层出不穷的风险挑战,中国共产党是凝心聚力、攻坚克难的"主心骨";面对人民对美好生活的向往,中国共产党是心系人民、造福人民的"勤务员"。见证了中国近半个世纪的发展变迁,法国前总理拉法兰感慨,中国共产党是中华人民共和国的支柱。

从嘉兴南湖的一叶扁舟,到中国号巍巍巨轮,坚持党的领导,是创造中国奇迹的核心密码,是实现中华民族伟大复兴的根本保证。

正如五星红旗图案所象征的——亿万人民心向伟大的中国共产党,恰似众星拱卫北辰。党政军民学,东西南北中,党是领导一切的。在以习近平同志为核心的党中央坚强领导下,近14亿中国人民心往一处想、劲往一处使,必将创造人类历史上的新奇迹。

(五)

新中国成立的开国大典前,围绕军乐团演奏什么曲目,一度众说纷纭,提议用德国曲子、苏联乐曲、美国乐曲的意见都有。最终,毛泽东拍板:要听自己的乐曲,走自己的路。

"走自己的路",是理解新中国奋斗历程的一把钥匙。在中国共产党领导下,中国人民坚持从国情出发,探索并形成了符合中国实际的新民主主义革命道路、社会主义改造和社会主义建设道路、中国特色社会主义道路。"历尽天华成此景",这不是简单延续我国历史文化的母版,不是机械套用马克思主义经典作家设想的模板,不是其他国家社会主义实践的再版,也不是国外现代化发展的翻版,而是中国人民独立自主创造的新版。

"什么是路?就是从没路的地方践踏出来的,从只有荆棘的地方开辟出来的。"

新中国 70 年，是上下求索、探索前行的 70 年，是独立自主、自力更生的 70 年。菲律宾前总统阿罗约感慨：中国的发展变化向世界证明，每一个国家，根据自己的历史经验和现实情况，都能寻找到适合自己的发展道路。

"解决中国的问题只能在中国大地上探寻适合自己的道路和办法。"既不走封闭僵化的老路，也不走改旗易帜的邪路，坚持解放思想、实事求是，勇于变革、勇于创新，中国特色社会主义道路必将越走越宽广。

（六）

恩格斯曾经指出，历史不是"神"的启示，而是人的启示，并且只能是人的启示。

数千年中国历史，留下过"水可载舟，亦可覆舟"的警世论断，留下过"兴，百姓苦；亡，百姓苦"的悠悠慨叹，也留下过"国不知有民，则民不知有国"的悲愤之言……如何对待人民，是关系到一个政权兴衰治乱的根本问题。

1948 年，毛泽东指出，我们是人民民主专政，各级政府都要加上"人民"二字，各种政权机关都要加上"人民"二字。人民当家作主，新中国的发展历程铺就厚重的人民底色。

世间一切事物中，人是第一可宝贵的。新中国 70 年，是一部人的解放史、人的发展史，是一部人民辛勤奋斗、创造奇迹的历史。江河之所以能冲开绝壁夺隘而出，是因其积聚了千里奔涌、万壑归流的洪荒伟力。蕴藏在中国人民中的强大能量一旦爆发出来，就将奔涌改天换地的磅礴力量——

进行土地改革，"耕者有其田"成为现实，广大农民生产热情空前高涨，掀起了修水利、买农具、积肥料的热潮；

家庭联产承包责任制以星火燎原之势燃遍中国大地，焕发了人欢马叫、热火朝天的农村新貌；

创新创业创造的澎湃大潮激荡之下，成千上万的创业者怀揣梦想埋头苦干，共同点亮追梦路上的璀璨灯火；

各方力量凭着"铁人"王进喜那样的冲天干劲一举甩掉中国"贫油"帽子，"千军万马战太行"凿出了红旗渠，几代人接力奋斗造就了塞罕坝茫茫林海，无数建设者架起中国桥、铺设中国路、驱动中国车、建造中国港……

中国人民有多拼，中国奇迹就有多壮美。

9月17日，国家主席习近平签署主席令，授予于敏、申纪兰、孙家栋、李延年、张富清、袁隆平、黄旭华、屠呦呦"共和国勋章"。当天，90岁的袁隆平还在试验田里查看"第三代杂交水稻"生长情况。

在中国大地上，亿万追梦人的脚步从未停歇。攻关不止的科研人员，加班加点的工薪族，挥汗如雨的农民工，风里来雨里去的快递小哥……近14亿中国人民的不懈奋斗，汇成了当代中国壮阔前行的最动人风景。

"我们有世界上最好的人民"，习近平主席曾动情地对荷兰国王威廉－亚历山大说。在不少外国媒体看来，中国奇迹的出现，正是因为中国有世界上"最勤奋的人"。

人民是真正的英雄，一切成就归功于人民。

（七）

"一个浪，一个浪／无休止地扑过来／每一个浪都在它脚下／被打成碎沫，散开……"1954年，诗人艾青写下了鼓舞人心的名篇《礁石》。当时，新中国刚刚取得抗美援朝战争的伟大胜利，但依然受到西方国家的封锁与围堵。

这是"共和国勋章"。(新华社发)

70年来，从经济封锁、军事威胁、政治孤立、外交压迫，到一些人主动挑起的经贸摩擦，从地震、洪水、"非典"疫情的严峻考验，到亚洲金融危机、国际金融危机的强烈冲击……新中国经历了太多的风吹雨打，跨越了太多的艰难险阻。

"中国人民的不屈不挠的努力必将稳步地达到自己的目的。"新中国70年，是一部在斗争中诞生、在斗争中发展、在斗争中壮大的历史，是一部攻坚克难、奋发图强的历史。

顶住西方的核威胁和核讹诈，科技人员投身于戈壁沙漠艰苦创业，实现了中国第一颗原子弹的"惊天一爆"；

面对东欧剧变、苏联解体，世界社会主义运动遭遇严重挫折的"黑云压城"之势，中国坚定不移走中国特色社会主义道路，红旗屹立不倒，打破了西方把马克思主义"送进历史博物馆"的迷梦；

面对国际金融危机的严重冲击，中国以有效举措遏止了经济增长明显下滑的态势，对世界经济逐步摆脱危机作出重要贡献；

面对四川汶川特大地震，党和政府迅速组织起中国历史上救援速度最快、动员范围最广、投入力量最大的抗震救灾行动，齐心协力夺取抗震救灾的重大胜利；

面对中美经贸摩擦不断升级的压力，中国理性沉着应对，中国企业纷纷加快转型升级、加大研发力度，努力化危为机……

"风雨压不垮，苦难中开花。"中国精神在磨难中升华，中国力量在磨砺中壮大。

回顾走过的艰辛之路，钱三强很是感慨："曾经以为是艰难困苦的关头，却成了中国人干得最欢、最带劲、最舒坦的黄金时代！"

（八）

马克思说过：如果斗争只是在有极顺利的成功机会的条件下才着手进行，那么创造世界历史未免就太容易了。

今天，中华民族迎来了历史上最好的发展时期。站在新中国成立70周年的新起点上，我们有着决胜全面建成小康社会、实现第一个百年奋斗目标的豪情壮志，也更加清醒地看到摆在面前的"问题清单"。

经济社会发展还有不少短板，打赢三大攻坚战还有不少硬骨头要啃，改革发展稳定任务依然艰巨繁重，党内还存在着思想不纯、组织不纯、作风不纯等突出问题。所谓"船到中流浪更急、人到半山路更陡"，实现中华民族伟大复兴正处于关键时期，新时代的中国，正在层峦叠嶂中奋力登攀，实现由大向强的"惊人一跃"。

站在世界地图前纵览时代风云，百年未有之大变局与中国发展同步交织、相互激荡。变局之中，新兴市场国家和发展中国家快速崛起，全球治理体系加速变革，新一轮科技革命和产业变革方兴未艾。变局之中，国际局势不稳定性不确定性日益突出，治理赤字、信任赤字、和平赤字、发展赤字不容忽视，单边主义、保护主义、霸权主义、强权政治成为影响世界和平稳定的突出因素……

但见时光流似箭，岂知天道曲如弓。

不久前，习近平总书记在中央党校（国家行政学院）中青年干部培训班开班式上强调，发扬斗争精神，增强斗争本领，为实现"两个一百年"奋斗目标、实现中华民族伟大复兴的中国梦而顽强奋斗。

回望70年风雨征程，中国的发展从来没有平坦的大道可走，从来都是在跋山涉水中开拓前行。

投身新的伟大斗争，开启新征程，创造新奇迹，我们比以往任何时候都更加需要激发斗争精神——

这是"暮色苍茫看劲松，乱云飞渡仍从容"的战略定力，不为风险所惧，不为干扰所惑，无惧风雨，一往无前；

这是"千磨万击还坚劲，任尔东西南北风"的坚毅品格，不在困难面前低头，不在挑战面前退缩，知难而进，愈战愈勇；

这是"踏平坎坷成大道，斗罢艰险又出发"的顽强意志，逢山开路，遇水架桥，打好逆风球，走稳上坡路；

这是"长风破浪会有时，直挂云帆济沧海"的坚定信心，认清时与势，把握大方向，善于变压力为动力、化挑战为机遇；

这是"苟利国家生死以，岂因祸福避趋之"的责任担当，在矛盾冲突面前敢于迎难而上，在危机困难面前敢于挺身而出，在歪风邪气面前敢于坚决斗争；

这是"人才自古要养成，放使干霄战风雨"的实践洗礼，在游泳中学会游泳，在斗争中学习斗争，练就真功夫，锻造铁肩膀。

（九）

1939 年，毛泽东在会见美国记者斯诺时说：我们永远是社会革命论者，永远不是改良主义者。

"革命"是中国发展进步的内在逻辑，"革命者"是中国共产党人始终不变的政治角色。

党史、新中国史，记录着我们党团结带领人民不断进行社会革命的历程：新中国在"将革命进行到底"的胜利进军中诞生，社会主义革命和建设在"建

设一个新世界"的美好憧憬中展开,改革开放在"杀出一条血路"的敢闯敢试中破局开路。一路走来,一以贯之的伟大社会革命,让中国社会"日日新,又日新",为中国发展进步注入了强大动力。

党的十八大以来,以习近平同志为核心的党中央领导全国人民,开启了新时代坚持和发展中国特色社会主义的社会革命新征程:坚持全面深化改革,坚决破除一切不合时宜的思想观念和体制机制弊端;坚持全面依法治国,加快建设社会主义法治国家,维护社会公平正义;践行新发展理念,推动高质量发展;坚持以人民为中心,促进人的全面发展……

邓小平曾指出:"巩固和发展社会主义制度,还需要一个很长的历史阶段,需要我们几代人、十几代人,甚至几十代人坚持不懈地努力奋斗,决不能掉以轻心。"从这个角度来看,我们对时间的理解,是以百年、千年为计。

革命永无止境,奋斗未有穷期。

(十)

新中国迎来 70 周年华诞之际,"不忘初心、牢记使命"主题教育正在全党深入开展。在这样的时间节点开展这次主题教育,正如习近平总书记对全党的谆谆告诫:"'革命尚未成功,同志仍须努力',这句话是永远的进行时。"

打铁必须自身硬。70 年来,一个实践逻辑分外清晰——我们党要领导人民进行好伟大社会革命,担负起实现中华民族伟大复兴的历史重任,就必须勇于进行自我革命,建设一个坚强有力的党。

从查处刘青山、张子善的"反腐第一枪",到查处广东省海丰县原县委书记王仲的"改革开放第一案";从坚持一手抓改革开放、一手抓惩治腐败,到以空前力度正风反腐,全面加强党的建设……正是因为我们党在进行社会革命的同时不断进行自我革命，才能引领社会革命朝着正确方向前进，不断开创党和国家事业发展新局面。

70年来，波澜壮阔的革命实践中，贯穿着一条鲜明的主线——为中国人民谋幸福、为中华民族谋复兴，这是中国共产党人的不变初心和光荣使命。

最非凡的成功，是战胜自己；最可贵的坚持，是永葆初心。

不忘初心、牢记使命，更加需要9000多万共产党员筑牢信仰之基，密切同群众的血肉联系；更加需要以刀刃向内的政治勇气，将全面从严治党进行到底；更加需要弘扬革命精神，保持"赶考"的清醒和坚定，交出无愧于人民的新答卷。

（十一）

又是一年开学季，在百年学府南开大学，师生们一起重温张伯苓老校长提出的"爱国三问"：

"你是中国人吗？""是！"

"你爱中国吗？""爱！"

"你愿意中国好吗？""愿意！"

时空交错中，历史与现实的对话如此震撼人心。80多年前民族危亡之际的痛切之问，在新时代的阳光下迎来了青春激昂的回答。

爱国是永不褪色的"潮"。

仰望苍穹，"钱学森星""郭永怀星""南仁东星"等群星闪耀，那是赤子凝望故土的深情目光；侧耳聆听，《我和我的祖国》《七子之歌》等熟悉的歌曲再次唱响，那是中华儿女对祖国的真情告白……

"我所站立的地方，就是我的中国。"这个"地方"，是老英雄张富清深藏

新华社"钟华论"评论集：读懂新时代中国

新生在南开大学研究生开学典礼上重温张伯苓老校长发出的"爱国三问"——你是中国人吗？你爱中国吗？你愿意中国好吗？"愿祖国繁荣富强！"全体新生的回答响亮而坚定（2019年9月8日摄）。（新华社发）

功名、无私奉献的偏远山区，是王继才默默守卫了32年的开山岛，是黄大年在生命最后时刻依然牵挂的科研项目，是巡边员布茹玛汗刻上"中国"两个字的每一块石头，是我们坚守的每一个工作岗位……

"五星红旗迎风飘扬，胜利歌声多么响亮。歌唱我们亲爱的祖国，从今走向繁荣富强……"每个清晨，五星红旗与喷薄的朝阳一同升起。

无论多少次凝望，那一抹鲜艳的红色，永远是我们心中最美的风景；无论走到哪里，祖国永远是我们心中最深的眷恋。

"无限的过去都以现在为归宿，无限的未来都以现在为渊源。"汇聚在烈士鲜血染红的旗帜下，奋斗在世界东方的辽阔土地上，让我们开始新的出发，共同创造新时代中国的光荣与梦想！

（新华社北京2019年9月28日电）

◆ 创作手记

在人心深处奏响爱国主义交响曲

作为首篇"钟华论"文章,《让爱国主义旗帜永远高扬——礼赞70年新中国》在新中国迎来70周年华诞之际播发。这篇文章充满爱国主义情怀和力量,道出了"我爱你,中国"的人民心声,引起强烈反响,受到社会各界广泛好评。

爱国,是人世间最深层、最持久的情感。政论文章写爱国主义主题,最大的挑战是如何做到情理交融、打动人心。文章通过一组设问——"五星红旗照耀下的中国发生了什么""世界看到了什么""为什么中国能在如此短时间内取得如此巨大的成就",引发读者的思考,从历史和实践中去寻找答案,结合人们的切身感受去得出结论。通过层层铺垫,让事实说话,让故事作证,让今昔对比更加鲜明,让人们更加深刻地认识新中国取得的巨大成就、新中国史蕴含的深刻启示,将不变的深情与信仰激荡在读者心中——我爱你,中国!文章结尾部分,重温南开大学张伯苓老校长提出的"爱国三问",发历史之问,以今人作答,在跨越时空的对话中展现爱国主义精神的赓续与弘扬,有意境有情境,引发读者强烈共鸣。

理性,让情感更加坚实。文章把爱国之情和理性之思有机融合起来。文章回望新中国走过的不平凡历程,得出"只有中国共产党才能领导中国,只有社会主义才能救中国,只有改革开放才能发展中国、发展社会主义、发展马克思主义"的结论。文章科学把握新时代中国发展的时与势,清醒地看到摆在面前的"问题清单",既满怀信心,又居安思危,强调激发斗争精神、增强斗争本领，从而使爱国情怀与新时代征程有机结合起来，鼓舞人们接续奋斗、共圆梦想，使爱国主义的主题更加丰满。

在创作中，团队注重打造锤炼金句，用情深意切的表达展现爱国之情。"如果奇迹有颜色，那一定是中国红"道出中国豪情，"中国人民有多拼，中国奇迹就有多壮美"写出中国力量，"风雨压不垮，苦难中开花"彰显中国精神，"中国就是未来"体现中国信心，"无论走到哪里，祖国永远是我们心中最深的眷恋"写出中国人民的爱国深情。文章开头，写第一面五星红旗在天安门广场升起；结尾，写每个清晨五星红旗与喷薄的朝阳一同升起，"五星红旗"的意象贯穿全篇，既富有历史感，又注入了厚重的情感力量。

"钟华论"文章《让爱国主义旗帜永远高扬》播发后，被《人民日报》《光明日报》等数百家媒体采用转载，总浏览量突破五千万。受众和媒体用户认为文章"大气磅礴，激情澎湃""深刻又生动"。

浩浩长江水，巍巍黄鹤楼。

2020，岁在庚子，一场新冠肺炎疫情突袭荆楚大地，蔓延波及全国。在以习近平同志为核心的党中央坚强领导下，14亿中国人民众志成城、团结一心，打响疫情防控的人民战争、总体战、阻击战。

灾难虽巨大，但压不垮英勇的中国人民。

寒冬再漫长，也阻挡不了春天的脚步。

经过艰苦努力，付出巨大牺牲，湖北保卫战、武汉保卫战取得决定性成果，疫情防控阻击战取得重大战略成果，统筹推进疫情防控和经济社会发展工作取得积极成效。

大江流日夜，慷慨歌未央。2020年的中国抗疫，在中华民族史册、人类发展史册上写下悲壮雄浑的篇章。

在民族复兴的历史丰碑上
——2020中国抗疫记

本文播发后被《人民日报》《光明日报》《解放军报》等2550家媒体刊发转发，总浏览量超过3.3亿，获得第31届中国新闻奖，入选《新华通讯社90年90篇精品选》，被编入人民教育出版社出版的全国高中语文统编教科书。

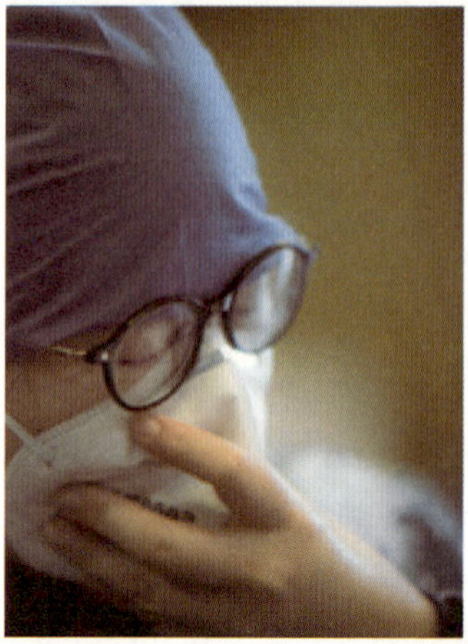

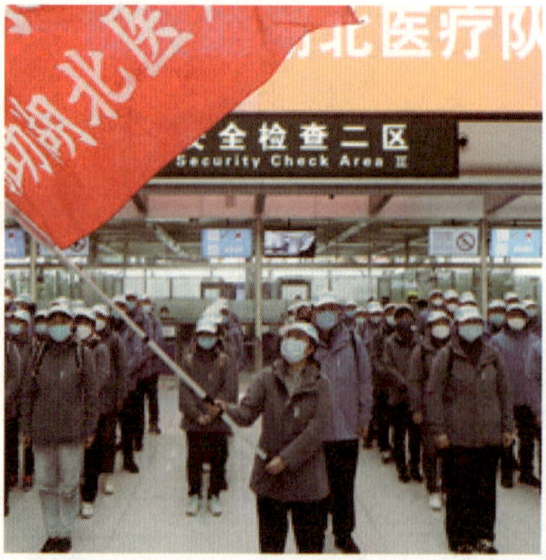
Security Check Area Ⅱ

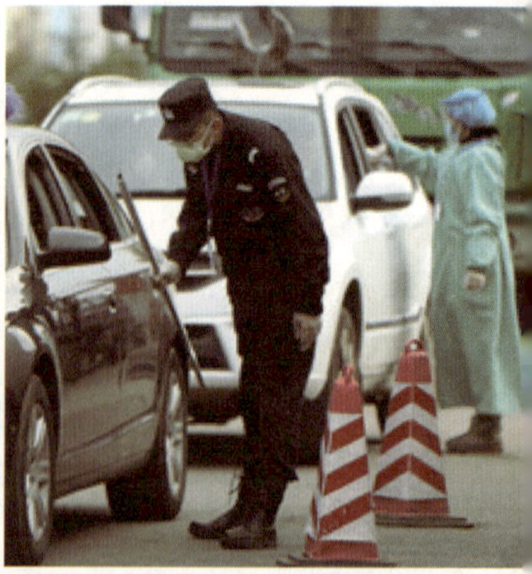

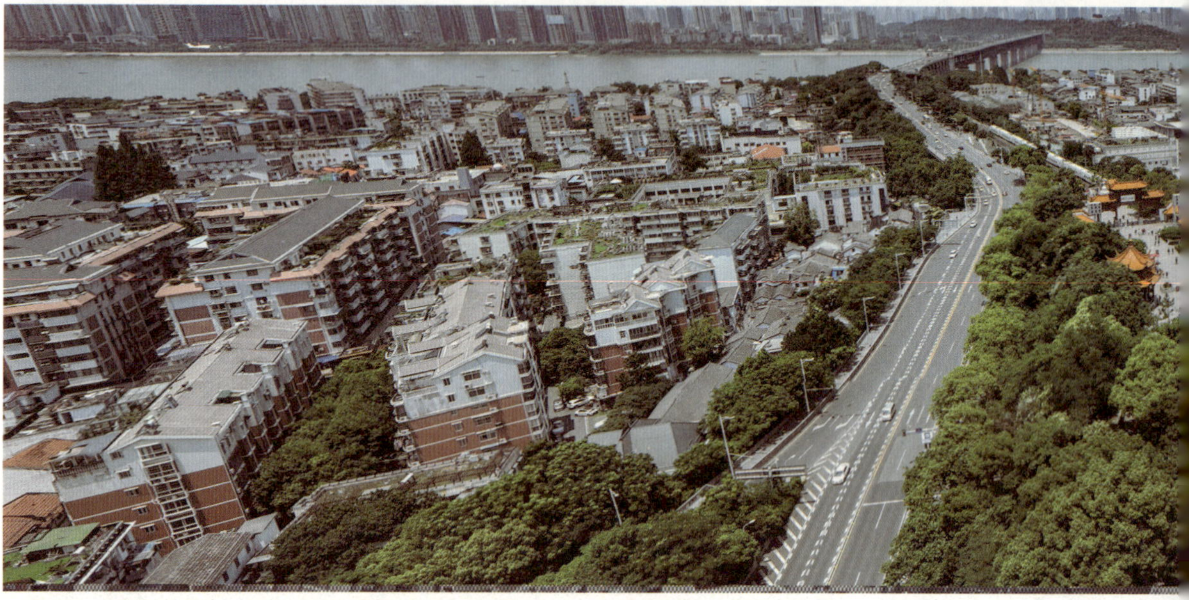

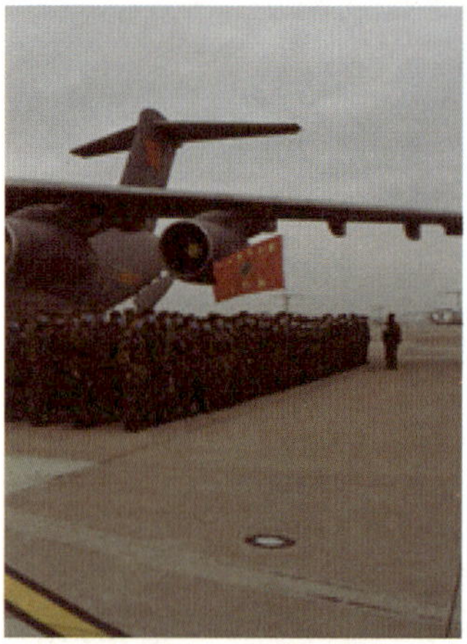

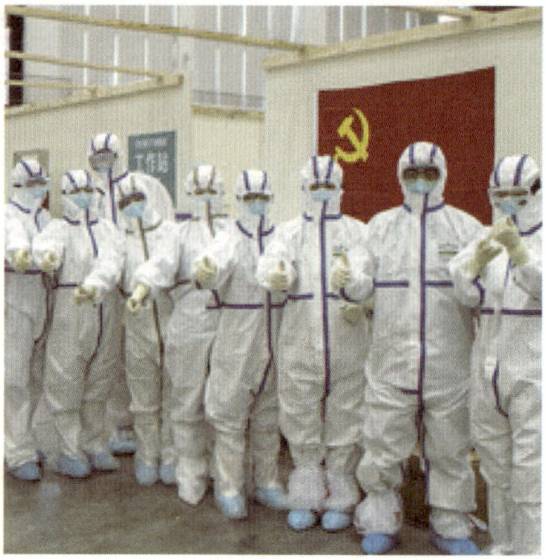

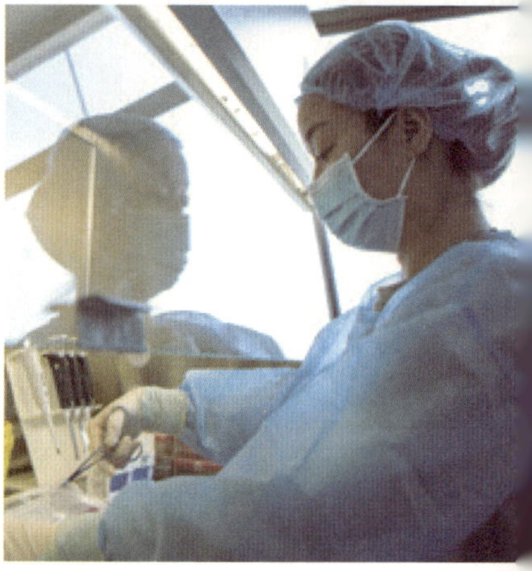

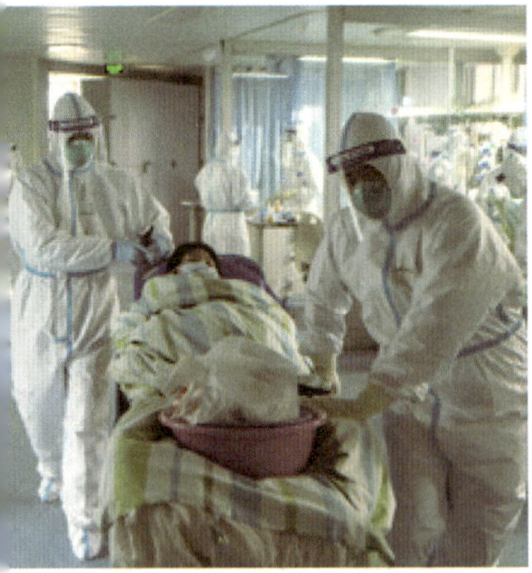
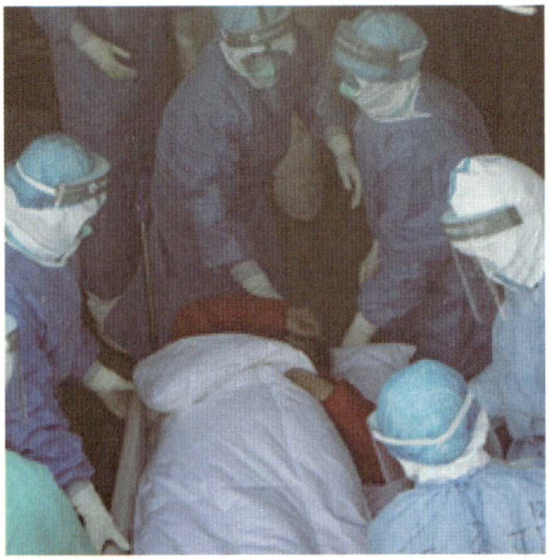
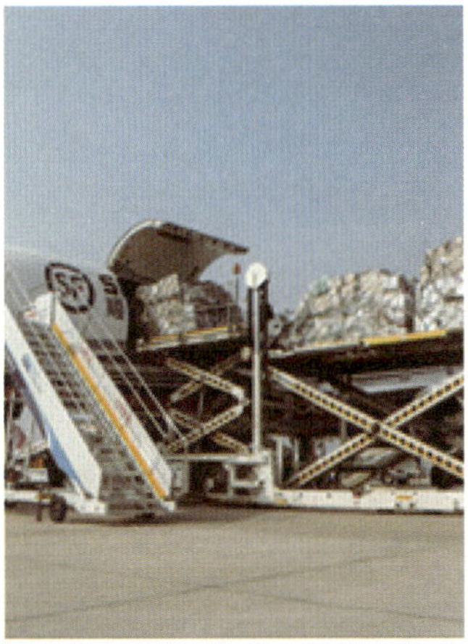
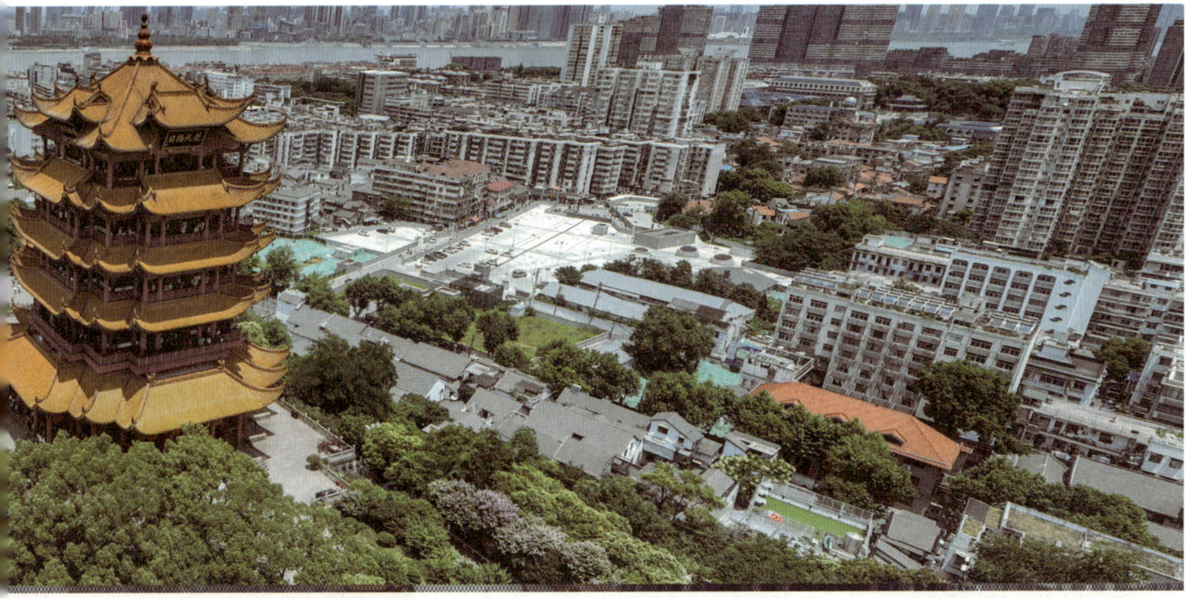
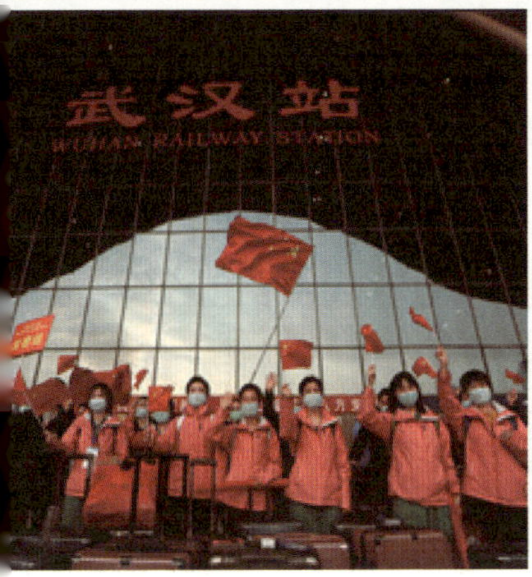
武汉站
WUHAN RAILWAY STATION
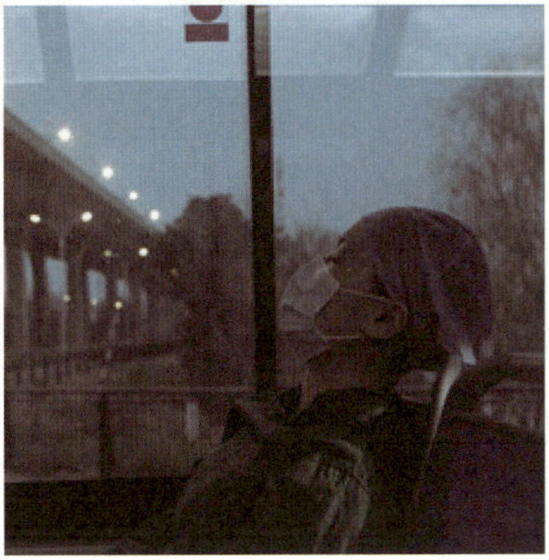
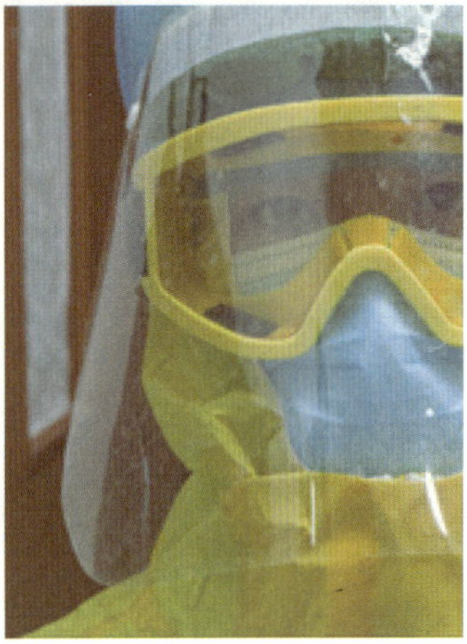

（一）

"我们挺过来了！"

钟南山院士的感慨，引发广泛共鸣。

截至5月9日24时，31个省区市和新疆生产建设兵团累计报告新冠肺炎确诊病例82901例，累计治愈出院病例78120例，治愈率达到94%以上。

复工复产加快推进，截至4月中旬，全国规模以上工业企业平均开工率达99%，民营企业复工率超过90%，中小企业复工率超过80%……

4月8日，武汉"解封"；4月30日，北京突发公共卫生事件调至二级响应；5月2日，湖北突发公共卫生事件调至二级响应；5月21日，推迟两个多月的全国两会将隆重开幕……几个令人振奋的时间节点，辉映我们一起走过的艰辛历程。

一个"挺"字，让人百感交集。回望疫情暴发之初，迅速上升的数字令人揪心，正常生产生活骤然"停摆"。在"风暴眼"武汉，大量患者涌向医院，惶恐与焦虑中，不少家庭永失至爱亲朋……

再苦再难，也要挺过去。在病毒肆虐的至暗时刻，我们从未放弃希望。

"障百川而东之，回狂澜于既倒。"面对来势汹汹的新冠肺炎疫情，党中央沉着应对、果断决策。

习近平总书记亲自指挥、亲自部署，主持召开一系列重要会议，发表一系列重要讲话，作出一系列重要指示。特别是对湖北省、武汉市疫情防控工作，总书记十分关心，对突出问题、关键节点提出明确具体要求。总书记还先后赴北京、武汉、浙江、陕西等地考察调研，就疫情防控和经济社会发展等及时作出部署。高瞻远瞩的战略决策，坚如磐石的意志信念，一心为民的真挚情怀，为全党全军全国各族人民坚定信心、抗击疫情立起了主心骨。

这是坚毅果敢、指路定向的领导力。

关键时刻，每一个理性洞察的判断、每一次审时度势的决策，需要巨大政治勇气，更需要高超政治智慧。党中央提出坚定信心、同舟共济、科学防治、精准施策的总要求，明确"四早"防控要求和"四集中"救治要求，为抗击疫情制定正确战略策略。

危急关头，党中央毅然决定：在上千万人口的大武汉，对人员外流实施全面严格管控。有研究显示，自1月23日"封城"后，经过艰苦努力，武汉疫情扩散得到有效遏制，有效传染数开始直线下降。根据疫情防控和经济社会形势的阶段性变化，党中央因时因势部署外防输入、内防反弹，统筹推进疫情防控和经济社会发展，部署在常态化疫情防控中全面推进复工复产，加快恢复生产生活正常秩序，维护经济发展和社会稳定大局。

这是上下同欲、万众一心的组织动员力。

"让党旗在防控疫情斗争第一线高高飘扬！"党中央一声令下，460多万个基层党组织、9000多万名党员迅速行动起来，成为抗疫中坚力量。从重症病房，到城乡社区，从工厂车间，到科研院所，到处都有共产党员冲锋陷阵的身影。人民解放军、公安民警、基层干部、社区工作者、志愿者，方方面面的力量汇集起来，共同铸就联防联控的钢铁长城。法国前总理拉法兰赞叹："在疫情面前，中国展现出强大高效的组织和动员能力，令人印象深刻。"

这是步调一致、令行禁止的执行力。

面对疫情，听党号令、为国尽责成为全社会的共识和行动。为了实现"隔一座城，护一国人"，武汉人民识大体、顾大局，克服重重困难，付出巨大牺牲，面对疫魔"不服周"，武汉这座英雄之城始终屹立不倒。在中国大地上，每一条街道，每一座村庄，每一户家庭，每一个公民，都坚守着各自责任。冲在第一线是抗疫，"闷"在家里管好自己也是抗疫。亿万人民一条心，上下铆足一股劲,把一个个"不可能"变成现实。

(二)

4月14日起,绵延25公里的武汉"长江巨屏",连续推出主题灯光秀。变幻多彩的光影画卷,表达着6000万荆楚儿女共同的心声:谢谢!

这份谢意,澎湃而又悠长。只有穿越了大风大浪,经历了生死考验,才能读懂其中的真情与大爱。

疫情暴发之初,武汉告急!一时间,市民一"罩"难求,医院一床难求。当时全国所有的医用防护服储备,尚不能满足武汉一天的需求。

武汉夜晚的"战疫灯光秀"(2020年4月14日摄)。(新华社记者王毓国摄)

一方有难，八方支援。响应党中央号令，四面八方的战"疫"力量火速向武汉、向湖北集结。新中国成立以来规模最大的一次医疗力量调遣迅速启动，340多支医疗队、4.2万多名医务人员奔赴抗疫一线。操着各种方言的建设者们昼夜施工，让火神山医院、雷神山医院在很短时间内拔地而起；19个省份对口支援湖北除武汉市外16个市州（林区），快速提升当地抗疫能力……

武汉，从来不是一座"孤岛"；湖北，从来不是孤军作战。

病毒蔓延很快，但更快的，是数以万计逆行出征的医务人员，是紧急驰援

的物资运输车队，是源源不断的爱和支持。"中方行动速度之快、规模之大，世所罕见。这是中国制度的优势。"世界卫生组织总干事谭德塞的感言，道出支撑中国抗疫的制度力量。

恩格斯说："为了进行斗争，我们必须把我们的一切力量拧成一股绳，并使这些力量集中在同一个攻击点上。"坚持全国一盘棋，集中力量办大事，是中国特色社会主义制度的显著优势，也是我们战胜疫情的重要法宝。武汉胜则湖北胜，湖北胜则全国胜。在党中央坚强领导和科学部署下，我们发挥制度优势，举全国之力打好武汉保卫战、湖北保卫战，努力守住全国疫情防控第一道防线，为把握主动权夯实基础。

岁月静好，只因有人负重前行；稳若泰山，源于根基坚实如铁。

改革开放以来，我们党带领人民应变局、平风波、战洪水、防非典、抗地震、控疫情，实践反复印证着一个结论——中国特色社会主义制度具有强大生命力和显著优越性，是中华民族攻坚克难、迈向复兴的根本保障。

（三）

1938年抗战期间，战地摄影师罗伯特·卡帕在武汉街头拍下一张照片——民众纷纷举起旗帜，其中一面醒目地写着："不死！"

2020年，疫情暴发之时，寒风凛冽，江城封闭。但从千千万万的窗户，传来此起彼伏的呼喊："武汉加油！"

不管是抗击外敌，还是抗击疫病，不同历史时空的"武汉保卫战"，都挺立着中华民族不屈的脊梁，传承着生生不息的精神力量。美国作家赛珍珠曾感慨："没有任何事任何人可以摧毁中国人，他们是善于从苦难中生存的坚韧之人。"

灾难，是观照一个民族灵魂的镜子。抗疫期间，有句话刷屏了："劲头上来了，很多东西都能解决。"这股劲，就是中国人的精气神，就是永恒不灭的民族魂。

从白衣战士冲锋在前的身影里，人们看到了"苟利国家生死以"的英勇无畏；从无数普通人坚守岗位的执着中，人们看到了"天下兴亡，匹夫有责"的责任感；从八方驰援的物资洪流中，人们看到了"岂曰无衣，与子同袍"的血脉深情；从方舱医院里"读书哥"的淡定中，人们看到了"莫听穿林打叶声，何妨吟啸且徐行"的乐观豁达……

抗疫时期的一幕幕感人场景，积淀着中华优秀传统文化的厚重底色，诠释着社会主义核心价值观，展现了新时代中国人民的精神品格。

——自强不息、百折不挠。不向困难低头，不为挫折气馁，特别能忍耐、特别能吃苦、特别能战斗，越是艰险越向前。

——万众一心、众志成城。艰难困苦，相濡以沫。全国人民心手相牵，亿万颗心同频共振，中国力量如钢似铁、坚不可摧。

——顾全大局、甘于奉献。自觉把国家利益、集体利益放在首位，人人担当负责，个个尽心尽力，舍小家顾大家，汇小我成大我。

——一方有难、八方支援。胸怀仁爱之心，践行互助之义，济人之困，解人之忧，抱团取暖踏坎坷，守望相助渡难关。

——命运与共、天下一家。为世界安危担当，为人类健康尽责，为团结合作聚力，同舟共济，共克时艰，携手共筑人类命运共同体。

中国精神，在抗疫中淬炼，在磨砺中升华。这笔弥足珍贵的精神财富，永远是中华民族披荆斩棘、奋勇向前的力量之源。

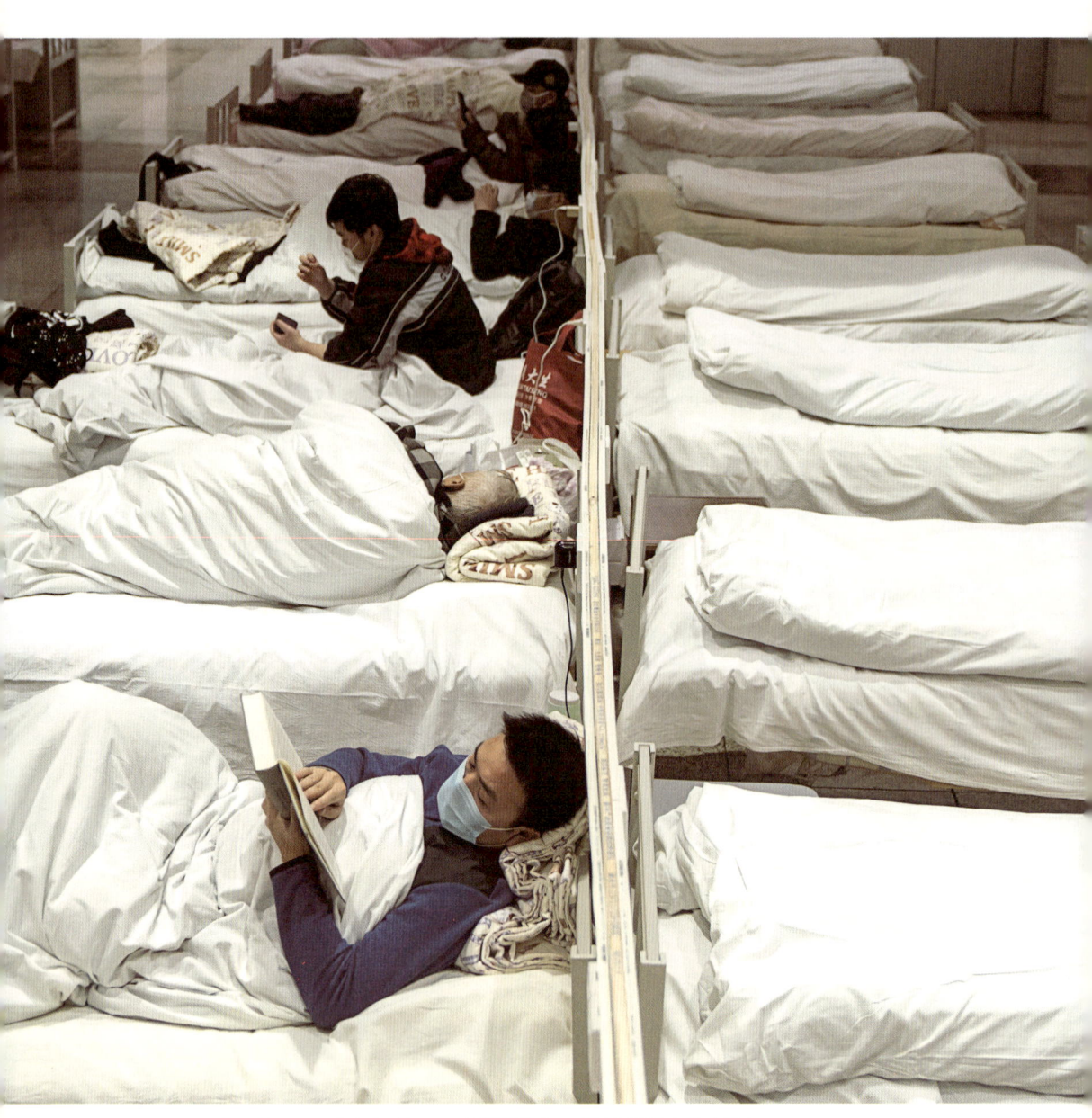

2020年2月5日，患者在武汉江汉方舱医院内。（新华社记者熊琦摄）

（四）

4月26日，武汉在院新冠肺炎患者数字清零。经过近百天艰苦努力，湖北重症及危重症病例从最高峰时的超万例实现清零，成功治愈3600余名80岁以上患者。

每一个生命奇迹，都源于永不放弃的努力。所有的"重生"，都在诠释一个理念：生命至上、人民至上。

一个国家对生命的态度，是最有说服力的文明标尺。在抗疫斗争中，党和政府始终把人民生命安全和身体健康摆在第一位，全力以赴投入疫病救治，救治费用全部由国家承担，最大程度提高治愈率、降低病亡率。为了抢救生命，全国约十分之一的重症医护力量集中在武汉，约四分之一的"救命神器"ECMO集中在湖北。

在为新中国炼出第一炉铁水的武钢，炼钢炉的火焰一直熊熊燃烧。在武汉，在湖北，哪怕风狂雨骤，希望之火从未熄灭。

抗疫期间，病房里最常见的场景，就是医者握着患者的手加油鼓劲。每一次握手，都在传递力量；每一句话语，都是郑重的承诺："你若性命相托，我必全力拼搏。"

不管是108岁的老人，还是出生仅30个小时的婴儿，医务工作者绝不放弃每一个生命，哪怕只有万分之一的希望，也会倾尽百分之百的努力。为了抢救生命，医务人员冒着被感染的风险采集病毒样本，身患渐冻症的金银潭医院院长张定宇累得迈不开脚，28岁药师宋英杰因过度劳累再也没有醒来……没有生而英勇，只因选择无畏。那一封封按着鲜红手印的请战书，那一道道口罩勒出的深痕，那一个个彻夜照顾患者的身影，正是对医者仁心的最好诠释。

"到济南，离家只有一步之遥。"就在护师张静静完成援鄂任务即将回家之时，却因突发心脏骤停不幸去世。我们的白衣战士，奋力帮助患者跨越生与死的距离，却默默承受着与亲人的离别，甚至是，一别竟成永诀。

让我们永远铭记这些平凡而伟大的名字：江学庆、刘智明、李文亮、柳帆、夏思思、彭银华……他们以生命践行使命，用大爱护佑苍生。他们是新时代最可爱的人，是我们这个民族的脊梁。

国旗半垂，举国同悲。4月4日上午10时，习近平等党和国家领导人同14亿中国人民一起默哀3分钟，深切悼念抗击新冠肺炎疫情斗争牺牲烈士和逝世同胞。

我们永远不能忘记，4600多名同胞不幸罹难，一批医务人员、干部职工、社区工作者因公殉职。

永远的创痛，让我们更加懂得，没有什么比生命更宝贵——这是我们最为深切的抗疫感悟，也是必须牢牢坚守的价值取向。

（五）

与疫病的抗争贯穿着人类文明进程。黑死病、霍乱、疟疾、流感、登革热、非典、埃博拉……在漫长而悲壮的缠斗中，多少生灵惨遭涂炭，多少文明因此毁灭。"家家有僵尸之痛，室室有号泣之哀""送葬的钟声几乎没有停止过哀鸣"……不同时空中，人类的悲伤与呐喊从未停息。学者卡尔·齐默在《病毒星球》一书中写下这样的感悟：我们生活的历史，其实就是一部病毒史。

疫病，一次次重创人类，也磨砺了人类向死而生的韧劲。对抗疫魔，人类最有力的武器就是科学。

回顾中国抗击疫情的实践，"科学防治"贯穿始终。面对充满未知数的新型冠状病毒，面对布满艰难险阻的战"疫"，向科学要答案、要方法，是我们克难攻坚的重要一招。

从加强病毒溯源、传播力、传播机理等研究，到跟踪病毒变异情况及时完善防控策略和措施；从多学科力量联手进行药品和疫苗研发，到坚持分类施策、因地制宜；从"健康码""云办公"等助力防疫，到落实分区分级精准复工复产……实践证明，只有坚持科学防治，才能看清病毒的"样子"、找到对症的"方子"、走对防控的"路子"。

大疫出良药，中医显身手。从应用"三药三方"等有效方剂，到采取集中隔离、普遍服中药等防疫做法，中医药为抗击疫情作出重要贡献，尤其是在有效防止患者从轻症转为重症，提高治愈率、降低病亡率方面作用更突出。德国病毒学家奇纳特尔认为："中医药在防止病毒吸附细胞、病毒复制等方面有明显效果。"

抗疫，让全社会经历一次科学的洗礼。从传统媒体到网络空间，从社区横幅到农村大喇叭，防控知识科普遍地开花、家喻户晓，戴口罩、勤洗手、常通风、不聚集等科学常识逐渐变成人们日常习惯。非常时期，钟南山、李兰娟、王辰、张伯礼等专家纷纷发出专业理性的声音，及时解疑释惑，拨开团团迷雾，向社会注入正能量。

爱因斯坦曾说："科学的不朽荣誉，在于它通过对人类心灵的作用，克服了人们在自己面前和在自然界面前的不安全感。"当相信科学、依靠科学、使用科学蔚然成风，我们应对风浪侵袭就有了理性的"压舱石"。

（六）

抗疫，是对国家治理体系和治理能力的一次大考，也是对全党全社会的一次大考。习近平总书记谆谆告诫："我们一定要总结经验、吸取教训。"

疫情好比一面放大镜，让优势和长处更加凸显，也让我们把短板与不足看得更加清晰。抗疫斗争，暴露出我国在重大疫情防控体制机制、公共卫生体系等方面存在一些短板，反映出一些领导干部的治理能力和专业能力跟不上，折射出形式主义、官僚主义的危害，警示我们养成文明健康的卫生习惯是何其重要……

这场全方位大考，是对新时代中国的一次全面"体检"。我们没有被疫情击倒，扛住了这次巨大冲击，"中国体质"总体上是过硬的。但也应看到，经济社会发展过程中，还有一些"亚健康"甚至"不健康"的问题存在。疫情警示我们，增强忧患意识，破除沉疴积弊，永远都是进行时！

反思，是面对灾难的应有态度；改变，是面对问题的最好回答。

——必须坚持"从最坏处着眼、向最好处努力"的底线思维。疫情之下，既有难以预料的"黑天鹅"，也有有迹可循的"灰犀牛"。最大的风险在于看不见风险，最大的问题在于无视问题。当前，国内外形势复杂严峻，各方面的挑战前所未有。必须时刻保持如履薄冰的谨慎、见叶知秋的敏锐，正视最坏处，解决最难处，做在最实处，努力争取最好结果。

——必须下足"补短板、堵漏洞、强弱项"的功夫，依靠改革解决问题、推动进步。"刀伤药再好，不如不拉口子。"针对这次疫情暴露出来的短板和不足，既应痛定思痛，更应举一反三，聚焦公共卫生、防灾备灾、社会治理等重点领域，通过深化改革啃下"硬骨头"，锻造应对风险挑战的"铁肩膀"。把灾难当作"磨刀石"，把教训当作"铺路石"，方能筑就发展进步的坚实阶梯。

——必须涵养"出实招、干实事、求实效"的务实作风，把各项工作抓细抓实。疫情防控涉及方方面面，每一个环节都不容有失，每一项任务都必须落实，充分证明"天下大事，必作于细"。推进各项事业发展，同样需要始终保持抓铁有痕、踏石留印的劲头，舍得下"绣花"功夫，不驰于空想，不骛于虚声，踏踏实实干好工作，认认真真抓好落实。

——必须增强"时不我待、只争朝夕"的紧迫感，坚定不移办好自己的事情。2020年即将过半，实现决胜全面建成小康社会、决战脱贫攻坚的目标任务，时间紧、难度大、责任重。做好疫情"加试题"，答好发展"必答题"，唯有绷紧弦、加把劲、同心干，把疫情耽误的时间抢回来，才能交出无愧于党和人民的新答卷。

（七）

4月19日凌晨，在巨大光束投射下，瑞士阿尔卑斯山脉的马特洪峰"披"上了一面五星红旗。夜空沉寂，灯光传递着一个信念——只要心中有光，世界就有希望。

我们共同生活的这个星球，依然在艰难中煎熬。据世界卫生组织数据，截至5月9日，全球新冠肺炎累计确诊病例近390万例，死亡病例近27万例。令人痛心的数字，还在不断攀升。

疫情，以一种残酷的方式，分外真切地警示我们：人类是一个休戚相关的命运共同体。

大疫当前，更显责任担当。中国采取最全面、最严格、最彻底的防控举措，像钉子一样钉在全球抗疫第一线，牢牢守护14亿人的健康安全。如同当年以巨大牺牲为世界反法西斯战争作出巨大贡献一样，中国以沉痛的代价为全世界抗疫摸索了经验、赢得了时间。俄罗斯医学专家谢苗诺夫动情地说："中国用自己的英勇行为，为全世界遏制疫情扩散争取了一个半月的时间。"

2020年4月19日,瑞士采尔马特市旅游局用灯光将一面五星红旗投射到附近阿尔卑斯山脉的马特洪峰。(新华社发 瑞士采尔马特市旅游局供图)

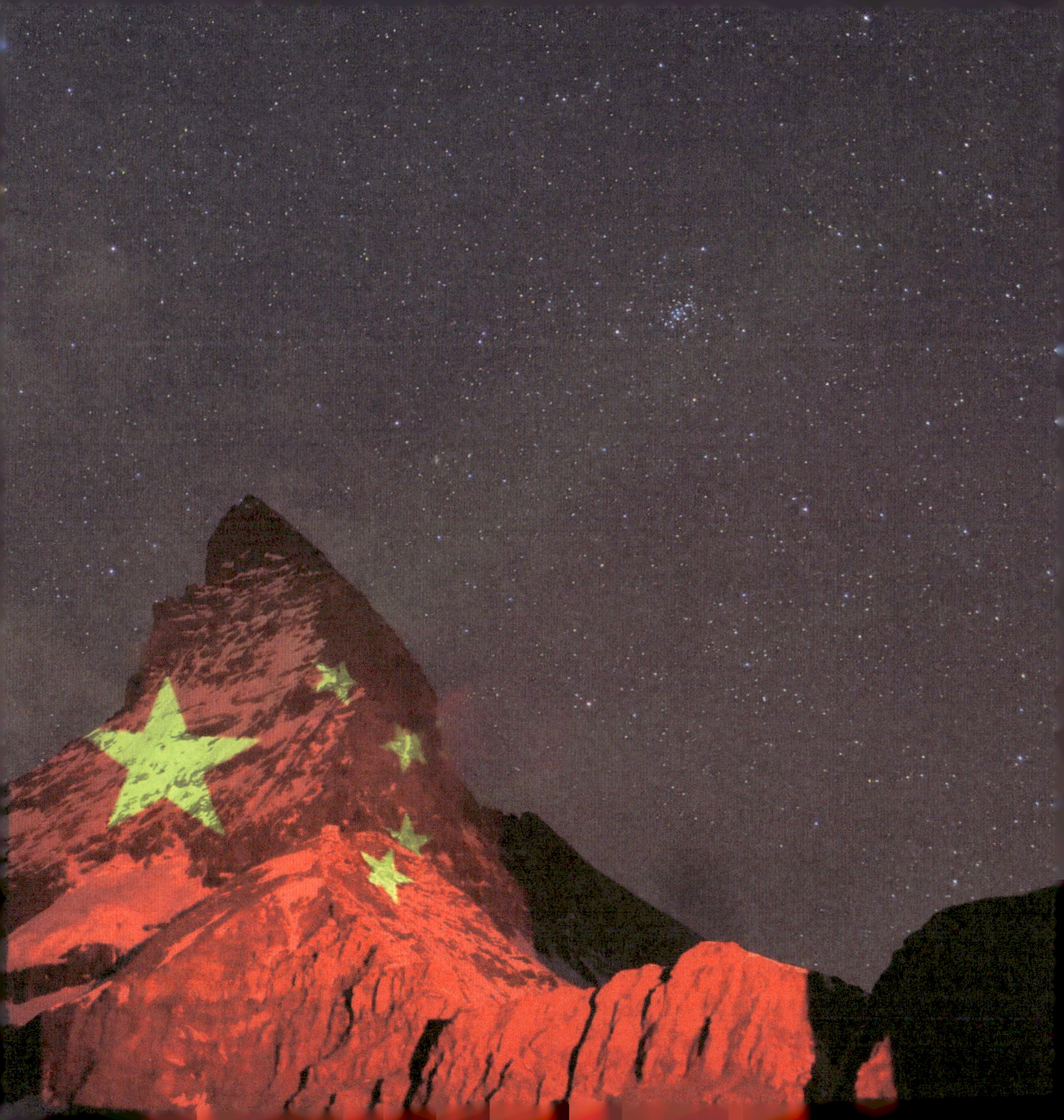

大疫当前，更见患难真情。在中国抗疫最艰难的时刻，100多个国家和数十个国际组织纷纷给予支持和援助。疫情在全球加速蔓延之时，中国将援助物资发往150多个国家和国际组织，向伊朗、伊拉克、意大利、塞尔维亚、埃塞俄比亚等国家派出医疗专家组。"山川异域，风月同天"的互帮互助，"青山一道，同担风雨"的携手前行，不断给各国人民带来温暖与力量。

面对"二战以来最严重的全球危机"，是担当责任、并肩作战，还是一味"甩锅"、撕裂团结？答案关乎各国人民的安危，关乎人类战"疫"的成败。

在二十国集团领导人应对新冠肺炎特别峰会上，习近平主席发出携手抗疫、共克时艰的中国声音，引发国际社会广泛共鸣。全球抗疫，命运与共，团结合作是最强的"免疫力"。

一批批中国专家与东盟、欧洲、非洲同行连线交流，多语种的中国诊疗和防控方案及时分享给世界各国；联合国向最不发达国家开通运送医疗物资的"团结航班"；多国合作开展疫苗研发……正如联合国秘书长古特雷斯所说："我们是团结在一起的全球公民，我们是联合在一起的国家。"

团结就是力量，公道自在人心。"拿疫情当政治筹码是玩火""国家之间应该合作而不是'甩锅'""中国行动是对个别国家挑衅行为的响亮回答"……尽管将疫情标签化、政治化和污名化等论调不时沉渣泛起，但合作抗疫始终是国际社会的普遍共识，推动团结合作的中国理念和中国行动得到各国广泛支持和认同。

人类学家玛格丽特·米德曾将一块折断之后又愈合的股骨称为"人类文明的起点"，因为这意味着人类开始懂得帮助身处困境的同类。疫情终有尽时，挑战层出不穷，"世界怎么了、我们怎么办"的时代之问需要不断作出解答。唯有秉持人类命运共同体理念，团结互助、合作共赢，人类才能跨越重重险阻，共同开创光明的未来。

（八）

"当、当、当……"不久前，关闭了近百日的黄鹤楼重新开门迎客，来自各行各业的战"疫"代表一起敲钟祈福。钟声，传递的是信心，是希望，是一座城市渡尽劫波再出发的精气神。

从"九省通衢"武汉看神州大地，马路和街道逐渐变得喧闹，嘈杂市井升腾起熟悉的烟火气，工厂机器再度轰鸣，校园里又响起琅琅的读书声……

一个有声的中国，一个流动的中国，一个重焕生机的中国，令人感慨，也引发深思——

180年前的庚子年，西方的坚船利炮击碎了"天朝上国"的迷梦；

120年前的庚子年，八国联军的铁蹄践踏在紫禁城苍凉的地面上。

一百多年的历史记忆，仿佛一部时间简史，告诉我们和我们的子孙——

"中华民族历史上经历过很多磨难，但从来没有被压垮过，而是愈挫愈勇，不断在磨难中成长、从磨难中奋起。"

我们从哪里来？从深重的苦难与磨砺。

我们向何处去？向着民族复兴的光明未来。

任何磨难都只能激发我们奋斗的力量。

任何困难都不能阻挡我们前进的步伐！

（新华社北京 2020 年 5 月 10 日电）

扫码观看　新华视评 | 钟华论:在民族复兴的历史丰碑上——2020中国抗疫记

› 创作手记

融入深思深情，记录大战大考

抗疫斗争，是惊心动魄的生死大战，也是艰苦卓绝的历史大考。2020年5月，在新冠肺炎疫情防控阻击战取得重大战略成果之际，新华社播发重磅评论《钟华论：在民族复兴的历史丰碑上——2020中国抗疫记》。文章回顾抗疫斗争的艰辛历程，系统总结经验启示，展现了中国优势、中国力量、中国精神，引起社会各界广泛共鸣，被誉为"记录抗疫斗争的扛鼎之作"。

文章合为时而著，歌诗合为事而作。有了深刻的思考，注入的思想的力量，往往使评论拥有更加持久的生命力。"钟华论"文章从民族复兴历史进程和人类文明发展史来定位和思考抗疫斗争，站位高远，视野开阔，凸显了其重大而深远的意义。在全景式展现中国抗疫场景的基础上，"钟华论"文章着力思考"中国为什么能"，以事实说明中国抗疫取得巨大成就的根本原因是以习近平同志为核心的党中央坚强领导、中国特色社会主义制度的强大生命力和显著优越性。文章深入挖掘和总结新时代中国人民在抗疫斗争中展现的精神品格，既有对中华优秀传统文化和中华民族精神的热情礼赞，又有携手共筑人类命运共同体的博大胸怀。文章还从底线思维、问题导向、改进作风、尊重科学、社会治理等方面系统提炼抗疫带来的经验与警示，进一步凝聚共识、总结规律，引发人们的深入思考。

笔端饱含深情，是这篇"钟华论"文章的另一个特点。在创作中，对党和国家的热爱、对人民的礼赞、对生命的敬畏，作为一种情感底色铺展始终。文章既写真情大爱、医者仁心，也写儿女情长、百姓感受，展现真实而又伟大的中国力量,从而有效传递直抵人心的正能量。情何以达?关键是语言。文章着力打造情理交融的文风,让情感的力量自然流淌、浸润人心。身患渐冻症的金银潭医院院长张定宇累得迈不开脚、28岁药师宋英杰因过度劳累再也没有醒来、护师张静静完成援鄂任务即将回家之时却因突发心脏骤停不幸去世……这些人物和故事感人至深,引发受众强烈共鸣。"寒冬再漫长,也阻挡不了春天的脚步""没有生而英勇,只因选择无畏""只要心中有光,世界就有希望""在磨难中成长,从磨难中奋起"等语句情深意切、寓意深远,令人心潮澎湃。

这篇重磅评论从抗疫之初就开始谋划,创作过程历时3个多月。在新华社领导亲自指挥下,写作专班成员深入湖北抗疫一线调研采访,认真学习习近平总书记有关重要论述,认真研读有关论著,密切关注和思考抗疫历程,写作中先后十易其稿,可谓全情投入、尽心尽力。《在民族复兴的历史丰碑上——2020中国抗疫记》播发后被《人民日报》《光明日报》《解放军报》等2550家媒体刊发转发,总浏览量超过3.3亿,获得第31届中国新闻奖,入选《新华通讯社90年90篇精品选》,被编入人民教育出版社出版的全国高中语文统编教科书。

当新年第一缕阳光照亮苍穹，历史开始落笔新的一页。

这是新时代的中国，这是新征程上的我们。"天问一号"正飞往火星，"嫦娥五号"已带回月壤，"奋斗者"号实现了万米深潜，在建的川藏铁路穿越崇山峻岭，5G信号加速覆盖广袤大地，脱贫的乡亲们盘算着更红火的日子，千千万万劳动者坚守在岗位，家家户户憧憬着新的一年……

迎着朝阳，五星红旗冉冉升起，神州大地跃动着勃勃生机。新的希望正在我们每一个人心中升腾——

新年好，中国！

新征程，我们再出发
——2021年新年献词

本文以真情直抵人心，带给读者信心和力量。播发后在众多媒体发布的2021年新年献词中"突出重围"，成为镇版刷屏之作，《人民日报》《光明日报》等600多家媒体采用转载，总浏览量过亿。

2020年7月23日，我国在海南岛东北海岸中国文昌航天发射场，用长征五号遥四运载火箭将我国首次火星探测任务"天问一号"探测器发射升空。（新华社发　郭文彬摄）

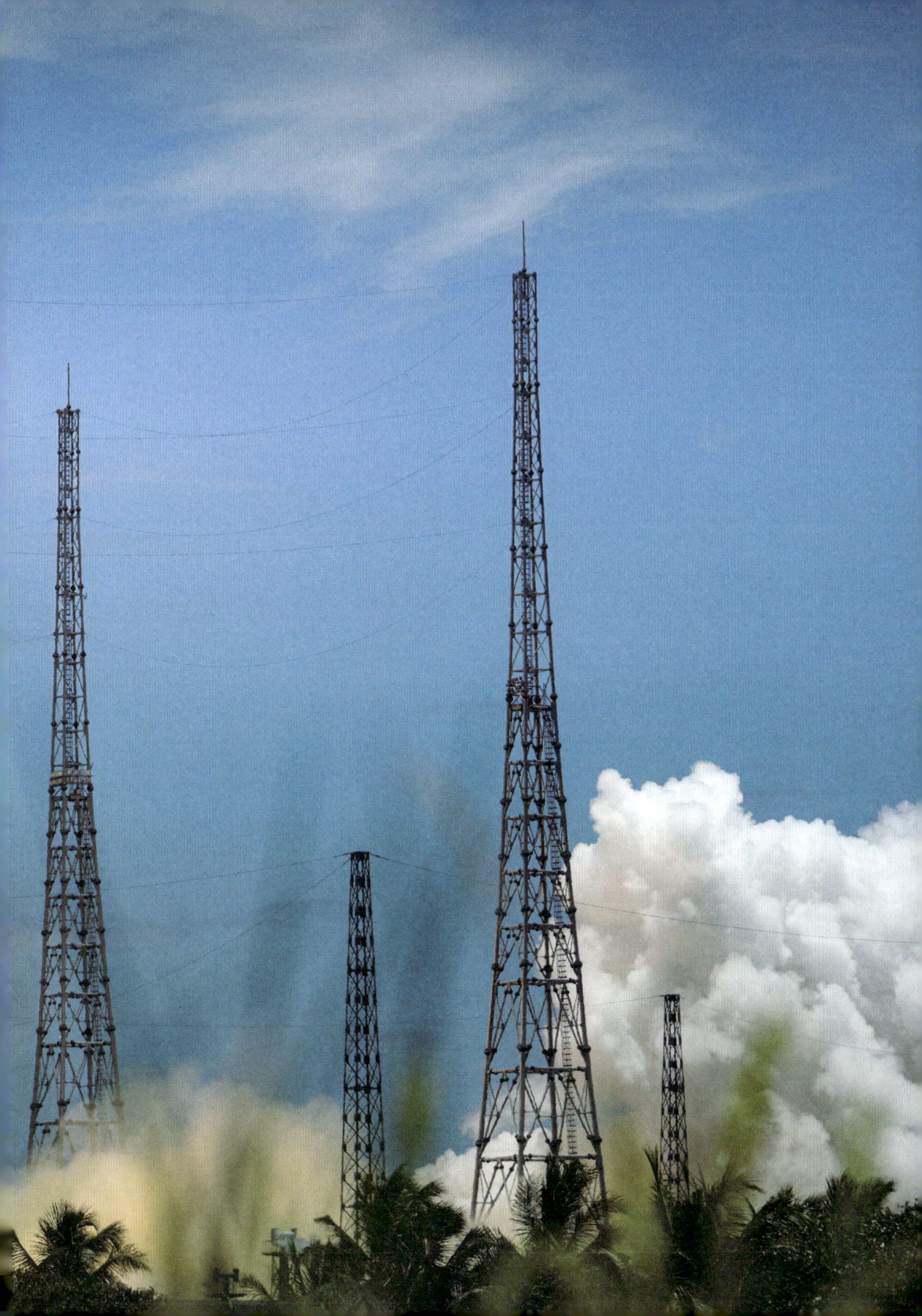

（一）

回首来时路，2020年是极不平凡的一年，更是刻骨铭心的一年。"新冠疫情""大流行""隔离""密切接触"……各国评选的年度热词，诉说着人类共同经历的艰难岁月。2020，在你生命中刻下怎样的印记？回望中，那一个个难忘的日日夜夜，依然鲜活如昨，让人百感交集——

2020有声音，那是"武汉加油""中国必胜"的坚强呐喊，也是"健康所系，生命相托"的铿锵誓言；是"等你回家"的亲人寄语，也是"风月同天"与"同担风雨"的互助情义。2020很难，2020也很暖，真情大爱总是点燃我们心中的希望，给予我们前行的力量。

2020有颜色，那是逆行出征、舍生忘死的"天使白"，是冲锋在前、勇挑重担的"橄榄绿"，是老年患者与医生共赏的金色余晖，是洪峰中屹立不倒的鲜红党旗。无数种色彩，晕染出"人民至上、生命至上"的感人画卷，温暖着14亿人的心田。

2020有味道，那是大街小巷重燃的烟火气，是生活的酸甜苦辣，是丰收之年的稻麦飘香，是汗水里的奋斗味道。每个时代最深的刻痕，总有奋斗者笃行的足迹。各行各业按下"快进键"，脱贫攻坚收官战加紧推进，人们奋力把失去的时间夺回来。无数人的日夜兼程，挺立起一个国家风雨无阻向前进的雄伟身姿。

"青松寒不落，碧海阔逾澄。"历经艰难险阻，付出巨大努力，我国成为全球唯一实现经济正增长的主要经济体，三大攻坚战取得决定性成就，如期实现现行标准下农村贫困人口全部脱贫，科技创新取得重大进展，改革开放实现重要突破，民生得到有力保障，社会主义中国交出了一份人民满意、世界瞩目、可以载入史册的答卷。诸多奋斗目标在2020年画上句号，"十三五"规划圆满收官，全面建成小康社会取得伟大历史性成就，中华民族伟大复兴向前迈出了新的一大步。我们不仅见证历史，更在创造历史。

诗人说，光荣的桂冠从来都是用荆棘编成的。2020很短，一个个困难挑战接踵而来，把时间折叠压缩。

2020很长，亿万中华儿女从困难中奋起，拼出了一片新天地！

（二）

事实是最好的老师，胜过一切豪言壮语。从抗疫到抗洪，从脱贫攻坚到复工复产，一个个"在磨难中成长、从磨难中奋起"的艰辛故事，如同一场场超大规模"现场情景教学"，让人们更真切、更深刻地读懂中国。

——以习近平同志为核心的党中央一声令下，9000多万党员冲在前，14亿人齐动员，千家万户共坚守，仅用3个月左右的时间就取得武汉保卫战、湖北保卫战的决定性成果，这是何其强大的组织动员力和治理能力！

——为了保护人民生命安全和身体健康，中国宁可承受一段时间内经济下滑甚至短期"停摆"，为了救治患者不惜一切代价，还有什么比这更能说明中国无比珍视生命、人民在执政党心中至高无上？

——全国调集340多支医疗队、4.2万多名医务人员驰援湖北，数万名建设者仅用10天就建成有1000张病床的火神山医院，仅用12天就建成有1600张病床的雷神山医院，这难道不是对中国速度、中国效率的生动诠释？

——顶住前所未有的压力，中国率先控制疫情、率先复工复产、率先实现经济增长由负转正，对世界经济增长贡献率超过30%，各国企业和机构纷纷"看好中国"，这难道不是对中国发展强大韧性与生机活力的有力证明？

——面对单边主义、保护主义逆流涌动，一些国家遏制打压全面升级，

在武汉大学人民医院东院，复旦大学附属中山医院支援湖北医疗队的刘凯在护送患者做CT的途中停下，让住院近一个月的87岁老人欣赏久违的日落（2020年3月5日摄）。（新华社发 甘俊超摄）

中国坚定不移深化改革开放，促进全球团结抗疫，高举多边主义旗帜推动开放合作，赢得国际社会广泛赞誉。谁"站在历史正确的一边"，一目了然。

有人说，疫情没有成为中国的"切尔诺贝利时刻"，反而成了社会主义中国的"高光时刻"。

中国为什么能？

2020年的大战大考，无可辩驳地告诉我们：党的坚强领导是风雨来袭时最可靠的主心骨；中国特色社会主义制度是抵御风险挑战的根本保证；中国人民团结奋斗的洪荒伟力是战胜艰难险阻的力量源泉；生生不息的民族精神是凝心聚力的强大力量。

这就是读懂社会主义中国的"核心密码"。

从打破封锁围堵，到战胜地震洪水，从抗击严重疫情，到应对金融危机，新中国成立70多年来，改革开放40多年来，中华民族就是这么栉风沐雨走过来的，中国就是这么披荆斩棘闯过来的，震撼世界的中国奇迹就是这么在攻坚克难中创造出来的。

"原来你是这样的中国"。有人感慨，2020带给国人最大的感受，就是对党和国家的信任与信赖。经历了大灾大疫，我们更懂得感恩和珍惜；经历了生死考验，我们更能体会到家和国的命运与共。一个以人民为中心的国家，一个心系人民、造福人民的执政党，让人们感到安心，对明天更有信心——

沉舟侧畔千帆过，病树前头万木春。

（三）

2021年，是中国共产党成立100周年，是"十四五"开局之年，也是全面建设社会主义现代化国家新征程开启之年。在历史坐标系中，这一年注定将留下极其特殊而重要的印记。

这是一道历史的分水岭。1949—1978—2020—2021—2035—2050，历史前进的脉络总是给人以深刻启示。新中国成立，中国人民实现了"站起来"；实行改革开放、全面建成小康社会，实现了"富起来"；开启建设社会主义现代化国家新征程，则标志着我们正处于全力实现"强起来"的历史新时代。跨越重重峰峦，开拓全新境界，乘势而上向第二个百年奋斗目标进军，民族复兴事业将揭开新篇章。

这是发展进程中的里程碑。新征程，重新定义了发展，也重塑着我们的生活。从"有没有"到"好不好"，迈入新发展阶段，贯彻新发展理念，构建新发展格局，意味着高质量发展、高品质生活、高效能治理，实现由量到质、由大到强的一次大跨越。

这是人类发展史上的新奇迹。14亿中国人携手迈入社会主义现代化，意味着什么？如果说18世纪下半叶英国开启现代化时人口是千万级的，20世纪之后美国逐渐领跑现代化时人口是上亿级的，那么中国的现代化是"10亿级"超大人口规模的现代化。当今世界，完成工业化的发达国家和地区的人口总和不到10亿人，中国实现现代化的"惊人一跃"，将超过几个世纪以来全世界所有国家和地区现代化人口的总和，必将深刻改写现代化世界版图。

"只有敢于走别人没走过的路，才能收获别样的风景。"中国开辟的社会主义现代化道路，扎根中国实际，打破了"现代化就是西方化"的神话，拓展了发展中国家走向现代化的途径，给人类带来了新希望。这是人类历史上一件震古烁今、影响深远的大事。

现代化的梦想，曾经如此遥远，现在又如此真切。梁启超在《新中国未来记》里的预言，孙中山在《建国方略》中的畅想，方志敏在《可爱的中国》里的深情呼唤，在今天的中国大地上逐渐化为现实。

历史是什么？是过去传到将来的回声。曾经的历史叩问"中国人能近代化吗"，在新时代中国浩荡前行的步伐中，得到了无比坚定的回答：

中国一定行，中国人一定能！

（四）

一家外国媒体感言：在中国，党的计划也是人民的计划，因为这些计划致力改善社会各阶层民众的生活。翻开《中共中央关于制定国民经济和社会发展第十四个五年规划和二〇三五年远景目标的建议》，2万多字的内容，既有大国发展的雄心壮志，更有每一个人的期盼与幸福。

"基本建成法治国家、法治政府、法治社会""建成文化强国、教育强国、人才强国、体育强国、健康中国""美丽中国建设目标基本实现"……新征程的宏伟蓝图振奋人心，每一个目标的实现，背后凝结着多少代人的追求与奋斗。

千方百计稳定和扩大就业，为民生改善打牢基础；健全工资合理增长机制，让老百姓的腰包更鼓、生活更富足；推动义务教育均衡发展和城乡一体化，更有力地托举起学子们的梦想之翼；推动养老事业和养老产业协同发展，让老年人安享晚年有更多保障；健全覆盖全民、统筹城乡、公平统一、可持续的多层次社会保障体系，解除人们的后顾之忧……"十四五"规划建议字里行间传递着发展的温度，"人民"二字如一条红线贯穿始终，让每一个人都能从中看到自己的未来。

这是一份庄严的承诺，更是一种温暖而朴素的价值追求：中国的现代化，不仅是"物"的现代化，更是"人"的现代化；不仅要实现国家的富强，更要实现人的全面发展、社会全面进步。

汇入江海，涓滴才能永不干涸；融入时代，人生自有无限精彩。新征程，是中国发展的新征程，也是我们每个人的新征程。在中国号巨轮航行的海图中，每一个人找到自己的坐标，尽到自己的一份责任，让个体奋斗与时代宏图相互激荡，就一定能建设一个更强盛的国家，成就一个更美好的自己。

"百围之木，始于勾萌；万里之途，起于跬步。"没有等出来的成功，只有干出来的精彩。人间值得，每一个打拼的你更值得。

（五）

"要知道，春天的道路依然充满泥泞。"站在新年的门槛上眺望前方，有阳光也有风雨，有通途也有险阻。中国经济持续复苏、形势向好，我国继续发展具有多方面优势和条件，但发展不平衡不充分问题仍然突出，经济恢复基础尚不牢固，重点领域关键环节改革任务仍然艰巨，一些领域"卡脖子"问题仍然严重，民生保障存在短板，社会治理还有弱项。迎来新的一年，人们还有这样那样的操心事、烦心事、揪心事。

在新冠肺炎疫情的巨大冲击之下，一些人感慨"世界再也回不到从前了"。当今世界，百年未有之大变局进入加速演变期，疫情带来的各类衍生风险不容忽视，各种"黑天鹅""灰犀牛"层出不穷，我们必须在充满不确定性的国际环境中谋求发展。前进道路上，不可能一马平川、一帆风顺、一路鲜花，少不了"拦路虎"和"回头浪"，我们必须付出更为艰苦的努力。

"遵通衢之大道兮，求捷径欲从谁？"追梦人的世界，没有"容易"二字。实现心中梦想，唯有"奋斗"成就。走过2020年，走过新中国成立70多年来的风雨历程，一个启示分外鲜明：在危机中育先机，于变局中开新局。时代前行的迅猛步伐，让我们等不得；日趋激烈的竞争态势，让我们慢不得；不容忽视的现实问题，更让我们拖不得。

任凭乱云飞渡，哪怕惊涛骇浪，关键是要办好自己的事。新征程上，我们更需增强危中有机、化危为机的机遇意识，增强守住底线、安全发展的风险意识，以准确识变之智、科学应变之道、主动求变之能，坚定不移办好自己的

2020年11月28日8时30分许,创造了10909米中国载人深潜新纪录的"奋斗者"号,完成第二阶段海试,胜利返航。这是"奋斗者"号(资料照片)。(新华社发 中国船舶集团供图)

事,将奋斗进行到底。

我们即将迎来农历辛丑牛年。俗话说"牛马年好耕田",这是辛勤耕耘的年份,"牛"象征着拼搏实干的精神。新征程上,我们更加呼唤这样的"中国牛"——

做"开山牛",敢闯敢拼,一往无前,挺进"无人区";做"拓荒牛",改革创新，敢为人先，当好"排头兵"；做"孺子牛"，心系人民，苦干实干，甘当"勤务员"；做"老黄牛"，敬业奉献，踏踏实实，争做"实干家"。

"天下无难能不可为之事，而有能为必可成之人。"胸中若有凌云志，不待扬鞭自奋蹄。凝聚"九牛爬坡，个个出力"的奋斗合力，负重前行的"中国牛"，定能耕耘出更加绚丽的"中国红"。

（六）

15年后的中国，将是什么样子？那时的我们，又会怎样？在网上，这样的问题总是引发热议。"既然时间是中国的朋友，青年成长之路，就是走正道、看长远、干实事。"一个网友的跟帖耐人寻味。

问题起于当下，答案则在未来。从2021年到2035年，是国家发展的重要阶段，也是青年成长成才的"黄金时代"。新发展格局、新技术、新产品、新业态、新模式……新征程上，更加宽广的舞台，更加精彩的赛道，在无数青年心中点亮希望之光，激荡起"后浪"奔腾的澎湃动力。

每一颗青春的种子，都积蓄着生长的力量。

每一个青春的梦想，都在吹响奋进的号角。

新征程上的青春奋斗，是年轻的"第一书记"带领乡亲们过上更好日子的实干担当，是莘莘学子奋舟学海、强健体魄的成长之路，是科研新秀全力破解"卡脖子"问题的日夜攻关，是青年技工精益求精、打造精品的工匠精神，是快递小哥顶风冒雪、穿梭街巷的奔忙身影，是年轻父母为了家人和孩子披星戴月的辛勤打拼……

生命像块铁，越是敲打，就越能迸发出火花。成长如登山，冲顶越难，就越能收获美景。在最好的年华，最佳的打开方式就是向着梦想奋力登攀；

身处最好的时代，最大的珍惜就是为时代发展贡献自己的力量。

"再过二十年我们重相会，伟大的祖国该有多么美。"上世纪80年代初，一首《年轻的朋友来相会》唱出了一代人的心声，激励着广大青年投身改革开放的时代洪流。新世纪的今天，青春之歌依然嘹亮，时代已经发出新的青春之约——相会2035，现代化的祖国更加壮美。

时间无法重启，人生没有重播，奋斗者的每一秒都是进行时。让我们只争朝夕、不负韶华，用奋斗致我们终将值得的青春，用奋斗打磨出美好未来的模样。

前进吧，乘风破浪的新一代！

（七）

2020年岁末，我国自主研制的新一代中型运载火箭长征八号圆满首飞，实现"一箭五星"成功发射，这也是长征系列运载火箭的第356次飞行。

"长征"是一步一步走出来的，中国的今天也是一步一步干出来的。铭记历史的来路，才能锚定未来的出路。

1921年1月1日，长沙大雪满城，毛泽东主持新民学会会员新年大会，讨论如何"改造中国与世界"，一个开天辟地的时刻即将到来。

1949年新年到来的时候，人民解放战争节节胜利，中国共产党人发出了"将革命进行到底"的豪迈宣言，新中国的红日喷薄欲出。

1979年1月，深圳市成立。冰河解冻，大地复苏，改革开放的春雷激荡大江南北。

2021年新年，我们站在一个历史新起点上。百年大党风华正茂，新时代中国朝气蓬勃，我们从未像现在这样充满自信、意气风发地奔向未来。

2020年12月22日12时37分,我国自主研制的新型中型运载火箭长征八号首次飞行试验,在中国文昌航天发射场顺利实施,火箭飞行正常,试验取得圆满成功。(新华社记者蒲晓旭摄)

历史不会终结,因为新的历史正在书写——

再出发,我们的征途是星辰大海;

再出发,我们的梦想是民族复兴!

（新华社北京 2020 年 12 月 31 日电）

扫码观看　*新征程·我们再出发*

> 创作手记

最是真情动人心

辞旧迎新之际，回望过去一年的不平凡，怀揣着对新一年的希望，百般感触，何以抒怀？"钟华论"文章《新征程，我们再出发——2021年新年献词》以真情直抵人心，带给读者信心和力量。

这是让人心潮澎湃的真切记忆。文章着力用典型意象来叙事写意，笔触如镜头推拉摇移，闪过"天使白"、"橄榄绿"、金色余晖、鲜红党旗等种种色彩，"武汉加油""中国必胜"的坚强呐喊是发自人心深处的真实声音，烟火气、稻麦香、汗水味等以小见大，记录着新时代中国风雨无阻向前进的身姿。于细节描写之中，于意象奔流之中，将共同的经历、集体的记忆沉淀下来，更加凸显2020的艰苦奋斗历程，也将不屈不挠、奋发向上的力量和精神注入字里行间。

这是致敬奋斗者的真挚赞歌。文章努力将大国奋进和普通人的奋斗结合起来，展现人民的力量，讴歌人民的创造。从各行各业劳动者敬业奉献的身影，到人们攻坚克难的拼搏，从思考成就背后的人民努力，到让每一个人都能从中看到未来的发展蓝图，文章不仅饱含对人民的深情礼赞，而且结合抗疫斗争等实践，落笔在"一个以人民为中心的国家，一个心系人民、造福人民的执政党，让人们感到安心，对明天更有信心"，进一步凝聚了共识、升华了主题。

这是朴实隽永的真情表达。文章融情入理，打造有温度、有新意的文风。"把失去的时间夺回来"宣示着中国人民的韧性和坚强，"原来你是这样的中国"化用网言网语道出亿万国人的共同感受,"人间值得,每一个打拼的你更值得"拨动平凡奋斗者的心弦,"生命像块铁""成长如登山""时间无法重启,人生没有重播"等譬喻深刻、寓意深远,给人以启发。文章还结合迎来农历辛丑牛年的时点,以开山牛、拓荒牛、孺子牛、老黄牛等意涵做"中国牛"的文章,既有中国传统文化气息,又具有新时代特质,更有效地传播真抓实干、开创未来的正能量。

这篇"钟华论"文章善于把情感、思想和意象、场景等融合起来,以之贯通文气、激荡文思。文章序曲部分以脱贫攻坚、飞天揽月、万米深潜等成就开篇,结尾部分以"我们的征途是星辰大海,我们的梦想是民族复兴"收束,呼应"新征程,我们再出发"的主题。文章用1921、1949、1979、2021几个重要年份的新年场景,串联起百年奋斗历程,说明"中国的今天是一步一步干出来的",让人们在抚今追昔、鉴往知来中迈出奋进新征程的步伐,书写新的历史。

"钟华论"文章《新征程,我们再出发——2021年新年献词》播发后,在众多媒体发布的2021年新年献词中"突出重围",成为镇版刷屏之作,《人民日报》《光明日报》等600多家媒体采用转载,总浏览量过亿,被赞为"雄文华章,笔力遒劲""读后热血沸腾,催人奋进",是"新意满满的新年献词"。

新春伊始，万象更新。

中国共产党即将迎来百年华诞之际，以习近平同志为核心的党中央要求在全党开展党史学习教育，宣示了新时代共产党人不忘初心、牢记使命的坚定决心，展现了再接再厉把中国特色社会主义事业推向前进的奋进姿态，为深入推进党的建设新的伟大工程注入强劲动力。

1921—2021，风雨百年路，奋斗铸辉煌。从石库门到天安门，从兴业路到复兴路，百年大党继往开来再出发——

"我们要认真回顾走过的路，不能忘记来时的路，继续走好前行的路"。

风雨苍黄百年路，高歌奋进新征程
——从党史学习教育中汲取智慧力量

本文通过张思德、焦裕禄、孔繁森、廖俊波等优秀党员的故事，说明党史的字里行间深刻回答着「我是谁、为了谁、依靠谁」。《人民日报》《经济日报》《光明日报》《解放军报》等1160多家媒体采用，「学习强国」平台突出展示，总浏览量过亿。

图为 2021 年 6 月 3 日，党员在全新开馆的上海中共一大纪念馆里重温入党誓词。
（新华社记者刘颖摄）

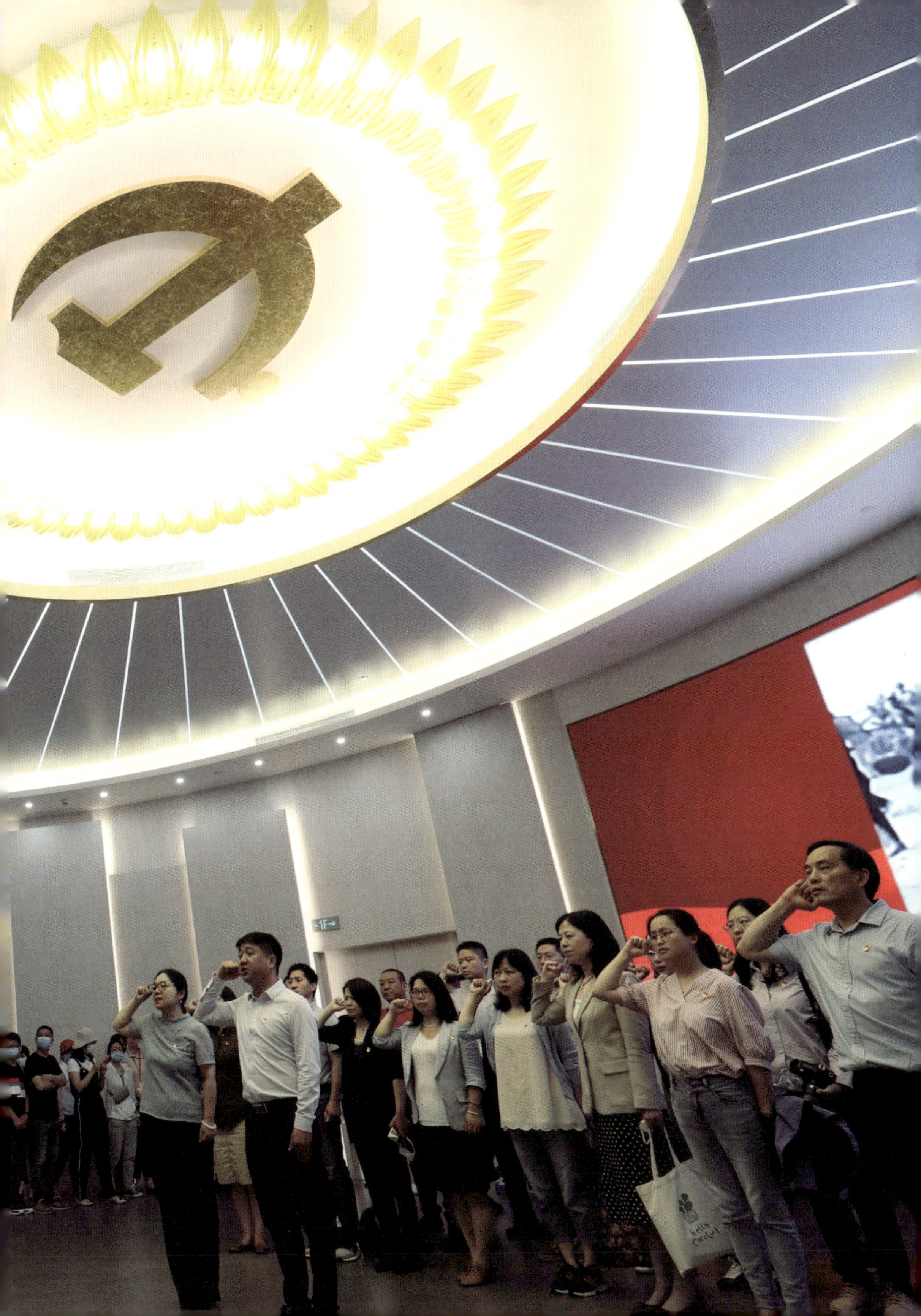
1F

（一）

这样的一幕发人深省——

今年春节前夕，习近平总书记来到贵州考察调研。在乌蒙山深处，总书记陷入了沉思："从这里的悬崖峭壁，就可以想象当年红军强渡乌江有多难！"

一个"难"字，折射出我们党百年征程何其艰辛曲折，也蕴含着新时代共产党人铭记历史、继续前进的奋斗意志。

党的十八大以来，习近平总书记的"红色足迹"遍及大江南北。从河北西柏坡、山东临沂、福建古田，到陕西延安、贵州遵义、江西于都……一个个"红色地标"，串联起革命历史，传承着红色基因。"弄清楚我们从哪儿来、往哪儿去，很多问题才能看得深、把得准"。在治国理政实践中，习近平总书记坚持宽广深邃的大历史观，端起历史规律的望远镜把握大局大势，带领全党不断深化对共产党执政规律、社会主义建设规律、人类社会发展规律的认识，不断从历史中汲取智慧和力量。

恩格斯曾说：历史就是我们的一切。习近平总书记把历史视为"最好的教科书"，认为中国革命历史是"最好的营养剂"，把学习党史、国史上升到"坚持和发展中国特色社会主义、把党和国家各项事业继续推向前进的必修课"的战略高度，号召全党尤其是领导干部知史爱党、知史爱国。总书记强调坚持以马克思主义为指导，坚持用唯物史观来认识和记述历史，要求科学把握党史的主题和主线、主流和本质，旗帜鲜明反对历史虚无主义，创新党史学习教育的方式方法，善于运用党的历史推动事业发展，充分发挥党史学习研究以史鉴今、资政育人的作用。

习近平总书记关于党的历史的一系列重要论述，闪耀着马克思主义唯物史观的光芒，贯穿着辩证唯物主义和历史唯物主义的立场观点方法，既是对历史

2021年1月25日拍摄的古田会议会址。（新华社记者林善传摄）

规律的深刻揭示，也是对现实问题的透彻分析，更是对未来发展的深入思考，是习近平新时代中国特色社会主义思想的重要组成部分，为全党认真总结党的历史、科学对待党的历史、重视学习党的历史、善于运用党的历史提供了根本遵循。

（二）

"究天人之际，通古今之变""以史为镜，可以知兴替""欲知大道，必先为史"……重视历史、研究历史、借鉴历史是中华民族5000多年文明史的一个优良传统。中国是世界上唯一有几千年不间断历史记录的国家，被史学家誉为"世界上历史最完备之国家"。历史，镌刻着中华民族的精神追求、精神特质和精神脉络，蕴含着生生不息的思想力量和文化基因。

党的历史，是中国共产党的宝贵精神财富，是中华民族光辉灿烂历史文化的重要组成部分。注重学习党史，善于总结历史经验、凝聚前进力量，是我们党的优良传统。早在1938年，毛泽东同志就指出："指导一个伟大的革命运动的政党，如果没有革命理论，没有历史知识，没有对于实际运动的深刻的了解，要取得胜利是不可能的。"党的十八大以来，以习近平同志为核心的党中央继承并发扬党的优良传统，高度重视历史研究和学习工作。开展党史学习教育，是激励全党不忘初心、牢记使命，在新起点上推进中国特色社会主义事业的需要，是战胜风险挑战、推动改革发展稳定各项工作的需要，是增强忧患意识、推进党的建设新的伟大工程的需要。

党史如明灯，照亮前行之路；党史如清泉，洗涤心灵之尘；党史如号角，激发奋进之力。

当今世界正面临百年未有之大变局，我国正处于实现中华民族伟大复兴的关键时期。开展党史学习教育，就是要让全党全国深入了解中华民族从站起来、富起来到强起来的历史逻辑、理论逻辑和实践逻辑，深刻理解中国共产党为什么"能"、马克思主义为什么"行"、中国特色社会主义为什么"好"，让全党在学思践悟中不断增强"四个意识"、坚定"四个自信"、做到"两个维护"，以更加昂扬的精神状态和奋斗姿态，建功新时代，奋进新征程，不断开创中国特色社会主义伟大事业的新局面。

（三）

春节期间，瑞金沙洲坝、遵义会议纪念馆、延安宝塔山等红色旅游景点迎来一批批游客。从诞生时只有50多名党员，发展成为拥有9100多万名党员

风雨苍黄百年路,高歌奋进新征程
——从党史学习教育中汲取智慧力量

宝塔山下延安城区夜景(2021年2月8日摄,无人机照片)。(新华社记者邵瑞摄)

的世界最大马克思主义执政党——在世人眼中,中国共产党的百年奋斗历程可谓"有史以来最励志的创业故事"。

创业维艰,奋斗以成。日前,习近平总书记在给上海市新四军历史研究会百岁老战士们的回信中强调,对中国共产党人来说,中国革命历史是最好的教科书,常读常新。翻开百年党史,这部"教科书"里有什么,我们该学什么?

学习共产党人为理想信念奋斗的历史,铸就信仰之魂。邓小平同志指出:"对马克思主义的信仰,是中国革命胜利的一种精神动力。"这种信仰,是"砍头不要紧,只要主义真"的坚定执着,是对"可爱的中国"的深情呼唤,是"干惊天动地事,做隐姓埋名人"的无怨无悔……学习党史,是一场唤醒红色基因、坚定理想信念的精神磨砺。每一个令人泪下的感人故事,每一段充满艰辛的奋斗历程,都在告诉我们:共产党人的本,就是对马克思主义的信仰,对中国特色社会主义和共产主义的信念,对党和人民的忠诚。心有所信,方能行远。走好新时代的长征路,更需要坚定理想信念、矢志拼搏奋斗。

学习共产党人理论与实践相结合的创新历史,夯实思想之基。井冈山八角楼上的灯光,延安整风运动的思想洗礼,真理标准问题大讨论带来的思想大解放,坚持和发展中国特色社会主义的伟大探索……我们党始终坚持解放思想、实事求是、与时俱进、求真务实,始终把马克思主义基本原理同中国具体实际相结合,不断推进实践基础上的理论创新,形成了马克思主义中国化一系列重大理论成果,为党和人民事业发展提供了既一脉相承又与时俱进的科学理论指导。习近平新时代中国特色社会主义思想是马克思主义中国化最新成果,是当代中国马克思主义、21世纪马克思主义。学习党史,尤其要与学懂弄通做实党的创新理论结合起来,切实把习近平新时代中国特色社会主义思想全面落实到各项工作、各个领域、各个方面。

学习共产党人心系人民、造福人民的历史，担当为民之责。人心是最大的政治，人民是最大的底气。我们党之所以能赢得最广大人民的支持和拥护，就是因为始终把人民利益放在最高位置，坚守为人民谋幸福的初心。这是张思德"为人民利益而牺牲"的大公无私，是焦裕禄"心里装着全体人民、唯独没有他自己"的公仆精神，是孔繁森"一腔热血洒高原"的默默付出，是廖俊波甘做人民"樵夫"的实干作风……百年奋斗不息，赤子之心未改。党史的字里行间，深刻回答着"我是谁、为了谁、依靠谁"。永远牢记"为人民服务"的根本宗旨，始终坚持以人民为中心，让人民群众过上更好的日子，新时代共产党人重任在肩，一刻也不能懈怠。

学习共产党人应对危局困境、不断攻坚克难的历史，增强斗争之力。我们党是生于忧患、成长于忧患、壮大于忧患的政党。百年来，在领导中国革命、建设和改革的过程中，我们党经历过残酷的环境，遭遇过失败的挫折，背负过沉重的压力，面临过各种各样的风险、挑战和考验。一路走来，我们党依靠人民战胜了无数艰难险阻，创造了众多人间奇迹。学习党史，要把一代代共产党人不畏艰险、勇于担当、甘于奉献、百折不挠的优秀品格发扬光大，不断激发斗争精神、增强斗争本领，推动各项事业爬坡过坎、开拓前进。

学习共产党人自我革命的历史，涵养清廉之风。勇于自我革命、全面从严管党治党是我们党最鲜明的品格。从苏区时期出台党史上第一个反腐败法令，到坚决惩处刘青山、张子善的新中国"反腐第一枪"，再到党的十八大以来"得罪千百人，不负十三亿"的反腐决心，百年党史见证了共产党人敢于刀刃向内、勇于自我革新的历史自觉和勇毅担当。党的自我革命，是全方位、全过程的革命，更是灵魂深处的革命。学习党史，就是要深刻汲取经验教训，深入推进全面从严治党，永葆共产党人清正廉洁的政治本色，不断以党的自我革命引领伟大社会革命。

学习共产党人推动人类文明进步的历史，拓展大同之道。我们党是为中国人民谋幸福的党，也是为人类进步事业而奋斗的党。从倡导和平共处五项原则，到作出"和平和发展是当代世界的两大问题"重大判断，再到推动构建人类命运共同体，世界领略了中国共产党人兼善天下的广阔胸怀，见证了中国为人类和平与发展作出的巨大贡献。"大就要有大的样子"，只有读懂了共产党人海纳百川的大格局、立己达人的大担当、合作共赢的大智慧，才能真正认同我们党"为世界谋大同"的大抱负，树立正确历史观、大局观、角色观，为构建人类命运共同体不懈奋斗。

（四）

"人猿相揖别。只几个石头磨过，小儿时节。"在人类历史长河中，100年不过是短短一瞬。然而，就是在如此短的时间内，中国共产党带领中国人民创造了并在继续创造世所罕见的奇迹。毛泽东同志曾指出："我们党尝尽了艰难困苦，轰轰烈烈，英勇奋斗。从古以来，中国没有一个集团，像共产党一样，不惜牺牲一切，牺牲多少人，干这样的大事。"

一部党史，有危难之际的绝处逢生，有挫折之后的毅然奋起，有失误之后的拨乱反正，有磨难面前的百折不挠。激励一代又一代共产党人前赴后继、英勇奋斗的，是为中国人民谋幸福、为中华民族谋复兴的初心和使命。

青史为鉴，记录一个民族的兴衰沉浮，揭示一个政党的人心向背，更折射历史前行的大势所趋。越是深入学习党史，就越能懂得，只要我们党始终站在时代潮流最前列、站在攻坚克难最前沿、站在最广大人民之中，就必将永远立于不败之地。

（五）

从"小小红船"到"巍巍巨轮"，从"春天的故事"到"新时代华章"，我们党领导的革命、建设、改革伟大实践，是一个接续奋斗的历史过程，是一项救国、兴国、强国，进而实现中华民族伟大复兴的宏伟事业。处在"两个一百年"历史交汇点上，全面建设社会主义现代化国家新征程开启。在坚持和发展中国特色社会主义、推进民族复兴事业的历史进程中，如何学好党史这门必修课，交出无愧于党和人民的答卷？

——学好这门"必修课"，必须坚持正确政治方向。党史学习教育首先要从政治上看，以之作为加强党的政治建设的重要抓手，不断提高政治判断力、政治领悟力、政治执行力。党员干部学党史，不能浅尝辄止，而应坚持政治性和历史性相统一，善于从党史中深刻认识党先进的政治属性、崇高的政治理想、高尚的政治追求、纯洁的政治品质，找准历史坐标、把握历史方位、心怀"国之大者"，更加自觉地在思想上政治上行动上同以习近平同志为核心的党中央保持高度一致。

——学好这门"必修课"，必须坚持科学方法。历史唯物主义和辩证唯物主义是我们学习党史的最根本思想工具，坚持唯物史观，坚持全面看待历史、注重历史的连续性和整体性，坚持实事求是原则，才能把握历史规律，把握党史的主题和主线、主流和本质。近代以来，中国人民面临争取民族独立、人民解放和实现国家繁荣富强、人民共同富裕两大历史任务，中国共产党团结带领中国人民为实现这两大历史任务而不懈奋斗，引领中华民族迎来了从站起来、富起来到强起来的伟大飞跃。

历史就是历史，历史不能任意选择，忘记历史就意味着背叛。一段时间以来，一些人以"重新评价"为幌子，歪曲历史、割裂源流；有的以"史料钩沉"为借口，用一些支流、片段、表面现象和细枝末节，试图否定党史的主流和本质；有的以庸俗、低俗、媚俗的手段来涂抹历史人物与事件，企图解构崇高、诋毁英烈。历史虚无主义的要害，是从根本上否定马克思主义指导地位和中国走向社会主义的历史必然性，否定中国共产党的领导。"灭人之国，必先去其史"，在这个大是大非问题上，容不得半点含糊。必须旗帜鲜明坚决摒弃历史虚无主义，坚决反对任何歪曲和丑化党的历史的错误倾向，理直气壮弘扬党史的浩然正气和英雄之气，引导人民增强做中国人的骨气和底气。

——学好这门"必修课"，必须弘扬优良学风。问题是时代的声音。党的历史就是一部直面问题、认识问题、解决问题的历史，涵盖政治、经济、文化、军事、党的建设等方方面面，蕴含着丰富的治党治国治军智慧。历史总是向前发展的。进入新发展阶段，贯彻新发展理念、构建新发展格局，更需向历史寻经验，向历史求规律，向历史探未来。唯有联系实际学、带着问题学、结合工作学，做到求真务实、学以致用，才能不断提高执政本领，更好地回答时代之问，坚定不移办好自己的事，为新时代全面建设社会主义现代化国家而不懈奋斗。

（六）

井冈山，被500多座大大小小的峰峦环绕。曾经，这里只有几条羊肠小路穿过五大哨口，通往周边各县；如今，崇山峻岭间，四车道盘山公路伸展蜿蜒，更有列车飞驰穿梭，飞机直航各地……

从"山路十八弯"的挑粮小道到"条条大路通井冈"的康庄大道，此间的历史性跨越，折射出一个国家的沧桑巨变。

一百年来，中国共产党带领人民开拓前进，一步步在没有路的地方，走出了一条中国特色社会主义的人间正道。

不忘来路，才能行稳致远。站在新征程的新起点上，我们不能忘记，这条人间正道，是在改革开放40多年的伟大实践中走出来的，是在中华人民共和国成立70多年的持续探索中走出来的，是在对近代以来180多年中华民族发展历程的深刻总结中走出来的，是在对中华民族5000多年悠久文明的传承中走出来的。

立志于千秋伟业，百年恰是风华正茂。用党的历史照亮新征程，书写新时代的奋斗史诗，9100多万名党员听到了响彻时空的强音——

"我们决不能骄傲自满、止步不前，要继续谦虚谨慎、戒骄戒躁，继续艰苦奋斗、锐意进取，为实现第二个百年奋斗目标、实现中华民族伟大复兴而奋力拼搏，为人类和平与发展的崇高事业不断作出新的更大贡献！"

（新华社北京2021年2月19日电）

创作手记

高举党史明灯，照亮前行之路

中国共产党迎来百年华诞之际，以习近平同志为核心的党中央要求在全党开展党史学习教育。"钟华论"文章《风雨苍黄百年路，高歌奋进新征程——从党史学习教育中汲取智慧力量》深入论述新形势下为什么要加强党史学习、学党史学什么、怎么样学好党史，为开展党史学习教育营造良好舆论氛围。

怎样理解党史学习的重要性？文章从习近平总书记调研的"红色足迹"切入，结合历史与现实背景，深刻阐述注重学习历史、总结历史经验是我们党的优良传统，是中华民族5000多年文明史的优良传统，也是建功新时代、奋进新征程的必然要求。"欲知大道，必先为史"，文章结合习近平总书记关于党的历史的一系列重要论述，从坚定理想信念、理论与实践相结合、涵养人民情怀、战胜困难挑战、进行自我革命、推动人类文明进步等方面，总结提炼党史中蕴藏的深刻历史启示、宝贵精神财富，从"道"的层面，既彰显了学好党史的重要意义，又点明了党史学习的重点内容，有利于党员干部增强学习党史的主动性和自觉性。

如何学好党史这门"必修课"？文章提出坚持正确政治方向、坚持科学方法、坚持弘扬优良学风，着重从"术"的层面阐明学好党史的科学方法论，强调联系实际学、带着问题学、结合工作学，做到求真务实、学以致用，不断提高执政本领，更好地回答时代之问。这些内容进一步突出了党史学习的时代价值，有利于党员干部更加科学有效地学史明理、干事创业。

成功的政论文章，既要在思想上抢占制高点，也要善于在情感上戳中读者的共鸣点，做到情理交融、引人入胜。写作团队带着强烈的历史认同、价值认同、情感认同进行创作，让论述有深度、有温度。文章引用毛泽东同志"我们党尝尽了艰难困苦，轰轰烈烈，英勇奋斗"等深情话语，说明今天中国的一切是多么来之不易，思考从苦难到辉煌的奋斗历程。文章通过张思德、焦裕禄、孔繁森、廖俊波等优秀党员的故事，说明党史的字里行间深刻回答着"我是谁、为了谁、依靠谁"，突出永远牢记"为人民服务"的根本宗旨是何等重要。

"钟华论"文章《风雨苍黄百年路，高歌奋进新征程》播发后，被《人民日报》《经济日报》《光明日报》《解放军报》等1160多家媒体采用，"学习强国"平台突出展示，总浏览量过亿。受众和媒体用户认为文章"磅礴，凝练，耐咀嚼""有历史感，更有时代气息""是辅导党史学习教育的好文章"。

一群年轻人的身影，定格于上海石库门。

谁能想到，就是这群平均年龄只有28岁的青年，冲破沉沉黑夜，点燃革命星火，掀起了气壮山河的惊雷巨澜。

一叶红船，静静停泊在浙江嘉兴南湖。

谁能想到，一个马克思主义政党就是从这里起航，穿越重重关山，奋进漫漫征途，书写了改天换地的壮丽史诗。

这一切，始于1921年7月那个开天辟地的伟大时刻。

这一切，源于中国共产党人矢志不渝的初心和使命。

百年风华：读懂你的样子
——献给中国共产党百年华诞

本文跳出了条块切分式的宏大叙事窠臼，以人格化的笔触，将"中国共产党"化为具体可感的形象，为建党百年营造良好舆论氛围。2100多家媒体采用转发，总浏览量超过3亿，被誉为"一篇令人感动、发人深思、催人奋进的扛鼎之作"，荣获第32届中国新闻奖。

2021年6月28日晚,庆祝中国共产党成立100周年文艺演出《伟大征程》在北京国家体育场盛大举行。(新华社记者庞兴雷摄)

党成立100周年

（一）

"建造空间站，是中国航天事业的重要里程碑，将为人类和平利用太空作出开拓性贡献。"6月23日，习近平总书记同正在天和核心舱执行任务的神舟十二号航天员聂海胜、刘伯明、汤洪波进行天地通话。

"冥昭瞢暗，谁能极之？"2000多年前，诗人屈原在《天问》中这样叩问。

今天，在距地球约400公里的近地轨道上，在距地球约38万公里的月球上，在距地球最远达数亿公里之遥的火星上，中国人不断留下探索的印迹，实现一个又一个"星际跨越"。

从太空俯瞰中国，穿越历史的时空，神州大地上的种种"跨越"同样令人震撼。

积百年之奋斗，我们党团结带领人民把半殖民地半封建的旧中国变成了人民当家作主的新中国，用几十年时间走完了发达国家几百年走过的工业化历程，让占世界人口近五分之一的中国全面消除绝对贫困，让全面小康的梦想照进现实，开创了一个东方古国迈向社会主义现代化的光明前景……

抚今追昔，那个积贫积弱、战乱频仍、民不聊生、封闭落后的中国早已一去不返，一个文明进步、活力澎湃、人民幸福、和谐稳定、开放自信的新时代中国巍然屹立于世界东方。

风雨百年，青史可鉴。历史以如椽之笔纵横挥写，将结论写在了亿万人民心灵深处——没有共产党就没有新中国；只有在中国共产党领导下，才能实现中华民族的伟大复兴。

百年风华：读懂你的样子
——献给中国共产党百年华诞

这是 2021 年 6 月 17 日在北京航天飞行控制中心拍摄的进驻天和核心舱的航天员聂海胜、刘伯明、汤洪波向全国人民敬礼致意的画面。（新华社记者 金立旺 摄）

（二）

新中国成立之初，一个农民来到城里商店，要求买"共产党"的画像。在他朴素的认知中，让穷苦人翻身得解放的共产党，应当有一幅画像。

岂曰无像，人心如镜。穿越历史风云，中国共产党人的形象愈发挺拔而鲜明。一幅幅党的画像用鲜血和生命塑造出来，用奋斗与奉献描绘出来，展现着共产党人的红色气质、高尚品格和无穷力量，在人民心中树立起一座座丰碑。

中国共产党是什么样的党？中国共产党人是什么样的人？

这是一个百年大党的"大的样子"：洞察大势的慧眼，担当大任的铁肩，拨云见日的双手，跋山涉水的双脚，清正廉洁的风骨，拥抱世界的胸怀……

这是年轻人敬佩的"史上最牛创业团队"：理想信念很"燃"，心系人民很"暖"，创新求变很"潮"，正风反腐很"刚"，干事创业很"拼"……

这是老百姓眼中可信、可爱、可敬的"自家的党"：在风里，在雨里，在每一个关键时刻，在每一个寻常日子，共产党员是"主心骨"，也是"贴心人"，关心着老百姓的安危冷暖，守护着千家万户的岁月静好……

"天地有正气，杂然赋流形。"从历史深处走来，向着光明未来迈进，饱经沧桑的中国共产党意气风发，千锤百炼的中国共产党人朝气蓬勃——

"胸怀千秋伟业，恰是百年风华。"

（三）

据不完全统计，从1921年至1949年，全国有名可查和其家属受到优抚待遇的党员烈士达370多万人。

放眼世界政党史，没有哪个政党像我们党这样，遭遇过如此多的艰难险阻，经历过如此多的生死考验，拥有如此多为了信仰而舍生忘死、前赴后继的奋斗者。他们选择之决绝、牺牲之惨烈、奉献之彻底，在史册上写下最为可歌可泣的篇章。

不为官、不为钱，不怕苦、不怕死，只为主义、只为信仰便可倾尽一生去奋斗——中国共产党人以勇于牺牲、甘于奉献、无怨无悔的气质和品格，诠释了什么是"革命理想高于天"，如璀璨群星闪耀苍穹，又如熊熊火炬升腾不熄。

在上海龙华烈士陵园，一条笔直宽敞的"初心大道"，总是让人想起那些催人泪下的历史瞬间——

临刑前，面对刽子手的叫嚣，29岁的陈延年高声回答："革命者光明磊落、视死如归，只有站着死，决不跪下！"26岁的陈乔年受尽酷刑，却坚定地对大家说："让我们的子孙后代享受前人披荆斩棘的幸福吧！"

今天，在安徽合肥，有一条以陈延年和陈乔年兄弟俩命名的"延乔路"，路的尽头就是"繁华大道"。始于信仰，成于奋斗，归于人民——历史前进的艰辛之路，映照着共产党人不变的初心和使命。

青山凝碧曾是血，绿水流辉应为魂。以信仰之镜观照百年党史，共产党人的形象更加直抵人心。那是瞿秋白"为大家辟一条光明的路"的求索的样子，是王进喜"宁可少活20年，拼命也要拿下大油田"的拼搏的样子，是焦裕禄"心中装着全体人民"的为民的样子，是黄大年"呼啸加入献身者的滚滚洪流"的报国的样子，是王继才"守岛就是守国"的坚守的样子，是张富清60余年"深藏功与名"的默默奉献的样子……

马克思主义政党不是因利益而结成的政党，而是以共同理想信念而组织起来的政党。坚如磐石的信仰，挺起了共产党人的精神脊梁，生发出源源不竭

这是人们在上海市龙华革命烈士纪念地敬献的鲜花（2021年4月4日摄）。（新华社记者王翔摄）

的青春朝气。

　　星星之火，可以燎原。信仰的火种一旦播下，必将汇成普照大地的光焰，照亮一代代人前行的道路。

　　"祝你像江上的白帆乘风破浪，祝你像山间青松傲雪凌霜！"回忆起青春年华，"燃灯校长"张桂梅动情地说：江姐是我一生的榜样，我最爱唱的是《红梅赞》。

从不畏严寒、坚贞不屈的"红梅",到不惧病魔、育人不倦的"桂梅",共产党人就是这样的信仰者、奋斗者,百年犹未老,世纪正青春。

(四)

"一个人爱的最高境界是爱别人,一个共产党员爱的最高境界是爱人民。"

尽管孔繁森离开20多年了,当地群众仍然忘不了这名"一腔热血洒高原"的援藏干部。时间越是流逝,他留下的这句名言,越生动彰显共产党人心系人民、造福人民的气质和品格。

共产党人对人民的爱,是无私无畏的大爱,是生死相依的真情,是心甘情愿的付出。树高千尺,根扎沃土。我们党来自人民、依靠人民,怀着一颗赤子之心,俯下身去服务人民,拼尽全力造福人民,为了人民什么都可以豁得出来。

1934年10月16日,贵州困牛山。100多名红军在山上阻击追敌,但凶残的敌人裹挟老百姓做"人盾",步步紧逼。面前是强敌和手无寸铁的群众,背后是悬崖深谷,怎么办?红军战士抱定"宁死不当俘虏,宁死不伤百姓"的信念,纷纷砸毁枪支,集体跃身跳下70多米高的山崖……

那一刻,残阳如血,山河呜咽。

在没有硝烟的抗疫战场上,这样的生死抉择同样令人动容。"我是党员,我先上!"在新冠肺炎疫情突然袭来的危急关头,全国3900多万名党员、干部战斗在抗疫一线,近400名党员、干部为保卫人民生命健康献出了宝贵生命。每一句坚定的誓言,每一个逆行的身影,每一道脸上的勒痕,都把我们党"人民至上、生命至上"的价值追求,深深铭刻进世人心中。

人生大事,莫重于生死。把生的希望留给群众,把死的危险留给自己,还有什么比这更能说明人民在共产党人心中的地位？还有什么比这更能彰显共产党人对人民的赤诚？

刘伯承曾这样追问：老百姓不是命中注定要跟我们走的，为什么不跟别人走呢？正是一代代共产党人实实在在为人民谋幸福，不遗余力为人民干实事，真正做到了"全心全意为人民服务"，真正践行了"我将无我，不负人民"，我们党才赢得了亿万人民的衷心支持和拥护，汇聚起心往一处想、劲往一处使的磅礴力量。

人心如秤，民意似镜。全球知名公关咨询公司爱德曼发布的2020年信任度调查报告显示，中国民众对本国政府信任度高达95%，在受访国家中排名第一。美国《外交政策》杂志资深编辑帕尔默认为，信任中国共产党是中国社会主流民意。

百年大党，为人民而生，因人民而兴。没有一个党像我们党这样，始终把"人民"放在心中最高位置，与人民心心相印、与人民同甘共苦、与人民团结奋斗，坚定不移把群众路线视为党的生命线。读懂中国共产党，必须读懂党同人民群众牢不可破的血肉联系。

在福建长汀中复村，遥望红军当年鏖战的松毛岭，面对今天生机勃勃的"网红村"，"一门六烈士"的红色文化讲解员钟鸣感言："永远不能忘了老百姓为什么选择共产党！"

江山就是人民，人民就是江山——共产党人以此创造历史，也必将以此赢得未来。

（五）

"群龙得首自腾翔，路线精通走一行。左右偏差能纠正，天空无限任飞扬。"朱德写下的这首诗，生动阐释了遵义会议这一"生死攸关的转折点"的历史意义。

奋斗之路从无坦途，我们党也走过不少弯路，遭遇过很多挫折。为什么党总能在危难之际绝处逢生、在变局之中开创新局？

"共产党不靠吓人吃饭，而是靠马克思列宁主义的真理吃饭，靠实事求是吃饭，靠科学吃饭。"回望百年征途，中国共产党人"顶天立地"的奋进姿态格外鲜明：既高举马克思主义伟大旗帜，又扎根中国大地，立足中国国情，吸吮五千多年中华文明的深厚滋养，把准中国社会的历史前进方向，回应亿万人民的所思所盼，把马克思主义普遍真理同中国具体实际结合起来，不断推进马克思主义中国化、时代化、大众化。共产党人是"盗火者"也是"播火者"，他们用真理力量激活古老文明，用创新理论照亮前进道路，创立了毛泽东思想、邓小平理论，形成了"三个代表"重要思想、科学发展观，创立了习近平新时代中国特色社会主义思想，激发出改变中国、改变世界的伟大力量。

从井冈山上的艰辛求索出发，"山沟沟里的马克思主义"开辟出一条"农村包围城市、武装夺取政权"的革命胜利之路；在历史转折关头高扬解放思想、实事求是大旗，"走自己的道路"的理论自觉开创出中国特色社会主义道路；统筹中华民族伟大复兴战略全局和世界百年未有之大变局，新时代的中国共产党人在坚持和发展中国特色社会主义新征程上开拓马克思主义中国化新境界……

观察中国多年的匈牙利前驻华大使库绍伊·山道尔得出结论：中国共产党最重要的能力之一就是创造性，既保持理论指导的一以贯之，又在这一基础上不断创造新的思想、新的政策、新的战略。

惟创新者进，惟创新者强，惟创新者胜。让解放思想的火焰越烧越旺，让实事求是的根基越扎越牢，让改革创新的活力越来越强，共产党人方能永葆思想上的青春活力，打破一个个"不可以"的旧观念，创造一个个"不可能"的新奇迹。

（六）

历史的问答，常常发人深省。

刘青山、张子善腐败案发后，面对求情的声音，毛泽东回答："只有处决他们，才可能挽救20个，200个，2000个，20000个犯有各种不同程度错误的干部。"

面对严峻复杂的反腐败斗争形势，习近平总书记毅然宣示："不得罪成百上千的腐败分子，就要得罪十三亿人民。"

对中国共产党来说，"从严治党"从来都是必答题。这关乎人心向背，关系党的生死存亡。

马克思主义把人类解放的共产主义运动，也看作一个无产阶级通过不断自我革命推动社会革命的扬弃过程。一百年来，我们党在推动社会革命的同时，不断进行彻底的自我革命。从第一部党章专设"纪律"一章作为规范党员行为的准则，到《古田会议决议》明确把"忠实""没有发洋财的观念"等作为入党条件；从持之以恒正风反腐，到不断强化思想建党、开展集中性学习教育；从广泛开展批评和自我批评、综合运用多种监督，到不断推进制度治党、依规治党……

干"伟大的事"，就要有"铁打的人"。引领伟大的革命，实现伟大的梦想，必须有伟大的党。中国共产党人一直有着清醒的自我认知：担负前所未有的"大任"，必须立大志、明大德、做大事，打铁必须自身硬。

当年，几名记者从延安归来，盛赞共产党人廉洁奉公、勤俭创业的精神。

宋美龄听后,不以为然:只能说他们还没有尝到权力的真正滋味。

遵循什么样的权力逻辑,就会品尝到什么样的权力滋味。与那些笃信升官发财、掌权为私的政治力量相比,中国共产党从来没有自己的特殊利益,坚信权力来自人民、必须用来造福人民。这是那些资产阶级政客无法理解的。

勇于自我革命,源于大公无私的高尚品格,也源于无比强烈的忧患意识。

从延安时期的"窑洞对"思考如何跳出历史周期率,到党的十八大以来全面从严治党的雷霆万钧之势……正是怀着深沉的使命忧患感,中国共产党人牢牢把握"治国必先治党,治党务必从严"的历史铁律,驰而不息推进党的自我革命,一刻也不松懈。

常青之道,贵在自胜。出台《中共中央关于加强对"一把手"和领导班子监督的意见》、印发《中国共产党组织工作条例》……党的百年华诞到来之际,一系列管党治党新举措陆续出台。全面从严治党永远在路上。新时代中国共产党人以实际行动向世人宣示:开新局于伟大的社会革命,强体魄于伟大的自我革命。

(七)

浙江义乌,两条并行的"路"耐人寻味。全长约 13 公里的"望道信仰线"蜿蜒曲折,通往百余年前陈望道翻译《共产党宣言》的乡间柴房;穿行 1.3 万多公里的"义新欧"中欧班列从这里出发,横贯亚欧大陆……

取真理之火种,还世界以光明——风雨百年路,留下中国走向世界舞台中央的足迹,见证着中国共产党人"为世界谋大同"的广阔胸襟与责任担当。

他们有着山一般的坚毅,守望和平,维护正义。从提出和平共处五项原则,到作出"和平和发展是当代世界的两大问题"的重大判断,再到倡导构建人类命运共同体，中国共产党人是时代的瞭望者，更是公理的守护者。无论国际风云如何变幻，中国共产党人始终站在历史正确的一边，向霸权主义和强权政治坚决说不，用多边主义火炬照亮人类发展的前行之路。

他们有着海一样的胸襟，广纳百川，计利天下。当一些人将零和博弈奉为圭臬，他们打破种种阻隔，甘当互利共赢的架桥者；当人类在灾难与挑战的风浪中沉浮，他们化身团结合作的"摆渡人"，将隔绝的孤岛连成命运与共的大陆。胸怀人类幸福，志在世界大同，中国与各国携手并肩，共同开辟一条合作共赢的阳光大道。

"中国应当对于人类有较大的贡献"，这是一个文明古国的历史自觉，也是一个百年大党的雄心壮志。

它是萦绕于二十国集团领导人杭州峰会上的"一首歌"，一曲《难忘茉莉花》激荡着全球经济治理的中国理念；它是中国推动生态文明建设播撒的"一抹绿"，中国以实际行动兑现应对气候变化和环境保护的承诺；它是互联互通、开启未来的"一条路"，共建"一带一路"造福各国人民；它是拯救生命、守护健康的"一剂药"，截至目前，中方已向80多个国家提供疫苗援助，向国际社会提供超过3.5亿剂新冠疫苗。

"这个世界会好吗？"一位中国学者曾痛切发问。此时此刻，战火依然在一些地区燃烧，瘟疫还在摧残人们的生命，霸权主义的阴云犹未消散，气候变化、能源安全、恐怖主义等全球性挑战日益严峻。"人类社会向何处去？"中国共产党带领中国人民，在实践中给出了越来越清晰的答案——构建人类命运共同体，建设一个持久和平、普遍安全、共同繁荣、开放包容、清洁美丽的世界。

大道不孤，众行致远。

（八）

仲夏时节，一座庄重大气的红色新地标——中国共产党历史展览馆在首都北京正式开馆。展馆主题邮局将启用特殊邮编"100100"，寓意中国共产党向着"两个一百年"奋斗目标勇往直前。

恩格斯说："世界不是既成事物的集合体，而是过程的集合体。"

这是中国共产党历史展览馆（2021年6月18日摄）。（新华社记者岳月伟摄）

作为一个勇于担当、创造历史的政党，中国共产党迎来了历史新起点——全面建成小康社会、实现第一个百年奋斗目标之后，乘势而上开启全面建设社会主义现代化国家新征程，向第二个百年奋斗目标进军；肩负着历史新使命——到本世纪中叶，领导一个十几亿人口的东方大国实现社会主义现代化，实现社会主义中国从"富起来"到"强起来"的"惊人一跃"。

"再踏层峰辟新天，更扬云帆立潮头。"心中有梦想，就没有抵达不了的远方。

（九）

踏上新征程，新时代中国共产党人如何担当新使命、交出新答卷？

面对时代大变局，必须明历史之大势、发思想之先声，敢为引领潮流的"弄潮儿"。今日之世界，百年未有之大变局进入加速演变期；今日之中国，正处于中华民族伟大复兴关键期。身处风云激荡的大变革时代，唯有登高望远，端起历史规律的望远镜把握大局大势，科学回答时代之问，着力解决时代课题，方能在"乱花渐欲迷人眼"中做到"乱云飞渡仍从容"，在"山雨欲来风满楼"中做到"风雨不动安如山"，走好"上坡路"、开好"顶风船"，引领中华巨轮沿着正确方向行稳致远。

面对新的伟大斗争，必须磨练担当作为的铁肩膀、敢闯敢拼的硬作风，勇做攻坚克难的"开路人"。新征程上，少不了"娄山关""腊子口"，"黑天鹅""灰犀牛"也会不期而至。面对新的复杂形势，必须居安思危、迎难而上，在斗争中练胆魄、磨意志、壮筋骨、长才干，敢于斗争、善于斗争、勇于胜利，于变局中开新局，牢牢把握历史主动。

面对人民对美好生活的新期待，必须涵养为民情怀、增进民生福祉，当好造福人民的"勤务员"。让人民幸福是"国之大者"，是共产党人为之奋斗不息的事业。新征程上，必须始终坚持以人民为中心的发展思想，聚焦群众的"急难愁盼"，把"问题清单"变成"履职清单"，用"辛苦指数"提升"满意指数"，不断增强人民群众的获得感、幸福感、安全感，充分激发蕴藏在人民之中的创造伟力。

在历史前进的逻辑中前进，在时代发展的潮流中发展，这是中国共产党不断从胜利走向胜利的成功之道。"只要我们党始终站在时代潮流最前列、站在攻坚克难最前沿、站在最广大人民之中，就必将永远立于不败之地！"

（十）

战斗英雄、劳动模范、改革先锋、道德模范、科研功臣……中国共产党成立100周年之际，首次评选颁授的"七一勋章"提名建议人选公示。这份特殊的名单，浓缩着一部共产党人的奋斗简史。

百年来，一代又一代中国共产党人顽强拼搏、不懈奋斗，形成了一系列伟大精神，构筑起了中国共产党人的精神谱系，铸就了党之魂、国之魂、民族之魂。

时间属于奋进者，历史属于奋进者。对我们党这样一个成立百年、执政70多年的大党来说，最危险的是丧失斗志、不思进取，最紧要的是弘扬历久弥新的革命精神，昂扬奋发、一往无前，做永不褪色的革命者、永不懈怠的奋斗者。

全面建设社会主义现代化国家，实现中华民族伟大复兴，是一场新的伟大革命。在我国这样一个14亿多人口的国家实现社会主义现代化，这是何其伟大的事业，又是何等艰巨的任务！必须保持革命战争时期的那么一股劲、那么一股革命热情、那么一种拼命精神，坚定远大之志、激发进取之心、砥砺担当之行，以更加雄健的精神闯关夺隘，以更加昂扬的斗志爬坡过坎，谱写新时代的壮丽华章。

"为有牺牲多壮志，敢教日月换新天。"人以奋斗而立，党以奋斗而兴，国以奋斗而强。奋斗，是一切奇迹的别名。对共产党人来说，最好的守业是创业，最美的姿态是拼搏。不畏艰难努力奋斗，带领人民团结奋斗，锚定目标不懈奋斗，以"功成不必在我"的精神境界和"功成必定有我"的责任担当，真抓实干不松劲，方能积跬步至千里，创造无愧于历史和人民的新业绩。

（十一）

"我们对时间的理解，是以百年、千年为计。"在"永恒之城"罗马，习近平总书记这样阐释中国共产党人独特的时间观。

披一身风雨，筑人间正道，绘山河锦绣，立精神丰碑——中国共产党人走过的非凡百年，在人类历史长河中只是短暂一瞬，却开辟了焕然一新的历史时空，开创了光耀千秋的历史伟业。

"我志愿加入中国共产党，拥护党的纲领，遵守党的章程……"党的百年华诞前夕，习近平总书记参观"'不忘初心、牢记使命'中国共产党历史展览"，并带领党员领导同志重温入党誓词。铿锵有力的宣誓声，穿越百年风云，激荡在全体党员心中……

这是初心使命的再宣示，这是继往开来的再出发。

"剧是必须从序幕开始的，但序幕还不是高潮。"从2021眺望2049，中华民族伟大复兴这部历史长剧的新高潮正在到来,新时代中国共产党人无比自信地迈向未来——

"我们还要继续奋斗,勇往直前,创造更加灿烂的辉煌!"

（新华社北京2021年6月27日电）

扫码观看 建党百年微视频|人间正道

> 创作手记

为百年大党"画像",为初心使命礼赞

习近平总书记指出:"中国共产党是世界上最大的政党。大就要有大的样子。"党的百年华诞到来之际,"钟华论"文章《百年风华:读懂你的样子——献给中国共产党百年华诞》从"读懂你的样子"切入,系统总结我们党百年奋斗的深刻启示和伟大精神,在精准"画像"中为初心使命礼赞,在深刻思考中展望光明未来。

如何写实、写深、写出新意?"钟华论"文章跳出了条块切分式的宏大叙事窠臼,以人格化的笔触,将"中国共产党"化为具体可感的形象,从理想信念、人民情怀、求是品格、自我革命精神、天下情怀等多个角度,融入大量故事、细节、案例、党史人物等,引导受众由表及里、虚实结合,深刻理解"中国共产党为什么能"。"画像"的深意,在于彰显党的红色气质和品格力量,在于揭示百年大党的成功之道。

"感人心者,莫先乎情。"把"陈情"和"说理"结合起来,融情入理、情理交融,评论才会有温度,观点才更有说服力。在创作过程中,写作团队倾注爱党爱国之情,将理性思考和感性认知、社会共识和个体感受等有机结合起来,让"画像"更有亲和力和感染力。文章用红军长征途中在贵州发生的"困牛山"感人故事,生动说明"共产党人对人民的爱,是无私无畏的大爱,是生死相依的真情,是心甘情愿的付出";从革命年代坚贞不屈的"红梅",到新时代育人不倦的"桂梅",思考一代代共产党人如何初心不改、矢志不渝。在创作过程中,团队分成多个小分队,采访行程上万公里,访谈对象上百人，在现场感受历史的启迪、思想的脉搏，也一次次感知蕴藏在人心深处的力量，带着感动投入到写作中去。

"钟华论"文章《百年风华：读懂你的样子——献给中国共产党百年华诞》播发后，引起社会各界广泛共鸣，为建党百年营造良好舆论氛围。文章被2100多家媒体采用转发，总浏览量超过3亿，被誉为"一篇令人感动、发人深思、催人奋进的扛鼎之作"，荣获第32届中国新闻奖。

"一百年前,中国共产党的先驱们创建了中国共产党,形成了坚持真理、坚守理想,践行初心、担当使命,不怕牺牲、英勇斗争,对党忠诚、不负人民的伟大建党精神,这是中国共产党的精神之源。"

2021年7月1日,北京天安门广场。在庆祝中国共产党成立100周年大会上,习近平总书记鲜明提出伟大建党精神,在9500多万名党员、14亿多中国人民心中激荡起继往开来、砥砺奋进的磅礴力量。

32个字,浓缩百年奋斗,揭示历史真谛。这是一个伟大马克思主义政党的精神史诗,这是新时代中国共产党人以史为鉴、开创未来的豪迈宣言。

伟大的精神之源，奋进的磅礴力量
——论伟大建党精神

本文播发后被《人民日报》《光明日报》《解放军报》等4200多家媒体采用，总浏览量超过4亿，形成镇版刷屏之势。受众、业界和媒体用户认为文章"既有政治高度，又有思想深度，还有人性温度"，为党员干部学习建党精神提供了权威读本。

延安革命纪念馆（2021年5月8日摄，无人机照片）。（新华社记者刘潇摄）

延安革命纪念馆

（一）

中国共产党迎来百年华诞，世界的目光再次聚焦中国。中国共产党与世界政党领导人峰会在"云端"举行之际，160多个国家的500多个政党和政治组织的领导人、逾万名政党和各界代表与会。盛况的背后，是许多人心头普遍萦绕的问题：中国共产党为什么能？

树高千丈必有根，江流万里总有源。读懂中国共产党，必须读懂中国共产党的精神；读懂中国共产党的精神，必须读懂中国共产党的精神之源。

习近平总书记对伟大建党精神进行的提炼总结和深刻阐发，阐释了中国共产党的精神源头和起点，揭示了伟大建党精神的历史意义和时代价值，集中体现了对党的历史、党的传统、党的精神的深刻论述。

伟大建党精神的提出，既有深刻的历史基础，又有鲜明的时代特征，标志着我们党对自身历史的认识和总结达到了一个新高度，对自身性质和宗旨的理解和把握达到了一个新高度，对自身精神谱系的领悟和阐释达到了一个新高度。这是一次重大理论创新，是习近平新时代中国特色社会主义思想的丰富和完善，对推动党和人民事业蓬勃发展具有重大而深远的意义。

恩格斯指出，一个知道自己的目的，也知道怎样达到这个目的的政党，一个真正想达到这个目的并且具有达到这个目的所必不可缺的顽强精神的政党——这样的政党将是不可战胜的。

胜负之征，精神先见。伟大建党精神，高度概括了中国共产党百年奋斗的历史逻辑、理论逻辑和实践逻辑，为人们深刻理解"中国共产党为什么能"提供了一把"金钥匙"，蕴含着百年大党依然风华正茂的精神密码。

伟大的精神之源,奋进的磅礴力量
——论伟大建党精神

(二)

星星之火,可以燎原。

在中共一大纪念馆,高 3 米、宽 7 米的巨幅油画《星火》吸引不少参观者驻足。画面上,各地共产党早期组织的 50 余名成员昂首挺胸,意气风发向前行进。理想信念之火一经点燃,就永远不会熄灭……

参观者在中共一大纪念馆内拍摄油画作品《星火》(2021 年 6 月 6 日摄)。(新华社记者刘颖摄)

"人生最高之理想，在求达于真理。"翻开党史，党的先驱们书写了一个个坚持真理、坚守理想的感人故事。为了心中的主义和信仰，他们矢志不渝、前赴后继，生死考验不能改其志，功名利禄不能动其心，千难万险不能阻其行。"石可破也，而不可夺坚；丹可磨也，而不可夺赤。"中国共产党人的理想信念坚如磐石，中国共产党人的拼搏奋斗百折不挠。

思想上的觉醒是真正的觉醒，精神上的升华是真正的升华。近代以来，在反复比较中，在艰辛探索中，在实践检验中，中国的先进分子越来越真切地意识到，"诸路皆走不通了"，只有马克思主义才能救中国。正是基于对马克思主义科学性和真理性的深刻认识，中国共产党人认定"马克思的学说真是拯救中国的导星"，坚信"我们信仰的主义，乃是宇宙的真理"。从诞生之日起，我们党就把马克思主义鲜明地写在自己的旗帜上，在长期实践中不断推进马克思主义中国化时代化大众化，带领人民走出一条迈向中华民族伟大复兴的人间正道。

马克思认为，精神的实质始终就是真理本身。信仰的"味道"，源于真理的力量。对中国共产党人来说，坚持真理，就是坚持马克思主义这个真理；坚守理想，就是坚守共产主义远大理想和中国特色社会主义共同理想。

心中有信仰，脚下有力量。百年艰辛奋斗，百年沧桑巨变充分证明：中国共产党为什么能，中国特色社会主义为什么好，归根到底是因为马克思主义行。对马克思主义的信仰、对社会主义和共产主义的信念，永远是共产党人的政治灵魂，是共产党人经受住任何考验的精神支柱。

（三）

在中国共产党历史展览馆西侧广场上，名为《旗帜》《信仰》《伟业》《攻坚》《追梦》的五组雕塑庄严矗立，生动讲述着我们党百年来为人民谋幸福、为民族谋复兴的奋斗历程，将一个个践行初心、担当使命的伟岸形象定格在天地之间、铭刻在人们心中。

正如习近平总书记指出的，一百年来，中国共产党团结带领中国人民进行的一切奋斗、一切牺牲、一切创造，归结起来就是一个主题：实现中华民族伟大复兴。在国运飘摇、民族危亡之际，革命先驱们挺身而出，立志为苦难深重的中华民族开辟一条光明的路。中国共产党一经诞生，就把为中国人民谋幸福、为中华民族谋复兴确立为自己的初心使命。

初心因践行而永恒，使命因担当而伟大。从李大钊"新造民族之生命，挽回民族之青春"的宏愿，到方志敏"我渴望着光明；我开始为光明奋斗"的誓言；从王进喜"拼命也要拿下大油田"的奋斗，到焦裕禄"心中装着全体人民，唯独没有他自己"的情怀；从孔繁森"一个共产党员爱的最高境界是爱人民"的剖白，到黄文秀"投身到人民群众最需要的地方去"的抉择……一代代共产党人以赤子之心守初心、以奋斗之志赴使命，带领人民创造了一个又一个彪炳史册的人间奇迹。

初心和使命是激励中国共产党人不断前进的根本动力。在百年风雨历程中，正是因为坚守初心、勇担使命，中国共产党人总能坚定"长风破浪会有时"的信心，保持"千磨万击还坚劲"的定力，激发"勇气先登势无敌"的胆魄，开掘"拨开云雾见月明"的智慧，在"踏平坎坷成大道"的征途上勇往直前……

在"七一勋章"颁授仪式上，张桂梅步入人民大会堂时，她那双布满膏药、托起许多大山女孩梦想的手，令人泪目。像张桂梅一样，无数共产党员用奋斗的手写下赤诚心声："有人问我，为什么做这些？其中有我对这片土地的感恩和感情，更多的，则是一名共产党员的初心和使命。"

这是张桂梅肖像（2021年6月28日摄）。（新华社记者李贺摄）

（四）

"因为1921，所以2021。"建党百年之际，《觉醒年代》《1921》《革命者》《红船》等一批影视作品热映。重温一个个可歌可泣的历史瞬间，感悟今天一切的来之不易，人们更加缅怀那些"最早醒来却又最先离去"的先烈们——

"李大钊，1927年牺牲""陈延年，1927年牺牲""李汉俊，1927年牺牲""陈乔年，1928年牺牲""蔡和森，1931年牺牲""邓中夏，1933年牺牲"……

"未惜头颅新故国，甘将热血沃中华。"党的百年历史，就是一部不怕牺牲、英勇斗争的历史。青史之中，有血泪斑斑，有苦难辉煌，更有铁骨铮铮。

那是赵世炎"志士不辞牺牲"的坚定信念，是瞿秋白临刑前"此地甚好"的慷慨从容，是何叔衡"为苏维埃流尽最后一滴血"的无畏壮举，是石光银"砸锅卖铁也要把沙子治住"的顽强拼搏，是黄大发"水过不去、拿命来铺"的忘我奉献……

要奋斗就会有牺牲。世界上没有哪个党像中国共产党这样，遭遇过如此多的艰难险阻，经历过如此多的生死考验，付出过如此多的惨烈牺牲。据不完全统计，近代以来，为中国革命和建设事业献出宝贵生命的烈士约有2000万。他们大多数是共产党员，大多数没有留下姓名。

在斗争中诞生、在斗争中发展、在斗争中壮大，我们党在奋斗征程中锤炼了不可战胜的强大精神力量，锻造了不惧风险、不畏强敌，敢于战胜一切困难而不被任何困难所压倒的浩然风骨，团结带领中国人民创造出一个光明灿烂的新世界。

"为有牺牲多壮志，敢教日月换新天。"百年斗争史，激荡着中国共产党人改天换地、气壮山河的英雄豪情。

（五）

"我志愿加入中国共产党，拥护党的纲领，遵守党的章程……随时准备为党和人民牺牲一切，永不叛党。"面向鲜红的党旗，举起右拳庄严宣誓——对共产党员来说，80个字的入党誓词，字字千钧，"对党忠诚、不负人民"的精神和要求贯穿其中，召唤着每一个党员"实践其所信，励行其所知"。

"天下至德，莫大于忠。"对党忠诚，是共产党人首要的政治品质。一百年来，我们党历经艰险磨难，没有被困难压垮，也没有被敌人打倒，靠的就是千千万万党员的忠诚。百年党史，有"忠诚印寸心，浩然充两间"的坚毅，有"壮士头颅为党落，好汉身躯为群裂"的壮烈，有腹中满是草根而宁死不屈的气节，有竹签钉入十指而永不叛党的坚贞，有深藏功名、淡泊名利的境界……一代代优秀共产党人用鲜血和生命、拼搏与奉献诠释了对党的绝对忠诚。

对党忠诚，源自坚定信仰；不负人民，发自为民初心。我们党的百年历史，就是一部与人民心心相印、与人民同甘共苦、与人民团结奋斗的历史。从"为人民服务"到"以人民为中心"，中国共产党人始终把人民放在心中最高位置，为了人民幸福，勇往直前以赴之，艰苦奋斗以求之，殚精竭虑以成之，真正做到了"我将无我，不负人民"。

"民亦劳止，汔可小康。"千年夙愿、百年梦想，只有在中国共产党领导下，人民实现了当家作主，历史性地解决了绝对贫困问题，中华大地上全面建成了小康社会，老百姓过上了越来越好的日子。"这盛世，如您所愿"——这是人民创造的盛世，更是属于人民的盛世。

"繁霜尽是心头血，洒向千峰秋叶丹。"党性和人民性从来都是一致的、统一的，对党忠诚的本质要求是不负人民，不负人民是对党最大的忠诚。对党绝对忠诚，对人民无限热爱——中国共产党人的忠诚之心、赤子之心早已融入精神血脉，成为始终不竭的力量源泉。

（六）

邓小平同志说："共产党人干事业，一靠真理的力量，二靠人格的力量。"

伟大建党精神全面而生动地体现了共产党人真理的力量、人格的力量，是对中国共产党的先驱们在建党实践中所体现出来的理想信念、责任担当、价值追求、精神风貌、政治品格的概括和凝练，具有鲜明的政治性、革命性、实践性和人民性。

伟大建党精神思想精辟、内涵丰富、意境深远，其四个方面既相对独立、各有侧重，又紧密联系、相互融合，是相互贯通、相互促进的有机整体，充分体现了百年党史的主题和主线、主流和本质，充分体现了"不忘初心、牢记使命"这一马克思主义政党的本质要求。

"坚持真理、坚守理想"，从思想层面揭示我们党思想先进、信仰坚定的独特优势；"践行初心、担当使命"，从实践层面揭示我们党一以贯之的历史担当和源源不竭的前进动力；"不怕牺牲、英勇斗争"，从精神层面揭示我们党意志坚强、不可战胜的强大力量；"对党忠诚、不负人民"，从价值层面揭示我们党立党为公、心系人民的高尚品格。

（七）

凡树有根，方能生发；凡水有源，方能奔涌。伟大建党精神在中国共产党先驱们寻求真理的不懈探索中生根发芽，在马克思主义与中国具体实际和中华优秀传统文化相结合的历史进程中茁壮成长，在中国共产党领导中国人民进行革命、建设、改革的伟大实践中丰富发展，构筑起中国共产党人永恒的精神家园。

历史从哪里开始，精神就从哪里产生。伟大建党精神，谱写了百年壮丽精神史诗的伟大开篇，是中国共产党生生不息的精神之源。

这是立党兴党强党的精神原点、思想基点。伟大建党精神，回答了"为了谁、依靠谁、我是谁""从哪里来、往哪里去""什么是马克思主义政党、如何建设马克思主义政党"等基本问题，积淀着我们党与生俱来的红色基因，揭示了中国共产党何以"伟大、光荣、正确"的根本原因。伟大建党精神犹如一块基石，支撑起党的事业发展进步的巍巍大厦；又好似一颗火种，点燃了艰苦卓绝征途上一个个熊熊燃烧的精神火炬。

这是中国共产党人精神谱系的源和本、根与魂。一百年来，中国共产党从伟大建党精神这一源头出发，在长期奋斗中形成一系列伟大精神，构建起中

2021年6月13日拍摄的河北省平山县西柏坡纪念塔（无人机照片）。（新华社记者牟宇摄）

国共产党人的精神谱系,展现了薪火相传、波澜壮阔的精神力量。

"坚持真理、坚守理想"在井冈山精神、遵义会议精神、特区精神的形成中,激励着中国共产党人解放思想、实事求是,敢于闯出一条新路;"践行初心、担当使命"在延安精神、西柏坡精神、"两弹一星"精神中得到生动诠释,充分展现了中国共产党人的历史担当和奋斗精神;"不怕牺牲、英勇斗争"构成了长征精神、抗美援朝精神的核心要义,鼓舞着党和人民排除万难去争取胜利;"对党忠诚、不负人民"辉映着抗洪精神、抗震救灾精神、伟大抗疫精神、

脱贫攻坚精神,把以人为本、人民至上等崇高理念刻印在大地深处……

一系列伟大精神在不同时期体现出各自特点、不同含义,但本质内容和精神实质却一脉相承、相通相融,追根溯源,都可以在伟大建党精神中,找到其精神渊源和底色底蕴。如同长江、黄河从"世界屋脊"青藏高原起源,穿越重山、东流入海,伟大建党精神在历史长河中奔腾不息,贯穿百年而又历久弥新,成为中国共产党人精神谱系的"源头活水"。

(八)

精神是一个民族赖以生存发展的灵魂,唯有精神上达到一定的高度,这个民族才能在历史的发展中达到一定的高度。

在国家蒙辱、人民蒙难、文明蒙尘的旧中国,无论是"华人与狗不得入内"的歧视,还是"伤心最怕读新闻"的慨叹,都折射出中国人任人欺凌、毫无尊严的屈辱境况,那时的中华民族在精神上处于极度的不自主、不独立和不自信之中。一个"无声的中国",时间是停滞的,遍地是"沉默的灵魂"。

"所以我们的解放运动第一声,就是'精神解放'!"从建党时起,中国共产党就自觉地把思想变革与社会革命紧密结合起来,由此开启了对中华民族精神的历史性重塑。毛泽东同志曾说:"自从中国人学会了马克思列宁主义以后,中国人在精神上就由被动转入主动。"中国共产党应运而生,中国人民谋求民族独立、人民解放和国家富强、人民幸福的斗争就有了主心骨,中国人民的精神世界开始了翻天覆地的变化。就像《国际歌》中所唱的:"从来就没有什么救世主,也不靠神仙皇帝!要创造人类的幸福,全靠我们自己!"

"全靠我们自己"——一百年来,我们党把握规律、洞察大势,带领人民书写了中华民族几千年历史上最恢宏的史诗,把中国发展进步的命运牢牢掌握在自己手中，赢得了历史主动；我们党以远大理想感召人、以共同信仰凝聚人、以崇高精神塑造人，使中国人民一扫精神上的迷茫、颓败，走出了被动的泥沼，以自立、自强、自信的精神状态投身民族复兴伟大事业，赢得了精神主动。

中国共产党的诞生，是中国人民和中华民族伟大觉醒的必然结果；建党实践孕育的伟大建党精神，又成为中华民族精神发展的新起点，不仅挺起了民族精神的脊梁，也为民族精神的传承、重塑与升华注入强大"原动力"。由伟大建党精神发端，一代代共产党人在长期奋斗中构建起中国共产党人的精神谱系，为民族精神注入了新的元素，开辟了新的境界，极大地丰富了中华民族精神谱系，使之不断焕发蓬勃生机和活力。

人民有信仰，民族有希望，国家有力量。在民族复兴的征程上，伟大建党精神犹如一个醒目的路标，深刻启示我们：当高楼大厦遍地林立时，中华民族精神的大厦同样应巍然矗立。

（九）

"把历史变为我们自己的，我们遂从历史进入永恒"。回望过往的奋斗路，眺望前方的奋进路，伟大建党精神已经深深融入中国共产党和中华民族的血脉与灵魂，成为我们以史为鉴、开创未来的根本精神力量。

历史川流不息，精神代代相传。如何把伟大建党精神继承下去、发扬光大，让这一"精神之源"成为奋进全面建设社会主义现代化国家新征程的"动力之源"？新时代中国共产党人需要在实践中不断作出新的回答。

心有所信，方能行远。弘扬伟大建党精神，就应筑牢信仰之基、补足精神之钙、把稳思想之舵，坚持以习近平新时代中国特色社会主义思想为指导，坚持和发展中国特色社会主义，让精神之火、真理之光照亮新征程，让马克思主义在21世纪的中国展现出更加强大的生命力。

越是伟大的事业，越是充满挑战，越需要知重负重。弘扬伟大建党精神，就应激发斗争精神、增强斗争本领，进行具有许多新的历史特点的伟大斗争。前进道路上，必须深刻认识我国社会主要矛盾变化带来的新特征新要求，深刻认识错综复杂的国际环境带来的新矛盾新挑战，保持"越是艰险越向前"的英雄气概，奋发"不破楼兰终不还"的昂扬斗志，敢于斗争，善于斗争，逢山开道、遇水架桥，勇于战胜一切风险挑战。

江山就是人民、人民就是江山，打江山、守江山，守的是人民的心。弘扬伟大建党精神，就应坚持以人民为中心，着力解决发展不平衡不充分问题和人民群众急难愁盼问题，做好人民群众的"贴心人""知心人""暖心人"，把对党和人民的忠诚和热爱牢记在心目中、落实在行动上，以造福人民的新业绩不负人民新期待。

"胜人者有力，自胜者强。"中国共产党历经千锤百炼而朝气蓬勃，一个很重要的原因就是我们始终坚持党要管党、全面从严治党。弘扬伟大建党精神，就应勇于自我革命，坚决清除一切损害党的先进性和纯洁性的因素，清除一切侵蚀党的健康肌体的病毒，明大德、守公德、严私德，确保党不变质、不变色、不变味，在新时代坚持和发展中国特色社会主义的历史进程中始终成为坚强领导核心。

（十）

"七一"前后，各地举行的建党百年主题灯光秀刷屏了。光与影的变幻，今与昔的对比，让人无限感慨。从星星之火到万家灯火，从一叶红船到巍巍巨轮，何等神奇的巨变，何等伟大的奇迹！

"中华民族迎来了从站起来、富起来到强起来的伟大飞跃，实现中华民族伟大复兴进入了不可逆转的历史进程！"在庆祝中国共产党成立100周年大会上，习近平总书记铿锵有力的庄严宣告，发出了新时代中国共产党人和广大中华儿女推进伟大事业、实现伟大梦想的时代强音。

以信仰之光照亮奋斗之路，以复兴之志凝聚磅礴之力，一个百年大党的初心和使命，从未绽放出如此耀眼的光芒；一个伟大民族的光荣与梦想，从未如此接近光辉的彼岸。

让伟大建党精神，激励我们向着伟大复兴目标奋勇前进吧！

（新华社北京2021年7月18日电）

扫码观看　钟华论|伟大的精神之源，奋进的磅礴力量——论伟大建党精神

◣ 创作手记

思想的攀登让评论更有力量

"钟华论"文章《伟大的精神之源，奋进的磅礴力量——论伟大建党精神》，率先在全国媒体中就习近平总书记提出的伟大建党精神进行重磅解读，为全党全社会进一步深化对总书记"七一"重要讲话的学习理解营造了良好舆论氛围。

文似看山不喜平，思想上的跃迁，往往构成了文章的风景与气象。在写作这篇"钟华论"文章之前，创作团队了做了大量学习研讨、调查研究等准备工作，为思想上的攀登蓄力攒劲。在写作中，团队采取史论结合的方式，通过党的百年奋斗史中的重要事件、典型人物，解读伟大建党精神四个层面的内涵，此为第一次"攀登"。在解读伟大建党精神具体内涵的基础上，对伟大建党精神内在逻辑进行解析，指出四个方面既相对独立、各有侧重，又紧密联系、相互融合，是相互贯通、相互促进的有机整体，充分体现了"不忘初心、牢记使命"这一马克思主义政党的本质要求，此为第二次"攀登"。深入思考伟大建党精神"是中国共产党生生不息的精神之源"，阐明立党兴党强党的精神原点、思想基点，强调这是中国共产党人精神谱系的源和本、根与魂，此为第三次"攀登"。拓展思考百年党史中的历史主动与精神主动等问题，论述如何弘扬伟大建党精神，激发以史为鉴、开创未来的根本精神力量，此为第四次"攀登"。思考不断深化，主题不断升华，创造性地形成一个层层递进和深化的立体思维架构，为读者更深刻理解伟大建党精神提供了螺旋式上升的"思想阶梯"。

思想力是评论的核心竞争力，进行逻辑的拓展、层次的深化、关系的把握，为评论写出深度、写出新意提供了坚实支撑。只有跳出"舒适区"、敢闯"无人区"，勇于进行思想上的探索、观点上的拓展，才能发人所未发、言人所未言，收获奇崛壮美的风景。

这篇"钟华论"文章播发后，被《人民日报》《光明日报》《解放军报》等4200多家媒体采用，总浏览量超过4亿，形成镇版刷屏之势。受众、业界和媒体用户认为文章"既有政治高度，又有思想深度，还有人性温度""为党员干部学习建党精神提供了权威读本"。

刚刚过去的这个夏天，活跃着许多奋斗的中国青年。他们在抗疫一线守护生命，在洪水之中救援群众，在奥运赛场挑战极限，在浩瀚宇宙追逐梦想，在各自岗位上发光发热……从他们身上，人们看到了新时代中国的蓬勃气象：充满朝气、坚韧不拔、敢于担当、开放包容、自信自强。

"请党放心，强国有我！"在庆祝中国共产党成立100周年大会上，从天安门广场发出的青春誓言，响彻神州大地，激荡在亿万青少年心中。这是"后浪"奔涌的时代潮音，这是开创未来的青春担当。

时光不老，青春正好。穿越世纪风云，百年大党风华正茂，新时代青年正当其时，中华民族伟大复兴的光荣与梦想在世界东方升腾。

青春无悔,强国有我

本文播发后被1100多家媒体采用转发,总浏览量近3亿,不少学校将之作为开学思政教育的辅导材料,被誉为一篇"有高度有激情的新时代少年中国说"。

2021年7月1日上午,庆祝中国共产党成立100周年大会在北京天安门广场隆重举行。图为共青团员和少先队员代表集体致献词。(新华社记者陈晔华摄)

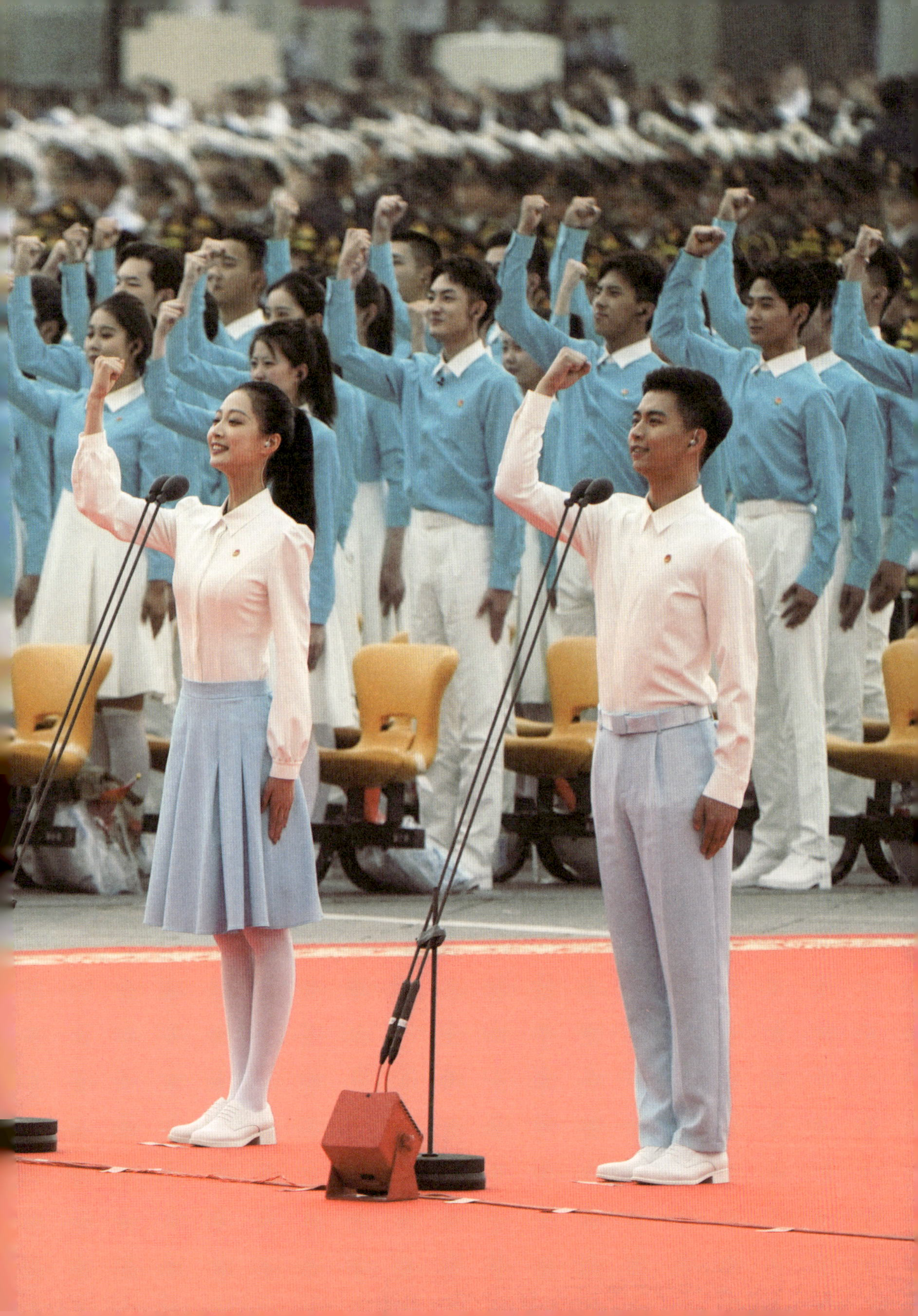

（一）

"一百年前,一群新青年高举马克思主义思想火炬,在风雨如晦的中国苦苦探寻民族复兴的前途。"在"七一"重要讲话中,习近平总书记的深刻论述,铺展一幅青年与时代同行、为民族担当的历史画卷,启发人们探寻百年党史中蕴藏的"青春密码"。

"我们不说,谁说?我们不干,谁干?"在国家蒙辱、人民蒙难、文明蒙尘的旧中国,青春的呐喊,唤醒沉睡已久的民族。一群先进青年,创建了中国共产党,拉开了百年巨变的历史大幕。

奋斗征程上,一代代中国青年汇聚在党的旗帜下,用拼搏与奋斗谱写了一曲曲嘹亮的青春之歌——

那是革命年代"青年应有责,破旧换新天"的壮举,是社会主义建设时期"献了青春献终身,献了终身献子孙"的誓言,是改革开放之初"团结起来,振兴中华"的呼唤,是抗疫斗争中"你若生死相托,我必全力以赴"的承诺,是边防战士"清澈的爱,只为中国"的表白……

每一个奇迹,都凝结着青春奋斗的力量;每一次抵达,都闪耀着青年心中的梦想。无论过去、现在还是未来,中国青年始终是实现中华民族伟大复兴的先锋力量。

列宁曾指出:我们是未来的党,而未来是属于青年的。我们是革新者的党,而青年总是更乐于跟着革新者走的。中国共产党的百年历程,就是一部代表广大青年、赢得广大青年、依靠广大青年的历史,党的队伍中始终活跃着怀抱崇高理想、充满奋斗精神的青年人,这是我们党历尽沧桑而依然风华正茂、不断从胜利走向胜利的重要原因。

"青年者,国之魂也。"赢得青年才能赢得未来,依靠青年才能创造未来。

（二）

　　1986年寒冬，在厦门工作的习近平把自己的军大衣借给寒假回家过春节的大学生朋友；2007年1月，时任浙江省委书记的习近平在浙江大学调研时，面带微笑宽慰鼓励实验失误的学生；2013年4月，习近平总书记同全国劳动模范代表座谈时，看着常年在气候恶劣地区工作的"80后"青年有些变深的肤色，叮嘱有关部门给姑娘们配备一些劳动保护用品……

　　最是细节见真情。一路走来，习近平总书记始终关爱青年、关心青年，对广大青年寄予厚望。青年兴则国兴，青年强则国强。"青年工作，抓住的是当下，传承的是根脉，面向的是未来，攸关党和国家前途命运。"站在确保党和人民事业薪火相传、后继有人的战略高度，着眼于"培养担当民族复兴大任的时代新人"，习近平总书记高度重视青年工作，希望广大青年立大志、明大德、成大才、担大任，成为社会主义建设者和接班人。

　　"做青年朋友的知心人、青年工作的热心人、青年群众的引路人"。党的十八大以来，总书记常常走到青年中间，多次在讲话、座谈、书信等交流中，同青年谈心、为青年鼓劲，为青年的成长成才提供了砥砺奋进的思想指南。

　　"同人民一起奋斗，青春才能亮丽；同人民一起前进，青春才能昂扬；同人民一起梦想，青春才能无悔"揭示了正确人生观；"人生的扣子从一开始就要扣好""努力使自己成为高尚的人"彰显了立德修身的价值观；"勤于学习、敏于求知""既多读有字之书，也多读无字之书"指明了增强本领的方法论；"正确对待一时的成败得失，处优而不养尊，受挫而不短志"蕴含着为人处世的辩证法……

　　"总书记了解青年、理解青年，知道我们的所思所盼，带给我们奋进的力量。"一名青年的感想，道出了亿万年轻人的共同心声。牵挂青年身心健康，习近平总书记提醒"年轻人不要老熬夜";为当代青年减压,总书记提出"在青年成长的关键处、要紧时拉一把、帮一下";体察到青年成长路上面临的不易,总书记要求解决好青年在毕业求职、创新创业、社会融入、婚恋交友、老人赡养、子女教育等方面的操心事、烦心事……

从新中国历史上第一个青年发展规划制定出台,到教育、就业、创业等领域一系列惠及青年的政策不断推出,再到培育青年人才、培养青年干部的扎实举措……党的十八大以来,在以习近平同志为核心的党中央亲切关怀下,各地各部门为青年追梦圆梦搭建起越来越广阔的舞台,给奋斗者以越来越有力的支撑和托举。

(三)

2020年抗疫期间,一句话曾经感动中国:"2003年非典的时候你们保护了我们,今天轮到我们来保护你们了。"在这场生死攸关的斗争中,无数"90后""00后"逆行出征、冲锋陷阵,用年轻的臂膀扛起如山的责任,展现出青春激昂的风采,展现出中华民族的希望。广大青年用行动证明,新时代的中国青年是好样的,是堪当大任的!

马克思曾说:一个时代的精神是青年代表的精神,一个时代的性格是青年代表的性格。时代召唤青年、塑造青年、成就青年,青年感知时代、融入时代、推动时代,这是时代与青年关系的内在逻辑,也是一个民族生生不息的动力所在。

"2035年的你,会是什么样?"在网上,这样的问题常常引发热议。时间之河奔腾向前,每一代青年都有自己的际遇和机缘,都要在自己所处的时代条件下谋划人生、创造历史。到2035年基本实现社会主义现代化,到本世纪

青春无悔,强国有我

大连海洋大学的志愿者推着满载的三轮车上坡,将物资送到学生宿舍(2021年1月6日摄)。(新华社发 大连海洋大学供图)

中叶把我国建成富强民主文明和谐美丽的社会主义现代化强国——未来的岁月，既是实现中华民族伟大复兴的关键时期，也是青年成长成才、成就事业的"黄金时代"。

一百年前，青年开创了新的时代；一百年后，新时代召唤着青年开拓前进。如何增长知识、锤炼品格，以真才实学服务人民，以创新创造贡献国家？如何啃下硬骨头，破解"卡脖子"难题，为高质量发展注入新动力？如何实现巩固拓展脱贫攻坚成果同乡村振兴有效衔接，让希望的田野绽放梦想？如何在平凡岗位上创造不平凡的业绩，用奋斗点燃青春的光芒？

李大钊同志曾疾呼："国家不可一日无青年，青年不可一日无觉醒。"梦想越是伟大，任务越是艰巨，越需要青年迎难而上，做走在时代前列的奋进者、开拓者、奉献者。"青年的样子，就是中国的样子"，青年一代有理想、有本领、有担当，国家就有前途，民族就有希望。

（四）

1932年的洛杉矶，23岁的刘长春孤身代表中国首次参加奥运会，因旅途劳累等原因成绩不佳，最终抱憾而归。

2021年的东京，平均年龄25.4岁的431名中国奥运健儿，取得38枚金牌、32枚银牌、18枚铜牌的优异成绩，高居奥运会金牌榜和奖牌榜第二位。

奥运会的赛道，折射出一个民族的命运转折，更生动展现了新时代中国青年的精气神，告诉世人"这一届"中国青年大有可为、也必将大有作为。

新时代中国，不仅摘取了越来越多的体育金牌，也赢得了越来越多的发展"金牌"。站在"两个一百年"的历史交汇点上，中华民族伟大复兴正展现出前所未有的光明前景。蒸蒸日上的发展态势、日新月异的社会进步、热气腾

青春无悔，强国有我

2021年8月8日，第32届夏季奥林匹克运动会闭幕式在日本东京举行。这是中国体育代表团成员进入体育场。（新华社记者曹灿摄）

腾的创新创造、以人民为中心的发展思想……新时代赋予青年的，不仅是强健的体魄、殷实的生活，更有"会当水击三千里"的壮志豪情、"天生我材必有用"的广阔天地、"不拘一格降人才"的发展际遇。

"这是我们的时代！"得益于中国航天事业发展的巨大进步，年轻的科研团队在太空演绎独有的"中国式浪漫"；在乡村振兴战略落地生根的实践中，一批批"新农民"茁壮成长，用知识与科技培育着祖辈父辈们难以想象的丰硕果实；产业工人倾力打造大国重器，创业者们尽情施展自己的想象和才华……

"你们要跑得再快一点，落后的滋味可不好受！"新中国成立后，投身体育教育事业的刘长春曾这样鼓励学生。今天，"生在红旗下，长在春风里"的青年一代，是与新时代共同前进的一代，生逢盛世，更当不负盛世，跑出奋斗圆梦的"加速度"。

（五）

"志不立，天下无可成之事。"青年志存高远，一个国家就有澎湃的动力，一个民族就有蓬勃的希望。

何谓"立大志"？青年周恩来告诉我们，那是"为中华之崛起而读书"的远大抱负；毅然回国的钱学森告诉我们，那是"外国人能干的，中国人为什么不能干"的奋发图强；情系脱贫事业的黄文秀告诉我们，那是"投身到人民群众最需要的地方去"的坚定抉择……"得其大者可以兼其小"，将小我融入大我，以青春之我、奋斗之我，为民族复兴铺路架桥，为祖国建设添砖加瓦，青年才能更好实现人生价值、升华人生境界，干一番轰轰烈烈的事业。

青春无悔，强国有我

左图为黄文秀生前工作照（资料照片）；右图为 2021 年 2 月 25 日，黄文秀的父亲黄忠杰在全国脱贫攻坚总结表彰大会上（新华社记者刘彬摄）。

"中国很努力，我们要争气。"新时代青年，更当激扬奋发有为的志气。人生没有"躺赢"，梦想贵在坚持。面对艰难险阻，不做"躺平"任嘲的局外人，争做开路破局的弄潮儿；面对繁重任务，不做冷嘲热讽的旁观者，甘当兢兢业业的实干家；面对问题矛盾，不做怨天尤人的"键盘侠"，做好尽责尽力的建设者。

好儿女志在四方，有志者奋斗无悔。在拼搏中释放激情、追逐理想，在做好每一件小事、完成每一项任务、履行每一项职责中诠释责任担当，就是青春最美的模样。

（六）

走进南昌八一起义纪念馆，起义参加者名录墙上 32 张年轻的面孔常引人驻足思考：这群平均年龄只有 25 岁的年轻人，为什么宁可豁出性命也要干革命？"志士不辞牺牲，英雄不避时艰，这就是革命者的骨气和血性。"一名讲解员的回答引发人们的强烈共鸣。

回望百年，斑斑青史映照铮铮铁骨。革命先烈"宁可站着死，绝不跪着生"，红军将士"风雨侵衣骨更硬，野菜充饥志越坚"，新中国的建设者们"有条件要上，没有条件创造条件也要上"，改革者们奋力"杀出一条血路来"，无不展现了中国人的骨气，无不激荡着不屈不挠、奋勇前进的青春力量。

人无刚骨，安身不牢。青年正处于人生的"拔节孕穗期"，既需要精心引导和栽培，也需要经受风吹雨打的考验、严寒冰霜的磨炼。青春之翼，因磨砺而坚强；人生之路，因奋斗而宽广。

前进途中，有平川也有高山，有缓流也有险滩，有丽日也有风雨。做奋发有为的新时代青年，当增强不畏艰险、攻坚克难的骨气，激发逢山开道、遇水架桥的青春智慧，在披荆斩棘中开拓前进，在劈波斩浪中奋勇前行。没有从天而降的幸福，更没有随随便便的成功。唯有挺起精神的脊梁，燃起奋发的斗志，才会发现"苦地方，险地方，正是建功立业好地方"；唯有保持拼搏的姿态，激发开拓的力量，才能感悟"只要思想不滑坡，办法总比困难多"。

"爷爷辈没输给战火，父母辈没输给贫穷，我们怎么能不建设好今天的中国？"锤炼"千磨万击还坚劲"的钢铁意志，砥砺"越是艰险越向前"的斗争精神，锻造"踏平坎坷成大道"的顽强品格，新时代青年必将创造让世界刮目相看的新奇迹。

（七）

"经历了抗疫的风风雨雨，我们青年人更能理解什么是'四个自信'。"一年多来，中国的抗疫斗争和扎实成效，如同生动、深刻的"大思政课"，让青年人读懂了我们党"人民至上、生命至上"的理念与追求，读懂了"集中力量办大事、办难事、办急事"的制度优势，读懂了殊死较量中铸就的伟大抗疫精神……如一位学者所说："中国年轻人对自己的国家更有安全感、更有自信，进而有更多的热情和热爱。"

"此刻，我比任何时候更懂你"。因为懂得，所以相信；因为相信，所以坚定。

做奋发有为的新时代青年，当涵养自信自强、开创未来的底气。在以习近平同志为核心的党中央坚强领导下，在14亿多中国人民的团结奋斗中，坚定不移走中国特色社会主义道路，我们拥有更为完善的制度保证、更为坚实的物质基础、更为主动的精神力量，实现中华民族伟大复兴进入不可逆转的历史进程。这是我们的底气之源、奋斗之基。

青春之底气，也根植于强大的内心。它是一往无前的勇气，既然选择了远方，便只顾风雨兼程；是坚如磐石的定力，辨明历史大势，把握时代潮流，对未来始终充满必胜信心；是坚忍不拔的毅力，在困境中坚守梦想，在艰难中永不言弃，在拼搏中向着更高处登攀。心中有阳光，奋斗的脚步就会铿锵有力；心中有信念，青春的航船必将乘风破浪，驶向梦想的彼岸。

（八）

金秋九月，学子们迎来开学季，奋斗者们站在了新起点。

此时此刻，千千万万"少年的你"，或怀揣梦想踏入校园大门，或意气风发走进绿色军营，或操控农机驰骋在丰收的田野，或在流水线上忙个不停，或在写字楼里为美好生活埋头苦干……青年向上，国家向前。新征程上每一个奋斗的青春身影，都是新时代最美的风景。

"少年负壮气，奋烈自有时。"无拼搏不青春，在开学"云课堂"上，"亚洲飞人"苏炳添勉励同学们"不要给自己设限"，努力去追寻梦想；无奉献不青春，"七一勋章"获得者林丹祝福青年"在基层工作中成就一番事业"；无成长不青春，"校长妈妈"张桂梅嘱咐孩子们"一定要好好学习、天天向上，别忘了我们的誓言"……

1939年5月4日，毛泽东同志接受青年献旗，旗上书写"新中国的火炬"。青春之火熊熊不熄，照亮民族复兴的漫漫征程。迈向第二个百年奋斗目标，时间正翻开新一页，请青年着笔；历史正提出新课题，请青年作答。

未来属于青年，希望寄予青年。再出发，青春的梦想在召唤——

习近平总书记向广大青年发出了新征程上的进军号令："新时代的中国青年要以实现中华民族伟大复兴为己任，增强做中国人的志气、骨气、底气，不负时代，不负韶华，不负党和人民的殷切期望！"

（新华社北京 2021 年 9 月 1 日电）

扫码观看　青春无悔　强国有我

◣ 创作手记

以青春之名，为梦想书写

《钟华论：青春无悔，强国有我》在开学季到来之际推出，是一篇写给新时代青年的重磅政论。以青春之名，为梦想书写，文章通篇洋溢着朝气蓬勃的青春气息，为重要政论与青年共情共鸣、激发奋进力量进行了有益尝试。

青春的主题很"大"，文章把青年命运、青春梦想放到百年党史、民族复兴进程中加以观照，揭示百年党史的青春密码，系统深入阐释习近平总书记关于青年和青年工作重要论述，激扬新时代青年追梦圆梦的奋进力量。青春的落点很"小"，在波澜壮阔、多姿多彩的青春叙事中，文章注重将目光聚焦一个个生动鲜活的奋斗身影，贴近青年，理解青年，以青年之心为心，奏响慷慨激昂又动人心弦的青春之歌。

这篇"钟华论"文章的一大亮点，就是创新话语体系，着力打造青春语态。在写作中，避免出现"必须""要"等说教式、命令式语气，而是采取对话语境，尊重青年的想法，体谅他们的难处，在沟通中寻找共鸣点和共情点，拉近与青年的距离，实现柔性引导。在表达上，探索青年喜闻乐见的话风。"这是我们的时代""中国很努力，我们要争气""人生没有'躺赢'，梦想贵在坚持""青年向上，国家向前"等表达清新生动、富有青春气质，易于为青年受众所理解和接受。新华社领导评价文章"厚实、饱满而又灵气往来，气韵贯通"。

如何讲好故事，为观点增色？这是每篇"钟华论"文章都要面临的课题。创作团队努力挖掘故事中蕴藏的思想和情感力量，把故事讲出新意、讲出深意。刘长春孤身代表中国参加洛杉矶奥运会的故事人们耳熟能详，加上这个故事的"续集"——新中国成立后，投身体育教育事业的刘长春鼓励学生自立自强，使得整个故事跳脱了历史悲情的语境，更具发愤图强、振兴中华的新寓意。在好故事的加持下，观点水到渠成、其义自见；在观点的引领下，故事更加发人深省。

一篇5400多字的长文，在网络时代面向青年传播，必须尊重青年的接受习惯，遵循网络传播的特点。创作团队提炼出"新时代中国青年好样的""中国很努力我们要争气"等6个话题，在微博上以"话题＋短文＋海报"的形式进行碎片化传播。三者产生化学反应，达到1+1+1>3的效果。"青年的样子就是中国的样子"话题引发网友热议，阅读量超过1.2亿。

《钟华论：青春无悔，强国有我》播发后被1100多家媒体采用转发，总浏览量近3亿，不少学校将之作为开学思政教育的辅导材料，许多青年和青年工作者在朋友圈转发，文章被誉为一篇"有高度有激情的新时代少年中国说"。

青史如镜,鉴照峥嵘岁月;初心如炬,辉映复兴之路。

在实现中华民族伟大复兴的关键时期,在"两个一百年"奋斗目标历史交汇点上,即将召开的中国共产党第十九届中央委员会第六次全体会议,重点研究全面总结党的百年奋斗的重大成就和历史经验问题。

看清楚过去为什么能够成功,才能弄明白未来怎样继续成功。这次重要会议,将以对历史的回望、对实践的思考、对规律的把握,引领全党更好地奋进全面建设社会主义现代化国家、实现中华民族伟大复兴的新征程。

彪炳史册的伟大成就，坚如磐石的中流砥柱

本文播发后被1000多家媒体采用，多个话题登上网络热搜榜，"中国共产党的C位怎样炼成"阅读量突破1.4亿，总浏览量超过2.6亿。媒体用户和受众评价文章"写尽百年风云，洞见人间正道"，是"献给六中全会和复兴伟业的一篇精品力作"。

图为京雄城际铁路雄安站（2021年7月1日摄，无人机照片）。（新华社记者 牟宇 摄）

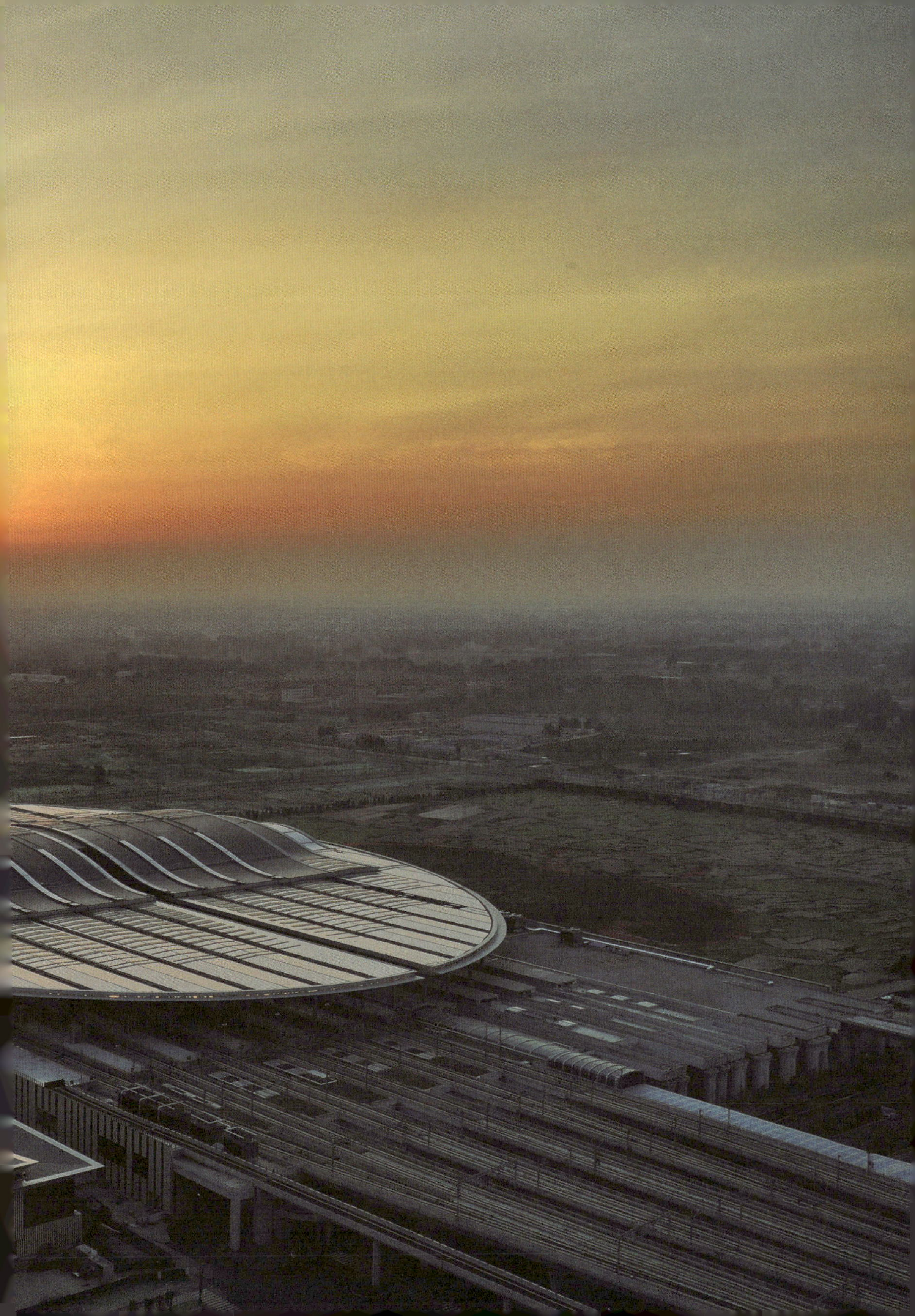

（一）

"我们要以史为鉴、开创未来，在全面建设社会主义现代化国家新征程上继续担当历史使命，掌握历史主动，不断把中华民族伟大复兴的历史伟业推向前进。"在纪念辛亥革命110周年大会上，习近平总书记4000余字的重要讲话，"复兴"二字出现了25次。

复兴，一个伟大民族孜孜以求的梦想，一个百年大党为之奋斗不息的伟大事业。

时间是最好的见证者。当年，面对孙中山先生拿出的画满铁路线的中国地图，澳大利亚人威廉·端纳摇头说："这个如同游戏拼图一样的东西根本没有实现的可能。"不久前，在第二届联合国全球可持续交通大会开幕式上，习近平主席豪迈地宣布："我们坚持交通先行，建成了全球最大的高速铁路网、高速公路网、世界级港口群，航空航海通达全球，综合交通网突破600万公里。"

百年来，在世界东方这片土地上，有多少天翻地覆的巨变，有多少日新月异的进步，有多少震古烁今的史诗。回望中，那个开天辟地的历史时刻更加熠熠生辉——中国共产党一经诞生，就把为中国人民谋幸福、为中华民族谋复兴确立为自己的初心和使命，点亮了实现中华民族伟大复兴的灯塔。

山河巨变，宏愿正酬。中国共产党百年华诞之际，中华大地上全面建成了小康社会，历史性地解决了绝对贫困问题，中国人民正向着全面建成社会主义现代化强国的第二个百年奋斗目标迈进。

梦想照进现实，只因奋斗从未停歇，只因追梦永不止步。从新民主主义革命时期的浴血奋战、百折不挠，到社会主义革命和建设时期的自力更生、发愤图强，从改革开放和社会主义现代化建设新时期的解放思想、锐意进取，到中国特色社会主义新时代的自信自强、守正创新，一幅历史长卷无比恢弘，一个历史逻辑分外鲜明——

中国共产党团结带领中国人民进行的一切奋斗、一切牺牲、一切创造，归结起来就是一个主题：实现中华民族伟大复兴。

实现中华民族伟大复兴，是一场接力跑。在党的长期奋斗历程中，以毛泽东、邓小平、江泽民、胡锦涛同志为主要代表的中国共产党人，团结带领全党全国各族人民推动革命、建设、改革取得了重大成就、积累了宝贵经验。党的十八大以来，以习近平同志为主要代表的当代中国共产党人团结带领中国人民，统筹推进"五位一体"总体布局，协调推进"四个全面"战略布局，引领民族复兴航船越过急流险滩，穿过惊涛骇浪，跨越关键一程，驶向更加广阔的天地。

在波澜壮阔的实践中，民族复兴的伟大事业不断开拓新境界。以习近平同志为核心的党中央从理论和实践结合上系统回答了新时代坚持和发展什么样的中国特色社会主义、怎样坚持和发展中国特色社会主义这个重大时代课题，逐渐形成了习近平新时代中国特色社会主义思想，为推进新时代民族复兴事业提供了科学指南；坚持和完善党的全面领导，加强党的建设，驰而不息全面从严治党，为民族复兴锻造更加坚强有力的领导力量；立足新发展阶段、贯彻新发展理念、构建新发展格局，着力推动高质量发展，坚定不移深化改革、扩大开放，经济社会发展在变局中开拓新局；统揽全局、果断决策，敢于、善于进行伟大斗争，团结带领人民战胜一系列重大风险挑战。

党的十八大以来，以习近平同志为核心的党中央团结带领全党全国各族人民取得新的重大成就、积累了新的宝贵经验，彰显了中国特色社会主义的强大生机活力，党心军心民心空前凝聚振奋，我国国际地位日益巩固，为实现中华民族伟大复兴提供了更为完善的制度保证、更为坚实的物质基础、更为主动的精神力量，实现中华民族伟大复兴进入了不可逆转的历史进程。

（二）

从太空俯瞰，上海、嘉兴—瑞金—遵义—延安—西柏坡—北京，这条中国共产党从小到大、由弱变强的历史轨迹，犹如一个巨大的字母C写在中华大地上。"C位是怎样炼成的？"历史的问答中，折射出一个百年大党的成功密码。

"莽莽神州，已倒之狂澜待挽；茫茫华夏，中流之砥柱伊谁？"近代以来，为了挽救民族危亡，中国社会各阶级各种政治力量相继登场，各种救国方案轮番出台，但都以失败告终……

一百年来，中国共产党矢志不渝为人民谋幸福、为民族谋复兴，团结带领全国各族人民在神州大地上绘就了人类发展史上波澜壮阔的壮美画卷，使近代一百多年饱受奴役和欺凌的中国人民站立起来，使具有五千多年文明历史的中华民族全面迈向现代化，使具有五百多年历史的社会主义思想在世界上人口最多的国家开辟出成功道路，使新中国大踏步赶上时代，中华民族伟大复兴展现出光明前景。

历史和现实无可辩驳地证明，没有中国共产党，就没有新中国，就没有中华民族伟大复兴。中国共产党领导是历史的选择、人民的选择，是党和国家的根本所在、命脉所在，是全国各族人民的利益所系、命运所系。

"辨方位而正则"。踏上新征程，既有难得的历史机遇，也面临前所未有的风险挑战。世界百年未有之大变局加速演进，我国正处在实现中华民族伟大复兴的关键时期。用历史映照现实、远观未来，我们比历史上任何时期都更接近、更有信心和能力实现中华民族伟大复兴的目标，同时必须为之付出更为艰巨、更为艰苦的努力。在新时代不断推进民族复兴事业，全面建成社会主义现代化强国，是历史赋予我们这一代中国共产党人的使命与重任。

（三）

"党政军民学，东西南北中，党是领导一切的。"党的领导，是党和国家事业发展的"定海神针"，是实现中华民族伟大复兴的根本保证。在新征程上推进民族复兴事业，必须坚持和加强党的全面领导，充分发挥党总揽全局、协调各方的领导核心作用。

万山磅礴，必有主峰；船重千钧，掌舵一人。坚决维护党中央权威和集中统一领导是党的领导的最高原则。只有党中央有权威，才能把全党牢固凝聚起来，进而把全国各族人民紧密团结起来，形成万众一心、无坚不摧的磅礴力量。在新征程上坚持和加强党的全面领导，必须不断增强"四个意识"、坚定"四个自信"、做到"两个维护"，确保全党在以习近平同志为核心的党中央坚强领导下统一意志、统一行动，步调一致向前进。

事在四方，要在中央。讲政治是具体的，要体现在坚决贯彻党中央决策部署的行动上，体现在履职尽责、做好本职工作的实效上。心怀"国之大者"，不断提高政治判断力、政治领悟力、政治执行力，一个重要试金石就是知行合一、言行一致，不折不扣把党中央决策部署落实落细，做到党中央提倡的坚决响应，党中央决定的坚决照办，党中央禁止的坚决杜绝，把核心意识转化为在党爱党、在党言党、在党忧党、在党为党的实际行动。

经历了抗疫斗争这堂"最强思政课"，有网友感言："生而为中国人，深感中国这艘承载着14亿多人的大船，正是有了中国共产党的掌舵领航，才能穿越风浪抵达胜利彼岸。"有党的坚强领导，就没有克服不了的困难，就没有迈不过去的沟坎，就没有成就不了的宏图大业。

（四）

一组雕像，在遵义会议纪念馆里巍然矗立，定格下这样的历史瞬间——长征路上，毛泽东、周恩来、朱德等共产党人目光深邃地望着远方，思索前进的方向……

86年前召开的遵义会议上，中国共产党第一次独立自主地运用马克思主义基本原理解决自己的问题，实现从挫折中奋起的伟大转折，开启了探索中国革命正确道路、实现马克思主义中国化的新征程。

探索永不止步，征途永无止境。回望百年党史，马克思主义深刻改变了中国，中国共产党人也极大丰富了马克思主义。从"山沟沟里的马克思主义"指引中国革命开辟"农村包围城市、武装夺取政权"的胜利之路，到突破禁锢、"走自己的道路，建设有中国特色的社会主义"，再到统筹中华民族伟大复兴战略全局和世界百年未有之大变局，以习近平新时代中国特色社会主义思想引领经济社会发展，我们党不断推进实践基础上的理论创新，彰显中国化马克思主义既一脉相承又与时俱进的理论品质。

恩格斯说："只要进一步发挥我们的唯物主义论点，并且把它应用于现时代，一个强大的、一切时代中最强大的革命远景就会立即展现在我们面前。"习近平新时代中国特色社会主义思想是当代中国马克思主义、21世纪马克思主义。奋进新征程，必须筑牢思想之基，自觉以习近平新时代中国特色社会主义思想武装头脑、指导实践，不断在学懂弄通做实上下功夫，不断提升运用党的创新理论分析问题、解决问题的能力，不断推进实践基础上的理论创新，让当代中国马克思主义放射出更加灿烂的真理光芒。

方向决定道路，道路决定命运。当年，红军过草地的时候，伙夫同志一起床，不问今天有没有米煮饭，却先问向南走还是向北走。实现中华民族伟大复兴，道路是最根本的问题。党和人民历经千辛万苦、付出巨大代价，探索出了中国特色社会主义这条实现中华民族伟大复兴的唯一正确道路。正如习近平主席在中华人民共和国恢复联合国合法席位50周年纪念会议上深刻指出的："一个国家走的道路行不行，关键要看是否符合本国国情，是否顺应时代发展潮流，能否带来经济发展、社会进步、民生改善、社会稳定，能否得到人民支持和拥护，能否为人类进步事业作出贡献。"

解放思想、实事求是，走自己的路——我们党以此创造历史，也必将以此赢得未来。在新征程上推进民族复兴事业，必须有志不改、道不变的坚定，坚持把马克思主义基本原理同中国具体实际相结合、同中华优秀传统文化相结合，牢牢把中国发展进步的命运掌握在自己手中，不断开辟马克思主义发展新境界，走好新时代的长征路。

（五）

"让人民生活幸福是'国之大者'。"今年4月，习近平总书记在广西桂林市全州县才湾镇毛竹山村考察时深情地说。

人民幸福，是复兴伟业最温暖的底色。

"江山就是人民、人民就是江山，打江山、守江山，守的是人民的心。"为人民谋幸福，是中国共产党始终坚守的初心。一百年来，为了人民幸福，一代代共产党人不怕流血牺牲、不避千难万险、不辞千辛万苦，以实际行动回答了"我是谁、为了谁、依靠谁"。

把人民看得有多重，在人民心中就有多重。正是因为始终坚持人民至上，全心全意为人民服务，我们党才能在革命年代"唤起工农千百万，同心干"；在社会主义建设时期点燃亿万人民创业热情，形成"遍地英雄下夕烟"的壮阔景象;在改革开放新时期充分调动人民群众的积极性和创造性,凝聚"杀出一条血路来"的智慧和力量……人心是最大的政治,人民是最大的底气。实现中华民族伟大复兴之所以进入不可逆转的历史进程,因为这一伟大事业是人心所向、大势所趋,任何人任何势力都不能阻挡中国人民追梦圆梦的前进步伐。

中国梦归根到底是人民的梦,实现中华民族伟大复兴,必须依靠中国人民自己的英勇奋斗。"人民,只有人民,才是创造世界历史的动力。"如烈火,如

广西桂林市全州县才湾镇毛竹山村(2021年4月25日摄,无人机照片)。(新华社记者曹祎铭摄)

激流，如惊雷，人民群众之中蕴藏的无穷伟力，是事业发展的不竭源泉。

马克思主义经典作家曾指出，历史唯物主义就是"关于现实的人及其历史发展的科学"。为了人民而发展，发展才有意义；依靠人民而发展，发展才有动力。在新征程上推进民族复兴事业，必须坚持以人民为中心，践行全心全意为人民服务的根本宗旨，着力解决人民群众的急难愁盼问题，做到发展为了人民、发展依靠人民、发展成果由人民共享，不断增强人民群众的获得感、幸福感、安全感，汇聚起心往一处想、劲往一处使的磅礴伟力，共襄复兴大业，创造新的历史辉煌。

（六）

深圳南头半岛上，蛇口与前海分居东西两侧。历史在这里激荡：蛇口炸响了改革开放的"开山第一炮"，前海见证着新时代"改革开放再出发"的坚实步伐。

小岗破冰，深圳探路，浦东闯关，前海开发，雄安启航，海南弄潮……一次次观念裂变、一轮轮探索突破、一场场攻坚克难，我们党带领人民走出了一条富民之路、强国之路。实践证明，改革开放是当代中国发展进步的活力之源，是坚持中国特色社会主义的必由之路，是实现中华民族伟大复兴的关键一招。

今天，改革开放航船驶入了深水区，前方是更加壮阔的航程，也少不了惊涛骇浪。在新征程上推进民族复兴事业，更需用好"关键一招"，在深化改革、扩大开放上不断迈出新步伐、取得新突破，为经济社会发展注入源源不竭的动力。

"向前走，莫回头！"深圳蛇口改革开放博物馆墙上的六个大字，是历史的足音，更是向着未来的进军号。"行之力则知愈进，知之深则行愈达。"新征程上，推动经济社会发展，需要进一步解放思想、实事求是、与时俱进、求真务实，鼓起"闯"的勇气、释放"创"的活力、激发"拼"的劲头、保持"实"的干劲，不断深化各领域的改革创新，准确识变、科学应变、主动求变，努力在危机中育先机、于变局中开新局。

"中国愿同各国一道，共建开放型世界经济，让开放的春风温暖世界！"黄浦江畔，第四届中国国际进口博览会如约而至。从广交会、服贸会、进博会、消博会迎接四海宾朋，到自贸试验区不断扩围，再到教育、医疗、养老、就业、住房保障等领域改革不断深化，新时代中国以改革不停顿、开放不止步的姿态开拓前进。中国美国商会发布的美国企业在中国白皮书显示，约三分之二美资企业视中国为优先发展市场。中国欧盟商会调查显示，六成的受访欧洲企业计划在2021年扩大在华业务，中国市场已成为许多欧盟跨国企业全球业务的重要支柱。

一块镌刻着"前海"二字的巨石，矗立在深圳前海石公园，宛如高张的风

这是2021年9月8日拍摄的深圳前海深港现代服务业合作区（无人机全景照片）。（新华社记者毛思倩摄）

帆。从历史的风高浪急中闯出，向着未来的碧海长天驶去，中华民族伟大复兴必将在全面深化改革、不断扩大开放的进程中得以实现。

莫道前路多险阻，再闯关山千万重！

（七）

特殊的时间节点，开启记忆的闸门，给予人们深刻启迪。今年10月25日，是中华人民共和国恢复联合国合法席位50周年。半个世纪过后，第二十六届联合国大会会场经久不息的掌声，依然回荡在人们耳边。它穿越时空，激荡共鸣，蕴含着国际社会对中国成就、中国担当、中国贡献的高度赞许。

从苦难走向辉煌，中华民族从未忘记对人类的责任担当。那是孙中山先生"对于世界负一个大责任"的历史宏愿，更是中国共产党人"对于人类有较大的贡献"的天下情怀。无论国际风云如何变幻，中华民族伟大复兴的梦想，与世界发展息息相关，与人类命运紧密相连。

今日之中国，已是世界之中国。在新征程上推进民族复兴事业，要求我们立足中国、胸怀世界，在宏阔的时空维度中思考民族复兴和人类进步的深刻命题，不断为人类和平发展、文明进步作出新的更大贡献。

大道不孤，众行致远。当前，世界百年未有之大变局和新冠肺炎疫情全球大流行交织影响，站在人类何去何从的十字路口，"站在历史正确的一边，站在人类进步的一边"，是中国的坚定抉择；做"世界和平的建设者、全球发展的贡献者、国际秩序的维护者"，是中国的不懈追求。和平发展、合作共赢的中国"金钥匙"，回答时代之问，开启人类文明进步的未来之门。

新征程，再出发，世界大同的梦想在心中生长。习近平总书记倡导弘扬和平、发展、公平、正义、民主、自由的全人类共同价值，连接起中国与各国的价值纽带，丰富了人类文明的思想宝库；推动构建人类命运共同体，找到了各国发展的最大公约数，为破解人类难题、创造光明未来指明了方向。两个"共同"，许下的是同一个承诺，指向的是同一个目标——建设一个更加美好的世界。

北京冬奥会开幕倒计时百天之际，冬奥会和冬残奥会奖牌问世。奖牌造型源取玉璧，寓意五环同心，独有的"中国式浪漫"，彰显着温润优雅的文明气度，寄托着人类的共同梦想。让心与心相连，让梦与梦相通，迈向民族复兴的新时代中国，必将给世界带来新的希望和机遇，为推动构建人类命运共同体作出新的更大贡献。

（八）

"使党铁一样地巩固起来"。1939年，毛泽东同志在《〈共产党人〉发刊词》中指出，为了革命的胜利，迫切地需要"建设一个全国范围的、广大群众性的、思想上政治上组织上完全巩固的布尔什维克化的中国共产党"。

"新的征程上,我们要牢记打铁必须自身硬的道理,增强全面从严治党永远在路上的政治自觉"。2021年,习近平总书记在"七一"重要讲话中深刻指出。

一个"铁"字,揭示了百年大党的制胜之道。历经世纪沧桑,我们党之所以能带领全国人民在复兴之路上接力奋斗,不断从胜利走向新的胜利,一个重要原因就在于坚持不懈加强党的建设、推进党的自我革命,锻造了有着铁一般信仰、铁一般信念、铁一般纪律、铁一般担当的党。

历史大潮奔涌向前,复兴伟业责重于山。办好中国的事情,关键在党。治国必先治党,强国必先强党——这是历史带给我们的深刻启示。新征程上,不断推进党的建设新的伟大工程,锻造更加坚强有力的党,确保党在新时代坚持和发展中国特色社会主义的历史进程中始终成为坚强领导核心,是亿万人民的热切期盼,更是推进复兴伟业的必然要求。

建党百年之际,知乎上的一条问答引发网友关注。"这100年来,为什么那么多看上去'不可思议'的事情被完成了?"有一个回答被纷纷点赞:"因为他们始终是革命者!"

实践证明,在实现中华民族伟大复兴的历史进程中,中国共产党只有进行彻底的自我革命,才能引领伟大的社会革命。利剑千锤成器,精铁百炼成钢。新征程上,新时代中国共产党人更需增强忧患意识、始终居安思危,坚持刀刃向内、刮骨疗毒,坚决清除一切损害党的先进性和纯洁性的因素,清除一切侵蚀党的健康肌体的病毒,确保党不变质、不变色、不变味,强体魄于伟大的自我革命,开新局于伟大的社会革命。

胜利的花环,往往用荆棘编织而成。越是伟大的事业,越是充满风险挑战,越要敢于斗争、善于斗争。在新征程上推进复兴伟业,新时代中国共产党人更需发扬斗争精神,增强斗争本领,进行具有许多新的历史特点的伟大斗争。面对艰难险阻,以"千磨万击还坚劲"的顽强意志、"乱云飞渡仍从容"的战略定力、"独有英雄驱虎豹"的非凡气概、"弄潮儿向涛头立"的胆魄能力,方能更好地团结带领人民披荆斩棘、乘风破浪,完成艰巨繁重的改革发展稳定任务,创造让世界刮目相看的新奇迹。

(九)

黄河入海口,海风吹拂,芦花摇曳。发源于青藏高原的黄河一路冲关夺

朝霞下的黄河乾坤湾(2019年8月14日摄,无人机照片)。(新华社记者陶明摄)

隘、风涛万里，在这里汇入茫茫大海。"浊波浩浩东倾，今来古往无终极。"大河奔腾，势不可当，一如生生不息的中华民族，一如不可逆转的复兴伟业。

"共产党是干什么的？是为人民服务的，为中华民族谋复兴的"——党的十九届六中全会召开前夕，习近平总书记在山东省东营市考察时的一番话发人深省。

过去一百年，我们党向人民、向历史交出了一份优异的答卷，深刻改变了中国人民和中华民族的前途和命运，深刻改变了世界发展的趋势和格局。

今天，党团结带领中国人民又踏上了实现第二个百年奋斗目标新的赶考之路。新征程，再赶考，新时代中国共产党人使命在肩。

产生于过去的现在，孕育着伟大的未来。在以习近平同志为核心的党中央坚强领导下，9500多万名共产党员牢记初心使命，14亿多中国人民勠力同心，凝聚起团结奋斗的强大力量，全面建成社会主义现代化强国的目标一定能够实现，中华民族伟大复兴的中国梦一定能够实现！

（新华社北京2021年11月6日电）

扫码观看　重磅微视频|伟大复兴

◢ 创作手记

让意象与思想交融共生

党的十九届六中全会召开之际,"钟华论"文章《彪炳史册的伟大成就,坚如磐石的中流砥柱》聚焦我们党引领和推进民族复兴伟业的百年奋斗历程,展现辉煌成就,揭示历史启示,激发以史为鉴、开创未来的奋进力量。

看清楚过去为什么能够成功,才能弄明白未来怎样继续成功。如何讲好党的百年奋斗史?如何讲清楚伟大成就背后的历史逻辑?这篇"钟华论"文章没有选择"史实回顾+理论阐释"的"简单嫁接式"套路,而是在文中巧妙嵌入大量意象性内容,把观点和逻辑融入其中,用思想串联和统领意象,让论述深入浅出,让表达鲜活生动,从而使整篇文章文气通畅、文思隽永、文风清新。

"观古今于须臾,抚四海于一瞬。"一个恰如其分的意象,往往胜过千言万语。上海、嘉兴—瑞金—遵义—延安—西柏坡—北京,文章用"一个巨大的字母C写在中华大地"来描述我们党从小到大、由弱变强的历史轨迹,自然而然引发"C位是怎样炼成的"的深入思考。遵义会议纪念馆里一组雕像定格的历史瞬间,隐喻共产党人实事求是、艰辛探索的历程。宛如高张风帆的"前海石",与小岗破冰、深圳探路、浦东闯关、前海开发、雄安启航、海南弄潮的时代风云交相辉映,说明中华民族伟大复兴必将在全面深化改革、不断扩大开放的进程中得以实现。北京冬奥会五环同心的奖牌造型,映照新时代中国推动构建人类命运共同体的不懈努力。风涛万里、奔腾向海的黄河,象征势不可当、不可逆转的复兴伟业……

通过意义赋能、深度开掘，让熟悉的意象有新意，让恢宏的意象有深意，意象群的内涵，又与对我们党何以成功的思考紧密关联，在润物无声的论述过程中实现了观点的传播。让思想找到意象，让意象诠释思想，让二者交融共生，有效提升了文章的思想性、可读性和感染力，更好地与读者共振共鸣。

"钟华论"文章《彪炳史册的伟大成就，坚如磐石的中流砥柱》播发后，被1000多家媒体采用，多个话题登上网络热搜榜，"中国共产党的C位怎样炼成"阅读量突破1.4亿，总浏览量超过2.6亿。媒体用户和受众评价文章"写尽百年风云，洞见人间正道"，是"献给六中全会和复兴伟业的一篇精品力作"。

极不平凡的 2021 年即将过去。

历史的如椽巨笔，常常在重要节点上，留下浓墨重彩的篇章。

在我们党成立 100 周年的重要历史时刻，在党和人民胜利实现第一个百年奋斗目标、全面建成小康社会，正在向着全面建成社会主义现代化强国的第二个百年奋斗目标迈进的重大历史关头，党的十九届六中全会审议通过了《中共中央关于党的百年奋斗重大成就和历史经验的决议》，全面总结党的百年奋斗重大成就和历史经验。

了解历史才能看得远，理解历史才能走得远。3.6 万余字的历史决议是一篇马克思主义的纲领性文献，是新时代中国共产党人牢记初心使命、坚持和发展中国特色社会主义的政治宣言，是以史为鉴、开创未来，实现中华民族伟大复兴的行动指南。贯穿其中的一个鲜明特点，就是聚焦中国共产党人把握历史主动、创造历史伟业的艰辛历程，指明再创历史新辉煌的奋斗方向。

千秋伟业，百年只是序章。万里征程，惟有创造、担当。

把握历史主动，创造新的伟业

本文是主流媒体首次对习近平总书记"把握历史主动"重要论述进行深入系统阐释，为深入学习贯彻党的十九届六中全会精神营造了良好舆论氛围。文章引起广泛关注，被1500多家媒体采用，全网置顶推送，全网总浏览量超过2亿。

2021年7月1日，庆祝中国共产党成立100周年大会在北京天安门广场隆重举行。（新华社记者李响摄）

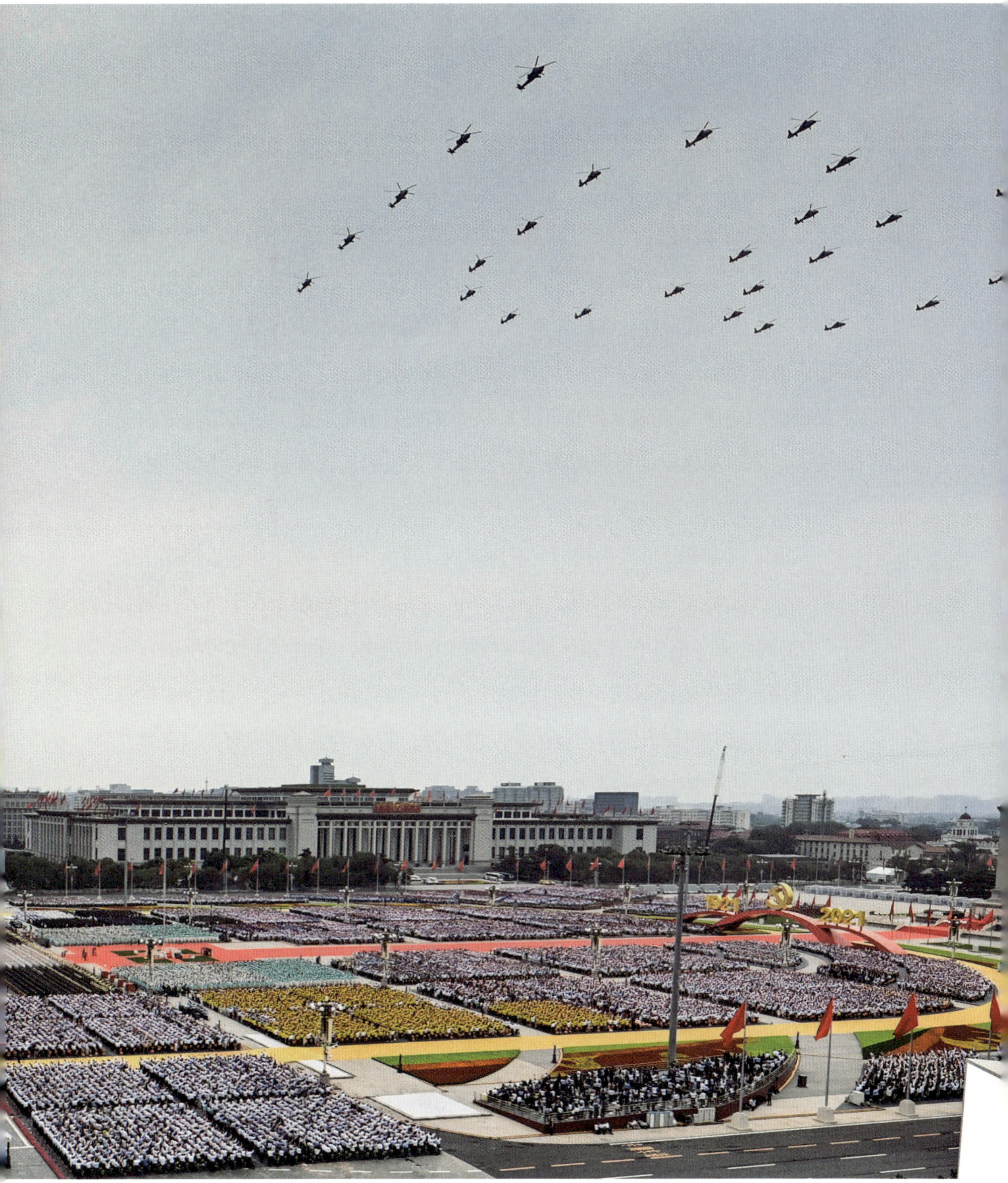

（一）

"时机到了！世界的大潮卷得更急了！"1919年，青年毛泽东发出的呐喊振聋发聩。

历史车轮滚滚向前，时代潮流浩浩荡荡。中国共产党在十月革命胜利、社会主义兴起的历史大势中孕育而生，成为时代的弄潮儿。不管形势和任务如何变化，不管遇到什么样的惊涛骇浪，我们党都始终把握历史发展大势、引领历史前进方向，主动作为、开拓进取，带领人民书写了中华民族几千年历史上最恢宏的史诗。党的百年奋斗，就是一部把握历史主动、创造历史伟业的历史，深刻昭示这样的历史逻辑——历史在人民的追求和奋斗中造就了中国共产党，中国共产党领导人民又创造了新的历史辉煌。

风雨如晦的革命年代，我们党浴血奋战、百折不挠，成为中国人民谋求民族独立、人民解放和国家富强、人民幸福的主心骨，"唤起工农千百万，同心干"，彻底结束了旧中国半殖民地半封建社会的历史，开启了中国发展的新纪元；筚路蓝缕的建设时期，我们党顺应大势、团结各方，在"六亿神州尽舜尧"的新气象中领导人民自力更生、发愤图强，实现了中华民族有史以来最为广泛而深刻的社会变革；激情燃烧的改革岁月，基于"和平和发展是当代世界的两大问题"的科学判断，我们党解放思想、锐意进取，作出把党和国家工作中心转移到经济建设上来、实行改革开放的历史性决策，社会主义中国通过"关键一招"大踏步赶上了时代……

"察势者明，趋势者智。"党的十八大以来，以习近平同志为核心的党中央自信自强、守正创新，以伟大的历史主动精神、巨大的政治勇气、强烈的责任担当，统筹国内国际两个大局，统揽伟大斗争、伟大工程、伟大事业、伟大梦想，解决了许多长期想解决而没有解决的难题，办成了许多过去想办而没有办成的大事，引领新时代党和国家事业取得历史性成就、发生历史性变革，为实现中华民族伟大复兴提供了更为完善的制度保证、更为坚实的物质基础、更为主动的精神力量。

以"不得罪成百上千的腐败分子，就要得罪十四亿人民"的勇气和担当，作出全面从严治党的关键抉择，管党治党宽松软状况得到根本扭转，党在革命性锻造中更加坚强；科学把握经济社会发展规律，准确把握社会主要矛盾的变化，提出并推动全面贯彻新发展理念，加快构建新发展格局，促进发展方式的根本性转变；不断推动全面深化改革向广度和深度进军，神州大地开启了一场气势如虹、势如破竹的伟大变革，系统完备、科学规范、运行有效的制度体系日渐成形，国家治理体系和治理能力现代化水平不断提高，再造"中国之治"新优势；大力弘扬以爱国主义为核心的民族精神和以改革创新为核心的时代精神，鲜明提出以伟大建党精神为源头的中国共产党人精神谱系，在全社会积极培育和践行社会主义核心价值观，铸牢中华民族共同体意识，推动中华优秀传统文化创造性转化和创新性发展，挺起新时代精神脊梁；始终牢牢把握时代潮流和世界大势，究天下之变，解时代之问，以全人类共同价值推动构建人类命运共同体，引领人类文明发展新纪元……

实践充分证明，确立习近平同志党中央的核心、全党的核心地位，确立习近平新时代中国特色社会主义思想的指导地位，反映了全党全军全国各族人民共同心愿，是新时代中国战胜风险挑战、取得辉煌成就的根本原因，对新时代党和国家事业发展、对推进中华民族伟大复兴历史进程具有决定性意义。

（二）

有人说，所有国家都在"时间的长河"中航行。千百年来，历史长河潮起潮落，一幕幕大国兴衰的悲喜剧反复上演。历史启示人们，一个国家能不能富强，一个民族能不能振兴，最重要的就是看这个国家、这个民族能不能顺应时代潮流，掌握历史前进的主动权。

"问苍茫大地，谁主沉浮？"近代中国积贫积弱的一个重要原因，就是统治集团因循守旧、故步自封，错失历史机遇，逐渐陷入落后挨打的被动境地。辛亥革命后，中国曾出现过大大小小300多个政党和政治团体，大多昙花一现。大浪淘沙，始见真金。澎湃不息的历史长河中，一叶红船承载民族的希望起航，越过急流险滩，穿过惊涛骇浪，成为领航中国的巍巍巨轮。

"登高一呼群山应，从此神州不陆沉。"历史和人民之所以选择中国共产党，关键在于党在历史洪流的激荡中，始终立于时代潮头、走在时代前列，把握历史发展规律和大势，具有无与伦比的洞察力、引领力、驾驭力、创造力，成为实现中华民族伟大复兴的坚强领导核心。

坚持党的领导，坚持人民至上，坚持理论创新，坚持独立自主，坚持中国道路，坚持胸怀天下，坚持开拓创新，坚持敢于斗争，坚持统一战线，坚持自我革命——党的十九届六中全会以宏阔的历史视角和深厚的历史智慧，用"十个坚持"深刻总结党百年奋斗的历史经验。这十条经验系统完整、相互贯通、有机统一，进一步深化了对共产党执政规律、社会主义建设规律、人类社会发展规律的认识，深刻揭示了党始终掌握历史主动的根本原因。

"在代表普通民众的基本利益方面，中国政府做得远比西方国家政府出色",正如英国作家和政治评论员卡洛斯·马丁内斯所说,西方的两党制也好,多党制也罢,本质上代表的都是资产阶级不同集团的利益,不可能代表全体人民的利益和意愿。中国共产党代表中国最广大人民的根本利益,没有任何自己特殊的利益,从来不是任何利益集团、任何权势团体、任何特权阶层的代言人,这是党立于不败之地的根本所在,是党面对一切严峻考验的勇气之源、底气所在。

心底无私,所以无所畏惧;心系人民,所以勇于担当;胸怀天下,所以海纳百川。我们党之所以能牢牢把握历史主动,最根本的是始终植根于广大人民群众之中、站在历史正确的一边、站在人类进步的一边,汇聚万壑归流、天下归心的洪荒伟力,锻造敢于斗争、敢于胜利的钢筋铁骨。

(三)

1949年,中国共产党成立28周年时,毛泽东同志勉励全党,"过去的工作只不过是像万里长征走完了第一步"。2021年,党的百年华诞之际,习近平总书记庄严宣告,"实现中华民族伟大复兴进入了不可逆转的历史进程"。从"第一步"到"不可逆转",历尽艰难曲折,人间正道浩荡前行,民族复兴征程的历史坐标更加清晰。

"辨方位而正则"。把握历史主动,就是辨明历史方位、看清历史大势、把准前进方向,努力因势而谋、应势而动、顺势而为,做历史洪流中的引领者、奋进者、搏击者。

今天,中国特色社会主义新时代是我国发展新的历史方位。这是一个怎样的新时代?

对中华民族来说,这是迎来实现伟大复兴光明前景的新时代;对科学社

上图为：1943 年拍摄的延安杨家岭——抗日战争时期党中央所在地（吴印咸摄）；下图为：2021 年 4 月 21 日拍摄的延安杨家岭革命旧址（无人机照片，新华社记者张博文摄）。（新华社发）

会主义来说，这是在世界上高高举起中国特色社会主义伟大旗帜的新时代；对中国人民来说，这是团结奋斗、不断创造美好生活、逐步实现全体人民共同富裕的新时代；对整个世界来说，这是中国为解决人类问题贡献智慧和方案的新时代。

近代以来的一切期盼与追求、探索与奋斗、积累与创造，汇聚于新时代，绽放于新时代，成就于新时代。先辈们"登中国于富强之域，跻斯民于安乐之天"的历史宏愿，"中国应当对于人类有较大的贡献"的远大抱负，"到处都是活跃跃的创造，到处都是日新月异的进步"的美好憧憬，都将在这个时代得到最有力的回答。中华民族正处于一个超过以往任何时候的伟大时代，一个不断创造出令世人惊叹的伟大奇迹的时代。

生逢伟大时代，是我们的幸运；建功伟大时代，是我们的责任。在新的征程上，我们这一代中国共产党人的历史使命，就是为实现第二个百年奋斗目标、实现中华民族伟大复兴的中国梦而不懈奋斗。

风雨百年，归来仍是少年；初心不改，奋斗未有穷期……

（四）

世界卫生组织数据显示，截至 12 月 21 日，全球新冠肺炎确诊病例累计超过 2.7 亿例，累计死亡逾 530 万例。从国家和地区层面看，美国累计确诊病例已超 5000 万例，累计死亡病例已超 80 万例，均高居全球之首。目前，我国 31 个省（自治区、直辖市）和新疆生产建设兵团累计报告接种新冠病毒疫苗超过 27 亿剂次，疫苗接种率已达 80% 以上，完成新冠病毒疫苗接种的人数规模全球最大。中国已向 120 多个国家和国际组织提供近 20 亿剂新冠病毒疫苗，成为对外提供疫苗最多的国家，为弥合"免疫鸿沟"贡献了力量。细细琢磨这组数据,令人颇多感慨。

在抗疫斗争中,新时代中国为什么能赢得主动,给亿万人民和国际社会带来光明与希望?解码中国奇迹背后的"政治密码",才能找到令人信服的答案。

面对汹汹来袭的疫情,以习近平同志为核心的党中央坚定秉持人民至上、生命至上的理念,总揽全局、协调各方,运筹帷幄、决胜全局,牢牢掌握了抗疫斗争主动权。从果断拍板武汉"封城"的关键抉择,到一声令下,三军齐发、全党行动、全国动员,再到科学把握疫情防控和经济发展的辩证法,习近平总书记亲自指挥、亲自部署,党政军民学齐上阵,东西南北中齐发力,抗疫斗争取得重大战略成果,我国经济发展和疫情防控保持世界领先地位,同时为全球抗疫作出了重要贡献。在这场气壮山河的斗争中,以习近平同志为核心的党中央坚强领导的"定海神针"作用充分体现,中国特色社会主义制度集中力量办大事、解难事的优势更加凸显,习近平新时代中国特色社会主义思想的真理伟力充分彰显。

风雨不动安如山,赖有砥柱立中流。回顾党的百年奋斗,有危难之际的绝处逢生,有挫折之后的毅然奋起,有失误之后的拨乱反正,有磨难面前的百折不挠。我们党为什么始终打不败、压不垮,在风雨洗礼中不断发展壮大?历史和实践深刻昭示,把握历史主动,必须有坚强的领导核心、科学的理论指导,这是我们党战胜一切风险挑战、不断从胜利走向胜利的根本保证,是关乎党和国家前途命运、党和人民事业成败的根本性问题。

百年党史雄辩地证明,党有核心则党的事业兴旺发达,反之则会停滞甚至倒退。在新征程上继续把握历史主动,最根本的是坚持党的全面领导特别是党中央集中统一领导,坚决维护习近平同志党中央的核心、全党的核心地位,坚定不移以习近平新时代中国特色社会主义思想作为行动指南。

船重千钧，掌舵一人。越是接近目标，越是形势严峻，越是任务艰巨，越需要坚强的领导核心带领全党和全国人民育新机、开新局。坚定拥护和维护习近平总书记的核心地位，全党就有定盘星，全国人民就有主心骨，中华"复兴号"巨轮就有掌舵者，面对风险挑战就能做到"任凭风浪起，稳坐钓鱼船"。科学理论指导的事业，才拥有光明前途。以习近平新时代中国特色社会主义思想为指南，我们党就能在新时代的伟大航程中，坚持正确前进方向，科学把握发展规律，乘风破浪不迷航，扬帆奋进新征程，带领14亿多中国人民直抵民族复兴的光辉彼岸。

（五）

　　马克思、恩格斯指出："历史活动是群众的事业，随着历史活动的深入，必将是群众队伍的扩大。"百年来，汇聚在党的旗帜下，人民群众是抗击敌寇的"铜墙铁壁""汪洋大海"，是社会主义革命和建设的"铁人""螺丝钉"，是改革开放的"开路者""拓荒牛"，是新时代的"奋斗者""追梦人"。在民族复兴历史舞台上，人民永远居于C位，是这部伟大史剧当之无愧的主角。

　　今天，一幅幅日新月异的发展画面，一幕幕挥洒汗水的奋斗场景，一项项举世瞩目的骄人成就，无不彰显人民的创造伟力。试看今日之中国，人民更加自信、自立、自强，极大增强了志气、骨气、底气，焕发出前所未有的历史主动精神、历史创造精神，正在信心百倍书写着新时代中国发展的伟大历史。

　　历史潮流因人民的力量而涌动，时代芳华在人民的拼搏中绽放。新征程上，依靠人民创造新的历史伟业，必须尊重人民主体地位和首创精神，进一步

中老铁路首发列车驶过中国云南省元江哈尼族彝族傣族自治县境内的元江双线特大桥（2021年12月3日摄，无人机照片）。（新华社记者王冠森摄）

把人民群众中蕴藏的智慧和力量充分释放出来，把全社会的创新活力激发出来，让人民群众创造美好生活的内生动力迸发出来。

天下之重，莫重于民生；天下之大，莫大于民心。我们党的一切奋斗，都是为了让人民过上好日子。

"江山就是人民，人民就是江山。"新征程上，永葆对人民的赤子之心，永远保持同人民群众的血肉联系，悟透和践行以人民为中心的发展思想，进一步增强人民群众的获得感、幸福感、安全感，就能不断汇聚起亿万人民团结奋斗的强大力量。以此攻坚，何坚不摧；以此立业，何业不成！

（六）

"济钢四米三产线，最后一块钢板……"几行写在钢板上的字，折射出济钢集团从"靠钢吃饭"到"弃钢发展"的凤凰涅槃之路。面对产能过剩、效益不高等挑战,企业开始了艰难的转型之旅,关停全部钢铁生产线,瞄准新材料、高端装备制造等产业突围破局,终于闯出了一片新天地。在今天的中国大地,这样迎难而上、化危为机的故事还有很多。

古人云:"智者虑事,虽处利地,必思所以害;虽处害地,必思所以利。"唯物辩证法告诉我们,危与机同生并存、相互依赖,在一定条件下可以相互转化。把握历史主动,就是始终怀着强烈的忧患意识、风险意识,不断增强化危为机、转危为安的能力,始终保持主动作为、奋发有为的精神状态,推动党和人民事业风雨无阻向前进。

当今世界,和平与发展仍然是时代主题,人类命运共同体理念正日益深入人心。同时,国际环境日趋复杂,不稳定性不确定性明显增加,世纪疫情冲击下,百年未有之大变局加速演进,世界进入动荡变革期。我国正处在实现中华民族伟大复兴的关键时期,制度优势显著,治理效能提升,经济长期向好,物质基础雄厚,发展韧性强劲,社会大局稳定,继续发展具有多方面优势和条件。同时也要清醒看到,我国发展不平衡不充分问题仍然突出,经济发展面临需求收缩、供给冲击、预期转弱三重压力,改革发展稳定任务艰巨繁重。在新征程上继续把握历史主动,必须辩证认识和把握国内外大势,统筹中华民族伟大复兴战略全局和世界百年未有之大变局,勇开顶风船,走好上坡路,努力在危机中育先机、于变局中开新局。

从总体上看,我国发展仍处于可以大有作为的重要战略机遇期,时与势在我们一边。无论国际风云如何变幻,我们都要坚定不移做好自己的事情,握紧高质量发展这把"总钥匙",不断以自身的发展壮大创造机遇、赢得主动。

"所当乘者势也,不可失者时也。"没有等出来的机遇,只有干出来的精彩。赢得历史主动，必须抓住和用好难得的历史机遇，把握全局"一盘棋"，下好布局"先手棋"，谋好破局"制胜棋"，以舍我其谁的担当、举棋若定的冷静、日拱一卒的韧劲，化压力为动力，积优势为胜势，在苦干实干中跨越艰难险阻，不断书写发展新篇章。

（七）

"什么是路？就是从没路的地方践踏出来的，从只有荆棘的地方开辟出来的。"中国的革命、建设、改革，走的是前人没有走过的道路，没有现成经验可以照搬。党的奋斗历程告诉我们，把握历史主动，就是始终实事求是、与时俱进、永不僵化、永不停滞，在上下求索中开拓前行，在创新求变中攻坚克难，不断创造性地回答时代提出的课题，谱写"敢教日月换新天"的壮丽史诗。

推进前无古人的伟大事业，非艰苦奋斗无以立，非开拓创新无以成。从推进实践基础上的理论创新，到推动以科技创新为核心的全面创新，从加快构建以国内大循环为主体、国内国际双循环相互促进的新发展格局，到在高质量发展中促进共同富裕……新的征程上，新情况新问题层出不穷，无不呼唤新时代中国共产党人挺立时代潮头，胸怀"国之大者"，把开拓创新作为一种常态，以新作为开创新局面，以新的优异答卷回应时代之问、人民之问。

"变化者，乃天地之自然"。当今世界，变革创新的潮流滚滚向前。谁排斥变革，谁拒绝创新，谁就会落后于时代，谁就会被历史淘汰。面对新课题、应对新挑战，在新征程上继续把握历史主动，更加需要向改革要活力、向创新要动力。以解放思想的勇气、敢为人先的闯劲、攻城拔寨的拼劲，啃最硬的骨头，攻最险的山头，挑最重的担子，方能准确识变、科学应变、主动求变，创造出更多令人刮目相看的人间奇迹。

（八）

翻开《中共中央关于党的百年奋斗重大成就和历史经验的决议》，第一句话就开宗明义宣示了党的初心使命——为中国人民谋幸福、为中华民族谋复兴。在结尾部分，"全党要牢记中国共产党是什么、要干什么这个根本问题"的谆谆告诫，饱含深意，发人深省。

百年锐于千载，初心照耀征程。立于时代的峰峦，回望奋进的足迹，昨天的苦难辉煌已经写入史册，今天的使命担当正在创造新的历史，明天的伟大梦想召唤我们开创更加美好的未来。

奋斗者的前方没有终点，只有新的起点。踏上实现第二个百年奋斗目标新征程，让我们更加紧密地团结在以习近平同志为核心的党中央周围，把握新时代中国发展的时与势，汇聚起亿万中国人民的心与力，以咬定青山不放松的执着奋力实现既定目标，以行百里者半九十的清醒不懈推进中华民族伟大复兴，赢得更加伟大的胜利和荣光！

（新华社北京 2021 年 12 月 26 日电）

扫码观看 把握历史主动
创造新的伟业

◤ 创作手记

揭示"把握历史主动"的成功密码

在我们党成立100周年的重要年份，在党的十九届六中全会审议通过《中共中央关于党的百年奋斗重大成就和历史经验的决议》的重要时间节点，"钟华论"文章《把握历史主动，创造新的伟业》从历史主动的视角回顾党的百年奋斗、解读六中全会精神，思考"中国共产党为什么能"，凸显党的十八大以来以习近平同志为核心的党中央发扬伟大的历史主动精神推进民族复兴事业的新时代画卷，深刻论述"两个确立"的决定性意义。

在写作中，大家越来越深刻地感到，只有赢得思想上的主动，才能更好地理解和阐释"历史主动"。解码的过程，就是思考不断拓展和深化的过程。"钟华论"文章结合党的百年奋斗历程尤其是新时代以来的壮阔实践，深入思考"我们党为什么能赢得历史主动"，剖析其深层逻辑。回望百年，历史在人民的追求和奋斗中造就了中国共产党，中国共产党领导人民又创造了新的历史辉煌；看新时代，"两个确立"是新时代中国战胜风险挑战、取得辉煌成就的根本原因。文章结合党的十九届六中全会提出的"十个坚持"，进一步阐明我们党始终掌握历史主动的根本原因，强调我们党始终植根于广大人民群众之中、站在历史正确的一边、站在人类进步的一边，因而能汇聚万壑归流、天下归心的洪荒伟力，锻造敢于斗争、敢于胜利的钢筋铁骨。这样层层深入、不断跃升的思考和论述，使文章的政治站位更高远、思想性更加突出。

凡是过往，皆为序章。文章不仅回顾历史，更面向未来，深入思考新时代新征程如何更好把握历史主动这一重要问题。文章着眼实现第二个百年奋斗目标新征程，强调坚强领导核心、科学理论指导的根本性意义，突出汇聚亿万人民团结奋斗强大力量的重要性，倡导保持主动作为、奋发有为精神状态，不断激发改革创新的活力、攻坚克难的韧劲，准确识变、科学应变、主动求变，创造出更多令人刮目相看的人间奇迹。鉴往以知来，文章凸显了在新时代新征程上把握历史主动的重要性和时代课题，拓展了思想的空间，增强了评论的张力。

"钟华论"文章《把握历史主动，创造新的伟业》播发，是主流媒体首次对习近平总书记"把握历史主动"重要论述进行深入系统阐释，为深入学习贯彻党的十九届六中全会精神营造了良好舆论氛围。文章引起广泛关注，被1500多家媒体采用，全网置顶推送，全网总浏览量超过2亿，受众认为文章"彰显中华民族迈向伟大复兴的奋进力量、昭示把握历史主动的必胜信念"，是"气势磅礴且清朗通透的大文章"。

每一个辞旧迎新的时刻,都让人心潮澎湃。就像此时此刻,我们翘首以盼,等待着 2022 年的新年钟声响起。

庄严深沉的钟声响彻时空,向我们党带领人民走过的百年征程深深致敬。

清脆悦耳的钟声饱含深情,为我们共同拼搏的 2021 画上圆满的句号。

高亢昂扬的钟声慷慨如歌,鼓舞着我们满怀壮志豪情,一起开创更加美好的未来。

逐梦新征程，奋斗创未来
——2022年新年献词

本文将"情"倾注于笔端，将目光对准普通人；寓情于理、凝聚团结奋进的正能量。近1000家媒体采用，总浏览量过亿。受众认为这篇新年献词"字里行间有直击心灵的力量"，是"激励每一个中国人以奋斗回应新时代邀约的动员书"。

2021年6月11日公布的由祝融号火星车拍摄的"着巡合影"图。（新华社发　国家航天局供图）

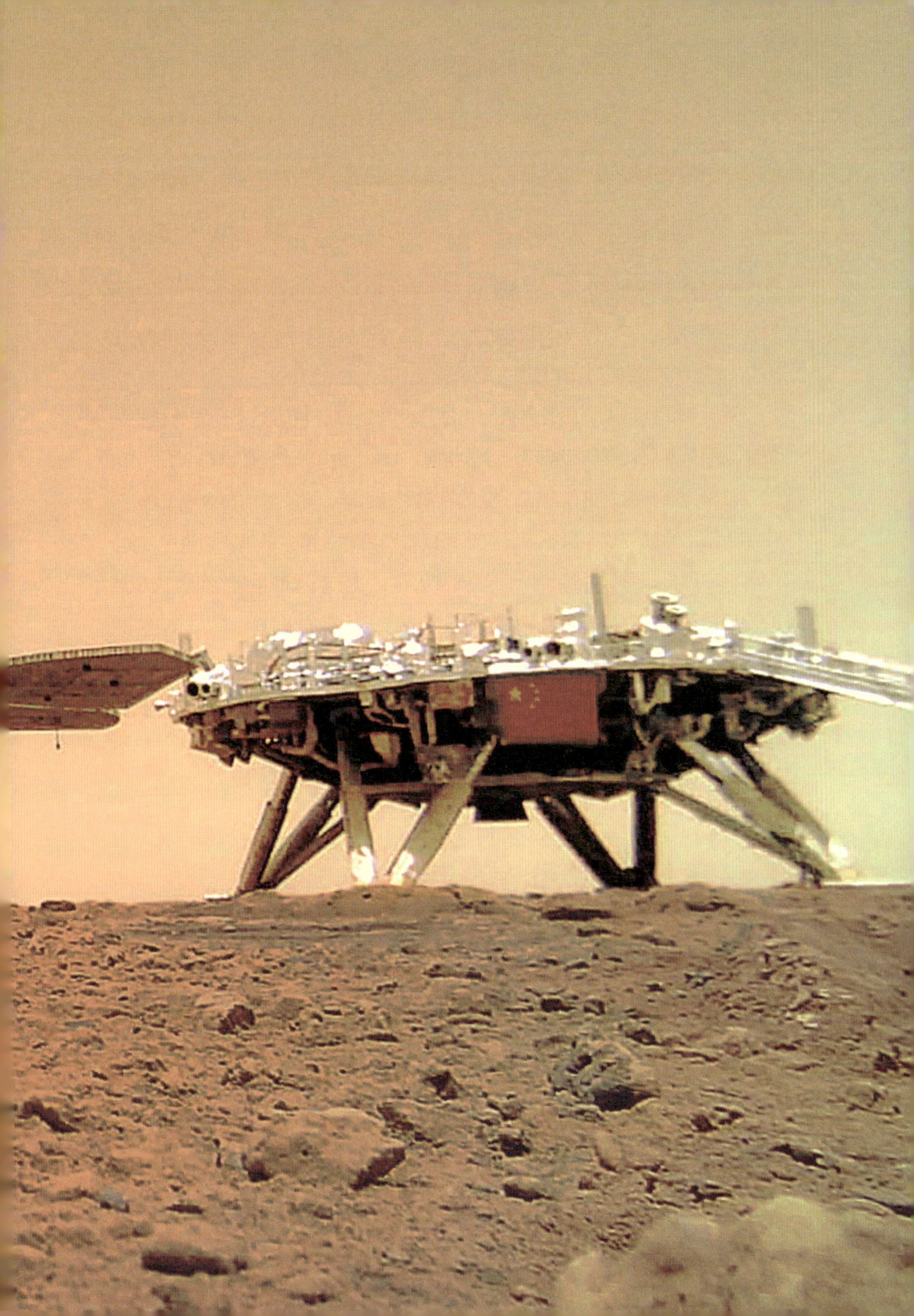

（一）

时间是历史的雕塑家，它镌刻着奋斗的年轮，勾勒出变迁的轨迹。建党百年、强国有我、乡村振兴、中国航天、疫苗、双碳、奥运……一个个年度关键词，浓缩着中国发展的万千气象，记录着极不平凡的2021。

这一年，我们共同书写复兴路上的光荣与梦想。以习近平同志为核心的党中央领航掌舵，党的创新理论导航指向，14亿多中国人民团结奋斗，"中国号"巨轮劈波斩浪、勇往直前。党的百年华诞之际，党史学习教育成果丰硕，中华大地上全面建成小康社会，中华民族告别绝对贫困，千年梦想照进现实，今天的中国日新月异。"天问一号"着陆火星，航天员入驻中国空间站天和核心舱遨游苍穹，白鹤滩水电站"起舞"金沙江，希望的田野传来"十八连丰"喜讯，时速600公里的高速磁浮交通系统横空出世……

在峥嵘岁月中初心如磐，在平凡日子里默默奉献，在使命召唤下勇攀高峰，亿万个这样的你我，迈出坚实有力的步伐，成就了一个奋进的中国。

这一年，我们共同感受人间的真情与大爱。清明时节，陈祥榕烈士遗像前摆满了他生前爱吃的橘子，人们含泪默念"清澈的爱，只为中国"；袁隆平、吴孟超等科学巨匠离世，人们以各种方式表达哀思；暴雨来袭时，有人奋不顾身跳进激流救人；无论酷暑还是严冬，防疫"大白"都坚守岗位，守护千家万户的安康……我们捧出爱心，也被爱意包裹；我们守望家园，也被同胞守护。无数令人"破防"的瞬间，无数汇聚的微光，照亮了一个温暖的中国。

这一年，我们共同见证新时代中国的朝气与多彩。奥运赛场上，年轻的中国健儿乐观自信、意气风发，向世人展现着"Z世代"的品格与力量；经济社会发展各领域，"90后""00后"迅速成长，用年轻的臂膀扛起家国的未

逐梦新征程，奋斗创未来
——2022年新年献词

2021年8月9日在云南省玉溪市元江县境内拍摄的象群（无人机照片）。（新华社记者胡超摄）

来，告诉人们"这一届中国青年很行"；彩云之南，在人们的精心呵护下，在全世界的热情"围观"中，野生象群北移南归，"逛"出了人与自然和谐共生的奇妙风景……在这个一切皆有可能的新时代，芳华绽放，梦想生长，托举起一个可爱的中国。

每一个拼搏的日子都闪闪发光，每一段难忘的记忆都温润人心。走过风风雨雨，越过沟沟坎坎，我们更加懂得，2021不是轻松度过的，是14亿多人一起扛过来、拼过来、闯过来的，每一个追梦人都是历史的创造者。

（二）

社交平台上，有人说，今天的我们，就生活在《觉醒年代》的美好续集里。一个蒸蒸日上的中国，是属于亿万人民的中国。

山河远阔，枝叶关情。循着习近平总书记一年来的考察调研足迹，一幅以人民为中心的暖心图卷徐徐铺展，人们更能读懂新时代中国共产党人念兹在兹的"国之大者"。

藏在深山的贵州省黔西市新仁苗族乡化屋村"火"了，昔日的穷乡僻壤，如今变成了远近闻名的特色旅游村；河北省承德市高新区滨河社区的老人们乐了，居家养老服务中心提供随叫随到的贴心服务；广西柳州螺蛳粉"出圈"了，全产业链已创造 30 多万个就业岗位，带动近 3 万人脱贫致富……

"让人民生活幸福是'国之大者'。"走过 2021，人们对这句话有更加深切

在广西善元食品有限公司螺蛳粉生产车间，工作人员在直播销售螺蛳粉（2021 年 8 月 17 日摄）。（新华社记者黄孝邦摄）

的体会。"双减"政策出台,为孩子们的健康成长减负助力;国家医保药品目录"上新",67 种目录外独家药品谈判成功,平均降价 61.71%;我国基本养老保险覆盖规模超 10 亿人;困难人群有了更多更实的保障,老百姓办事更加便捷……

有人问,为什么"永远可以相信中国红"?最有说服力的答案,就在一张张绽放的笑脸上,就在一个个勤劳的身影中。在人民至上、生命至上的新时代中国,人民对美好生活的向往,是中国发展最大内生动力,是中国社会的最大确定性。这是人心所向,也是历史大势,如江河之浩荡,如山海之磅礴,如磐石之坚毅,任何人任何势力都阻挡不了中国人民追梦圆梦的步伐。

(三)

"2022 是个什么年?"辞旧迎新之际,这个话题登上了网络热搜榜。"机遇与挑战并存的一年""驶入新赛道,跑出加速度""闯难关的一年""愿疫情散去、春日早来""全面升级自己""祝福国泰民安"……网友的讨论中,有期盼,有信心,有思考,展现着梦想的质感与活力。

实现梦想的征途上,总有继往开来的重要节点。2022 年,我们将迎来党的二十大。这次历史性盛会,是我们党进入全面建设社会主义现代化国家、向第二个百年奋斗目标进军新征程的重要时刻召开的一次十分重要的代表大会,于党、于国、于亿万人民,都有着特殊重要的意义。

今天的中国,江山壮丽,人民豪迈,前程远大。尝遍千辛万苦,经历千难万险,穿越千山万水,人间正道浩荡前行——中华民族伟大复兴进入了不可逆转的历史进程!在时代坐标中校准前进方向,在历史大势中成就美好明天,我们距离民族复兴的伟大梦想从未如此之近,我们实现这个伟大梦想的信心和力量从未如此之强。

新春伊始，奥运圣火将再次在北京点燃。当奥运梦想升腾于世界东方，中国梦又将开始新的书写。"一起向未来"，我们将与世界携手，用奥林匹克运动的光与热，给人类带来希望与力量；我们将重整行装再出发，铭记昨天的苦难辉煌，无愧今天的使命担当，不负明天的伟大梦想。

（四）

"人生在必经的'寒冬'里，也带着必然的希望。"在给年轻人的信里，张桂梅这样写道。

"不经一番寒彻骨，怎得梅花扑鼻香。"实现梦想的征途，从来都不是风和日丽、鲜花满地，奋斗者总是在披荆斩棘中探路前行，在闯关夺隘中奔向远方。听！这是"有条件要上，没有条件创造条件也要上"的冲天干劲，是"革命者要在困难面前逞英雄"的奋斗豪情，是"认准的事，背着石头上山也要干"的攻坚魄力……

踏平坎坷成大道，斗罢艰险又出发——我们就是这样一路风雨兼程向前进，中国奇迹就是这样一步步创造出来。

新的一年，无论是国家发展的大棋局，还是家家户户的小日子，都可能面临种种"难"与"坎"。新时代向我们发出了美好的邀约，也将林林总总的"问题清单"放在我们面前。何以解忧？惟有改革。何以圆梦？惟有奋斗。

艰难险阻，是压力，也是动力；是挑战，也是机遇。新的征程上，实现我们的梦想，更须靠艰苦奋斗来干事创业、以攻坚克难来破局开路。当农民用汗水浇灌出丰收的喜悦，当工人以技艺挺起中国制造的脊梁，当科研人员日夜攻关破解"卡脖子"难题，当工薪族在奔波忙碌中守望家人的幸福，当创业

逐梦新征程,奋斗创未来
——2022年新年献词

者怀揣"小目标"艰辛打拼……中国大地上比比皆是的动人场景,无时无刻不在告诉我们:圆梦,没有躺赢的捷径,只有奋斗的征程。

2021年11月,弘扬伟大抗美援朝精神的电影《长津湖》夺得我国影史票房冠军。精神的力量总是穿越时空,给予人们砥砺前行的不竭动力。"不相信有完不成的任务,不相信有克服不了的困难,不相信有战胜不了的敌人!"今天,重温杨根思烈士的豪言壮语,依然振聋发聩、气壮山河。在新的征程上,我们就是要有这么一种不信邪、不畏难、不服输的精气神,努力干成一番新事业,闯出一片新天地。

2021年10月7日,两名年轻人在北京一家影院观看电影《长津湖》的海报。(新华社记者李欣摄)

（五）

"长安常安，西安加油。"不久前，满载口罩和食品的货车从武汉出发，紧急驰援西安。在武汉困难的时候，西安人伸出了援助之手。当西安疫情告急，武汉人又马上施以援手。

"肉夹馍"与"热干面"互帮互助的故事，折射出中华民族同舟共济、共渡难关的血脉深情，温暖而有力地告诉世人：团结起来的中国人民是不可战胜的。这一点，连外国学者都深有感慨：中国人把团结刻在了骨子里。

团结就是力量，团结才能前进。新的征程上，实现我们的梦想，更加需要弘扬家国情怀，铸牢中华民族共同体意识，汇聚起心往一处想、劲往一处使的磅礴之力。

中国梦，是"致广大"而又"尽精微"的梦想。没有繁荣富强的祖国，怎会有安居乐业的家园，又何来岁月静好的生活。"我所站立的地方就是中国！"齐心协力地干，一点一滴地做，在勠力同心中激发筑梦圆梦的强大正能量，社会主义现代化强国的大厦就将巍峨挺立，美好梦想就会不断照进现实。

（六）

"虎之跃也，必伏乃厉"。我们即将迎来农历壬寅虎年。在中国人心目中，虎是"平安兽""守护神"，有雄视天下的气度和胸怀，更有战胜一切艰难险阻的勇气和力量。

山水万程，步履不停。过去一年，中国"牛"苦干实干、稳扎稳打，耕耘神州大地，收获累累硕果。新的一年，中国"虎"气势如虹、勇毅笃行，在广阔天地腾跃纵横，必定大有作为。

"追风赶月莫停留,平芜尽处是春山。"前程越是广阔,就越需要我们去开拓。梦想越是伟大,就越需要我们去拼搏。开启新的征程,让我们更加紧密地团结在以习近平同志为核心的党中央周围,撸起袖子加油干,风雨无阻向前进。祝愿每一个追梦的你虎虎生风、一往无前,祝福我们的祖国在复兴之路上龙骧虎步、无往不胜。

奋斗新时代,梦想的世界天高海阔;奋进新征程,我们的未来无限光明!

(新华社北京 2021 年 12 月 31 日电)

扫码观看 2021,看见这样的中国!

◢ 创作手记

写给新时代的奋斗宣言

这是一篇既有温度又有力量的"钟华论"文章。从 2021 奔向 2022，聆听国家发展进步的铿锵步伐，品味烟火人间的酸甜苦辣，这篇饱含深情的新年献词《钟华论：逐梦新征程，奋斗创未来》之中，有你我的故事，有家国的变迁，更寄托着中国人民对未来的坚定信心。

新年献词的"情感浓度"总是格外突出。它如同写给普通人的一封书信，将这一年的经历娓娓道来，有所思考，有所感悟，激发人们奋勇向前的勇气。文章将"情"倾注于笔端，将目光对准普通人，从年轻战士"清澈的爱，只为中国"的深情告白，到防疫"大白"坚守岗位的动人一幕；从奥运赛场上"Z世代"的惊艳亮相，到野生象群北移南归背后的生态之变，那些曾经感动你我的话语，那些大家一起经历的日子，唤起共同记忆，让受众得以从身边小事触摸大时代的脉搏，真切感受到一个奋进、温暖、可爱的中国。

评论的魅力，在于以情动人，更在于以理服人。如何寓情于理、凝聚团结奋进的正能量？在这篇"钟华论"文章中，贯穿全篇的关键词是"奋斗"，这是新时代中国最鲜亮的标识，也是我们攻坚克难、不断取得胜利的密码。文章以奋斗的视野回顾过往，展现亿万人民"如江河之浩荡，如山海之磅礴，如磐石之坚毅"的圆梦决心；以奋斗的豪情展望未来，揭示"没有躺赢的捷径，只有奋斗的征程"的深刻道理，凝聚"齐心协力地干，一点一滴地做"的实干力量。从历史到现实，从"小我"到"家国"，评论循序渐进，将奋斗圆梦的主题烘托得更加鲜明，实现了从"情"到"理"的提升，激发奋进新征程、建功新时代的信心与勇气。

除了直抵人心的文字，创作团队还运用视频、图片等元素的力量，唤起读者的共情与共鸣。"永远可以相信中国红""中国人把团结刻在了骨子里"等五张独具匠心的海报，配以夜空烟火映照下的国旗、风雪中的抗疫志愿者等新闻图片，给人以强烈的视觉和情感冲击。近6分钟的短视频，向人们立体呈现奋进中国、大爱中国、多彩中国、幸福中国，光影变幻中的感人瞬间，给人留下深刻印象，思想与形象交融，有效传播了文章的主要观点。

"钟华论"文章《逐梦新征程，奋斗创未来——2022年新年献词》播发后，被近1000家媒体采用，总浏览量过亿。受众认为这篇新年献词"字里行间有直击心灵的力量"，是"激励每一个中国人以奋斗回应新时代邀约的动员书"。

文化因创新而辉煌，文明因发展而精彩。

中华文明承载着中华民族生生不息的精神血脉，历经千年风雨而依然璀璨夺目，在人类发展的历史长轴上，写就光芒万丈的篇章。

读懂中国共产党，文化的视角不可或缺。一百年来，一代代共产党人不断发现并运用中华优秀传统文化与马克思主义的内在契合性，夯实中国人民接受并信仰马克思主义的深厚文化基础、价值基础和实践基础。这一历史进程，也是"建立中华民族的新文化"的文明征程。

党的十八大以来，习近平总书记举旗定向、守正创新，坚持把马克思主义基本原理同中国具体实际相结合、同中华优秀传统文化相结合，立民族文化之根，铸民族精神之魂，拓文明发展之道，用真理力量激活古老文明，用文化之火照亮民族复兴之路。

赓续千年文脉，共襄千秋伟业，中华儿女开创未来，具有无比坚定的历史自信和文化自信！

赓续中华文脉，光耀复兴之路

本文围绕习近平总书记提出的"第二个结合"重大论断，从文化和文明的视角读懂中国共产党和民族复兴伟业，生动展现中国共产党人用真理力量激活古老文明、用文明之光照亮复兴之路的奋斗征程。《人民日报》《解放军报》等1200多家媒体采用转载，相关话题"读懂刻在骨子里的中国魂"登上网络热搜榜，全网总浏览量近3亿。

图为 2021 年 7 月 12 日拍摄的正定古城景色（无人机照片）。（新华社记者骆学峰摄）

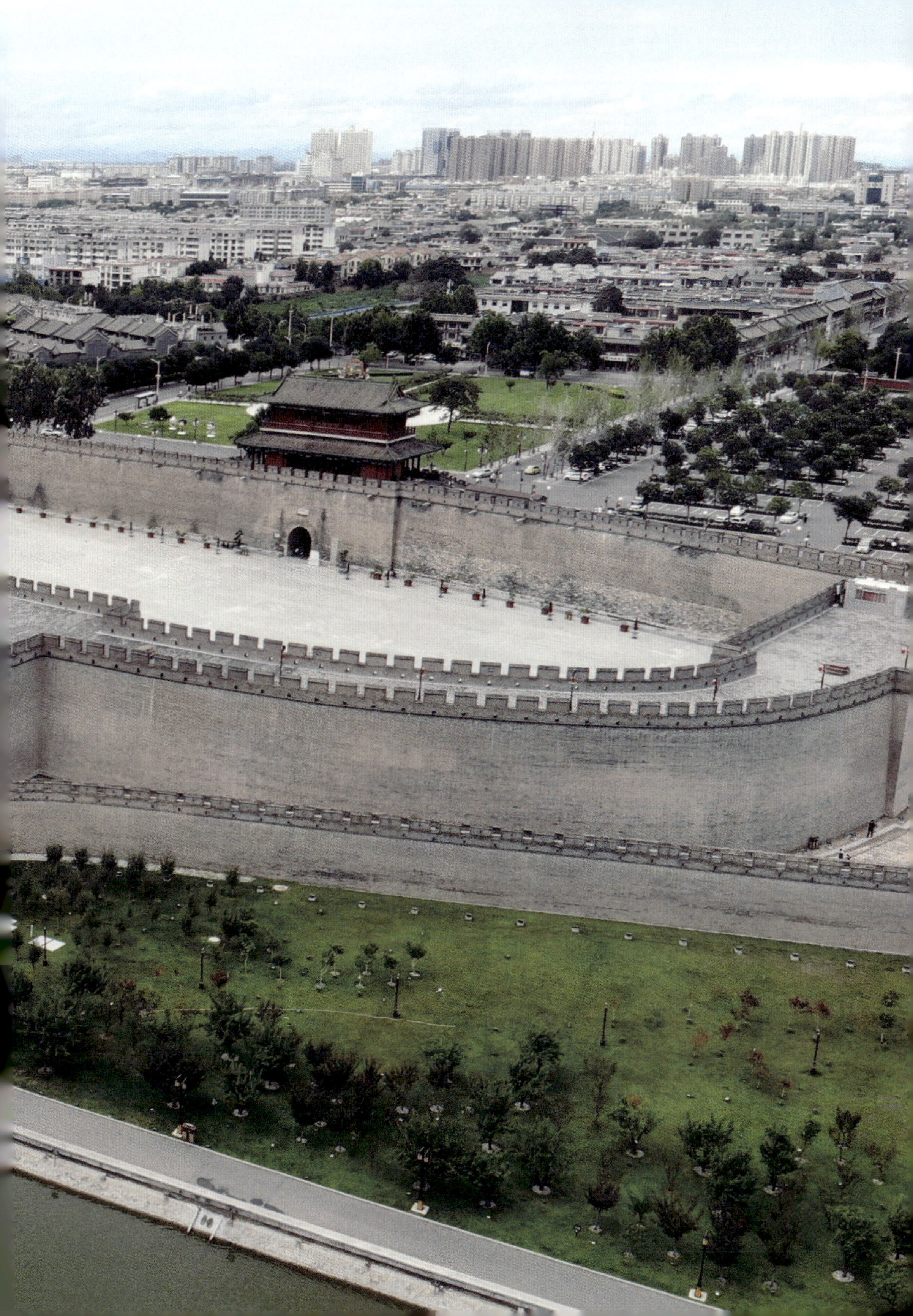

（一）

"致广大而尽精微"——新年前夕，习近平主席发表二〇二二年新年贺词，引用《礼记·中庸》之语揭示成事之道，展现出深厚的文化情怀和高超的政治智慧。

党的十八大以来，以习近平同志为主要代表的中国共产党人以一系列战略思想和创新理念回答中国之问、世界之问、人民之问、时代之问，创立了习近平新时代中国特色社会主义思想。《中共中央关于党的百年奋斗重大成就和历史经验的决议》用"十个明确"进一步概括了习近平新时代中国特色社会主义思想的核心内容。"十个明确"贯通着马克思主义的立场、观点、方法，闪耀着中华优秀传统文化精髓，凝结着中国人民的伟大创造精神、伟大奋斗精神、伟大团结精神、伟大梦想精神，具有强大的历史穿透力、文化感染力和精神感召力。

习近平新时代中国特色社会主义思想以中华文明为源头活水，实现了马克思主义思想精髓与中华优秀传统文化精神特质的融会贯通，充盈着浓郁的中国味、深厚的中华情、浩然的民族魂，成为中华优秀传统文化创造性转化、创新性发展的生动典范，是当代中国马克思主义、二十一世纪马克思主义，是中华文化和中国精神的时代精华，在马克思主义发展史、中华文明发展史上具有重要地位。

1月11日，在省部级主要领导干部学习贯彻党的十九届六中全会精神专题研讨班开班式上，习近平总书记号召全党，继续推进马克思主义基本原理同中国具体实际相结合、同中华优秀传统文化相结合，续写马克思主义中国化时代化新篇章。新的征程上，吸吮着五千年中华文明丰厚的文化养分，在坚持和发展中国特色社会主义的伟大实践中不断丰富完善，习近平新时代中国特色社会主义思想必将展现更加强大的真理力量，指引我们实现第二个百年奋斗目标、实现中华民族伟大复兴的中国梦。

（二）

江流万里，绵延不绝。在世界东方这片热土上，在几千年的文明发展中，中华民族形成了独特的价值体系、人文精神、道德理念和治理智慧，为克服艰难险阻、书写辉煌史诗提供了思想营养和精神支撑。英国历史学家汤因比指出，在人类历史上出现过20多个文明形态，只有中国的文化体系长期延续发展而从未中断。

"万物有所生，而独知守其根"。习近平总书记立足中华文化源头，深刻指出"中华民族在几千年历史中创造和延续的中华优秀传统文化，是中华民族的根和魂"，强调"中华优秀传统文化已经成为中华民族的基因""博大精深的中华优秀传统文化是我们在世界文化激荡中站稳脚跟的根基"。这一系列重要论述，站在坚定文化自信、实现民族复兴的高度，将对中华优秀传统文化地位和作用的认识提升到一个新高度，为传承发展中华优秀传统文化注入固本培元、立根铸魂的思想力量。

"如果没有中华五千年文明，哪里有什么中国特色？如果不是中国特色，哪有我们今天这么成功的中国特色社会主义道路？"2021年春天，在"奇秀甲东南"的武夷山下、九曲溪畔，习近平总书记一番话意味深长，道出了中国特色社会主义的文明底蕴，揭示了中华民族的自信之源。

不忘本来，才能开创未来。将中华文明的精华与马克思主义立场观点方法结合起来，在延续民族文化血脉中开拓前进，我们实现民族复兴、创造新的历史伟业，就拥有无比深厚的文化底蕴，拥有无比强大的奋进力量。

（三）

先秦诸子、汉唐气象、宋明风韵……大风泱泱，大潮滂滂，五千年文脉涵养了巍巍中华。翻开中国历史长卷，从"周虽旧邦，其命维新"，到"天行健，君子以自强不息"；从"富有之谓大业，日新之谓盛德"，到"治世不一道，便国不法古"……在历史风雨洗礼中，中华民族守常达变、开拓进取，中华文明推陈出新、赓续发展，造就了既一脉相承又与时俱进的中华文脉。

承百代之流，会当今之变。习近平总书记将中华优秀传统文化放在文明传承、时代进步和世界发展的大视野中进行观照，强调"把跨越时空、超越国度、富有永恒魅力、具有当代价值的文化精神弘扬起来"，提出"推动中华优秀传统文化创造性转化、创新性发展"的重大课题。这是我们党在新时代提出的对待优秀传统文化的科学态度和原则方法，回答了"传承和发展什么样的优秀传统文化、如何传承和发展优秀传统文化"等理论和实践问题，为我们在新时代赓续中华文脉、发展中华文化指明了方向。

"以古人之规矩，开自己之生面"。传承发展中华优秀传统文化，绝不是照单全收、简单复古，而应采取马克思主义的态度与方法，取其精华，去其糟粕，有鉴别地加以对待，有扬弃地予以继承。"凡益之道，与时偕行。"中华文脉之贯通，通在一脉相承的精神追求、精神特质、精神脉络，更通在结合时代新发展新语境，赋予中华优秀传统文化新的时代内涵、表现形式和生命活力。

新时代文化发展，以人民为中心是根本价值取向，满足人民日益增长、不断提升的精神文化生活需要是题中应有之义。赓续中华文脉，一个重要支撑就是找到传统文化与现代生活的连接点，擦亮人民幸福生活的文化底色。采取人民群众喜闻乐见、雅俗共赏的呈现方式，推动优秀传统文化融入国民教育和日常生活，让收藏在博物馆里的文物、陈列在广阔大地上的遗产、印刻在古

2021年12月20日，湖北省博物馆新馆开馆。这是参观者观赏曾侯乙编钟。（新华社记者程敏摄）

籍中的文字都活起来，丰富全社会历史文化滋养，才能不断增强国民的志气、骨气、底气，用文化之光开启美好生活之门。

　　文明因交流而多彩、因互鉴而丰富。中华文化既是民族的，也是世界的。今天，中华民族伟大复兴进入了不可逆转的历史进程，国际社会日益关注中国、希望了解中华文化。以海纳百川的胸怀打破文化交往的壁垒，以兼收并蓄的态度汲取各国文明的养分，以自信开放的姿态更好推动中华文化走出去，方能推动各国文明在交流互鉴中共同前进，书写人类文明新篇章。

　　今日之中国，"文博热"火爆、"文创风"劲吹，人民群众对传统文化的热情日益高涨，中华优秀传统文化活力迸发，呈现"千岩竞秀，万壑争流"的生动景象。以创新方式探寻中华文化宝藏，《典籍里的中国》《中国诗词大会》《唐宫夜宴》等电视节目广受青睐；幻化于《千里江山图》，舞蹈诗剧《只此

2020年10月16日,第十二届中国舞蹈"荷花奖"古典舞终评演出在河南省洛阳市举行。这是演员表演古典舞《唐宫夜宴》。(新华社记者李嘉南摄)

青绿》向观众展现跨越千年的丹青意韵;演绎"采菊东篱下,悠然见南山"的诗意栖居,"国风博主"们的写意生活备受海内外粉丝追捧……

"又踏层峰望眼开"。新时代的中国,中华文脉在赓续传承中弘扬光大,中华文明日益彰显旺盛而强大的生命力、创造力、凝聚力、影响力。

(四)

"敬畏历史、敬畏文化、敬畏生态"——在不久前召开的中央经济工作会议上,习近平总书记向领导干部提出"三个敬畏",要求领导干部学习历史知识、厚植文化底蕴、强化生态观念。

山高水长，不改的是守护文化根脉的赤子之心；斗转星移，不变的是弘扬民族精神的如磐信念。

从重视文化遗产的传承，到加强自然遗产的保护；从推进物质文化遗产的保护利用，到激发非物质文化遗产的创新活力……党的十八大以来，习近平总书记高度珍视中华文化宝藏，作出科学部署，凝聚各方合力，书写文化遗产保护与传承新篇章。

"每一个民族的文化复兴，都是从总结自己的遗产开始的。"著名建筑学家吴良镛曾这样说。据统计，我国现有不可移动文物76.67万处，国有可移动文物藏品1.08亿件（套），有42个非物质文化遗产项目列入联合国教科文组织名录（册），成功申报世界遗产56项。良渚遗址的考古发现，为中华五千年文明史增添实证依据；二里头遗址的发掘，勾勒出"华夏第一王都"的恢宏气象；三星堆遗址考古又有重要发现，许多珍贵文物"沉睡三千年，一醒惊天下"……

珍视中华文化宝藏的理念与行动，凝结着对文化遗产保护与发展关系的深刻思考。习近平总书记指出，历史文化遗产是不可再生、不可替代的宝贵资源，要始终把保护放在第一位。文化瑰宝，永远是中华儿女的心之所系、情之所归，是刻在骨子里的中国魂。对老祖宗留给我们的"珍贵品"，必须像爱惜生命一样保护好，贯彻好"保护为主、抢救第一、合理利用、加强管理"的方针，在保护中发展，在发展中保护。

甲骨竹简，写尽风雨沧桑；秦砖汉瓦，镌刻文明密码。珍视中华文化宝藏的理念与行动，彰显着对历史、对文化的敬畏之心和责任担当。从历史走向未来，新时代中国共产党人坚定"保护文物功在当代、利在千秋"的文化自觉，践行"保护文物也是政绩"的科学理念，向历史和人民作出了庄严承诺："历史文化遗产是祖先留给我们的，我们一定要完整交给后人。"

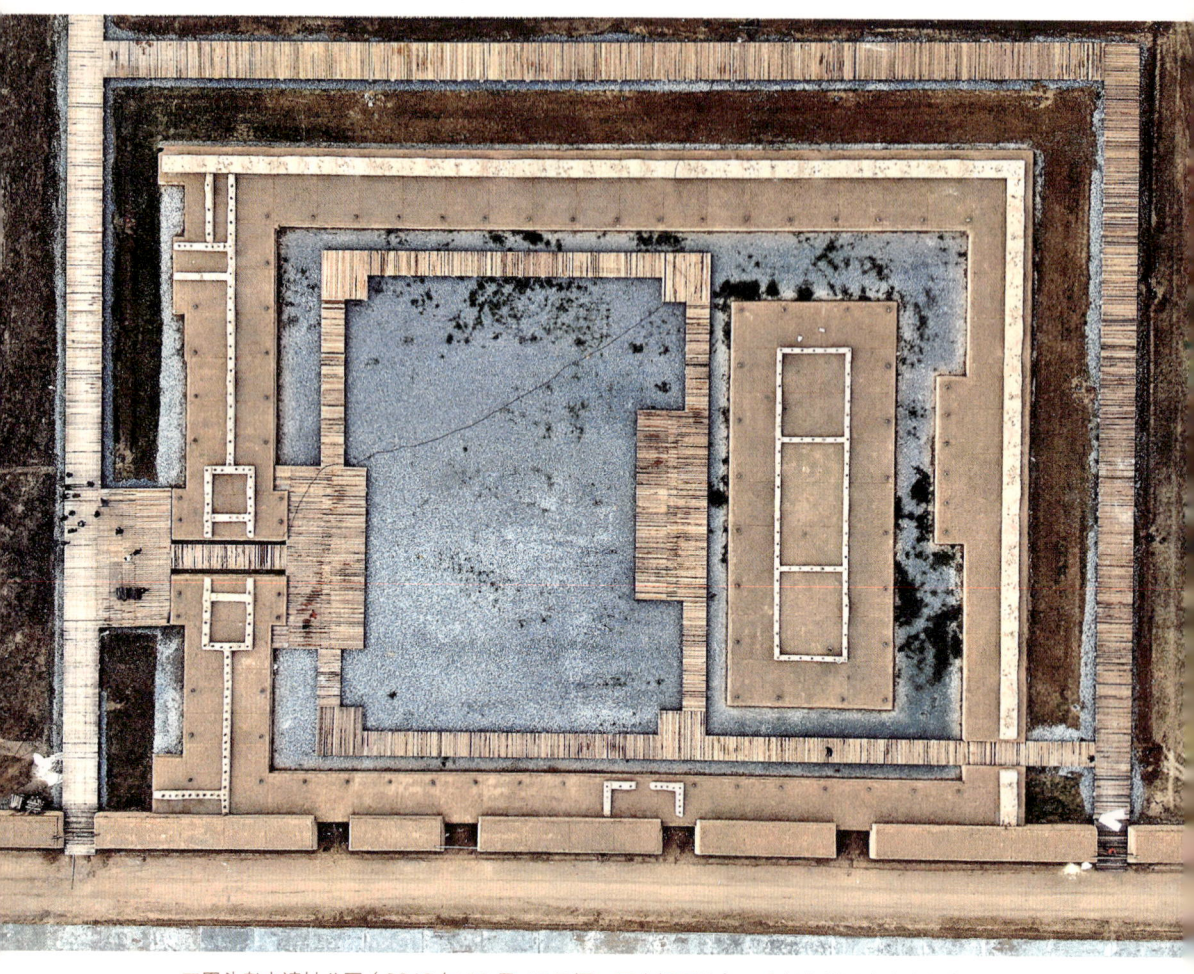

二里头考古遗址公园（2019年10月16日摄，无人机照片）。（新华社记者李安摄）

（五）

"文章功用不经世，何异丝窠缀露珠。"中华文化一贯讲求知行合一、经世致用，从"修身、齐家、治国、平天下"，到"为天地立心，为生民立命，为往圣继绝学，为万世开太平"，寄寓着先贤的理想，激荡着一代代仁人志士的不懈追求。

深读《习近平谈治国理政》，人们既感受着思想的伟力，又仿佛打开了中华典籍的宝库。论著对传统文化精华旁征博引、取精用弘，从一个侧面折射出新时代中国共产党人运用中华文化智慧开创治国理政新境界的历史自觉与历史自信。

集千古之智，纳四海之慧。在治国理政各领域，习近平总书记对中国传统哲学思想的融通与运用、对中国传统政治文明的吸纳与借鉴、对中国传统道德观念的传承和升华，闪耀着中华文明的智慧之光，不仅为推进新时代民族复兴事业注入强大思想力量，也为破解全球性问题、促进人类文明进步提供了中国智慧、中国方案。

"中华民族有着源远流长的传统文化，也一定能创造中华文化新的辉煌。"文化兴则国家兴，文化强则民族强。中华民族伟大复兴，也是中华文化和中国精神的复兴。

岁月峥嵘，山河为证；文脉悠远，与古为新。在全面建设社会主义现代化国家新征程上，赓续深入骨髓的文化基因，激扬澎湃血脉的中国力量，我们必将书写复兴伟业新篇章、铸就中华文明新辉煌！

（新华社北京 2022 年 1 月 25 日电）

扫码观看　璀璨文明耀复兴

✎ 创作手记

解译"第二个结合"的复兴密码

文化兴则国家兴，文化强则民族强。"钟华论"文章《赓续中华文脉，光耀复兴之路》围绕习近平总书记提出的"第二个结合"重大论断，从文化和文明的视角读懂中国共产党和民族复兴伟业，生动展现中国共产党人用真理力量激活古老文明、用文明之光照亮复兴之路的奋斗征程。

写好大文章，要在结构，胜在立意。"此盖驭文之首术，谋篇之大端。"写作团队在深入学习和调查研究的基础上，坚持人无我有、人有我深，在谋篇布局上努力做到站位更高一层、思考更深一些、架构更巧一点，从立足中华文化源头、贯通中华文脉、珍视中华文化宝藏、运用中华文化智慧等方面，建构起一个相互支撑、系统完善的逻辑结构。有了这个基础，在具体写作中努力贯通历史与现实、结合理论与实践、连通中国与世界，突出展现习近平总书记立民族文化之根、铸民族精神之魂、拓文明发展之道，对丰富和发展马克思主义文化建设理论作出了原创性贡献，对传承和发展中华优秀传统文化作出了历史性贡献。

"致广大而尽精微"也是作文之道。主题越是宏大，视野越要开阔，落笔越要实在，呈现越要丰富生动。文章通过习近平总书记在福建朱熹园考察时"如果没有中华五千年文明，哪里有什么中国特色"的一番话，揭示中国特色社会主义的文明底蕴；透过"文博热"火爆、"文创风"劲吹等现象，看中华优秀传统文化在新时代的蓬勃生命力；从良渚遗址、二里头遗址、三星堆遗址等考古发现，展现文化遗产保护与传承新篇章。创作团队还推出主题微视频

《璀璨文明耀复兴》，制作了图片精美、文字隽永的系列海报，在网络设置话题、推出微评论，通过融合传播的多种方式和渠道，进一步将思想性与文化味融合起来，让观点的传播和触达更加广泛、更有实效。

"钟华论"文章《赓续中华文脉，光耀复兴之路》播发后，受到社会各界高度关注，被《人民日报》《解放军报》等1200多家媒体采用转载，相关话题"读懂刻在骨子里的中国魂"登上网络热搜榜，全网总浏览量近3亿，读者称赞这篇文章"高屋建瓴、大气磅礴""文化内涵丰富、论理透彻精辟"。

当梦想照进现实，历史会镌刻下这浓墨重彩的一笔。

2月4日，立春之日，北京2022年冬奥会将拉开大幕，奥运之火将再次在"鸟巢"点燃。

这是一次来之不易的冰雪之约。穿越风雪，踏过关山，冲破新冠肺炎疫情的阴霾，北京冬奥会一直向着春天勇毅笃行。

这是一场属于全人类的奥运盛会。阳光、富强、开放、充满希望的中国，正敞开怀抱，迎接八方宾朋，共享奥林匹克的光荣与梦想。

雪映晴空，漫天竞芳华；光耀神州，大地皆春色。在新时代的历史坐标上，冬奥梦交汇中国梦，新征程澎湃新动力，让我们一起向未来！

同赴冰雪之约 共创美好未来
——写在北京2022年冬奥会开幕之际

本文播发后被国内外近千家媒体采用转载,相关话题"冬奥盛会的中国式浪漫"等登上网络热搜榜,全网总浏览量超3亿,受众纷纷点赞文章"从体育视角为读懂中国打开了另一扇窗"。

2022年2月4日晚，第二十四届冬季奥林匹克运动会开幕式在北京国家体育场举行。图为中国代表团在开幕式上入场。（新华社记者曹灿摄）

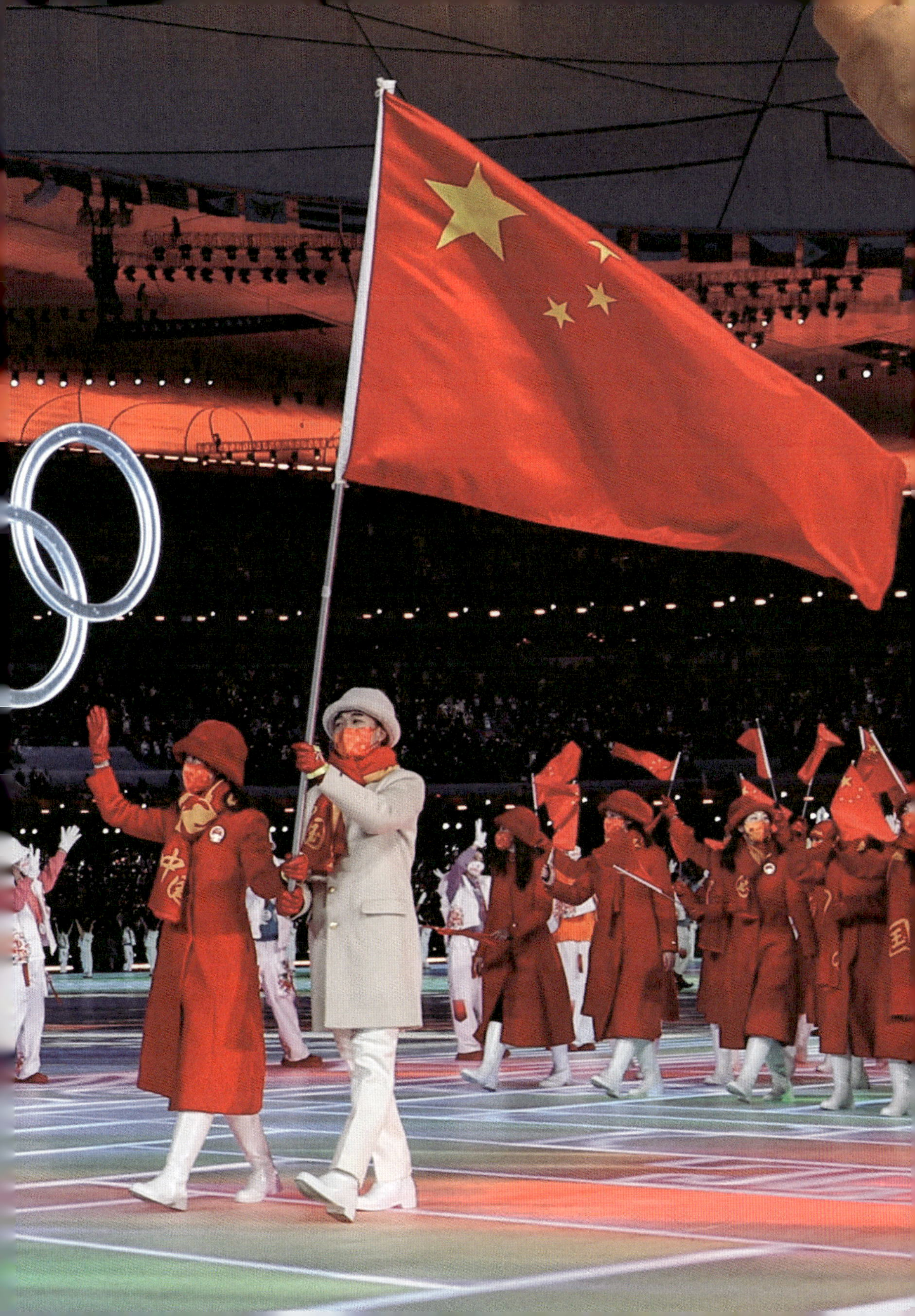

（一）

"我们将兑现承诺，向世界呈现一届简约、安全、精彩的奥运盛会。"1月25日，习近平主席在会见国际奥委会主席巴赫时，充满自信地宣示。

人们难忘，2015年7月31日，在国际奥委会投票表决2022年冬奥会举办权归属前，习近平主席浑厚有力的声音响彻会场："我相信，如果各位选择北京，中国人民一定能在北京为世界奉献一届精彩、非凡、卓越的冬奥会！"

大国之诺，重如泰山；大国之言，出而必行。6年多的精心筹办，2000多个日日夜夜的拼搏奋斗，北京冬奥会各项准备工作已全面就绪，新时代中国没有辜负世界。

举办北京冬奥会、冬残奥会，是以习近平同志为核心的党中央统揽中华民族伟大复兴战略全局和世界百年未有之大变局，着眼实现"两个一百年"奋斗目标作出的重大决策，是在我国重要历史节点举办的重大标志性活动，是展现国家形象、促进国家发展、振奋民族精神的重要契机。

从提出"绿色、共享、开放、廉洁"的办奥理念，到明确"简约、安全、精彩"的办赛要求；从提出"带动三亿人参与冰雪运动"的目标，推进体育强国、健康中国建设，到强调统筹抓好疫情防控和组织好赛事，指导各地交出冬奥会筹办和本地发展两份优异答卷……习近平总书记亲自谋划、亲自推动北京冬奥会的申办与筹办，先后5次实地考察筹办备赛工作，多次作出重要指示批示，为办好北京冬奥会不断注入强大思想和行动力量。

在"赶早不赶晚"的不懈努力中，"冬奥蓝图"一步步变为现实，12个竞赛场馆全部提前完工，3个冬奥村如期交付使用，京张高铁、京礼高速全线通车，全国冰雪运动参与人数已达3.46亿人……巴赫不禁感叹："尽管受疫情影响，冬奥筹办工作进展十分顺利，这几乎就是奇迹！"

这一令世人刮目相看的中国奇迹，是以习近平同志为核心的党中央坚强领导的结果，是习近平新时代中国特色社会主义思想科学指引的结果，是亿万中国人民团结奋斗的结果。

（二）

从夏季奥运会到冬季奥运会，中国与奥运的情缘不断书写，中华民族追逐梦想的脚步从未停歇。

1917年，青年毛泽东疾呼："民族之体质日趋轻细，此甚可忧之现象也。"在山河破碎、积贫积弱的岁月，无论是国人发出的振聋发聩的"奥运三问"，还是刘长春在洛杉矶奥运会上的落寞身影，都在诉说旧中国奥运之路的坎坷与无奈。新中国成立后，中国共产党带领人民顽强奋斗，曾经遥不可及的奥运梦想日益成为现实。从1952年五星红旗第一次在奥林匹克会场升起，到1984年中国奥运金牌"零的突破"；从2008年百年奥运梦圆，到2022年北京成为全球唯一的"双奥之城"——中国人民参与奥运、申办奥运、筹办奥运的历史，就是中华民族迎来从站起来、富起来到强起来伟大飞跃的生动缩影，是中国人民赢得历史主动、坚定历史自信的深刻诠释。

冰凝雪舞，正道沧桑。从历史深处走来，向着美好未来奔去，北京冬奥会为读懂中国提供了一个多姿多彩的新窗口。第76届联合国大会主席沙希德感言：北京冬奥会"展现了中国最好的一面"。

这是新时代中国发展进步的蓬勃气象。答好筹办冬奥这张国力的综合考卷，"中国制造"大显身手，科研人员勇攀高峰，大国工匠精益求精，各项改革深入推进，开放合作风生水起，中国人民自信包容、意气风发，一派虎啸风

这是在展示活动现场拍摄的北京冬奥会火种灯（2021年12月16日摄）。（新华社记者彭子洋摄）

生、龙腾云起的生动景象！

这是攻坚克难的大国气魄。筹办北京冬奥会既面临疫情的严峻挑战，也面对体育政治化的逆流，以及层出不穷的新问题、新情况。"不经一番寒彻骨，怎得梅花扑鼻香？"在党的坚强领导下，中国人民同时间赛跑、与困难较量，各方力量齐心协力、共襄盛举，确保北京冬奥会如期举办，充分彰显中国特色社会主义制度的显著优势，豪迈宣示没有任何力量可以阻挡中国人民实现梦想的步伐。

这是优雅博大的文明气韵。品读北京冬奥会，一个个"中国式浪漫"精彩绽放："小红人"的体育图标源于篆刻艺术巅峰"汉印"，火炬接力火种灯造型的灵感来自"中华第一灯"西汉长信宫灯，国家跳台滑雪中心"雪如意"的设计借鉴了传统文化符号"如意"，冬奥村院落景观营造"踏雪寻梅"的古典园林意境，宛如同心圆玉璧的奖牌蕴含着对天下大同的追求……当中国结与奥运五环交相辉映，当中华文化与奥运文化和合共生，就有了世间美美与共的相遇。

（三）

"从北京冬奥会，可以看到中国的未来。"在见证了冬奥会筹办工作后，不少外国媒体记者发出这样的感慨。北京冬奥会不只是"冰雪之约"，更折射出中国与未来的"发展之约"。

这个约定，传递着"人民至上"的温度。乘着冬奥"东风"，我国冰雪运动奏响"四季歌"、按下"快进键"，全民健身广泛开展，人民群众关心的"去哪儿健身"等难题正在破解，体育在青少年健康成长中发挥越来越重要的作用……发展体育事业，最终是为了不断满足人民群众对美好生活的需要，促进全民健康和人的全面发展。

"共产党就是给人民办事的，就是要让人民的生活一天天好起来，一年比一年过得好。"春节前夕，习近平总书记冒着风雪严寒来到山西省临汾市，为乡亲们送去党中央的关心和慰问。不管是奥运赛场，还是发展考场，中国共产党人都始终坚持以人民为中心，以实际行动做到"民之所忧，我必念之；民之所盼，我必行之"。

这个约定，擦亮了绿色发展的底色。国家游泳中心探索出"水冰转换"的节能方案，延庆赛区践行"山林场馆、生态冬奥"的设计理念，赛时全部场馆常规能源100%使用绿电，新建场馆全部制定了赛后利用计划……被誉为"最绿色"的北京冬奥会生动诠释了"绿水青山就是金山银山""冰天雪地也是金山银山"等理念，向世人描绘着生态优先、绿色低碳的动人图景。

新华社"钟华论"评论集：读懂新时代中国

2020年10月6日，一列复兴号高铁列车穿过京张高铁居庸关隧道。（新华社记者鞠焕宗摄）

这个约定，涌动着创新创造的活力。先进的二氧化碳跨临界直冷制冰技术铺就"最快的冰"，国产化的高钒密闭索织出了"坚固的网"，物联网和人工智能技术造就了"智慧的馆"，机器人"大厨"为人们烹调"丰盛的餐"……一系列炫目"黑科技"，秀出了冬奥盛会的"未来感"，展现着创新发展的想象空间和无穷魅力。

这个约定，打通了区域发展的经脉。近年来，在筹办北京冬奥会的强有力牵引下，京津冀协同发展跑出"加速度"，一幅同频共振、同心合力的发展画卷正在铺展：产业发展互补互促，公共服务共建共享，区域环境联防联治，京张加快构建"一小时生活圈"，务实合作让崇礼人捧起了家门口的"雪饭碗"、过上了越来越红火的日子……

有人说，预测未来的最好方式，就是创造未来。未来已来，就在新发展理念闪耀的光芒中，就在每一个奋斗者拼搏的身影里。

（四）

"奥运会最重要的不是胜利，而是参与；正如在生活中最重要的事情不是成功，而是奋斗"。顾拜旦曾这样阐释奥林匹克精神。办好北京冬奥会的过程，正是对"更快、更高、更强——更团结"

奥林匹克新格言的成功实践，中华民族精神与奥林匹克精神交融激荡在神州大地、在中国人民心中。

有一种责任叫坚守：崇山峻岭间，建设者们冒着最低零下40摄氏度的低温，啃下了工程实施中一个个"硬骨头"，雕琢出"雪飞燕"的壮美身姿；有一种力量叫拼搏：训练场上，运动健儿挥洒汗水，为了赛场上的精彩表现厉兵秣马；有一种传承叫奉献：从"鸟巢一代"到"冰新一代"，志愿者们完成了一场热血沸腾的青春接力……

冰雪如镜，映照永恒的精神。回望筹办北京冬奥会的极不平凡历程，中国人民的伟大创造精神、伟大奋斗精神、伟大团结精神、伟大梦想精神奔涌澎湃，焕发新的时代光彩，积聚起勠力同心、共筑梦想的洪荒伟力。办好北京冬奥会，将极大增强民族自豪感、提升民族向心力，为实现第二个百年奋斗目标、实现中华民族伟大复兴的中国梦凝聚起坚定历史自信和磅礴奋进力量。

不久前，一段新疆牧民雪中骑马送健儿出征冬奥会的视频刷屏了。茫茫雪原上，人们策马奔腾，手中的五星红旗迎风招展。一抹"中国红"，是深情的祝福，更是精神的感召。胜利属于每一个追梦人，荣耀属于每一个奋进者！

（五）

"让希望的阳光照亮人类"——新年伊始，习近平主席在2022年世界经济论坛视频会议的演讲中，发出了"共创后疫情时代美好世界"的时代强音。这是世界各国人民共同关心的重大问题，也是事关人类前途命运的重大课题。

同赴冰雪之约 共创美好未来
——写在北京 2022 年冬奥会开幕之际

当前,新冠肺炎疫情仍在全球肆虐,各种全球性问题复杂难解。人类向何处去?世界各国不是在 190 多条小船上,而是同在一条命运与共的大船上,加强合作、同舟共济是唯一正确出路。正如联合国秘书长古特雷斯所说,"奥林匹克精神是人类团结的灯塔"。奥林匹克运动倡导的"更团结"正是当今时代最需要的,北京冬奥会、冬残奥会的主题口号"一起向未来"更是表达了全人类的共同心声。

如同寒冬里的温暖阳光,北京冬奥会作为奥林匹克格言加入"更团结"之后举办的首届冬奥会,以和平、友谊和团结精神将世界凝聚在一起,架起沟通交流的桥梁,书写弘扬全人类共同价值、构建人类命运共同体的新篇章。国际奥委会奥运会部执行主任克里斯托弗·杜比坚信:这场盛会一定能够展现世界如何克服困难,一起变强。

团结就是力量,共进才有未来。本届冬奥会有约 90 个国家和地区近 3000 名运动员参加,是设项和产生金牌最多的一届冬奥会。不久前,出席北京 2022 年冬奥会开幕式及相关活动的国际政要名单正式公布。这份名单,从一个侧面反映了国际社会对北京冬奥会的积极支持和热切期待。

联合国首次为冬奥会发行邮票,印刻着"体育促进和平"的憧憬;在埃及开罗,"北京冬奥会""北京 2022"等字样在开罗塔上亮起;在埃塞俄比亚职业教育孔子学院,学生们跳起了《一起向未来》的手势舞;在意大利米兰,一盏盏红灯笼点燃人们"喜迎冬奥"的热情;在美国华盛顿市中心冰球场,"中国红"闪耀全场,不少观众为北京冬奥会送上祝福……每一片飞舞的雪花,都在刻画梦想的形状;每一次力量的汇聚,都在点燃希望的火焰。

"风雨送春归,飞雪迎春到。"北京冬奥会恰逢中国传统的新春佳节。中国人追求团圆,崇尚"家和万事兴",这是一种信念,更是一种力量。从家家户户的"小团圆"到奥林匹克家庭的"大团圆",北京冬奥会将是一个重要时

新华社"钟华论"评论集:读懂新时代中国

一起向未来

Together for a Shared Future

2021年9月17日,北京冬奥会和冬残奥会主题口号正式发布。(新华社记者鞠焕宗摄)

刻，向着全世界发出强有力的信号：团结一心、共克时艰，美好的未来一定属于我们！

（六）

2月2日至4日，北京冬奥会的火炬接力活动在北京、延庆、张家口三个赛区开展。"飞扬"火炬将探访中华民族的"远古足迹"，领略八达岭长城的雄姿，倾听千年大运河的潮声，饱览"大好河山"，最后来到"鸟巢"点燃北京冬奥会主火炬。

火，是人类文明的象征。中国古代神话中有"燧人氏钻木取火"的传说，古希腊神话中也有普罗米修斯为人类取来火种的故事，都寄寓着人类对光明的追求、对幸福的向往。

穿越历史风云，奥运之火始终熊熊燃烧。这是和平与正义之火、团结与友谊之火、文明与希望之火。汇聚在奥林匹克旗帜下，体育健儿于冰天雪地间挥洒激情，各国人民在携手奋进中迈向美好未来！

（新华社北京 2022 年 2 月 2 日电）

扫码观看　微视频冬奥梦圆

◣ 创作手记

从冬奥盛会读懂新时代中国

北京冬奥会开幕之际,"钟华论"文章《同赴冰雪之约 共创美好未来》重磅推出。文章突出习近平总书记亲自谋划、亲自推动北京冬奥会申办与筹办的思想与实践,揭示北京冬奥会的重大历史意义和世界意义,为冬奥盛会如期举办营造良好舆论氛围。

从冬奥盛会读懂新时代中国,是这篇文章选题立意的一大基点。文章从"大国之诺"看中国精神和力量。开篇从"这是一次来之不易的冰雪之约"切入,回顾习近平总书记的铿锵宣示,展现在以习近平同志为核心的党中央坚强领导下,各方力量通过"赶早不赶晚"的不懈努力让"冬奥蓝图"一步步变为现实。文章用事实说话、以实效证明,体现了总书记提出的办奥理念的丰富内涵和生动实践,记录了中国人民为奉献一届精彩、非凡、卓越的冬奥会而进行的努力奋斗,突出践行"冰雪之约"背后的中国决心、中国智慧、中国担当。

文章从"冰雪画卷"看中华文化和情怀。文章用热情洋溢的笔触描绘了万千建设者对冬奥的贡献、展示了"三亿人上冰雪"的成就,将家家户户的"小团圆"与奥林匹克家庭的"大团圆"联系起来,个人梦、冬奥梦、体育强国梦到中国梦层层递进,映照"致广大而尽精微"的人文情怀。文章回顾一个多世纪以来中国与奥运不断书写的情缘,深刻指出中国人民参与奥运、申办奥运、筹办奥运的历史,是中国人民赢得历史主动、坚定历史自信的深刻诠释,体现不忘来路、鉴往知来的历史情怀。文章挖掘篆刻艺术巅峰"汉印""中华第一灯"西汉长信宫灯、传统文化符号"如意"、宛如同心圆玉璧的奖牌等文化元素，为读者精彩呈现一个个"中国式浪漫"，彰显优雅博大的文化情怀。

文章还从发展的视角看新时代中国。通过冰雪运动的普及、绿色发展、创新创造、冰雪经济、推动区域发展等多个角度，论述"北京冬奥会不只是'冰雪之约'，更折射出中国与未来的'发展之约'"；从奥林匹克精神的传承弘扬、"更团结"的时代价值、各国人民的共同向往等多个方面，论证"团结就是力量，共进才有未来"。文章跳出冬奥看中国看世界，立足北京冬奥会着眼未来发展，使得视野更加开阔、立意更显高远。

"钟华论"文章《同赴冰雪之约 共创美好未来》播发后，被国内外近千家媒体采用转载，相关话题"冬奥盛会的中国式浪漫"等登上网络热搜榜，全网总浏览量超3亿，受众纷纷点赞文章"从体育视角为读懂中国打开了另一扇窗"。

历史必将铭记这个难忘的春天——

虎年新春,北京第二十四届冬季奥林匹克运动会圆满成功。新时代中国兑现庄严承诺,为世界奉献了一届简约、安全、精彩的奥运盛会。

这是鼓舞世界的盛会。驰骋于坚冰之上,翱翔于飞雪之间,冰雪运动的激情与欢乐全球共享,为各国人民战胜挑战、实现梦想注入信心和力量。

这是团结合作的盛会。克服困难,冲破阻隔,五洲四海的人们汇集在五环旗下,展竞技之美,扬文明之光,聚团结之力,携手写下"一起向未来"的崭新篇章。

心手相牵,温暖你和我;梦想升腾,照耀天与地。中华民族伟大复兴的历史征程上,一座新的里程碑巍然矗立!奥林匹克运动和人类和平发展的史册上,一部新的经典熠熠生辉!

中国携手世界 向着春天出发
——写在北京第二十四届冬季奥林匹克运动会闭幕之际

本文与开幕前夕播发的『钟华论』文章《同赴冰雪之约 共创美好未来》构成『姊妹篇』。700多家媒体采用，总浏览量过亿，被读者称赞为『是对冬奥会的精彩回顾，更是对奥运精神与中华文化交相辉映的高度概括与凝练』。

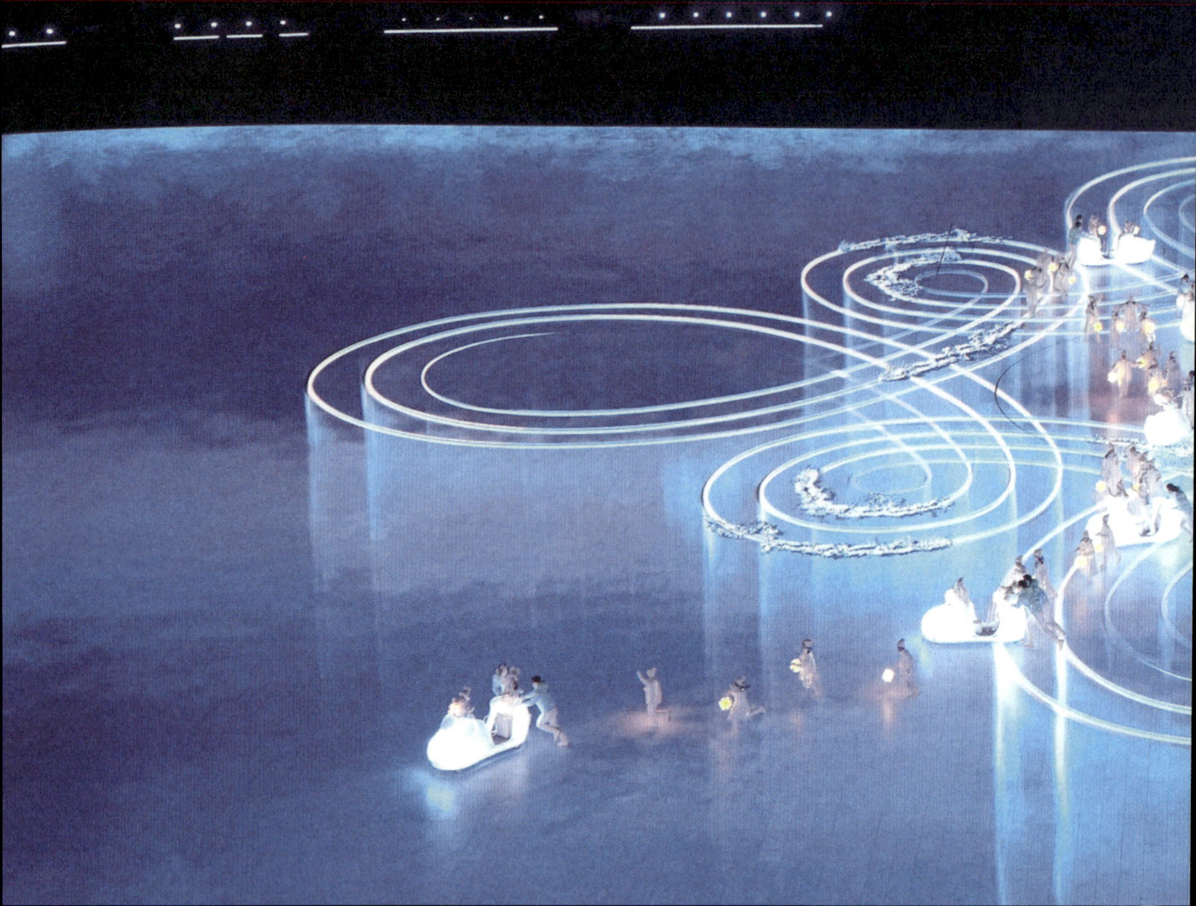

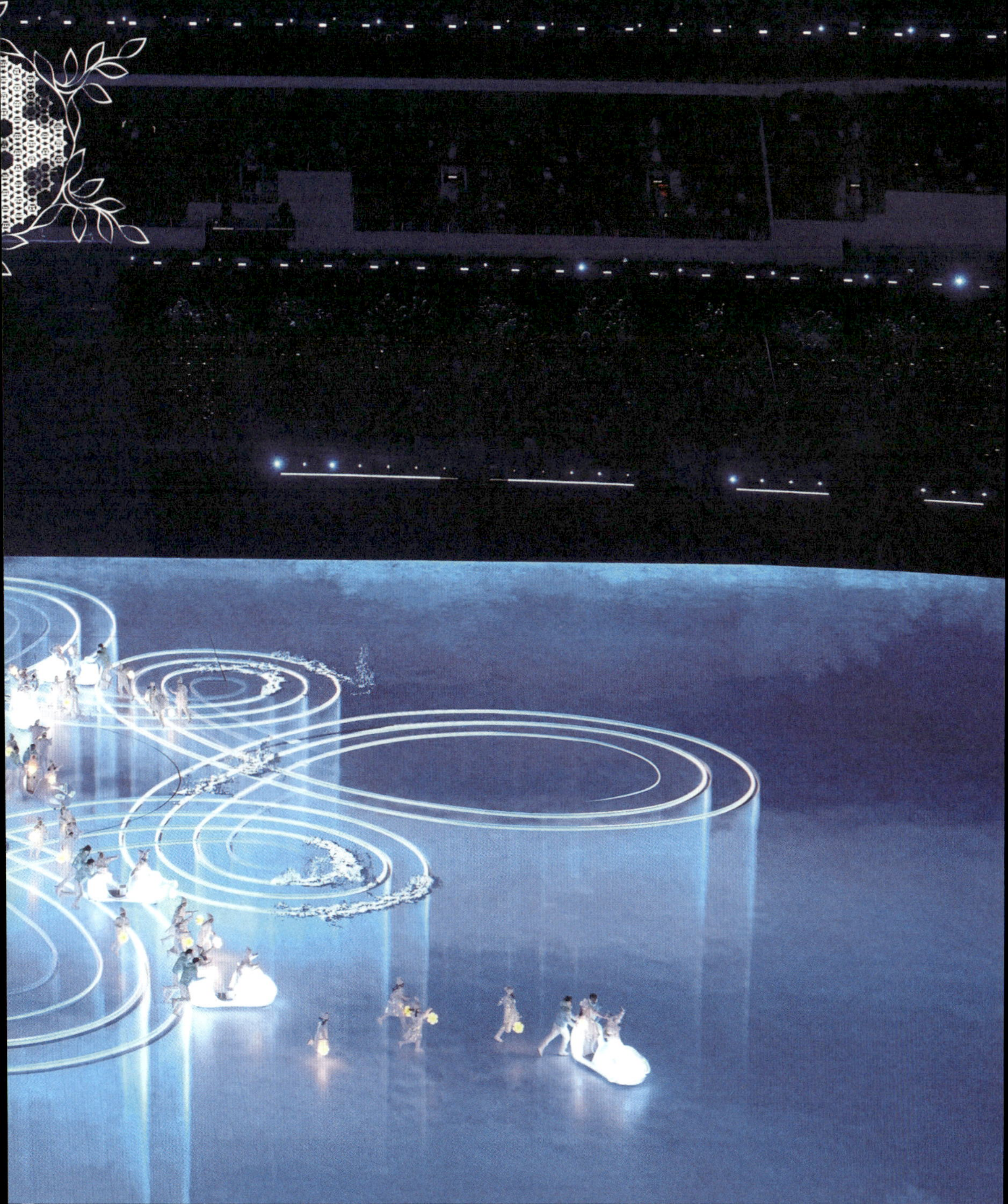

（一）

这一幕定格在人们心中：习近平主席和夫人彭丽媛同出席北京冬奥会开幕式的国际贵宾们，佩戴印有各自所在国家、地区、国际组织旗帜的特制口罩，并肩而立，共同挥手示意。殊为不易的"冬奥之约"、举世瞩目的"新春之会"，展现着东道主的热情好客，更向世界传递出命运与共、和衷共济的热切呼唤——"我们应该弘扬奥林匹克运动精神，团结应对国际社会共同挑战。"

自古以来，奥林匹克运动承载着人类对和平、团结、进步的美好追求。中国积极参与奥林匹克运动，坚持不懈弘扬奥林匹克精神，是奥林匹克理想的坚定追求者、行动派。从申办到筹办再到举办，习近平总书记一直心系北京冬奥会相关工作，亲自谋划、亲自推动，为书写精彩冬奥答卷指明方向、注入力量，带领中国人民为推进全球奥林匹克事业发展作出了新的贡献。

北京冬奥会期间，数十场外事活动密集举行，人民大会堂东大厅会见长桌上，话筒下方一块小小的圆形钟表，标注出习近平主席的"忙碌指数"。当北京开启"冬奥时间"，世界目光聚焦东方，中国外交迎来"高光时刻"。在北京冬奥会的舞台上，中国与世界奏响团结合作、共创未来的时代交响曲。

从国际贵宾不远万里来华共襄盛举，到世界政要积极响应习近平主席提出的全球发展倡议，再到中方和相关国家签署和发表数十份双边文件……德不孤，必有邻。中国理念、中国方案日益得到世界认同，互利共赢的"朋友圈"越扩越大，折射出人心所向、大势所趋。正如联合国秘书长古特雷斯所言，"世界需要一届成功的冬奥会，向世人发出明确信息，即任何国家、民族、宗教的人民都可以超越分歧，实现团结与合作"。

　　北京冬奥会开幕式上，各代表团引导员高举雪花造型引导牌聚合在一起，让一朵朵"小雪花"共同构成一朵"大雪花"。赛场上，运动员们互赠礼物、同框"比心"、相拥鼓劲的暖心瞬间，更让无数人为之动容。把无数个"我"汇聚成"我们"，让"世界大同，天下一家"的理念与"更团结"的呼吁相互激荡，北京冬奥会彰显全人类共同价值，引发各国人民的广泛关注和共鸣。权威数据显示，北京冬奥会成为迄今收视率最高的冬奥会，在全球社交媒体上已吸引超过 20 亿人次关注。

　　奥运盛会有期限，人类发展无止境。北京冬奥会让人们重新认识了世界，进一步明确了"我们怎么办"的前进方向——"面对各种紧迫全球性挑战，加强团结合作，共同坐上新时代的'诺亚方舟'，人类才会有更加美好的明天。"

　　这是"一起向未来"的真谛所在，更是不可阻挡的时代潮流！

（二）

　　"你去吃个早饭，然后再用不到 10 秒时间去做个核酸就行，这一切让我感到非常安全放心。"马耳他运动员珍妮丝·斯皮泰里的一番话，道出了各国健儿的普遍感受。国际奥委会主席巴赫在临闭幕前举行的发布会上说，北京 2022 年冬奥会非常成功，运动员感到非常满意。

　　北京冬奥会是新冠肺炎疫情发生以来首次如期举办的全球综合性体育盛会，共有 91 个国家和地区近 3000 名运动员参加。面对疫情等压力，北京冬奥会坚持以人为本、生命至上，确保安全平稳运行，未发生聚集性疫情，向世界交出了一份出色的防疫和办赛答卷。

新华社"钟华论"评论集：读懂新时代中国

这是2022年2月4日在北京2022年冬奥会开幕式上拍摄的"构建一朵雪花"环节。（新华社记者薛宇舸摄）

中国携手世界 向着春天出发
——写在北京第二十四届冬季奥林匹克运动会闭幕之际

这份答卷，凝结着方方面面的艰辛努力。从覆盖三个赛区的 100 多个医疗点的坚强守护，到 18000 多名赛会志愿者的默默奉献；从"时间上分钟级，空间上百米级"的气象预报，到日夜奋战在赛场一线的专业团队……多少幕后英雄的不懈奋斗，多少工作人员的倾情付出，让安全、周到、细致的保障和服务温暖每一名参赛运动员，人们由衷发出"感谢中国""感谢北京"的赞扬，形成这样的共识：只要大家都遵守团结的精神，人人都作出贡献，即使是在新冠疫情中，也能举办一场伟大的盛会。

回顾北京冬奥会筹办、举办走过的不平凡历程，在以习近平同志为核心的党中央坚强领导下，14 亿多中国人民齐心协力、攻坚克难，与时间赛跑、与疫情斗争，历经 6 年多的精心筹办、10 余天的精彩举办，交出了独一无二、震撼世界的冬奥答卷。这是中国特色社会主义制度优越性的集中体现，是中国共产党卓越治理能力的生动诠释，是中华民族伟大复兴进入了不可逆转的历史进程的有力注解。

奇迹是什么？是凌寒绽放的梅花，是征服高山的登顶，是牢牢把命运掌握在自己手中的历史主动与创造。回望百年风雨沧桑，从觉醒年代到崛起时代，从上世纪初的"奥运三问"到新时代的"双奥之城"，中国与冬奥的"冰雪奇缘"，仿佛一面明镜，折射出中国人民披荆斩棘、矢志圆梦的奋斗轨迹，照鉴中华民族迎来从站起来、富起来到强起来的伟大飞跃。

这样的场景总是令中华儿女心潮澎湃——北京冬奥会开幕式上，在《我和我的祖国》的悠扬旋律中，中国各行各业、先进模范人物、56 个民族的代表，用双手将鲜艳的五星红旗缓缓传递到体育场升旗区。伴随雄壮的国歌声，五星红旗冉冉升起。涓涓细流汇成江海，人民伟力磅礴如山。北京冬奥会，让世界重新认识了中国：一个万众一心、团结奋进、朝气蓬勃的中国，一个可信、可爱、可敬的中国。

"你永远可以相信中国！"北京冬奥会的成功举办，进一步增强了中国人民的历史自信，中华民族展现出活力迸发、积极向上的精神和力量。有这样的人民作为强大后盾，有这样的精神作为坚实支撑，任何人间奇迹都可以创造出来，中华民族伟大复兴的中国梦一定能够实现。

（三）

"黄河之水天上来"的浩荡气势，"裁冰镂雪几多工"的冰雪五环，"致广大而尽精微"的冬奥火炬……在世人的冬奥记忆中，北京冬奥会开幕式书写了浓墨重彩的新篇章。这场人文铸魂、科技赋能的艺术盛宴，铺展一幅幅中华文化与奥运文化交融共生的壮美画卷。

文化铸就经典，瞬间已成永恒。保加利亚学者伊万·桑丹斯基感言，北京冬奥会向全世界展示真正的奥林匹克精神和价值观——通过将其与中国传统文化有机结合的方式。

顾拜旦曾说："奥林匹克不是一场竞赛，而是一种源于内心的文化交流与融合。"以文化人，更能凝结心灵；以艺通心，更易沟通世界。当冬奥会遇上中国年，当"中国之美"与"五环之美"交相辉映，中国式浪漫拨动了全世界的心弦，北京冬奥会交出了各美其美、和合共生的文明答卷。

品读北京冬奥会，中国元素无处不在，中国印记生动鲜活。盈盈飘动的"冰丝带"、长袖若舞的"雪飞天"、蜿蜒盘旋的"雪游龙"，让世界领略意境高远、意蕴丰厚的东方美学；融入长城和烽火台等元素的比赛场地、设计灵感源于古代同心圆玉璧的奖牌、名为"瑞雪祥云""鸿运山水""唐花飞雪"的颁奖礼服，让世人感受中华优秀传统文化的无穷魅力，更好地读懂"何以中国"。

中国携手世界　　向着春天出发
——写在北京第二十四届冬季奥林匹克运动会闭幕之际

2022年2月14日，挪威代表团成员在张家口赛区颁奖广场与"冰墩墩"合影。（新华社记者丁汀摄）

文明因交流而多彩,文明因互鉴而丰富。"冰立方"的冰壶赛道上响起来自苏格兰高地的古老乐音,美国雪橇运动员萨默·布里彻跟着人工智能学打太极,各国健儿写"福"字、贴春联、看"春晚",宫保鸡丁、麻婆豆腐、北京烤鸭、韭菜盒子、麻辣烫、豆包等中华美食广受欢迎……在"中国红"与"冰雪白"的交织中,北京冬奥会不仅搭建起全世界同场竞技的舞台,也架起了中华文明与各国文明交流互鉴的桥梁。

"冰墩墩火了!"北京冬奥会期间,融合大熊猫形象和冰晶外壳的吉祥物"冰墩墩"成为"顶流",在国内外圈粉无数,一度出现"一'墩'难求"的火爆场景。集冰雪运动和现代科技于一身,将活泼与敦厚融为一体,"冰墩墩"让人们感知可爱而又充满活力的中国,倾听着现在与未来的对话……

文化之火,点燃了舞动冰雪的激情;文明之光,照耀着砥砺前行的征程。

(四)

"成绩不仅仅在于能否拿到或拿到多少块奖牌,更在于体现奥林匹克精神,自强不息、战胜自我、超越自我。"在索契冬奥会上,习近平主席一番话引起广泛共鸣。回望北京冬奥会,各国健儿顽强拼搏、勇于挑战、友爱互助,创造着一个个闪耀的冰雪传奇,书写了"更快、更高、更强——更团结"的奥林匹克答卷。

凭着"要做到自己最好"的信念,谷爱凌在一次次凌空飞跃中创造佳绩;满怀"任何时候都不放弃努力"的热情,徐梦桃历经四届冬奥会终于如愿登顶;下定"全力以赴,放手一搏"的决心,齐广璞技压群雄夺得金牌,实现个人职业生涯的"大满贯";鼓起"没有人能动摇我"的勇气,荷兰选手伊雷妮·斯豪滕化压力为动力两破奥运纪录;49岁的德国运动员克劳迪娅·佩希

2022年2月18日,中国队选手谷爱凌在自由式滑雪女子U形场地技巧决赛中。(新华社记者许畅摄)

施泰因用八次征战冬奥的经历,告诉人们"拼搏的心永远年轻"……因热爱而坚持,因梦想而坚定。奥林匹克不只有冠军,每一个拼搏者都是奥运英雄,每一个追梦者都是时代骄子。

很"拼"的北京冬奥会,就像一颗火种,点燃了亿万中国人民的冰雪热情,让赛场之外的体育答卷同样精彩纷呈。在黄土高原,滑雪队的少年们在冰天雪地中尽情放飞;在新疆阿勒泰,中小学体育课"搬"到滑雪场上;在宁夏六盘山,"冷冰雪"成了"热资源";在贵州六盘水,彝家火把照亮"南国冰雪城";在上海东方明珠塔下,欢声笑语激活"星空冰场";在海南三亚,市民们感受着"北冰南移"的独特魅力……在北京冬奥会的强力推动下,"带动三亿人参与冰雪运动"的目标已经成为现实,曾经"高冷"的冰雪项目日益进入寻常百姓家。巴赫对此高度肯定:中国在冬季运动方面取得非凡成就,开启了全球冬季运动的新时代。

2015年7月31日,北京获得第二十四届冬奥会举办权的那一刻,年仅11岁的苏翊鸣立下志向:"我要代表中国去参加冬奥会,然后取得好的成绩为国争光。"6年多后,苏翊鸣在北京冬奥会上摘得一金一银,少年的梦想终成现实。

新时代为中国健儿们打造了追梦圆梦的广阔舞台,让一个个"不可能"变成了现实。北京冬奥会上,中国体育代表团首次实现冬奥会7个大项、15个分项"全项目参赛",其中35个小项首次参赛,在不懈努力中创造了参加冬奥会以来的历史最佳战绩。

"用赛场上的表现,为中国冰球的未来埋下一颗种子。"中国男子冰球队队长叶劲光许下心愿。在这个春天,希望的种子不断播撒,种在人民对美好生活的向往之中,种在建设体育强国、健康中国的滚滚热潮之中,种在冬奥梦和中国梦交汇的时代芳华之中……

(五)

"一夜春雨过,千畦尽成绿。"北京冬奥会闭幕之际,正值"雨水"节气。

河水破冰，草木萌动，万物复苏，春意在大地勃发，新的希望在每个人心中生长……

"奥运会是对过往的尊敬，对未来的信仰。"从"双奥之城"再出发，春天的故事还在继续，奋斗的征途没有终点。

山海远阔，未来已来。一起向未来，我们笃行不怠、风雨兼程；一起向未来，世界携手并肩、走向光明！

（新华社北京 2022 年 2 月 19 日电）

扫码观看 冬奥会17天 我们共同的故事

⌞ 创作手记

展现冬奥答卷，展望奋斗征程

北京冬奥会闭幕之际，"钟华论"文章《中国携手世界　向着春天出发——写在北京第二十四届冬季奥林匹克运动会闭幕之际》应时而发，与开幕前夕播发的"钟华论"文章《同赴冰雪之约　共创美好未来》构成"姊妹篇"。文章突出习近平总书记在北京冬奥会筹办和举办中的核心引领作用，系统总结冬奥会交出的防疫、办赛、文明交流互鉴、体育竞技和冰雪运动发展等精彩答卷，揭示答卷背后的深层逻辑，凝聚团结合作、共创未来的共识，为冬奥会圆满成功营造良好舆论氛围。

这篇文章将宏大与细微结合起来，以小见大，相得益彰。从会见长桌上的小小圆形钟表，到开幕式上一朵朵"小雪花"共同构成一朵"大雪花"；从"特制口罩"到"用不到10秒时间去做个核酸"……文章生动展现了北京冬奥会的"殊为不易"和丰硕成果，充分说明这是简约、安全、精彩的奥运盛会，是鼓舞世界的盛会，是团结合作的盛会。

善于寓情于事，与读者共情共鸣，是这篇文章的一大特色。开幕式现场的"艺术盛宴"、《我和我的祖国》的悠扬旋律、缓缓传递的五星红旗、美轮美奂的中国元素和中国印记……文章重现一幕幕经典场景，点燃民族自豪感，激荡读者的情感世界。文章以温暖的笔触感知冬奥盛会，通过外国运动员打太极、各国健儿写"福"字、贴春联、看"春晚"、中华美食广受欢迎、运动员们相拥鼓劲等暖心记忆，让读者看到"更快、更高、更强——更团结"的奥林匹克答卷，领略中华文化与奥运文化交融共生的壮美画卷，感受"文明因交流而多彩"的无穷魅力。

文章不仅展示冬奥答卷的多姿多彩，而且深入思考，揭示答卷蕴含的深刻启迪，增强了穿透力和思想性。文章探寻"北京冬奥会何以成功"的答案，以实践和事实证明这是中国特色社会主义制度优越性的集中体现，是中国共产党卓越治理能力的生动诠释。文章从冬奥盛会观察各国的团结合作，拓展深化对"一起向未来"的认识理解，启发读者以更加高远的视野思考北京冬奥会的重大深远意义。文章笔触纵贯古今，从20世纪初的"奥运三问"到新时代的"双奥之城"，在今昔对比、圆梦征程中，让读者透过北京冬奥会看到中国人民的奋斗轨迹，展现冬奥答卷背后的民族精神力量，进而论证"中华民族伟大复兴的中国梦一定能够实现"，满怀信心展望新时代的奋斗征程，环环相扣、层层递进，增强了逻辑力和说服力。

"钟华论"文章《中国携手世界　向着春天出发》播发后被700多家媒体采用，总浏览量过亿，被读者称赞为"是对冬奥会的精彩回顾，更是对奥运精神与中华文化交相辉映的高度概括与凝练"。

"我们是五月的花海,用青春拥抱时代。我们是初升的太阳,用生命点燃未来。"在这个青春洋溢的季节,我们迎来中国共产主义青年团成立100周年。

"牢记党的教诲,立志民族复兴,不负韶华,不负时代,不负人民,在青春的赛道上奋力奔跑,争取跑出当代青年的最好成绩!"五四青年节前夕,习近平总书记寄语广大青年,凝聚起踔厉奋发、勇毅前进的青春力量。

逐梦百年路,奋斗向未来。在民族复兴的壮阔征程上,中国青年重任在肩,青春中国前程似锦……

在青春的赛道上奋力奔跑
——2022年新年献词

[本文播发后被2400余家媒体采用,受到广大读者特别是青年的好评。「致敬永远奋斗的青春」「奋斗永远是青春的别名」登上网络热搜榜,网友踊跃互动,全网浏览量超过2亿。有媒体用户评价:「一百年家国情怀,一百年青年奋斗,浓缩在这篇钟华论之中。」]

航天科研人员在北京航天飞行控制中心指挥大厅庆祝我国首次火星探测任务着陆火星成功（2021年5月15日摄）。（新华社记者金立旺摄）

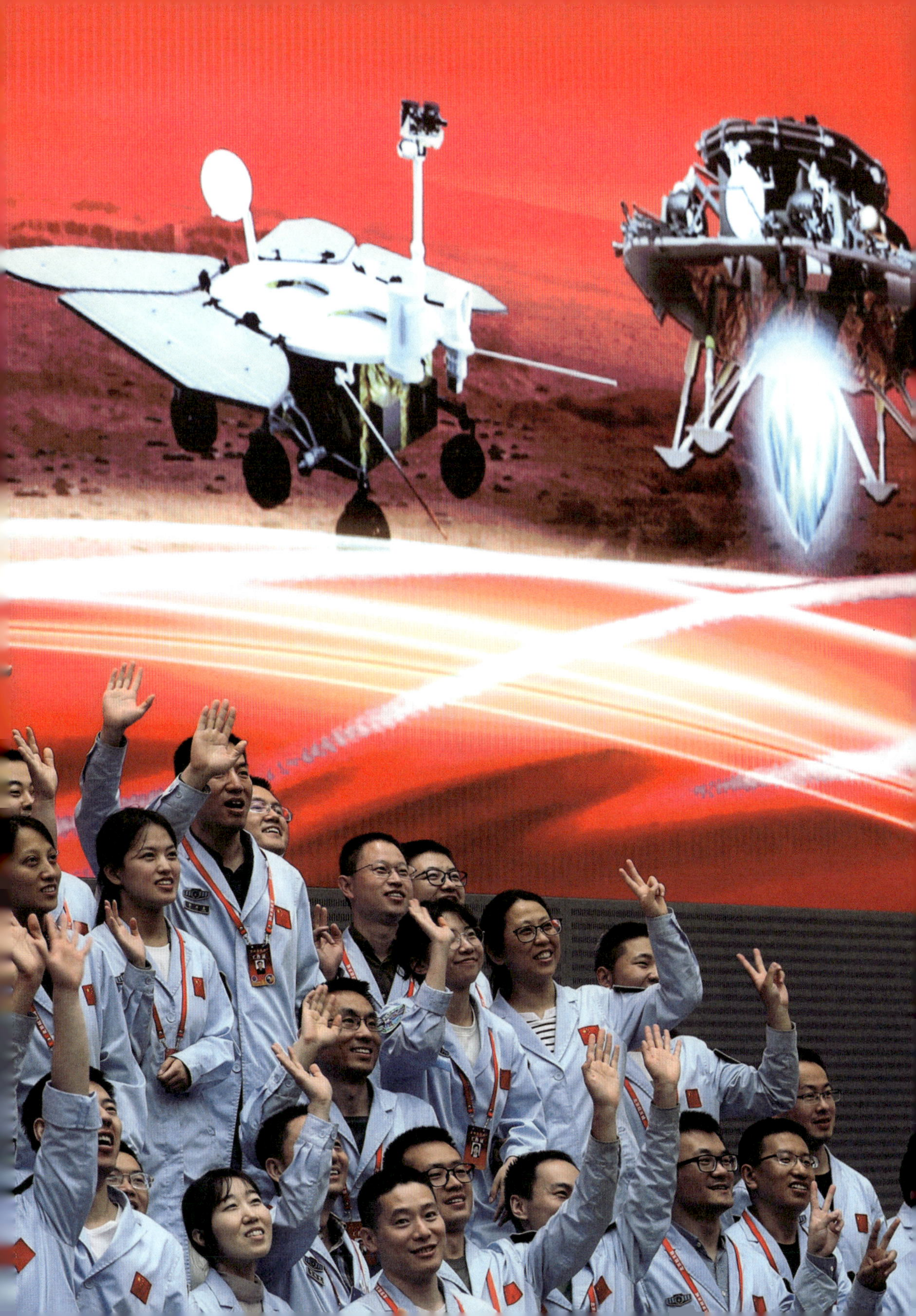

（一）

一个有前途的民族，总是把关注的目光投向青年；一个有远见的政党，总是把青年看作推动历史发展和社会进步的重要力量。

"国家不可一日无青年，青年不可一日无觉醒。"中国共产党自成立之日起，就始终把青年工作作为党的一项重要工作。百年前的5月5日，珠江畔的广州东园，简陋的竹棚下，马克思画像悬挂在主席台上，"团一大"在"社会革命万岁"的呼声中开幕。在中国共产党的领导下，这次"慷慨激昂，使人奋发"的大会标志着中国共青团诞生，中国青年运动翻开了新的历史篇章。

鲜红的中国共青团团旗上，黄色圆圈环绕五角星，象征着广大青年紧密团结在中国共产党周围。回望百年，中国青年爱党、爱国、爱人民的赤诚始终如一，为民族复兴不懈奋斗的步伐从未停歇。在新民主主义革命时期，中国青年不怕牺牲、敢于斗争，为争取民族独立、人民解放冲锋陷阵、抛洒热血；在社会主义革命和建设时期，中国青年勇于拼搏、甘于奉献，在新中国的广阔天地忘我劳动、发愤图强；在改革开放和社会主义现代化建设新时期，中国青年开拓创新、勇立潮头，为推动中国大踏步赶上时代锐意改革、砥砺奋进……

党旗所指就是团旗所向。一部百年中国青年运动史，就是一代代青年在党的领导下团结奋斗的历史，就是党始终代表广大青年、赢得广大青年、依靠广大青年的历史。激越澎湃的青春之歌中，"坚定不移听党话、跟党走"的主旋律贯穿始终。红色，是中国青年最为鲜明的气质，更是深深融入血脉的基因。

（二）

像春雨沁人心脾，似春风唤醒绿叶。从地方到中央，一路走来，习近平始终重视青年、关爱青年、教育青年、引导青年。

党的十八大以来，习近平总书记立足党和国家事业后继有人、中华民族永续发展的战略高度，深刻阐明党的青年工作的地位作用、目标任务、职责使命、实践要求，科学回答新时代培养什么样的青年、怎样培养青年，建设什么样的共青团、怎样建设共青团等一系列重要课题，为新时代中国青年运动指明前进方向，推动青年发展事业实现全方位进步、取得历史性成就。

"总书记是我们的学习榜样和人生导师"，在广大青年心中，习近平总书记是亦师亦友的知心人。论志向，他勉励青年"立志做大事"；谈学习，要求青年"像海绵汲水一样汲取知识""既多读有字之书，也多读无字之书"；说成长，强调"人生的扣子从一开始就要扣好"，指出"多经历一点摔打、挫折、考验，有利于走好一生的路"；话担当，希望青年"担负起历史重任""不辱时代使命，不负人民期望"……品读习近平总书记讲给青年的"知心话"，如同打开了青年的"成长指南"。坚定的理想信念、深邃的人生智慧、火热的奋斗豪情，激励广大青年与时代同向同行，在实现中国梦的伟大实践中成长成才、建功立业。

在广大青年心中，习近平总书记是他们追梦路上的领路人。在总书记关心指导下，新中国历史上第一个国家级青年领域专项规划——《中长期青年发展规划（2016—2025年）》制定出台，明确党管青年原则和青年优先发展理念，为新时代中国青年发展提供根本政策指引；针对青年在学成求职、创新创业、社会融入、婚恋交友、老人赡养、子女教育等方面的"急难愁盼"问题，各项政策举措持续出台；从中央到地方的青年工作机制基本建成，具有中国特色的青年发展政策体系初步形成。

为奋斗者铺路，为年轻人鼓劲，民族复兴的青春力量更加澎湃——"要撑起中国龙的骨骼，撑起祖国的未来，让中国龙更加腾飞起来"。

（三）

2022年2月4日，北京冬奥会开幕式上，来自河北省阜平县的孩子们用希腊语唱响奥林匹克会歌，质朴而优美的歌声打动世界。

"苔花如米小，也学牡丹开。"从太行山深处，到冬奥舞台全世界聚光灯下，小小少年迎来了梦想绽放的高光时刻。托举起孩子们美好梦想的，正是一个阳光、富强、开放的中国。

时代造就青年，盛世成就青年。不久前发表的《新时代的中国青年》白皮书指出，2021年，我国国内生产总值超过110万亿元、稳居世界第二，超过2500万贫困青年彻底摆脱贫困；2020年底，未成年人互联网普及率达94.9%；2021年，中国义务教育巩固率达95.4%，高等教育在学总规模达4430万人，居世界第一……新时代中国青年生逢中华民族发展的最好时期，拥有更优越的发展环境、更广阔的成长空间，面临着追梦圆梦的难得人生际遇。

青年是时代最灵敏的晴雨表。新时代中国的发展进步，如同一堂堂生动而深刻的"大思政课"，让广大青年更好地读懂中国、把握未来。各项事业发展的傲人成就，让青年见证"中国之治"的独特优势；全面小康的千年梦圆，让青年感知"一个都不能少"的发展温度；疫情来袭时的果毅决策，让青年理解"人民至上、生命至上"的价值追求；人类命运共同体理念的生动实践，让青年拥有"平视世界"的自信从容。每一个奇迹的创造，每一个难

在青春的赛道上奋力奔跑
——2022年新年献词

2022年2月4日晚,第二十四届冬季奥林匹克运动会开幕式在北京国家体育场举行。这是"马兰花儿童合唱团"用希腊语在开幕式上歌唱。(新华社记者曹灿摄)

关的跨越，都在坚定青年对党的爱戴与忠诚、对中国道路的认同、对民族复兴前景的信心。

"出生在一个伟大的国家，成长在一个最好的时代，通过努力实现了自己的梦想，感到很幸运"。正如冬奥冠军苏翊鸣在写给习近平总书记的信中所说，"伟大的国家"和"最好的时代"是放飞青春梦想的坐标，也是广大青年奋斗向未来的底气所在。

（四）

"室内'露营'不为看星星、看日出，而是为了助力一座城市的复苏"。面对严峻复杂的疫情防控形势，不少青年主动请战、驰援上海，一个个大爱无疆、甘于奉献的暖心场景多次刷屏。

"人生最浪漫的事莫过于：祖国召唤时，我们正青春。"危难时刻，青年挺身而出，用臂膀扛起如山的责任，用行动践行铿锵的誓言，这正是青春最美的样子。

"墙角的花！你孤芳自赏时，天地便小了。"囿于小我，眼前即是世界；心有大我，世界便在眼前。以青春奋斗开创未来，当有心系祖国、志存高远的大胸怀、大格局。

"得其大者可以兼其小。"把个人奋斗融入民族复兴的时代洪流中，与时代同步伐、与祖国共命运、与人民齐奋斗，才能成就一番事业、更好实现人生价值。在工厂车间一线，青年工人苦练本领、精益求精，让"中国制造"走向世界；在田间地头，青年农民寒耕暑耘、精耕细作，努力把中国饭碗牢牢端在自己手中；在建筑工地，青年农民工不畏辛劳、挥洒汗水，用一砖一瓦筑造起一座座高楼大厦；在体育赛场上，健儿们顽强拼搏、争创佳绩，让五星红旗高高飘扬；在"一带一路"共建国家和地区，中资机构青年员工辛勤工作，为推动互利共赢、构建人类命运共同体作出贡献……

"这一届青年很行！"无论是危急关头的勇毅担当，还是平凡岗位的发光发热，事实充分证明，当代青年是可爱、可信、可为的一代，是勇挑重担、堪当大任的一代！

梦想有多高远，天地就有多辽阔。实现第二个百年奋斗目标，亿万青年是见证者，更是参与者。新征程上，用脚步丈量祖国大地，用内心感应时代脉搏，用奋斗成就精彩人生，新时代中国青年大有可为，也必将大有作为。

（五）

"摘星星的妈妈回来了！"在中国空间站"出差"半年后，航天员王亚平和战友翟志刚、叶光富平安返回地球。这次全球瞩目的太空之旅，又一次点燃亿万青少年探索浩瀚宇宙的梦想。

心至苍穹外，目尽星河远。还有什么比仰望星空更能感知梦想的引力，比开拓创新更能激发青春的热情？青年常为新，青年也最能为新。以青春奋斗开创未来，更需激发创造的激情与活力，让创新成为青春远航的动力。

创新是"冲刺跑"，唯有奋勇争先以胜之。前方没有路，就自己闯出一条新路来；没有先例，就勇做第一个"吃螃蟹的人"。敢闯"无人区"，敢破"天花板"，勇当"探路者"，才能见人所未见、识人所未识，收获别样的风景，开辟崭新的天地。

创新乃终身事业，唯有坚韧者始能遂其志。"苟日新，日日新，又日新"。创新从来没有捷径可走，保持"初生牛犊不怕虎"的锐气，坚定"衣带渐宽终不悔"的决心，鼓起"不破楼兰终不还"的劲头，才能积小胜为大胜、积跬步

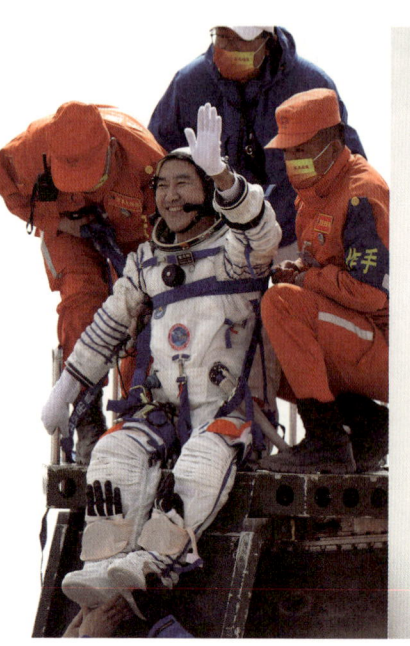

2022年4月16日，神舟十三号载人飞船返回舱在东风着陆场成功着陆。这是航天员翟志刚、王亚平、叶光富（左至右）安全顺利出舱（拼版照片）。（新华社发）

至千里，不断攀登新的高峰。

近日，习近平总书记给中国航天科技集团空间站建造青年团队回信，勉励广大航天青年勇于创新突破，在逐梦太空的征途上发出青春的夺目光彩。

敢于有梦、勇于追梦、勤于圆梦，创新的大门，永远向青年敞开；创新的事业，呼唤着青年不断奔赴。

（六）

不久前，第26届"中国青年五四奖章"评选揭晓。这份光荣的名单中，有带领乡亲们脱贫奔小康的"85后"第一书记，有在奥运赛场摘金夺银的运动健儿，有年轻有为的科研工作者，有投身野生动物保护工作的"90后"女生，有守护万家灯火的人民警察、消防员……在奋斗中闪闪发光的青春，总能触动我们的心灵，给予我们前行的力量。

"什么是模范青年？就是要有永久奋斗这一条。"风雨百年，"奋斗"是一代代青年的人生座右铭。那是革命先烈前赴后继的无畏身影，是青年突击队、青年志愿垦荒队在山川大地树起的鲜艳旗帜，是"团结起来，振兴中华"的时代强音，是"清澈的爱、只为中国"的深情告白，是"请党放心、强国有我"的铿锵誓言……

"好事尽从难处得，少年无向易中轻。"没有哪一代人的青春是容易的，奋斗的道路往往荆棘丛生、充满坎坷。今天，百年变局与世纪疫情相互交织，我国发展环境的复杂性、严峻性、不确定性上升，青年在前进道路上也面临各种困难与挑战。如何战胜艰难险阻，在新征程上破局开路、书写新篇？答案，依然是不懈奋斗、艰苦奋斗、永远奋斗。

"断崖是山的挫折，却产生了壮丽的瀑布。"世上没有"躺赢"的捷径，奋斗的路，每一步都算数。在困境中奋起拼搏，在磨砺中锤炼自我，青年就能强心志、壮筋骨、长才干，掌握解锁难关的"密码"，搭起通往梦想的阶梯，让未来跃动在广阔的地平线上。

近日发布的《中国青年网民社会心态调查报告（2009—2021）》显示，青年网民群体普遍相信"努力有用"。"躺平"没有出路，拼搏才有未来。敲响内心深处的战鼓，高扬乘风破浪的风帆，奋斗，永远是青春的别名！

5月4日，一支由"80后""90后"组成的科考队登顶珠穆朗玛峰，中国珠峰科考首次突破8000米以上海拔高度。五星红旗映照下，攀登者们立于地球之巅、探索科学奥秘，青春芳华绽放于天地之间……

最激昂是少年志，最闪耀是追梦人。不忘初心，青春朝气永在；志在千

2022年5月4日,在珠穆朗玛峰峰顶,科考队员在采集冰雪样品。(新华社特约记者索朗多吉摄)

秋，百年仍是少年。

"立足新时代新征程，中国青年的奋斗目标和前行方向归结到一点，就是坚定不移听党话、跟党走，努力成长为堪当民族复兴重任的时代新人。"习近平总书记的殷殷嘱托，激励着广大青年明心立志、开拓进取，谱写新时代的青春之歌。

追梦无止境，我们正青春。未来属于青年，希望在于青年！

（新华社北京2022年5月8日电）

扫码观看 时空跨越百年 来一场青春的"对话"

> 创作手记

把准青春脉搏，激扬奋斗力量

"一百年家国情怀，一百年青年奋斗，浓缩在这篇钟华论之中。"《钟华论：在青春的赛道上奋力奔跑》播发后，有媒体用户曾这样评价。这篇在中国共产主义共青团成立100周年之际推出的重磅评论，被2400余家媒体采用，受到广大读者特别是青年的好评。政论文章如何融合思想与情感，怎样做好融合报道，赢得更多年轻受众？这篇"钟华论"文章的创作过程带来一些启示。

用深刻的思想破题。思想决定着评论的高度。在筹备阶段，创作团队系统学习习近平总书记关于青年和青年工作的重要论述，从题目、结构到行文，处处融入总书记思想，使之成为统领全篇的灵魂。文章结合习近平总书记关于青年奋斗与实现中国梦的重要论述，思考"民族复兴，青年何为"这一重要问题，将两条"路"的意象贯穿始终，一条是中华民族砥砺前行的复兴之路，一条是青年奋勇争先的青春赛道，此路与彼路遥相呼应，揭示青年成长成才于复兴伟业的重大意义，彰显青春奋斗的时代价值。把思想融入意象之中，生动诠释了观点，给人以深入浅出、耳目一新之感。

用扎实的调研深耕。写作这篇评论，如同为当代青年画像，不仅要描摹他们的外在形象，更须把握他们的精神气质。读懂青年，必须走近青年。创作团队走访中央团校、拜访团史专家，对高校教师、学生以及各行各业的青年代表进行大量采访。一次次深入的交流交谈，让当代青年的群像不断丰富起来：视野开阔、思想多元、个性鲜明，自信开放、勇于担当、拼搏奋进、意气风发。深入的调研，为写作提供了大量一手素材与多样化认知，有利于把握青年特点、把准青年脉搏，进一步增加了写作的厚度与底气。

用澎湃的情感写作。青年最是活跃，最富有朝气。为青春书写，怎能暮气沉沉？文章将"情"融入一句句论述，注入一个个人物，写进一个个故事。北京冬奥会开幕式上，来自大山里的孩子们唱响天籁之音；竞技赛场上，运动员苏翊鸣在"最好的时代"绽放光彩；宇宙苍穹间，"摘星星的妈妈"点燃激情与梦想；疫情肆虐时，广大青年挺身而出、与疫魔顽强斗争……真挚的情感激荡在字里行间，青年对家国的担当、对梦想的执着跃然纸上，引起强烈的共情共鸣。

用融合的方式传播。结合文章主题，创作团队制作了8分钟的视频短片，让当代青年与各个历史时期的青年隔空"相遇"，展开一场场感人至深的青春对话。影像与文字相得益彰，进一步放大了传播效果。创作团队还选取文章金句制作海报，在网络空间进行带话题传播，"致敬永远奋斗的青春""奋斗永远是青春的别名"登上网络热搜榜，网友踊跃互动，全网浏览量超过2亿。

时间的巨笔，总是在沧桑巨变中写就传奇。

历史的感悟，往往在深情回望时更加真切。

2022年6月25日，首都北京发出这样一条讯息：中共中央总书记、国家主席、中央军委主席习近平将出席庆祝香港回归祖国25周年大会暨香港特别行政区第六届政府就职典礼。

沉浸在香港回归祖国25周年喜庆氛围中，700多万香港同胞意气风发、心潮激荡。

25载春秋可鉴，五星红旗和紫荆花区旗，在香江之滨猎猎飘扬。25载岁月洗礼，中央政府赠送的金紫荆花雕塑沉静祥和、熠熠生辉。

漂泊的日子实在是太过长久。归来的游子抖落衣襟上的尘埃，满怀赤诚，紧紧依偎着母亲的胸膛。25年来，"一国两制"在香港的实践取得举世公认的成功。香港在祖国大家庭中同兄弟姐妹一道奋斗发展，共享祖国繁荣富强的伟大荣光。铺展未来图景，在中国梦的召唤下，新时代的香江传奇更加壮丽。

紫荆花永远盛开

本文深情回望香港回归祖国以来的不平凡历程，生动展现以习近平同志为核心的党中央推动"一国两制"事业取得的新经验、实现的新发展。《人民日报》《光明日报》等海内外1000多家媒体采用，香港媒体纷纷转载，总浏览量过亿。

2022年7月1日，香港特区政府在金紫荆广场举行升旗仪式，庆祝香港回归祖国25周年。这是分别悬挂中华人民共和国国旗、香港特区区旗的直升机从空中飞过。（新华社记者卢炳辉摄）

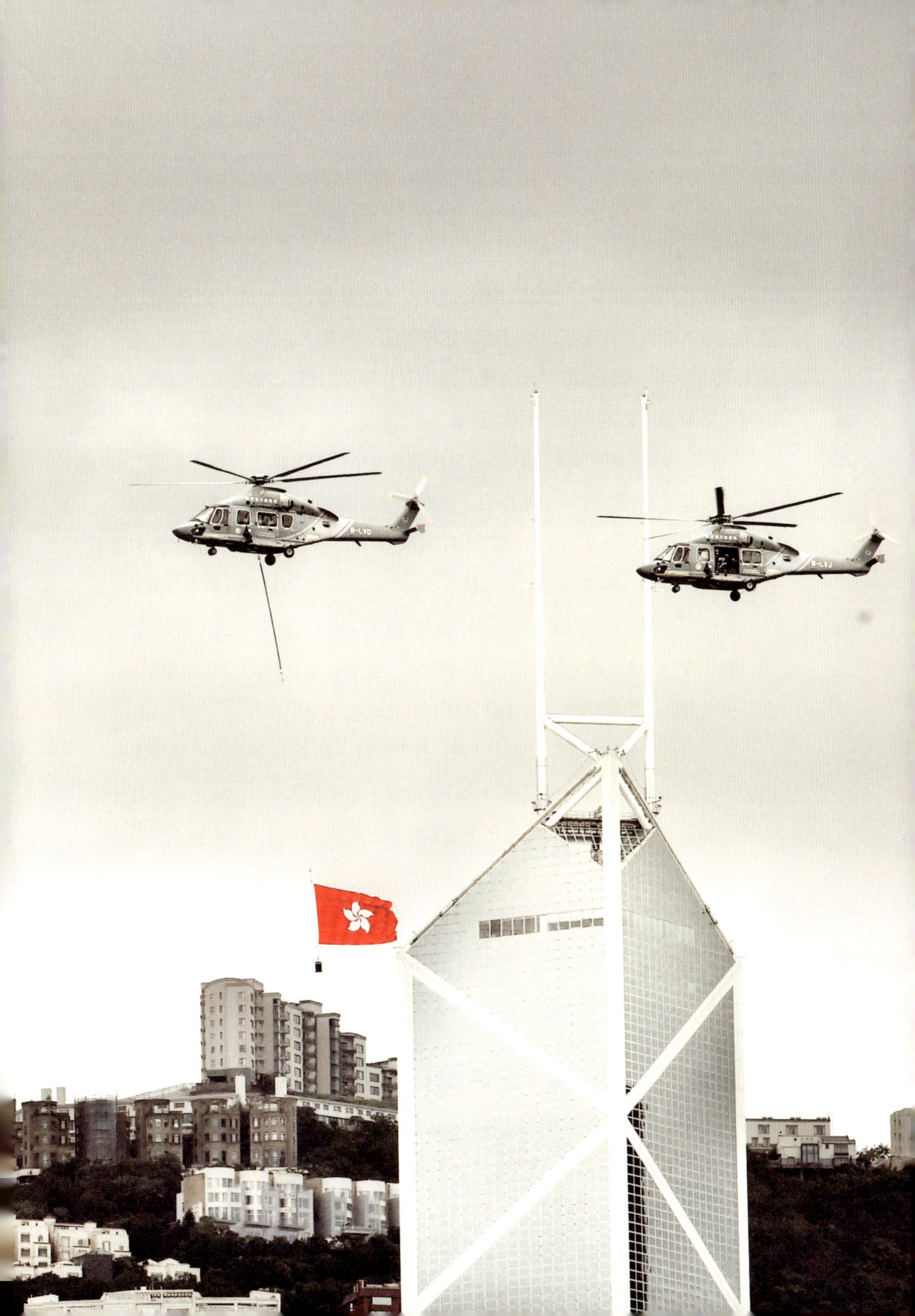
B-LYD
B-LYJ

（一）

五星红旗和紫荆花区旗在香港会展中心冉冉升起，香港协办北京奥运会、残奥会马术项目，港珠澳大桥将碧波化作通途……进入香港特区成立25周年网上展厅，一条深蓝色的时光隧道，镌刻着香港回归祖国25年来走过的光辉岁月和700多万香港市民的共同记忆。

"东方之珠，我的爱人，你的风采是否浪漫依然？"饱含真情的歌词，也唱出了人心深处的叩问。放眼今日之香港，令人信服的答案已经写下。

城市发展日出林霏开。背靠祖国、面向世界，努力打拼的香港同胞创造了新的发展传奇：香港本地生产总值从1997年的1.37万亿港元增至2021年的2.86万亿港元，增长逾1倍；对外商品贸易总额2021年约10.27万亿港元，较1997年增长逾2倍；香港国际金融、航运、贸易中心地位不断巩固，多年被众多国际机构评选为全球最具竞争力的地区之一……

民生福祉光景时时新。回归以来，香港文化、康乐和体育设施数量不断增加，男性和女性人口平均预期寿命分别增长6.2岁和5.5岁，成为全球最长寿的地区之一，各项事业取得长足进步，香港市民的获得感、幸福感、安全感不断增强。

香江儿女奋发向未来。回归前，香港在英国殖民统治下没有民主可言。回归后，香港同胞当家作主，香港居民享有比历史上任何时候都更广泛的民主权利和自由，精神面貌焕然一新，家国情怀更加炽热。"五千年的风和雨啊，藏了多少梦"，从狮子山下到长城之上，艺人刘德华曾感叹：可以用香港人的身份，跟大家说自己是中国人。挺直腰杆做堂堂正正的中国人，共创中华民族的美好未来，700多万香港同胞从未像今天这样充满自信、步履坚定。

对外交往好风凭借力。25年来，外国在港领事机构从88家增加到119

家，香港特区护照免签证或落地签证的国家和地区由 40 个增至 168 个，以"中国香港"名义参与的政府间国际组织达 97 个，香港成为 20 多家国际法律组织的"落户"之地，越来越多香港英才在中央政府支持下赴国际组织任职，中国遍布全球的 270 多个驻外使领馆为香港同胞提供"全天候"的领事保护与服务，"无论走到哪里，祖国在你身后"的庄严承诺让香港同胞更加安心。

紫荆盛放时，香港正青春。

20 世纪 80 年代初，邓小平同志创造性地提出了"一国两制"的科学构想。"一国两制"作为中国的一个伟大创举，为国际社会解决类似问题提供了新思路新方案。事实证明，"一国两制"是解决历史遗留的香港问题的最佳方案，也是香港回归后保持长期繁荣稳定的最佳制度，是行得通、办得到、得人心的。

回望方知行渐远，登高更觉天地阔。从历史中走来，向着未来前进，充满生机活力的"一国两制"事业，必将挥写更加精彩的新篇章。

（二）

"香港发展一直牵动着我的心。" 5 年前，习近平总书记在香港机场对中外记者的一席话，道出党和国家对香港的深情牵挂。

党的十八大以来，习近平总书记和党中央从战略和全局出发，对"一国两制"、香港工作作出一系列重要论述和重大决策部署，推动"一国两制"事业取得新经验、实现新发展。

习近平总书记鲜明指出，"'一国'是根，根深才能叶茂；'一国'是本，本固才能枝荣"；要把坚持"一国"原则和尊重"两制"差异、维护中央权力和保障香港特别行政区高度自治权、发挥祖国内地坚强后盾作用和提高香港自身竞争力有机结合起来；中央全面准确贯彻"一国两制"方针的决心从没有动摇，更不会改变。一系列重要论述为新时代"一国两制"事业发展提供根本遵循和行动指南。

这是心系香港同胞的民生关怀，让香港的发展更有温度。从强调以人为本、纾困解难，着力解决市民关注的经济民生方面的突出问题，到要求重视解决青年群体面临的困难，关心、支持、帮助青少年健康成长，习近平总书记始终把香港同胞的民生冷暖放在心上，不遗余力地支持香港发展经济、改善民生，促进发展成果更多惠及香港市民。

这是着眼长远的制度完善和法治保障，为香港长治久安筑牢根基。建立健全特别行政区维护国家安全的法律制度和执行机制，制定实施香港国安法，修改完善香港选举制度，落实"爱国者治港"原则……一系列标本兼治的举措，推动香港局势实现由乱到治的重大转折，为推进依法治港、促进"一国两制"实践行稳致远打下坚实基础。

"总有一双臂膀为我们遮风挡雨，总有一盏明灯为我们指引航向"，回顾香港走过的不平凡历程，一位港区全国政协委员这样感慨。香港正站在"一国两制"实践的历史新起点上。在新时代推进"一国两制"的伟大实践中，以习近平同志为核心的党中央高瞻远瞩、与时俱进，使"一国两制"理论和实践更为丰满、更加鲜活、更具时代性，为实现祖国完全统一和民族复兴迈出了新步伐，为推动世界和平与发展作出了新贡献。

（三）

"这是祖国送给香港的一份厚礼。"6月22日，香港故宫文化博物馆举行开幕典礼。从青铜器、书画名作，到织绣、陶瓷等，来自故宫博物院的逾

2022年7月13日,在香港故宫文化博物馆互动体验区,小朋友体验毛笔书法临摹项目。(新华社记者黄茜恬摄)

900件藏品,横跨五千多年中华文明史。这场文化盛宴,连接古今中外,也架起沟通心灵、融通情感的桥梁。

文脉连着血脉,岁月见证深情。难忘1997年亚洲金融风暴突袭香港时,中央政府出手力挺香港,使国际金融炒家铩羽而归,香港金融市场得以化险为夷;难忘香港经济遭受重创而陷入低迷时,中央推出《内地与香港关于建立更紧密经贸关系的安排》等一系列政策,加强互利合作,重燃香港社会信心与希望;难忘非典疫情、新冠肺炎疫情肆虐时,中央及时伸出援手助港抗疫,奏响一曲曲血脉相连、大爱无疆的感人旋律……

温暖如一,情满香江。一路走来,尽管有风雨和坎坷,但祖国始终是香港抵御风浪、战胜挑战的坚强后盾，是香港保持繁荣稳定的最大底气。

2021年，由嫦娥五号返回器带回的部分月壤在香港会展中心展出，许多市民惊喜地发现，在中国人"可上九天揽月"的圆梦故事里，也有香港的一份贡献——香港理工大学研发的表取采样装置，助力嫦娥五号成功完成月表采样返回任务。民族复兴的壮丽史诗里，有不朽的香江名句；风雷激荡的时代风云中，有不变的赤子之心。

在这片海风吹拂的热土上，总有一种情怀在流淌，那是无法割舍的骨肉亲情，是刻骨铭心的家国记忆。

"小河弯弯向南流，流到香江去看一看。"今天，香港市民的一杯清茶、一碗靓汤，早已离不开内地输送的潺潺东江水。血浓于水，命运与共。无论过去、现在还是将来，一个朴实的道理颠扑不破：香港好，国家好；国家好，香港会更好！

（四）

"发展是人类社会的永恒主题。"6月24日，在全球发展高层对话会上，习近平主席强调发展的重要性：只有不断发展，才能实现人民对生活安康、社会安宁的梦想。

今日之香港，正处在由治及兴的关键时期。站在新的历史起点上，发展是香港立身之本，也是解决香港各种问题的金钥匙。从不断提升竞争力，到破解住房难、贫富差距大、年轻人向上流动难等社会问题；从强化政府治理能力，到同建关爱共融社会，都需要在发展中求解。正如香港特别行政区第六任行政长官李家超所言：香港的新篇就是希望在5年里创造一个有充分发展机会而且平稳、安全的香港，通过发展解决很多方面的问题。

以发展的眼光看香港，依然任重道远；以广阔的视野看未来，前景一片光明。

紫荆花开正烂漫，乘借东风上青云。在"一国两制"下，香港不仅能够分享内地的广阔市场和发展机遇，而且能够在国家推动形成全面开放新格局中占得先机。坚守"一国"之本、善用"两制"之利，在国家发展大局中找准定位、扮演更积极角色，香港定能培育新优势、发挥新作用、实现新发展，让发展成果更多惠及广大市民。

在世界夜景卫星图上，从广州到深圳再延伸至香港、澳门，是灯光最璀璨的区域之一。近年来，粤港澳大湾区建设迈出坚实步伐。港珠澳大桥横卧伶仃洋，广深港高铁香港段开通，香港与内地的路网、口岸等"硬联通"已打通各个节点，规则衔接、机制对接的"软联通"不断深化，大湾区"一小时生活圈"基本形成，《全面深化前海深港现代服务业合作区改革开放方案》《广州南沙深化面向世界的粤港澳全面合作总体方案》等不断促进合作，互通共融的广度和深度不断拓展。以粤港澳大湾区建设为牵引，香港正加速融入国家发展大局。

"跨过深圳河，天地更广阔。"2021年一项调查结果显示，香港市民普遍认同融入粤港澳大湾区能带来益处，大部分受访者认同大湾区能帮助香港建立增长新引擎。在越来越多的香港青年心目中，"粤港澳大湾区就是一个把不可能变成可能的地方"；在经济学家看来，"香港迎来了一个最好的时代"；在外商眼里，"香港是拥有超过8000万人的粤港澳大湾区的一部分，这是世界上拥有更多好机会的地方"……

对香港来说，"一国两制"是最大的优势，国家改革开放是最大的舞台，粤港澳大湾区建设等国家战略实施是新的重大机遇。"相信自己、相信香港、相信国家。"踏上全面建设社会主义现代化国家、向第二个百年奋斗目标进军

这是2022年6月25日在香港尖沙咀拍摄的香港岛灯光秀。（新华社记者王申摄）

新征程，新时代中国勇毅前行、朝气蓬勃，也给香港繁荣发展注入更加澎湃的新动力。

"寻梦者启程起跑线，在这狮子山下冲线，愿这香港同心一起创建。"香港特区政府为庆祝香港回归祖国25周年组织创作的主题曲《前》，唱出了香港市民创造未来的信心和力量。"心合意同，谋无不成。"拧成一股绳，铆足一股劲，开拓向前不停步，新时代的香港充满希望和活力！

天高海阔，气象一新。不久前，庆祝香港回归祖国25周年帆船赛在维多利亚港举行。帆手们乘风破浪、奋勇争先，展现了香港同胞同舟共济、扬帆万里的精气神。

潮涌香江千帆竞，勠力同心再启程。回望过去，沐世纪风雨，经百年沧桑，"东方之珠"在南海之滨绽放异彩。展望未来，700多万香港市民抖擞精神，续写狮子山下发展新故事、繁荣新传奇。"一国两制"在香港的实践必将取得更大的成功，感召和团结广大中华儿女为实现祖国完全统一、实现中华民族伟大复兴而不懈奋斗。

香江水澎湃不息，紫荆花永远盛开。迈向更加美好的明天，祝福香港，祝福祖国！

（新华社北京2022年6月26日电）

◢ 创作手记

让血脉深情融入"香江名句"

香港回归祖国25周年之际,"钟华论"文章《紫荆花永远盛开》深情回望香港回归祖国以来的不平凡历程,生动展现以习近平同志为核心的党中央推动"一国两制"事业取得的新经验、实现的新发展,阐明香港与祖国血脉情深,凝聚香港会更好、祖国会更好的信心和共识,为香港回归祖国25周年营造喜庆氛围。

以事证理、事理交融,让论述更加扎实,让情感的基础更加坚实。文章以"东方之珠,我的爱人,你的风采是否浪漫依然"这句饱含真情的歌词发问,探寻香港回归祖国以来的巨大变化。从香港本地生产总值的增长到国际金融、航运、贸易中心地位不断巩固,从香港人口平均预期寿命提升到市民获得感、幸福感、安全感不断增强,从香港居民享有比历史上任何时候都更广泛的民主权利和自由,到外国在港领事机构从88家增加到119家……文章以翔实的数据和不可辩驳的事实,生动展现了香港回归25年来在经济、政治、民生、对外交往等方面取得的显著成就,为展现"一国两制"的科学性提供了有力例证,充分说明"一国两制"这一伟大创举行得通、办得到、得人心。

让情感找到依托,让思想落到实处,是这篇"钟华论"文章写作中着力要解决的一个问题。挖掘事实、用活意象,成为写作中破局开路的重要方式。文章以来自故宫博物院的逾900件藏品在香港故宫文化博物馆展出,从文化角度思考沟通心灵、融通情感的桥梁;从香港市民的一杯清茶、一碗靓汤,早已离不开内地输送的潺潺东江水,说明"香港好,国家好;国家好,香港会更好";用世界夜景卫星图上粤港澳大湾区的璀璨灯光,展现香港正加速融入国家发展大局,新时代中国给香港繁荣发展注入更加澎湃的新动力;以"盛开的紫荆花"首尾呼应,昭示"在中国梦的召唤下,新时代的香江传奇更加壮丽"。

在语言风格上,文章努力锻造情理交融、辞微旨远的文风。"文脉连着血脉,岁月见证深情""民族复兴的壮丽史诗里,有不朽的香江名句;风雷激荡的时代风云中,有不变的赤子之心""跨过深圳河,天地更广阔"等语句不仅丰富了文章的思想内涵,也有效增强了文章感染力,让情感的力量更好地抵达读者内心,实现共情共鸣。

"钟华论"文章《紫荆花永远盛开》播发后,被《人民日报》《光明日报》等海内外1000多家媒体采用,香港媒体纷纷转载,总浏览量过亿。读者称赞文章"道出了国人和香港同胞的真情实感",是"充满感情"的"雄文、巨作"。

真理的力量穿越时空，思想的光芒照亮前程。

党的十八大以来，以习近平同志为主要代表的中国共产党人，坚持把马克思主义基本原理同中国具体实际相结合、同中华优秀传统文化相结合，创立了习近平新时代中国特色社会主义思想。

这一思想立足中华民族伟大复兴战略全局，植根广袤中国大地和中华民族历史，深刻回答了新时代坚持和发展什么样的中国特色社会主义、怎样坚持和发展中国特色社会主义，建设什么样的社会主义现代化强国、怎样建设社会主义现代化强国，建设什么样的长期执政的马克思主义政党、怎样建设长期执政的马克思主义政党等重大时代课题，是当代中国马克思主义、二十一世纪马克思主义，是中华文化和中国精神的时代精华，实现了马克思主义中国化新的飞跃。

党的十九届六中全会通过的党的第三个历史决议指出，党确立习近平同志党中央的核心、全党的核心地位，确立习近平新时代中国特色社会主义思想的指导地位，反映了全党全军全国各族人民共同心愿，对新时代党和国家事业发展、对推进中华民族伟大复兴历史进程具有决定性意义。

在以习近平同志为核心的党中央坚强领导下，在习近平新时代中国特色社会主义思想科学指引下，为实现第二个百年奋斗目标、实现中华民族伟大复兴的中国梦而不懈奋斗，我们必将赢得更加伟大的胜利和荣光！

回答时代课题 照亮复兴征程

本文虚实结合、理事相融,用思想认识的"筋骨"建构逻辑框架,以新时代以来丰富的实践和鲜活的故事作为"血肉",说明习近平新时代中国特色社会主义思想的真理伟力。1500余家媒体采用转载,全网置顶推送。

2021年6月25日,全长435公里、设计时速160公里的拉林铁路建成通车,西藏首条电气化铁路建成,同时复兴号实现对31个省区市全覆盖。这是试运行的复兴号列车行驶在西藏山南市境内(2021年6月16日摄)。(新华社记者 觉果 摄)

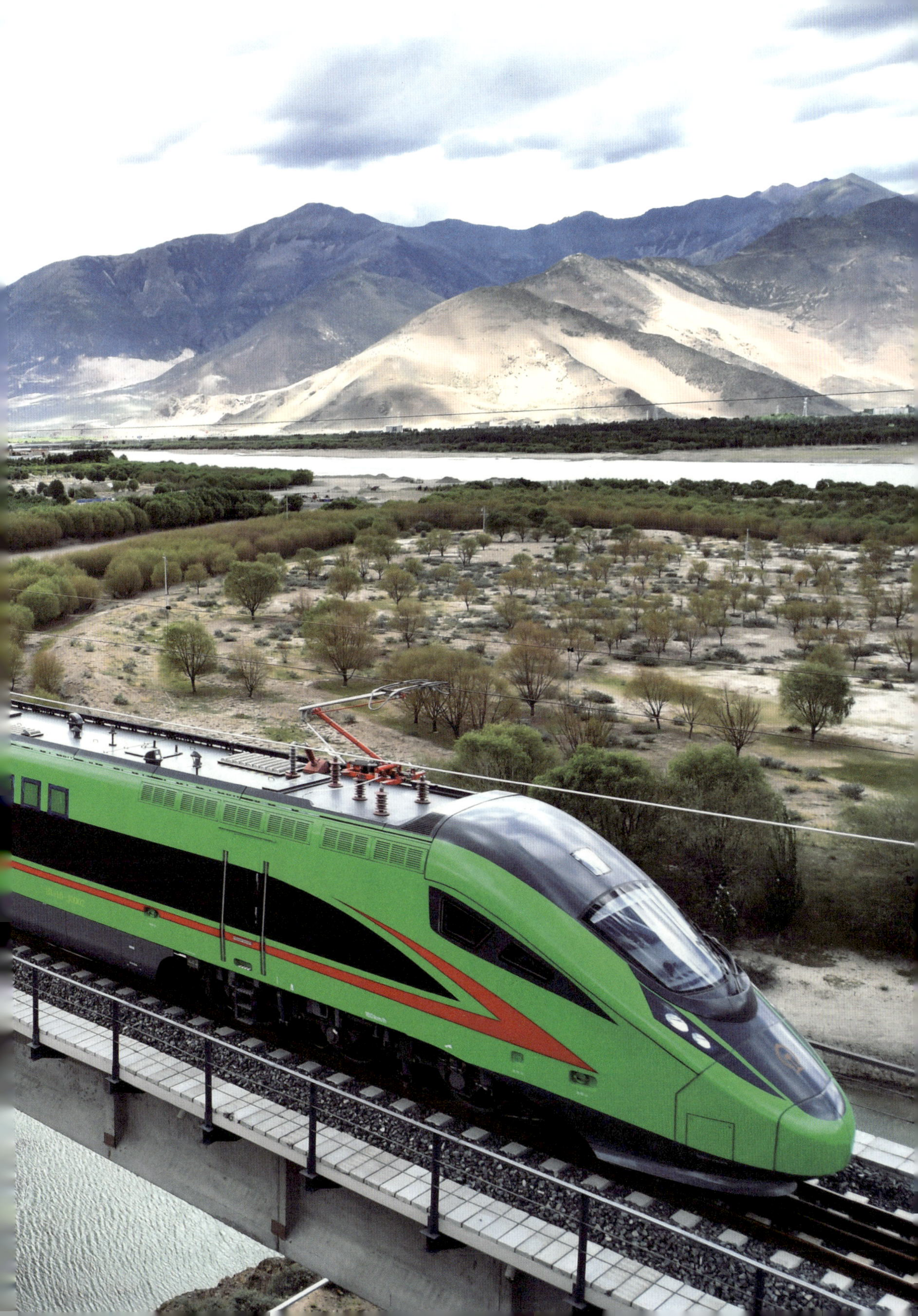

掌握历史主动　走好必由之路

源于德国小镇特里尔的红色种子，扎根世界东方的广袤土地，历经中国革命、建设、改革伟大实践的风霜雨雪，吮吸中华优秀传统文化的丰厚营养，结出了饱含中国精神、时代精华的硕果——习近平新时代中国特色社会主义思想。

在全党全社会喜迎党的二十大胜利召开之际，《习近平谈治国理政》第四卷以中英文版出版，面向海内外发行。

翻开这部集中展现马克思主义中国化时代化最新成果的权威著作，"掌握

这是《习近平谈治国理政》第四卷中英文版的精装版和平装版。在全党全社会喜迎党的二十大胜利召开之际，中央宣传部（国务院新闻办公室）会同中央党史和文献研究院、中国外文局编辑的《习近平谈治国理政》第四卷，由外文出版社以中英文版出版，面向海内外发行。（新华社记者张玉薇摄）

历史主动，在新时代更好坚持和发展中国特色社会主义"开宗明义。

2017年10月18日上午，北京，人民大会堂。

习近平总书记坚定有力的声音，响彻在党的十九大代表耳畔，回响在亿万中华儿女心间：

"经过长期努力，中国特色社会主义进入了新时代，这是我国发展新的历史方位。"

这意味着近代以来久经磨难的中华民族迎来了从站起来、富起来到强起来的伟大飞跃，迎来了实现中华民族伟大复兴的光明前景；意味着科学社会主义在二十一世纪的中国焕发出强大生机活力，在世界上高高举起了中国特色社会主义伟大旗帜；意味着中国特色社会主义道路、理论、制度、文化不断发展，拓展了发展中国家走向现代化的途径，给世界上那些既希望加快发展又希望保持自身独立性的国家和民族提供了全新选择，为解决人类问题贡献了中国智慧和中国方案。

伟大时代呼唤伟大思想，伟大思想引领伟大时代。

党的十八大以来，以习近平同志为主要代表的中国共产党人回首过去、展望未来，深刻回答了新时代坚持和发展什么样的中国特色社会主义、怎样坚持和发展中国特色社会主义的重大时代课题，推动中国特色社会主义道路越走越宽广。

坚定不移，一以贯之坚持中国特色社会主义不动摇——

"如果没有中华五千年文明，哪里有什么中国特色？如果不是中国特色，哪有我们今天这么成功的中国特色社会主义道路？"

2021年3月，福建武夷山。习近平总书记来到九曲溪畔的朱熹园，回望历史，感慨万千。

中国特色社会主义道路，开拓于中国人民共同奋斗，扎根于中华大地，没有金科玉律的教科书,更没有可以颐指气使的教师爷。必须坚持和发展中国特色社会主义不动摇,坚定志不改、道不变的决心,牢牢把命运掌握在自己手中。

正如习近平总书记所说:"无论遇到什么风浪,在坚持中国特色社会主义道路这个根本问题上都要一以贯之,决不因各种杂音噪音而改弦更张。"

不走封闭僵化的老路、改旗易帜的邪路,习近平总书记带领全党全国各族人民坚定"四个自信"、把握大势全局,为坚持和发展中国特色社会主义举旗定向:

高举伟大旗帜,提出中国特色社会主义是科学社会主义理论逻辑和中国社会发展历史逻辑的辩证统一,是根植于中国大地、反映中国人民意愿、适应中国和时代发展进步要求的科学社会主义;

锚定远大目标,提出并阐释"中国梦",明确坚持和发展中国特色社会主义总任务是实现社会主义现代化和中华民族伟大复兴;

擘画似锦前程,明确从全面建成小康社会到基本实现现代化,再到全面建成社会主义现代化强国,是新时代中国特色社会主义发展的战略安排;

……

在深邃思考和不懈求索中,以习近平同志为主要代表的中国共产党人把中国特色社会主义和实现社会主义现代化、实现中华民族伟大复兴有机贯通起来,彰显了高度自信和强大定力。

开拓创新,不断丰富中国特色社会主义理论体系——

习近平总书记深刻总结社会主义建设历史经验和本质规律,创造性提出中国共产党领导是中国特色社会主义最本质的特征,是中国特色社会主义制度的最大优势。

把"党政军民学,东西南北中,党是领导一切的"写入党章,把"中国共产党领导是中国特色社会主义最本质的特征"写入宪法……党的十八大以来，坚持党的领导贯彻和体现到改革发展稳定、内政外交国防、治党治国治军各个领域各个方面，确保党始终总揽全局、协调各方。

2022 年 4 月，春日的海南热带雨林国家公园山林葱郁，空气清新。

习近平总书记乘车沿蜿蜒山道，深入五指山片区考察。谈及设立国家公园等生态保护相关工作，总书记说："自然界的命运和人类息息相关。我们是在为历史、为民族做这件事。"

生态文明建设是新时代中国特色社会主义的一个重要特征，关乎人与自然和谐共生，关乎中华民族永续发展。

党的十八大以来，生态文明建设纳入中国特色社会主义事业总体布局。

"强调总布局，是因为中国特色社会主义是全面发展的社会主义。"习近平总书记一语中的。

从统筹推进"五位一体"总体布局到协调推进"四个全面"战略布局，从深刻洞察社会主要矛盾的转化，到充分把握"两个大局"相互交织、相互激荡的基本态势……

一系列深邃思考和科学判断，彰显了以习近平同志为核心的党中央在新时代的伟大实践中，对中国特色社会主义建设规律认识的不断深化。

踔厉奋发，非凡十年彰显新时代中国特色社会主义的蓬勃生机和活力——

"新年的钟声即将敲响。我们的三位航天员正在浩瀚太空'出差'"。习近平总书记在 2022 年新年贺词中特地表达了对正在执行任务的航天员的深切关怀和对航天事业的高度重视。

步入新时代，"北斗"组网、"祝融"探火、"羲和"逐日、"嫦娥"探月……航天领域大国重器惊艳世界、古老飞天梦想变成现实，成为党和国家

事业取得历史性成就、发生历史性变革的生动写照。

在习近平新时代中国特色社会主义思想指引下,一个个"不可能"变成可能,一道道"无解题"得到破解,写下伟大时代"此卷长留天地间"的不朽诗篇:

非凡十年夯基固本,支撑中国特色社会主义制度的根本制度不断筑牢、基本制度更加完善、重要制度不断创新,各领域基础性制度框架基本确立,系统完备、科学规范、运行有效的制度体系日渐成形,为实现中华民族伟大复兴提供了更为完善的制度保证。

非凡十年功崇业广,我们在中华大地上全面建成了小康社会,历史性地解决了绝对贫困问题;经济总量实现新飞跃,国内生产总值突破100万亿元;发展方式根本转变,人民生活显著改善,生态环境明显好转,为实现中华民族伟大复兴奠定了更为坚实的物质基础。

非凡十年昂扬向上,弘扬民族精神和时代精神,社会主义核心价值观在全社会广泛践行,中华文明在创造性转化和创新性发展中激活生命力,中华民族共同体意识不断铸牢,以全人类共同价值构建人类命运共同体,为实现中华民族伟大复兴激发更为主动的精神力量。

一项项变革性实践、一次次突破性进展、一个个标志性成果,书写了坚持和发展中国特色社会主义的崭新篇章。

面向未来,前景光明辽阔,但前路并非坦途,美好的未来需要接力奋斗。

新时代中国领航人意志坚定、豪情满怀:"坚持和发展中国特色社会主义是一篇大文章""我们这一代共产党人的任务,就是继续把这篇大文章写下去"。

把握时代规律　擘画强国图景

建设社会主义现代化强国，实现中华民族伟大复兴，是中华民族的最高利益和根本利益。我们党领导中国人民进行的一切奋斗，归根到底都是为了实现这一伟大目标。

中华民族伟大复兴进入关键时期，占世界五分之一人口的最大发展中国家，在百年未有之大变局的时代关口，建设什么样的社会主义现代化强国、怎样建设社会主义现代化强国，这是当代中国共产党人必须回答好的重大课题。

党的十八大以来，站在历史新的更高起点上，以习近平同志为核心的党中央综合分析国际国内形势和我国发展条件，对新时代推进社会主义现代化建设作出新的顶层设计。

——以中国式现代化推进中华民族伟大复兴，描绘了推进社会主义现代化的宏伟蓝图。

建设160万公里公路、约16万公里铁路、3个世界级大海港、三峡大坝……1919年，孙中山先生在《建国方略》中构想了中国建设的宏伟蓝图。

2020年10月，"十四五"规划即将布局，习近平总书记到广东考察。在汕头开埠文化陈列馆，孙中山《建国方略》相关规划图前，总书记驻足凝视，感慨地说："只有我们中国共产党人实现了。"

半个多月后，在党的十九届五中全会上，习近平总书记深刻指出："中国共产党建立近百年来，团结带领中国人民所进行的一切奋斗，就是为了把我国建设成为现代化强国，实现中华民族伟大复兴。"

习近平总书记在党的十九大上对实现第二个百年奋斗目标作出分两个阶段推进的战略安排，提出到2035年基本实现社会主义现代化，到本世纪中叶把我国建成富强民主文明和谐美丽的社会主义现代化强国。

——以中国式现代化推进中华民族伟大复兴,赋予现代化以鲜明的中国特色。

漫步竹林间,精心养护毛竹的村民讲述着浙江安吉县试水"竹林碳汇"的新鲜事;来到浙西南松阳县,坐落在半山腰的乡村博物馆成为热门打卡地……

2018年7月17日,几名摄影爱好者在浙江丽水松阳县四都乡拍摄日出,阳光照射下形态各异的身影,构成一幅美丽图案。(新华社发 潘正光摄)

浙江，中国东部一个人口数量堪比欧洲大国的省份，正在建设共同富裕的示范区。

共同富裕是社会主义的本质要求，是中国式现代化的重要特征。

习近平总书记深刻指出——

"我们建设的现代化必须是具有中国特色、符合中国实际的"。

"我国现代化是人口规模巨大的现代化，是全体人民共同富裕的现代化，是物质文明和精神文明相协调的现代化，是人与自然和谐共生的现代化，是走和平发展道路的现代化"。

当小康梦圆、山乡巨变、乡村振兴，人们生活全方位改善；当各领域基础性制度框架基本确立，"中国之治"焕发出强大生机活力；当文化发展、文艺繁荣，中国人的精神世界更加自信充盈；当塞罕坝绿意盎然、"北京蓝"成为常态、长江黄河焕发新颜，美丽中国图景铺展……

"中国要实现现代化，方方面面都要强起来。"在习近平新时代中国特色社会主义思想指引下，我们坚持和发展中国特色社会主义，推动物质文明、政治文明、精神文明、社会文明、生态文明协调发展，创造了中国式现代化新道路，创造了人类文明新形态。

——以中国式现代化推进中华民族伟大复兴，作出保证发展行稳致远的战略抉择。

发展是党执政兴国的第一要务。发展理念是否对头，从根本上决定着发展成效乃至成败。

党的十八大后举行的第一次中央经济工作会议上，习近平总书记强调："不能不顾客观条件、违背规律盲目追求高速度。"

从判断我国经济发展处在"三期叠加"阶段到提出经济发展进入新常态，从提出新发展理念到推进供给侧结构性改革……

党的十八大以来，以习近平同志为核心的党中央高瞻远瞩、统揽全局、把握大势，提出一系列新理念新思想新战略，指导我国经济发展取得历史性成就、发生历史性变革，深刻回答了新时代经济发展怎么看、怎么干等一系列重大理论和实践问题。

经验丰富的舵手知道，航行在大海上，只会开顺风船，不可能征服万里波涛。

面对经济全球化遭遇逆流、国际经济循环格局发生深度调整，2020年4月，习近平总书记在中央财经委员会会议上提出构建新发展格局。

从以进入新发展阶段明确我国发展的历史方位，到以贯彻新发展理念明确我国现代化建设的指导原则，再到以构建新发展格局明确我国经济现代化的路径选择，在习近平新时代中国特色社会主义思想指引下，中国发展在危机中育先机、于变局中开新局。

——以中国式现代化推进中华民族伟大复兴，走出一条造福世界的现代化之路。

2022年，立春之夜，北京"鸟巢"。

随着两名中国"00"后运动员将手中的火炬，嵌入由一朵朵"小雪花"汇聚而成的"大雪花"中央，一次传递着"更快、更高、更强——更团结"理念的奥运盛会再次惊艳世人。

正如习近平总书记所指出："成功举办北京冬奥会、冬残奥会，不仅可以增强实现民族伟大复兴的信心，也给世界展现了阳光、富强、开放、充满希望的国家形象。历史会镌刻下这一笔，世界将对中国道路有全新的认识。"

经济遇冷、冲突不断、全球化受阻、不确定性加剧……世界怎么了？我们怎么办？

胸怀天下，立己达人。

习近平总书记深刻洞察"世界之变",科学回答"世界之问",鲜明提出推动构建人类命运共同体、弘扬全人类共同价值、全球发展倡议、全球安全倡议等重大思想理念,为解决全球问题指明了前进方向,为共创美好世界提供了中国智慧。

2021年7月6日,中国共产党与世界政党领导人峰会以视频连线方式举行。

习近平总书记出席峰会并发表主旨讲话。他指出:"现代化道路并没有固定模式,适合自己的才是最好的,不能削足适履。每个国家自主探索符合本国国情的现代化道路的努力都应该受到尊重。"

在英国学者马丁·雅克看来,中国提供了一种"新的可能",这就是摒弃丛林法则、不搞强权独霸、超越零和博弈,开辟一条合作共赢的文明发展新道路。

中国共产党领导人民成功走出中国式现代化道路,创造了人类文明新形态,拓展了发展中国家走向现代化的途径,给世界上那些既希望加快发展又希望保持自身独立性的国家和民族提供了全新选择。

勇于自我革命　领航复兴伟业

2022年6月17日,北京中南海。中共中央政治局就一体推进不敢腐、不能腐、不想腐进行第四十次集体学习。

习近平总书记在主持学习时强调,勇于自我革命是党百年奋斗培育的鲜明品格。"必须始终保持正视问题的勇气和刀刃向内的坚定,坚决割除毒瘤、清除毒源、肃清流毒,以党永不变质确保红色江山永不变色。"

办好中国的事情,关键在党。

党的十八大以来，习近平总书记以马克思主义政治家的恢弘气魄、远见卓识、雄韬伟略，对建设什么样的长期执政的马克思主义政党、怎样建设长期执政的马克思主义政党，进行着深入思考。

"全党必须警醒起来。打铁还需自身硬。"2012年11月15日，面对中外记者，刚刚当选为中共中央总书记的习近平话语坚定有力。

两天之后，在主持十八届中共中央政治局第一次集体学习时的讲话中，习近平总书记指出，这些年来，我们全面推进党的建设新的伟大工程，党的执政能力得到新的提高，党的先进性和纯洁性得到保持和发展，党的领导得到加强和改善。同时，与国内外形势发展变化相比，与党所承担的历史任务相比，党的领导水平和执政水平、党组织建设状况和党员干部素质、能力、作风都还有不小差距。

2014年12月13日，习近平总书记在江苏镇江考察时，74岁的老人崔荣海挤到人群前面，紧紧地握住总书记的手，难掩激动心情："您是腐败分子的克星，全国人民的福星！"

总书记面带笑容、语气坚定："不辜负全国人民的期望。"

正是在这次考察中，习近平总书记首次提出"全面从严治党"，由此形成"四个全面"战略布局。

这是习近平总书记根据新的历史条件下党的建设面临的新情况和新问题，深刻总结历史上党的建设经验，对管党治党作出的重大部署。

党要长期执政、永葆活力，团结带领全国各族人民沿着中国特色社会主义道路实现中华民族伟大复兴，最重要的是把党建设得更加坚强有力。

从"治国必先治党，治党务必从严"的清醒认识，到明确"四个伟大"中"起决定性作用的是党的建设新的伟大工程"，再到将"坚持全面从严治党"作为新时代坚持和发展中国特色社会主义的基本方略之一……

习近平总书记围绕全面从严治党提出一系列新理念新思想新战略，确保党始终成为中国特色社会主义事业的坚强领导核心。

曾几何时，陕西秦岭违建别墅如一块块疮疤。习近平总书记6次作出重要指示批示，要求"首先从政治纪律查起"。

2020年4月，在秦岭考察时，习近平总书记谆谆告诫："各级党委和领导干部要自觉讲政治，对国之大者一定要心中有数，要时刻关注党中央在关心什么、强调什么。"

壹引其纲，万目皆张。

指出"旗帜鲜明讲政治是我们党作为马克思主义政党的根本要求"，明确"遵守党的政治纪律是遵守党的全部纪律的重要基础"，强调党的政治建设的首要任务是"保证全党服从中央，坚持党中央权威和集中统一领导"，习近平总书记把党的政治建设作为党的根本性建设，以党的政治建设为统领全面推进党的建设。

"现在这里面的8条，精简会议活动、改进警卫工作、改进新闻报道、厉行勤俭节约，做得都不错，还是要反复讲、反复抓……"2021年6月18日，习近平总书记来到中国共产党历史展览馆参观，在中央八项规定展板前，停下脚步、仔细察看。

10年前，正是从中央八项规定破题开局，开启了中国共产党激浊扬清的作风之变。

将党的作风作为"观察党群干群关系、人心向背的晴雨表"，习近平总书记指出"作风问题具有反复性和顽固性，不可能一蹴而就、毕其功于一役"，要求"一定要咬住'常''长'二字，经常抓、深入抓、持久抓"；

视腐败问题为"党长期执政的最大威胁"，习近平总书记明确"坚持'老虎''苍蝇'一起打，重点查处不收敛不收手的违纪违法问题"，提出"深刻

把握党风廉政建设规律,一体推进不敢腐、不能腐、不想腐";

将纪律严明看作"党的光荣传统和独特优势",习近平总书记将加强纪律建设作为"全面从严治党的治本之策",要求用纪律和规矩管住大多数……

以习近平同志为核心的党中央以前所未有的勇气和定力推进党风廉政建设和反腐败斗争,刹住了一些多年未刹住的歪风邪气,解决了许多长期没有解决的顽瘴痼疾,清除了党、国家、军队内部存在的严重隐患,管党治党宽松软状况得到根本扭转。

2022年1月,十九届中央纪委六次全会。

习近平总书记在讲话中指出,党的十八大以来,我们继承和发展马克思主义建党学说,总结运用党的百年奋斗历史经验,深入推进管党治党实践创新、理论创新、制度创新,对建设什么样的长期执政的马克思主义政党、怎样建设长期执政的马克思主义政党的规律性认识达到新的高度。

"这就是坚持党中央集中统一领导,坚持党要管党、全面从严治党,坚持以党的政治建设为统领,坚持严的主基调不动摇,坚持发扬钉钉子精神加强作风建设,坚持以零容忍态度惩治腐败,坚持纠正一切损害群众利益的腐败和不正之风,坚持抓住'关键少数'以上率下,坚持完善党和国家监督制度,形成全面覆盖、常态长效的监督合力。"

"我们党历史这么长、规模这么大、执政这么久,如何跳出治乱兴衰的历史周期率?"

党的十九届六中全会第二次全体会议上,习近平总书记作出响亮回答——

"毛泽东同志在延安的窑洞里给出了第一个答案,这就是'只有让人民来监督政府,政府才不敢松懈'。经过百年奋斗特别是党的十八大以来新的实践,我们党又给出了第二个答案,这就是自我革命。"

历经党的十八大以来革命性锻造,一个立志于"始终走在时代前列、人民衷心拥护、勇于自我革命、经得起各种风浪考验、朝气蓬勃的马克思主义执政党"展现在世人面前,焕发出强大生机活力。

科学真理,指引历史的航向;伟大事业,昭示思想的力量。

在习近平新时代中国特色社会主义思想指引下,全党全军全国各族人民统一思想、凝聚意志,埋头苦干、奋发有为,以实际行动迎接党的二十大胜利召开,意气风发向着实现第二个百年奋斗目标、实现中华民族伟大复兴的中国梦奋勇前进!

(新华社北京 2022 年 7 月 24 日电)

> 创作手记

聚焦时代课题，阐释真理伟力

在省部级主要领导干部"学习习近平总书记重要讲话精神，迎接党的二十大"专题研讨班举行之际，新华社播发"钟华论"文章《回答时代课题 照亮复兴征程》，助力在全党全社会营造学习党的创新理论的浓厚氛围。

文章生动展现党的十八大以来，以习近平同志为主要代表的中国共产党人对新时代党和国家事业发展进行的深邃思考、科学判断和不懈求索，深刻阐释习近平新时代中国特色社会主义思想的丰富内涵、核心要义和鲜明特色，彰显这一重要思想实现了马克思主义中国化时代化新的飞跃。

习近平新时代中国特色社会主义思想是一个系统完整、逻辑严密的科学理论体系。评论文章如何把握思想体系、精髓要义，采取合适的结构展开阐释，成为创作中必须啃下的"硬骨头"。

经过广泛翻阅资料、充分思考、多次讨论，写作组最终确定以习近平新时代中国特色社会主义思想深刻回答"新时代坚持和发展什么样的中国特色社会主义、怎样坚持和发展中国特色社会主义""建设什么样的社会主义现代化强国、怎样建设社会主义现代化强国""建设什么样的长期执政的马克思主义政党、怎样建设长期执政的马克思主义政党"这三个重大时代课题作为文章主体框架。要将文章做深、做好、做精彩，关键就是要通过习近平新时代中国特色社会主义思想这个"主入口"，更加深刻地进入总书记的语境、情境、心境，不断提升报道的理论高度、思想深度、情感温度。

从习近平总书记在福建朱熹园中"如果没有中华五千年文明，哪里有什么中国特色"的感慨，点明必须坚定不移走自己的路；从总书记深入海南五指山片区考察生态保护相关工作时作出的"我们是在为历史、为民族做这件事"的慨叹，表明将生态文明建设纳入中国特色社会主义事业总体布局的重要性……文章虚实结合、理事相融，用思想认识的"筋骨"建构逻辑框架，以新时代以来丰富的实践和鲜活的故事作为"血肉"，说明习近平新时代中国特色社会主义思想的真理伟力，展现习近平总书记巨大的政治勇气、强烈的使命担当、深厚的为民情怀、卓越的领导能力，从而增强了思想性和感染力，有利于受众增进对党的创新理论的政治认同、思想认同、理论认同、情感认同。

"钟华论"文章《回答时代课题 照亮复兴征程》播发后，被1500余家媒体采用转载，全网置顶推送，获得较好传播效果和社会效果。

翻开《习近平谈治国理政》第四卷,"统筹疫情防控和经济社会发展""统筹发展和安全"等专题引人注目。

党的十八大以来,以习近平同志为核心的党中央统筹中华民族伟大复兴战略全局和世界百年未有之大变局,坚持统筹发展和安全,坚持发展和安全并重,带领全党全国各族人民攻坚克难、团结奋斗,努力实现高质量发展和高水平安全的良性互动。

安全是发展的前提,发展是安全的保障。统筹发展和安全是以习近平同志为核心的党中央立足于新发展阶段国际国内新形势新情况提出的重大战略思想,是习近平新时代中国特色社会主义思想的重要内容,具有深刻的理论逻辑、历史逻辑、现实逻辑,具有重大现实意义和深远历史意义。在全面建设社会主义现代化国家、向第二个百年奋斗目标进军的新征程上,我们要坚持统筹好发展和安全两件大事,踔厉奋发、勇毅前行,以中国式现代化推进中华民族伟大复兴,夺取中国特色社会主义新胜利。

办好发展和安全两件大事

本文系统深入阐释办好"两件大事"背后的理论逻辑、历史逻辑、现实逻辑,既讲"怎么看",也讲"怎么办",有助于读者准确理解、全面把握总书记的重要思想和重大战略部署,为迎接党的二十大胜利召开营造良好舆论氛围。

在山东省惠民县桑落墅镇,农民驾驶农机收获小麦(2022年6月7日摄,无人机照片)。(新华社记者郭绪雷摄)

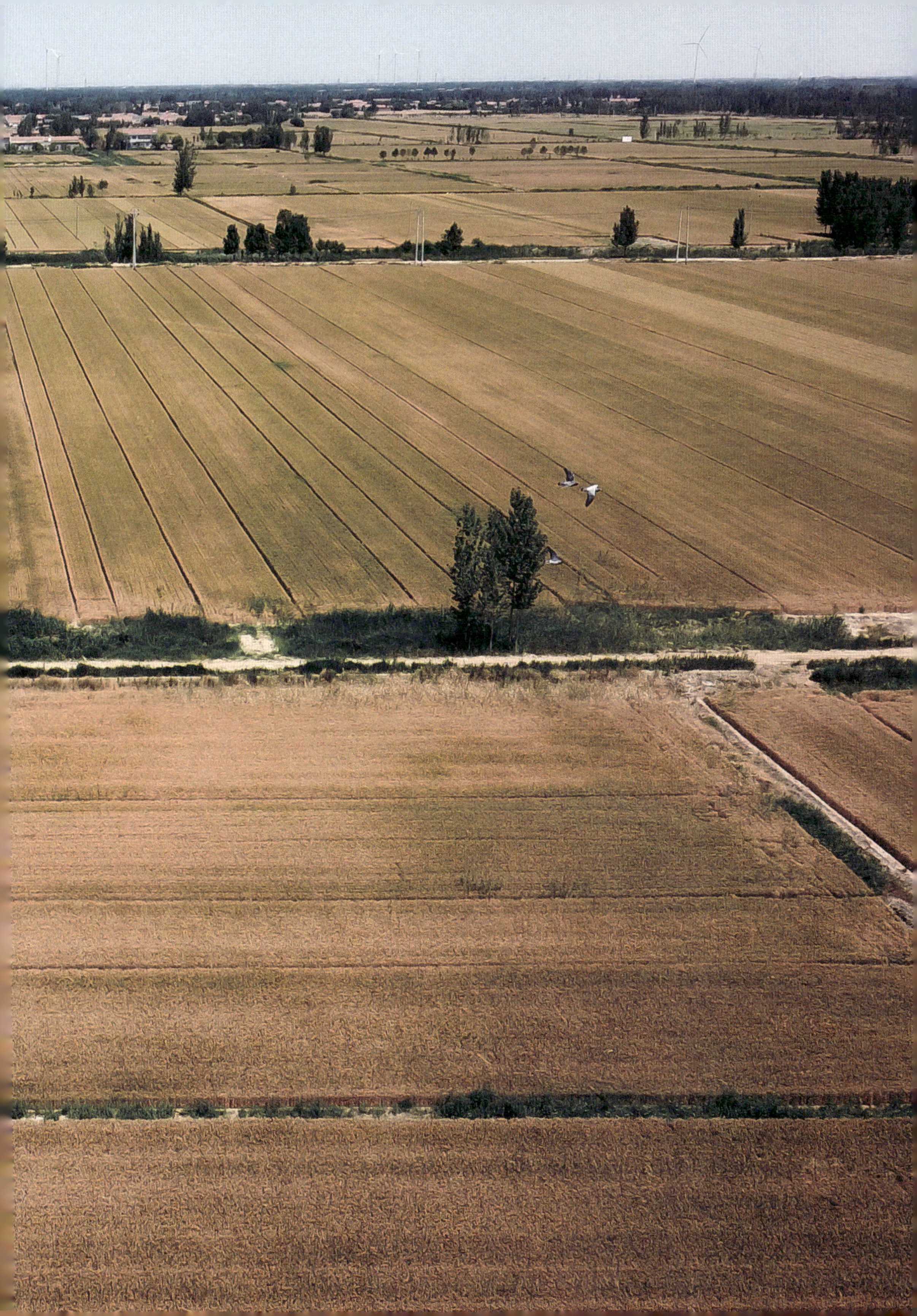

（一）

7月中旬，2022年中国经济半年"成绩单"公布。上半年国内生产总值同比增长2.5%，二季度经济顶住下行压力实现正增长。与此同时，中国是世界主要大国中，新冠肺炎发病率最低、死亡人数最少的国家。

事非经过不知难，成如容易却艰辛。

今年以来，疫情延宕反复，国际环境复杂严峻，国内改革发展稳定任务更趋艰巨繁重。以习近平同志为核心的党中央引领亿万人民勠力同心，坚持稳字当头、稳中求进，高效统筹疫情防控和经济社会发展工作，经过不懈努力，疫情防控取得积极成效，经济社会发展取得新成绩，在高质量发展中赢得历史主动。来之不易的扎实成绩，充分证明党中央"疫情要防住、经济要稳住、发展要安全"这一重大决策部署的科学性和有效性，为统筹发展和安全写下了生动的实践注解。

"备豫不虞，为国常道"。习近平总书记深刻指出，我国正处于一个大有可为的历史机遇期，发展形势总的是好的，但前进道路不可能一帆风顺，越是取得成绩的时候，越是要有如履薄冰的谨慎，越是要有居安思危的忧患，绝不能犯战略性、颠覆性错误。当今世界正经历百年未有之大变局，我国正处于实现中华民族伟大复兴的关键时期。统筹发展和安全，着眼于实现中华民族伟大复兴的中国梦，在风云变幻的发展环境中更好地把握历史机遇、应对风险挑战，把中国发展进步的命运牢牢掌握在自己手中，确保民族复兴进程不被迟滞甚至中断，朝着我们党确立的伟大目标奋勇前进。

登高方识远，天地纳于心。党的十八大以来，面对世所罕见、史所罕见的风险挑战，习近平总书记洞察世界之变、时代之变、历史之变，科学把握国家安全形势发展变化新特点新趋势，创造性提出总体国家安全观，坚持将国家

2022年9月10日，货车在山东港口青岛港前湾三期集装箱码头运送集装箱。（新华社记者李紫恒摄）

安全贯穿到党和国家工作各方面、全过程，同经济社会发展一起谋划、一起部署，从全局和战略高度作出一系列重大决策部署。

党的十九届五中全会首次把统筹发展和安全纳入"十四五"时期我国经济社会发展的指导思想，"十四五"规划和2035年远景目标纲要对此列专章作出战略部署。习近平总书记在主持中央政治局第二十六次集体学习时就贯彻总体国家安全观提出"十个坚持"的要求，其中一点就是坚持统筹发展和安全。党的十九届六中全会审议通过党的第三个历史决议，从13个方面总结新时代党和国家事业取得的历史性成就、发生的历史性变革，其中一个重要方面就是维护国家安全。10年来，国家安全得到全面加强，经受住了来自政治、经济、意识形态、自然界等方面的风险挑战考验，为党和国家兴旺发达、长治久安提供了有力保证。

发展是硬道理,是解决中国所有问题的关键。在习近平新时代中国特色社会主义思想科学指引下,我国经济发展平衡性、协调性、可持续性明显增强,我国经济迈上更高质量、更有效率、更加公平、更可持续、更为安全的发展之路。2012年以来,中国经济总量从50万亿元量级跃至114万亿元,占世界经济比重从11.3%上升到超过18%;人均GDP从6300美元升至超过1.2万美元,形成超过4亿人世界最大规模中等收入群体;近1亿农村贫困人口实现脱贫,在中华大地上全面建成小康社会,国家经济实力、科技实力、综合国力跃上新台阶。

发展和安全是一体之两翼、驱动之双轮。从提出"统筹发展安全两件大事",到部署"防范化解重大风险",再到要求"疫情要防住、经济要稳住、发展要安全",习近平总书记深刻把握发展和安全辩证统一关系,让发展和安全相互促进、相得益彰,推动中华民族伟大复兴进入了不可逆转的历史进程。新时代10年的伟大变革启示我们,既办好保证国家安全这个"头等大事",又抓好发展这个"第一要务",才能筑牢治国安邦的根基、增强攻坚克难的底气,推动中国号巨轮劈波斩浪、行稳致远。

(二)

当前,世界百年变局和世纪疫情叠加,全球经济复苏脆弱乏力,世界进入新的动荡变革期。全球发展和安全形势错综复杂,人类面临着许多共同挑战。习近平总书记先后提出全球发展倡议和全球安全倡议,其核心要义在于坚持发展和安全并重,以可持续发展促进可持续安全,以可持续安全保障可持续发展,为推动世界可持续发展、应对全球安全治理难题贡献了中国方案,是推动人类和平与发展的长远之策。

从国内来看，我国经济发展环境的复杂性、严峻性、不确定性上升。改革发展稳定任务艰巨繁重，我国发展进入各种风险挑战不断积累甚至集中显露的时期，面临的重大斗争不会少，各种斗争不是短期的而是长期的，至少要伴随我们实现第二个百年奋斗目标全过程。当代中国正在经历人类历史上最为宏大而独特的实践创新，改革发展稳定任务之重、矛盾风险挑战之多、治国理政考验之大都前所未有，世界百年未有之大变局深刻变化前所未有。我们必须以安全保发展、以发展促安全，把国家安全建立在更加安全、更为可靠的基础之上。踏上全面建设社会主义现代化国家新征程，统筹好发展和安全，是摆在中国共产党人面前的重要课题。

发展和安全相辅相成、不可偏废，统一于坚持和发展中国特色社会主义的伟大实践。统筹发展和安全，既是重大理论问题，也是重要实践要求。在省部级主要领导干部"学习习近平总书记重要讲话精神，迎接党的二十大"专题研讨班上，习近平总书记深刻指出，"依靠顽强斗争打开事业发展新天地，最根本的是要把我们自己的事情做好"。新征程上，办好发展和安全两件大事，努力实现更高质量、更有效率、更加公平、更可持续、更为安全的发展，方能以改革发展的"确定性"有效应对外部的"不确定性"，牢牢把握发展主动和历史主动。

（三）

从2012年到2021年，我国群众安全感由87.55%上升至98.62%；我国长期处于全球命案发案率最低国家行列……"中国这十年"系列主题新闻发布会上，有关部门发布的数据引发广泛共鸣。

期盼"天下太平，万物安宁"，瞩望"民富国强，众安道泰"，祈愿"风调雨顺民安业"……国泰民安是人民群众最基本、最普遍的愿望，谋发展、保安全，始终是人心所向、人民福祉所在。发展为了谁，安全为了谁，往往是检验一个政党、一个政权性质的试金石。

"不论遇到什么困难，我们都要坚持以人民为中心的发展思想"。在2022年世界经济论坛视频会议演讲中，习近平总书记一番话掷地有声。面对突如其来的新冠肺炎疫情，以习近平同志为核心的党中央坚持人民至上、生命至上，开展抗击疫情人民战争、总体战、阻击战，最大限度保护了人民生命安全和身体健康，统筹经济发展和疫情防控取得世界上最好的成果。在"2022·北京人权论坛"上，与会嘉宾纷纷表示，在抗疫过程中，中国政府始终将人民的生命、安全和健康放在首位，最大限度地保护了人权。

"国以民为本，社稷亦为民而立。"印在武夷山九曲溪畔朱熹园内一面墙上的一句话，习近平总书记久久凝视。为人民谋幸福、为民族谋复兴，既是我

2022年7月25日，观众在海南海口举办的2022年中国国际消费品博览会上参观。（新华社记者张丽芸摄）

们党领导现代化建设的出发点和落脚点，也是新发展理念的"根"和"魂"。坚持以人民为中心，坚持以人民安全为宗旨，充分彰显了中国共产党的性质宗旨和初心使命，贯穿着统筹发展和安全的价值取向，指明了新时代统筹好发展和安全的前进方向。

"我们党是为人民服务、为人民造福的党。把老百姓关心的事一件件办好，是共产党人的共同心愿。"在辽宁考察时，习近平总书记的一番话饱含深情，揭示了中国共产党人一以贯之的为民宗旨。回望百年奋斗路，党团结带领人民进行革命、建设、改革，根本目的就是为了让人民过上好日子，无论面临多大挑战和压力，无论付出多大牺牲和代价，这一点都始终不渝、毫不动摇。

民心是最大的政治，民安是最大的责任。新征程上，抓好发展、确保安全，就要坚持一切为了人民、一切依靠人民，解决好人民群众的急难愁盼问题，不断促进社会公平正义，切实推动人的全面发展、全体人民共同富裕取得更为明显的实质性进展，让人民群众安居乐业，获得感、幸福感、安全感更加充实、更有保障、更可持续。

胸怀"国之大者"，点亮"万家灯火"，确保"万家平安"，更加富足安泰的美好生活正在14亿多人民的共同奋斗中变成现实……

（四）

"有一定之略，然后有一定之功。"习近平总书记指出，谋划和推进党和国家各项工作，必须深入分析国际国内大势，科学把握我们面临的战略机遇和风险挑战，强调以正确的战略策略应变局、育新机、开新局。

战略问题是一个政党、一个国家的根本性问题。战略上判断得准确，战略上谋划得科学，战略上赢得主动，党和人民事业就大有希望。统筹发展和安全，必须把握大势、着眼长远，采取正确的战略策略，下好"先手棋"，打好"主动仗"。

近年来，经济全球化遭遇逆流，国际经济循环格局发生深度调整，新冠肺炎疫情加剧了逆全球化趋势，我国经济发展的内外部环境更趋复杂严峻。

形势怎么看？发展怎么办？构建以国内大循环为主体、国内国际双循环相互促进的新发展格局，是习近平总书记统筹国内国际两个大局、统筹高质量发展和高水平安全，掌握未来发展主动权的长远之策。

这是应对时代发展大势的战略抉择。当今世界，"黑天鹅"乱飞，"灰犀牛"频现，国际环境日趋复杂，不稳定性不确定性明显增加，全球产业链供应链因非经济因素而面临冲击，传统国际循环弱化。相比以前，大进大出的环境条件已经变化。只有立足自身，充分发挥国内超大规模市场优势，通过繁荣国内经济、畅通国内大循环为我国经济发展增添动力，才能塑造我国参与国际合作和竞争新优势，以"弄潮儿向涛头立"的姿态开创未来。

这是准确把握历史发展趋势的主动作为。历史经验表明，凡是能够成功实现经济崛起的大国，无一不是本国经济体内聚力释放能量的结果。当前，我国发展不平衡不充分问题仍然突出，重点领域关键环节改革任务仍然艰巨，创新能力不适应高质量发展要求，发展中的矛盾和问题集中体现在发展质量上。构建新发展格局，有利于打通经济发展的"任督二脉"，转变发展方式、优化经济结构、转换增长动力，确保经济体系健康畅通，增强我国经济的抗风险能力，做到"任凭风浪起，稳坐钓鱼台"。

构建新发展格局，着眼于统筹发展和安全，科学应对错综复杂的国际环境带来的新矛盾新挑战，有效回应我国社会主要矛盾转化带来的新特征新要求，是把握发展主动权、实现高水平安全的战略谋划，具有深刻的历史必然性和强烈的现实针对性。

青山遮不住，毕竟东流去。加快构建新发展格局，就是要在各种可以预见和难以预见的狂风暴雨、惊涛骇浪中，增强我们的生存力、竞争力、发展力、持续力。新征程上，把握新发展阶段、贯彻新发展理念、构建新发展格局，推进高质量发展不停步，维护高水平安全不放松，推动高质量发展和高水平安全动态平衡，我们就能赢得优势、赢得主动、赢得未来，开创新时代中国特色社会主义事业发展新境界。

（五）

14739万吨！今年全国夏粮再获丰收，托稳了经济底盘，为中国应对外部环境的不确定性提供了坚实支撑。

"洪范八政，食为政首。"解决好十几亿人口的吃饭问题，始终是关系国计民生的一个重大问题。从粮食安全到能源安全，从产业链供应链稳定安全到防范化解重大金融风险，以习近平同志为核心的党中央坚持底线思维，带领全党全国各族人民打好化险为夷、转危为机的战略主动战，保持了经济持续健康发展和社会大局稳定。

安而不忘危，存而不忘亡，治而不忘乱，这是一个百年大党深沉的历史自觉。习近平总书记深刻指出，统筹发展和安全，增强忧患意识，做到居安思危，是我们党治国理政的一个重大原则。

于内忧外患中诞生，在磨难挫折中成长，一路走来，我们党始终有着强烈的忧患意识、风险意识。早在1945年，毛泽东同志在党的七大上讲"准备吃亏"时就一口气列了17条困难，强调在看到光明的同时，更要准备迎接困难，"要在最坏的可能性上建立我们的政策"。1988年，在谈到改革与风险时，邓小平同志强调："我们要把工作的基点放在出现较大的风险上，准备好对策。这样，即使出现了大的风险，天也不会塌下来。"

党的十八大以来，习近平总书记多次作出重要指示，反复强调防范化解重大风险的极端重要性。党的十九大把防范化解重大风险作为三大攻坚战之一。2018年1月，习近平总书记在学习贯彻党的十九大精神研讨班开班式上列举了8个方面16个具体风险，其中就告诫全党"像非典那样的重大传染性疾病，也要时刻保持警惕、严密防范"。在2019年1月举办的省部级主要领导干部坚持底线思维着力防范化解重大风险专题研讨班开班式上，习近平总书记再次就防范化解政治、意识形态、经济、科技、社会、外部环境、党的建设等领域重大风险作出深刻分析，提出明确要求。

难走的路是上坡路，难开的船是顶风船。随着我国社会主要矛盾转化和国际力量对比深刻调整，我国发展面临的风险和挑战比以往更加错综复杂。统筹发展和安全，必须勇于和善于应对各种风险挑战，既要高度警惕"黑天鹅"事件，也要防范"灰犀牛"事件；既要打好防范和抵御风险的有准备之战，也要打好化险为夷、转危为机的战略主动战。

"不困在于早虑，不穷在于早豫。"战胜风险挑战，必须激发"时时放心不下"的责任感，果断处置、主动作为。把困难估计得更充分一些，把风险思考得更深入一些，把举措落实得更周密一些，从最坏处着眼，做最充分的准备，努力争取最好的结果，牢牢守住不发生系统性风险的底线。

底线就是安全线，行动就是保障力。战胜风险挑战，必须真抓实干，让工作踩在点子上、抓到要害处。拿出高招硬招实招，着力在补短板、强弱项、固底板、扬优势上下功夫，把党员干部的"辛苦指数"转化为人民群众的"幸福指数"、事业发展的"上升指数"。

战胜风险挑战，必须把握危中有机、化危为机的辩证关系，既坚定信心，又奋发有为。危与机同生并存、相互依赖，在一定条件下可以相互转化，克服了危即是机。在一个更加不稳定不确定的世界中谋发展，只要我们坚定远大之志、激发进取之心、增强斗争之能，在"山雨欲来"前未雨绸缪，在"风起青萍"时见微知著，做到准确识变、科学应变、主动求变，就一定能够在抗击大风险中创造出大机遇，始终牢牢把握发展主动。

（六）

"鉴前世之兴衰，考当今之得失"。历史反复证明，能否统筹好发展和安全，关系国家兴衰、历史走向。没有发展作为支撑的安全，必然难以长久；没有安全作为保障的发展，必然不可持续。这是历史留给我们的深刻启示。

统筹发展和安全，必须掌握和运用科学方法论，坚持系统思维，善于"弹钢琴"，做到协调一致、齐头并进。"千钧将一羽，轻重在平衡"。既要在发展中更多考虑安全因素，通过发展提升国家安全实力，善于运用发展成果来夯实国家安全的基础，又要善于营造有利于经济社会发展的安全环境，实现高质量发展和高水平安全的良性互动。

统筹疫情防控和经济社会发展，既坚持动态清零，为经济社会发展创造良好条件，又坚持科学精准，最大程度保护人民生命安全和身体健康，最大限度减少疫情对经济社会发展的影响；正确认识和把握资本的特性和行为规律，既设置"红绿灯"，依法加强对资本的有效监管，又支持和引导资本规范健康发展，促进非公有制经济健康发展和非公有制经济人士健康成长；在推进高水平对外开放中，既坚持加强国际科技交流合作，又要时不我待推进科技自立自强，只争朝夕突破"卡脖子"问题，努力把关键核心技术和装备制造业掌握在我们自己手里……

2023年3月29日，在哈电集团哈尔滨电机厂有限责任公司的生产车间，焊接机器人在进行自动化作业。近年来，哈电集团加快推进关键核心技术攻关，不断提高装备制造业发展活力和竞争力，引领推动装备制造业高质量发展。（新华社记者谢剑飞摄）

　　统筹好发展和安全，关键是深刻理解二者相辅相成、相互促进的关系，坚持"两点论"和"重点论"相统一，用发展的、系统的、普遍联系的眼光想问题办事情，在权衡利弊中趋利避害、在统筹兼顾中把握全局，求得"最优解"、实现"最优化"，让发展和安全两个目标有机融合，努力建久安之势、成长治之业。

（七）

　　大江奔流，不舍昼夜；穿越关山，永远向前。

　　党的十八大以来，面对艰巨繁重的改革发展稳定任务，在以习近平同志为核心的党中央坚强领导下，我们保持战略定力，坚定信心、迎难而上，一仗接着一仗打，克服外部不利因素，集中精力办好自己的事情，交出了统筹发展和安全的精彩答卷。

中华民族伟大复兴不是轻轻松松、敲锣打鼓就能实现的，必须勇于进行具有许多新的历史特点的伟大斗争，准备付出更为艰巨、更为艰苦的努力。当前，世界百年未有之大变局加速演进，世界之变、时代之变、历史之变的特征更加明显。我国发展面临新的战略机遇、新的战略任务、新的战略阶段、新的战略要求、新的战略环境，需要应对的风险和挑战、需要解决的矛盾和问题比以往更加错综复杂。新征程上，保持"乱云飞渡仍从容"的定力，铆足"撸起袖子加油干"的拼劲，激扬"越是艰险越向前"的精神，没有任何力量能够阻挡中国人民和中华民族的前进步伐。

踏平坎坷成大道，斗罢艰险又出发。我们坚信，无论时代风云如何变幻，有以习近平同志为核心的党中央坚强领导，有习近平新时代中国特色社会主义思想的科学指引，有14亿多中国人民的团结奋斗，就一定能谱写全面建设社会主义现代化国家的崭新篇章。

历史大势，不可阻挡；时代大潮，浩浩荡荡。坚定不移走中国特色社会主义道路，办好发展和安全两件大事，中国号巨轮必将乘风破浪，驶向民族复兴的光辉彼岸。

（新华社北京 2022 年 9 月 18 日电）

◢ 创作手记

讲清"两件大事"背后的"大逻辑"

统筹发展和安全是以习近平同志为核心的党中央立足于新发展阶段国际国内新形势新情况提出的重大战略思想,是习近平新时代中国特色社会主义思想的重要内容。"钟华论"文章《办好发展和安全两件大事》系统深入阐释办好"两件大事"背后的理论逻辑、历史逻辑、现实逻辑,既讲"怎么看",也讲"怎么办",有助于读者准确理解、全面把握总书记的重要思想和重大战略部署,为迎接党的二十大胜利召开营造良好舆论氛围。

统筹发展和安全是"国之大者",如何深入理解,把握其内在机理和深层逻辑?创作团队从学原文读原著悟原理入手,在学深悟透习近平总书记重要论述基础上,结合新时代以来的壮阔实践,展现以习近平同志为核心的党中央团结带领人民书写的高质量发展和高水平安全良性互动的精彩答卷,阐明统筹发展和安全是源自历史的深刻启示,是基于现实的必然选择,是我们党治国理政一以贯之的重大原则,也是把握主动、赢得未来的关键所在。文章系统阐释了统筹发展与安全的价值取向是坚持以人民为中心,战略路径是构建新发展格局,重要保障是居安思危、防范风险,科学方法是统筹协调、系统推进,帮助读者系统把握这一重大战略思想的精髓要义。

厚重话题如何举重若轻?宏大主题怎样鲜活可感?这是政论文章需要跨越的"传播门槛"。写作团队坚持"持平常心、讲家常话",注重用事实说话,寓理于事、以事言理、以理服人,结合人们的切身感受来讲道理。比如,文章从新时代十年来群众安全感上升和命案发生率全球最低切入,说明我们党抓发展、保安全，坚持以人民为中心，坚持以人民安全为宗旨。再比如，文章从夏粮再获丰收、为我国应对外部环境的不确定性提供坚实支撑起笔，论述统筹发展与安全要增强忧患意识、坚持底线思维。道不可坐论，理不能空谈。从高处着眼，向实处落笔，拉近了与读者的距离，增强了政论文章的贴近性和说服力。

"钟华论"文章《办好发展和安全两件大事》播发后，被《人民日报》《光明日报》《经济日报》《解放军报》等1600多家媒体采用转载，全网置顶推送，"学习强国"平台突出展示，总浏览量过亿。受众、业界和媒体用户普遍认为这篇文章"站位高远、深入浅出""讲清楚了发展和安全的辩证关系"，是一篇"不可多得的大文章"。

十月的阳光，洒向丰收的大地。每一份喜悦，都辉映着充满希望的中国；每一个期许，都澎湃着开创未来的力量。

在民族复兴的漫漫征途上，我们将迎来新的历史坐标。中国共产党第二十次全国代表大会将全面总结新时代以来坚持和发展中国特色社会主义取得的重大成就和宝贵经验，科学谋划未来5年乃至更长时期党和国家事业发展的目标任务和大政方针，团结和激励全国各族人民在以习近平同志为核心的党中央坚强领导下，踔厉奋发、勇毅前行、团结奋斗，夺取中国特色社会主义新胜利。

百年大党风华正茂，亿万人民自信自强，新时代的中国，党同人民同呼吸、共命运、心连心，中华民族迈向伟大复兴的脚步不可阻挡！

我将无我，不负人民

本文将习近平总书记"为人民谋幸福"的初心使命贯穿始终，从人民领袖一以贯之的深厚情怀，到治国理政的生动实践，再到习近平新时代中国特色社会主义思想鲜明的人民性，由表及里、层层深入，水到渠成地论证"两个确立"的决定性意义。1200家媒体采用，总浏览量过亿，相关内容登上网络热搜榜。

2022年10月7日,观众在"奋进新时代"主题成就展上参观天问一号着陆器模型。(新华社记者王毓国摄)

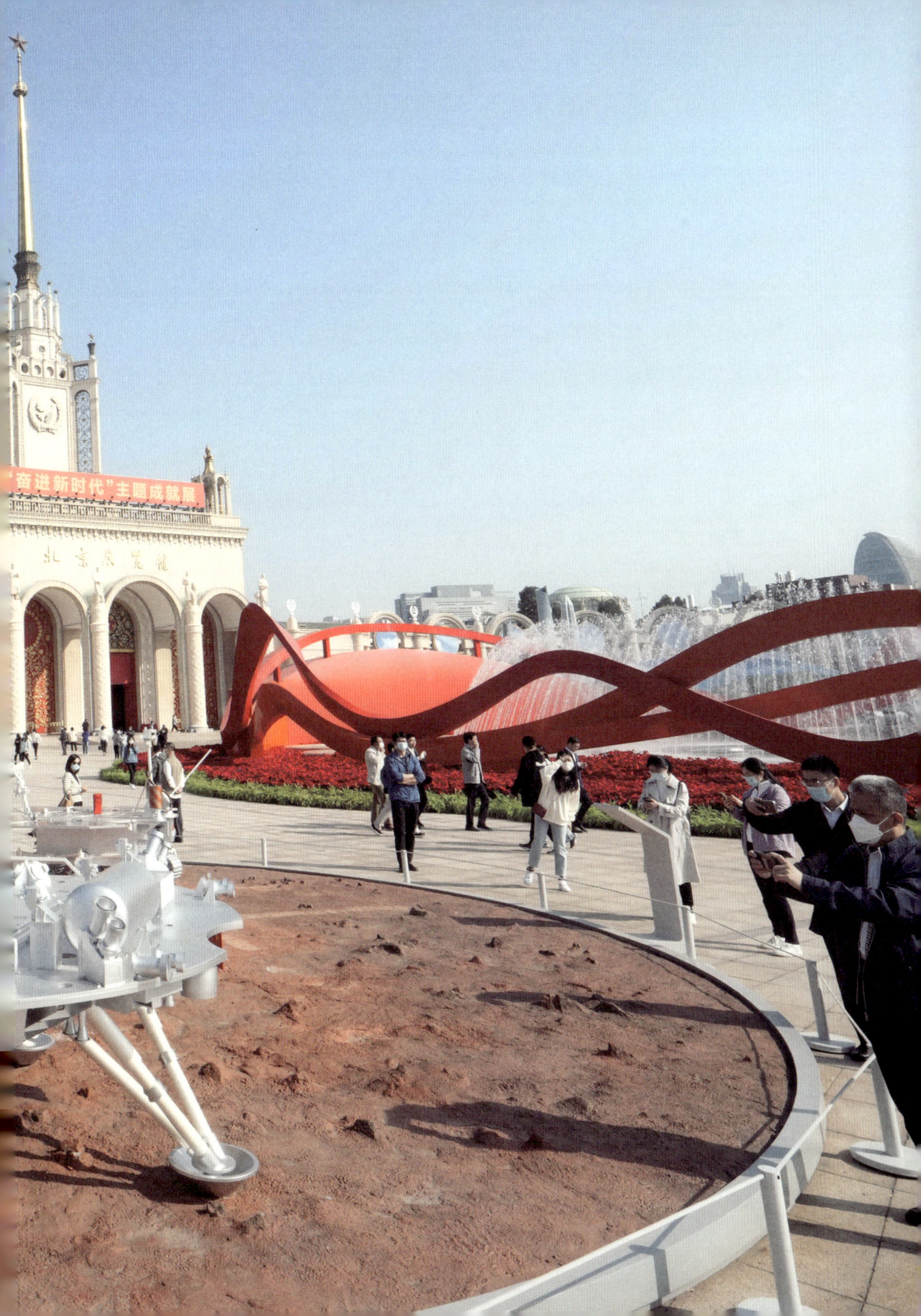
“奋进新时代”主题成就展
北京展览馆

（一）

穿行在"奋进新时代"主题成就展展区，仿佛置身于时光隧道，10年来的战略性举措、变革性实践、突破性进展、标志性成果历历在目。尤其动人的，是一张张绽放的笑脸。那是农民获得好收成的开怀，是老人在"长者食堂"就餐的欣慰，是社区居民享受便民服务的温馨，是孩子们在晴空下尽情玩耍的幸福……

当代中国，江山壮丽，气象万千。这是用汗水浇灌出的幸福生活，是新时代中国共产党人向人民交出的精彩答卷。

"时代是出卷人，我们是答卷人，人民是阅卷人。"回望中，那个起笔挥毫的历史性时刻更显意味深长——2012年11月15日，刚刚当选中共中央总书记的习近平庄严宣示："人民对美好生活的向往，就是我们的奋斗目标。"

十载艰苦奋斗，十载春华秋实。梦想的光芒，正在一步步照进现实；庄严的承诺，正在化为百姓越来越美好的生活。

"全面建成小康社会，一个不能少"——如今，现行标准下9899万农村贫困人口全部脱贫，14亿多人民共同迈入全面小康社会；

"让发展成果更多更公平惠及全体人民"——10年来我国居民收入保持较快增长，基本公共服务均等化扎实推进；

"坚持在发展中保障和改善民生"——10年累计实现城镇新增就业1.3亿人，基本医疗、养老保险分别覆盖超过13.6亿人、10.4亿人；

"还老百姓蓝天白云、繁星闪烁"——碳排放强度下降34.4%，环境保护、生态修复取得明显进展，天蓝、山青、水绿正在成为常态；

"更好满足人民精神文化生活新期待"——群众文化机构2021年服务8亿多人次，所有公共图书馆、文化馆、美术馆、综合文化站和大部分博物馆实现免费开放；

……

山河锦绣，人民幸福是最温暖底色。10年，改变了什么，带来了什么？老百姓看在眼里、记在心里。"精准扶贫瓦吉瓦（好得很）"，脱贫的大凉山彝族群众，总把这句话挂在嘴边。"阳光照进了屋里，也照进了老百姓心里"，北京雨儿胡同的住户提起居住条件的改善，总有说不完的话。"这样的故事，在许许多多的平凡人身上都有可能发生"，在曾经"苦瘠甲天下"的西海固，农民作家动情写下自己"新生的故事"……

国庆假期期间，"中国红"点亮神州大地，喜迎二十大的氛围日渐浓厚，铺展着一幅幅欢乐祥和的温暖画卷。山河远阔、国泰民安，这是一个人民至上的新时代中国，一个真真切切属于人民的伟大时代。

（二）

"上世纪60年代末，我在中国黄土高原的一个小村庄当农民，切身体会到了百姓的稼穑之难和衣食之苦，他们对美好生活的渴望深深印在我的脑海里。"在今年6月的全球发展高层对话会上，习近平总书记再次讲起在梁家河的经历。

从纵横捭阖的国际舞台，到共商国是的"两会时间"，习近平总书记多次回忆起难忘的梁家河岁月。陕北黄土地上的这个小山村，凝结着共产党人对人民难以割舍的深情："我们这一代人有这个情结，一定要让我们老百姓过上好日子，特别是要扶农民一把。"

行程万里，不忘初心。几十年来，习近平走过沟壑纵横的高原路，走过荆棘丛生的羊肠路，走过坡急沟深的盘山路，走过覆满冰雪的乡村路……从人民中走来，与人民同行，为人民奋斗的脚步从未停歇。

在黄河之畔，在长江之滨，在黄土高原，在秦岭深处，在烟雨江南……习近平总书记一次次驻足凝望。深情的目光中，有山川大地，更有万家灯火。

一路走来，总书记对人民的关怀"实打实"。他谋划着国计民生的大事，也操心着百姓身边的小事。同乡亲们聊家常、算收支账，摸摸炕被看群众住得暖和不暖和，揭开锅盖看群众吃得好不好，拧开水龙头看水质怎么样，关心群众精神文化生活丰富不丰富，百姓生活的方方面面，总书记看得细、问得实。推动解决就业、教育、医疗、社保、住房等方面问题，促进司法公正、努力让人民群众在每一个司法案件中感受到公平正义，推进"厕所革命"、垃圾分类，防治"小眼镜"、减轻学生负担，总书记从人民群众最关心的具体问题入手，以钉钉子精神抓落实……心心念念在人民，件件民生实事见证着枝叶关情。

一路走来，总书记始终与人民"心贴心"。看到四川凉山州"悬崖村"的村民和孩子们常年爬藤条出行的报道，他感到揪心；面对来势汹汹的新冠肺炎疫情，他大年三十夜不能寐，牵挂着群众安危；得知群众收入增加了、生活变好了，他由衷感到高兴……忧以民忧，乐以民乐，"以百姓心为心"，这正是共产党人心系人民的赤子之心。

"您喜欢您的工作吗？您的工作累不累？"2019年，美国伊利诺伊州北奈尔斯高中中文班学生在写给习近平主席的信中，曾好奇地提问。"我的工作是为人民服务，很累，但很愉快。"习近平在回信中这样答道。

朴素的话语，道出了共产党人的幸福观——"世界上最大的幸福莫过于为人民幸福而奋斗"，激荡着博大、深沉、真切的人民情怀——"我将无我，不负人民"。

（三）

川陕革命根据地红军烈士陵园入口，一块状若"山"字的巨石静静矗立。当地群众称它为"江山石"，寓意"江山就是人民，人民就是江山"。

自诞生之日起，我们党就把"人民"二字写在旗帜上、融入血脉里。长征路上，"半条被子"的故事映照鱼水情深；建设时期，"心里装着全体人民，唯独没有他自己"的境界折射公仆情怀；战贫路上，"投身到人民群众最需要的地方去"的抉择诠释初心使命；抗疫关头，"疫情不退我不退"的承诺彰显责任担当……党的百年奋斗史，就是为人民谋幸福的历史。

"我们的目标很宏伟，但也很朴素，归根结底就是让全体中国人都过上更好的日子。"在与外方嘉宾交流时，习近平总书记的一番话，道出了中国共产党人的追求。

进入新时代，我国社会主要矛盾已经转化为人民日益增长的美好生活需要和不平衡不充分的发展之间的矛盾，以前要解决"有没有"的问题，现在要解决的是"好不好"的问题。为了让人民群众过上更好的日子，以习近平同志为核心的党中央始终把人民放在心中最高位置，把人民对美好生活的向往作为奋斗目标，不断把为人民造福事业推向前进。

以"敢于啃硬骨头，敢于涉险滩"的勇毅全面深化改革，书写了"人民有所呼，改革有所应"的改革新篇章；以"民之所忧，我必念之；民之所盼，我必行之"的信念扎实做好民生工作，着力破解人民群众的"急难愁盼"问题；以"得罪千百人、不负十四亿"的担当管党治党，认真解决群众反映强烈、损害群众利益的突出问题；以"为了保护人民生命安全，我们什么都可以豁得出来"的决心抗击世纪疫情，最大限度保护了人民生命安全和身体健康……

"中国式现代化是全体人民共同富裕的现代化，不能只是少数人富裕，而

新华社"钟华论"评论集：读懂新时代中国

川陕革命根据地红军烈士陵园位于四川省巴中市通江县沙溪镇王坪村，是全国安葬红军烈士最多、规模最大的红军烈士陵园，也是全国唯一一座红军为牺牲战友修建的陵园，共有25048名红军烈士长眠于此。（新华社记者江宏景摄）

是要全体人民共同富裕"。习近平总书记的重要讲话，让人们对未来更加充满信心。初心坚如磐石，征程永无止境。从决战决胜脱贫攻坚到全面推进乡村振兴，从实现全面小康到迈向共同富裕，胸怀让人民生活幸福这个"国之大者"，新时代中国共产党人勇往直前以赴之、殚精竭虑以谋之、久久为功以成之。

千秋笔墨著华章，一片丹心为人民。研读《习近平谈治国理政》，人们常常深切感受到，总书记对"人民"强调得最多，分量也最重。人民创造历史、人民是真正英雄的唯物史观，把人民立场作为根本政治立场，以人民为中心的发展思想，人民至上、生命至上的价值取向，"江山就是人民，人民就是江山"的科学论断，"为民造福"的正确政绩观，"始终保持同人民群众的血肉联系"的政治自觉……坚持以人民为中心，是新时代坚持和发展中国特色社会主义的一条基本方略，也是贯穿习近平新时代中国特色社会主义思想的一条主线。

一切为了人民，一切依靠人民——在中国共产党人心中，人民是党的生命之根、执政之基、力量之源，带领人民创造幸福生活是始终不渝的奋斗目标，人民拥护不拥护、赞成不赞成、高兴不高兴、答应不答应是衡量一切工作得失的根本标准。

"振叶以寻根，观澜而索源。"习近平新时代中国特色社会主义思想具有鲜明的人民性，"人民"在其理论体系中有着基础性、根本性的地位和作用。这是为人民代言、为人民立言、为人民造福的思想，是人民利益、人民心声、人民智慧的集中表达，是接地气、有温度、得民心的科学理论，是书写在亿万中国人民心中的马克思主义真理。

（四）

人们至今难忘6年前江西井冈山市神山村那一幕感人的场景。习近平总

这是江西省井冈山市神山村村民的笑脸拼版照片（2020年7月15日摄）。（新华社记者彭昭之摄）

书记冒着风雪严寒来到这里看望慰问乡亲们。老支书彭水生向总书记竖起大拇指："你呀，不错嘞！"

发自肺腑的爱戴与崇敬，浸润在人心深处，凝聚成亿万人民的广泛共识。今年4月，中国共产党广西壮族自治区代表会议上，习近平同志全票当选为党的二十大代表。会场内，全体代表起立鼓掌，热烈掌声经久不息。

谁把人民放在心上，人民就把谁放在心上。从度日艰难到日子越过越红火，湘西十八洞村的村民们衷心感叹："总书记的治穷办法很管用，我们佩服他！"喝上了放心水、走上了小康路，甘肃东乡县布楞沟村的村民们打心底感谢共产党和总书记，"这样的日子做梦都没梦到过！"

人心是最大的政治。"只要一心跟着总书记、党中央，咱们老百姓一定能过上更好的日子""有总书记带领我们加油干,就没有过不去的坎、办不成的事""既能定乾坤,又能暖人心""总书记让我感觉日子稳当,有奔头"……质朴的语言,道出了人民的心声。坚定拥护"两个确立"、坚决做到"两个维护",是党心民心所向,是亿万人民不可撼动的思想共识和行动自觉。

（五）

舟行万里,操之在舵。回望奋斗历程,我们党之所以能带领人民一次次攻坚克难、化危为机,根本原因就是形成了坚强有力的领导核心。党和人民的事业不断发展壮大,克服重重艰难险阻而立于不败之地,党的领导核心发挥了独特的、不可替代的作用。

"英雄的武汉人民一定能够彻底战胜疫情,一定能够浴火重生,一定能够创造新时代更加辉煌的业绩!"2020年3月10日,战疫正紧,习近平总书记来到武汉,慰问居家隔离的社区居民,关键时刻给战疫中的人们注入强大信心和力量。经历了抗疫斗争的生死考验,有医务人员感慨:"至暗时刻我们勇毅前行,只因坚信领路人;风吹浪打我们岿然不动,只因紧靠主心骨。"

抓脱贫、促改革、防风险、战风浪、抗疫情……党的十八大以来,习近平总书记以马克思主义政治家、思想家、战略家的恢弘气魄、远见卓识、雄韬伟略,领导全党全军全国各族人民坚定信心、迎难而上,一仗接着一仗打,在攻坚克难中开创中国特色社会主义事业发展新局面。

实践充分证明,正是确立了习近平同志党中央的核心、全党的核心地位,党中央有了定于一尊、一锤定音的权威,在每一个重大历史关头、每一场惊心动魄的斗争中有了主心骨,我们才能经受住大风大浪、大战大考的检验,攻克了许多长期没有解决的难题,办成了许多事关长远的大事要事。

领袖来自人民，领袖引领人民，领袖造福人民。10年来，在波澜壮阔的治国理政实践中，习近平总书记顺应时代潮流，不负人民期待，带领亿万人民团结奋斗，不断把党和人民事业推向前进。我们党进一步赢得了人民的信赖，党心民心更加凝聚，党同人民群众的血肉联系更加紧密，党的执政根基更加坚实。

马克思主义认为，历史活动是群众的事业，决定历史发展的是"行动着的群众"。毛泽东同志曾指出，"我们自己就是人民的一部分，我们的党是人民的代表"。一幕幕历史活剧无不启示我们，只要我们党始终站在时代潮流最前列、站在攻坚克难最前沿、站在最广大人民之中，就必将永远立于不败之地。

"更好的日子还在后头"的祝福，让乡亲们在乡村振兴路上干劲十足；"把科技的命脉牢牢掌握在自己手中"的号召，鼓舞着科技工作者勇攀高峰；"争取跑出当代青年的最好成绩"的寄语，激荡起广大青年奋斗圆梦的青春力量……在习近平总书记带领下，中国人民更加自信、自立、自强，更有志气、骨气、底气，焕发出前所未有的历史主动精神、历史创造精神，凝聚起奋进新征程、建功新时代的磅礴之力。

（六）

1922年，在革命的星星之火初燃的时候，面对"一千年也搞不成"的强烈质疑，年轻的共产党人坚定回答："我们有真理，有人民。"

岁月峥嵘，命运与共。从"唤起工农千百万，同心干"的革命年代，到"遍地英雄下夕烟"的建设热潮；从"杀出一条血路来"的改革征途，到"心往一处想、劲往一处使"的新时代，我们党始终同人民想在一起、干在一起。

心中装着百姓，手中握有真理，脚踏人间正道——这是我们党不断从胜利走向胜利的成功奥秘，更是掌握历史主动、赢得光明未来的根本所在。

回首过去，党团结带领人民书写了中华民族几千年历史上最恢宏的史诗，成功走出中国式现代化道路，创造了人类文明新形态，实现中华民族伟大复兴进入了不可逆转的历史进程。展望未来，时与势在我们一边。

党的二十大将明确宣示党在新征程上举什么旗、走什么路、以什么样的精神状态、朝着什么样的目标继续前进，宣示新时代新征程党的使命任务，动员全党全国各族人民坚定历史自信、增强历史主动，为全面建设社会主义现代化国家、全面推进中华民族伟大复兴而努力奋斗。

千锤百炼，如磐初心不变。关山万重，千秋伟业在胸。新征程上，在以习近平同志为核心的党中央坚强领导下，在习近平新时代中国特色社会主义思想科学指引下，新时代中国共产党人始终与人民心心相印、与人民同甘共苦、与人民团结奋斗，一定能谱写全面建设社会主义现代化国家崭新篇章，在新时代创造新的历史辉煌！

（新华社北京 2022 年 10 月 15 日电）

扫码观看 重磅微视频 | 一切为了人民

> 创作手记

抒写人民情怀，凝聚奋进力量

党的二十大召开之际，"钟华论"文章《我将无我，不负人民》，彰显总书记"我将无我，不负人民"的深厚情怀、造福人民的思想伟力和生动实践，展现广大人民群众对总书记的衷心爱戴与坚定拥护，凸显"两个确立"的决定性意义，为党的二十大胜利召开营造良好舆论氛围。

文章将习近平总书记"为人民谋幸福"的初心使命贯穿始终，从人民领袖一以贯之的深厚情怀，到治国理政的生动实践，再到习近平新时代中国特色社会主义思想鲜明的人民性，由表及里、层层深入，水到渠成地论证"两个确立"的决定性意义。文章回望我们党的百年奋斗征程，结合党的十八大以来为人民造福事业不断前进的火热实践，有力论证了"领袖来自人民，领袖引领人民，领袖造福人民"。

这篇"钟华论"文章不仅以"理"服人，也注重以"情"动人。在讲故事、列数据、看细节中，生动诠释"人民领袖爱人民，人民领袖人民爱"，揭示"江山就是人民，人民就是江山"。文章通过"足迹"和"目光"等具象化表达，串联起总书记不辞辛劳、造福人民的奋斗征程；通过总书记的庄严承诺与十年来百姓生活变化的比照，展现我们党一心为民、有诺必践的品格力量；通过美国小学生致信总书记的独特视角，引发关于共产党人"幸福观"的深刻思考；通过神山村老支书对总书记考察场景的深情回忆，折射人民群众对领袖的爱戴与崇敬。一个个故事与细节，以润物无声的方式展现家国变迁、体现深情大爱，引导受众更深切地感受总书记的恢宏气魄、远见卓识与雄韬伟略，理解习近平总书记博大、深沉、真切的人民情怀，在共情共鸣中凝聚奋进力量。创作团队还精心制作重磅微视频《一切为了人民》，用创新的视频语言和配乐音效优化传播效果，全景展现习近平总书记为人民幸福而奋斗的使命担当。

在创作过程中，写作团队克服疫情带来的不利影响，深入基层一线，到北京雨儿胡同、上海社区、井冈山神山村、湘西十八洞村等地进行采访。在与基层干部群众的深入交流中，创作团队深切感受十年来神州大地发生的巨大变化，感受广大人民群众对习近平总书记的衷心拥戴，感悟党的创新理论在实践中的真理伟力。

"钟华论"文章播发后，被近1200家媒体采用，总浏览量过亿，相关内容登上网络热搜榜。受众、业界和媒体用户普遍认为，这篇钟华论"典雅大气，情感充沛""写出人民领袖对人民的深情大爱，也写出人民群众对领袖的衷心热爱"，是"一篇让人共情共鸣的精品力作"。

这一刻,世界又一次聚焦中国——

10月23日上午,中国共产党第二十届中央委员会第一次全体会议选举习近平为中央委员会总书记,决定习近平为中央军事委员会主席。

"新征程是充满光荣和梦想的远征。蓝图已经绘就,号角已经吹响。我们要踔厉奋发、勇毅前行,努力创造更加灿烂的明天。"在人民大会堂金色大厅举行的二十届中共中央政治局常委同中外记者见面会上,习近平总书记的重要讲话掷地有声、催人奋进,凝聚起同心共圆中国梦的磅礴力量。

一切伟大成就都是团结奋斗的结果,一切伟大事业都需要坚强核心的领航。在以习近平同志为核心的党中央坚强领导下,全党全军全国各族人民齐心协力、昂扬奋进,中华民族伟大复兴的光辉史册正在开启新的篇章。

夺取新征程新胜利的根本保证

本文播发后被4700多家媒体采用转载,创造了新华社评论采用新纪录,"学习强国"平台突出展示,总浏览量超过3亿。受众、业界和媒体用户普遍认为这篇文章"视野开阔,思想深刻","是学习贯彻党的二十大精神的必读精品"。

2022年10月16日，中国共产党第二十次全国代表大会在北京人民大会堂开幕。（新华社记者陈晔华摄）

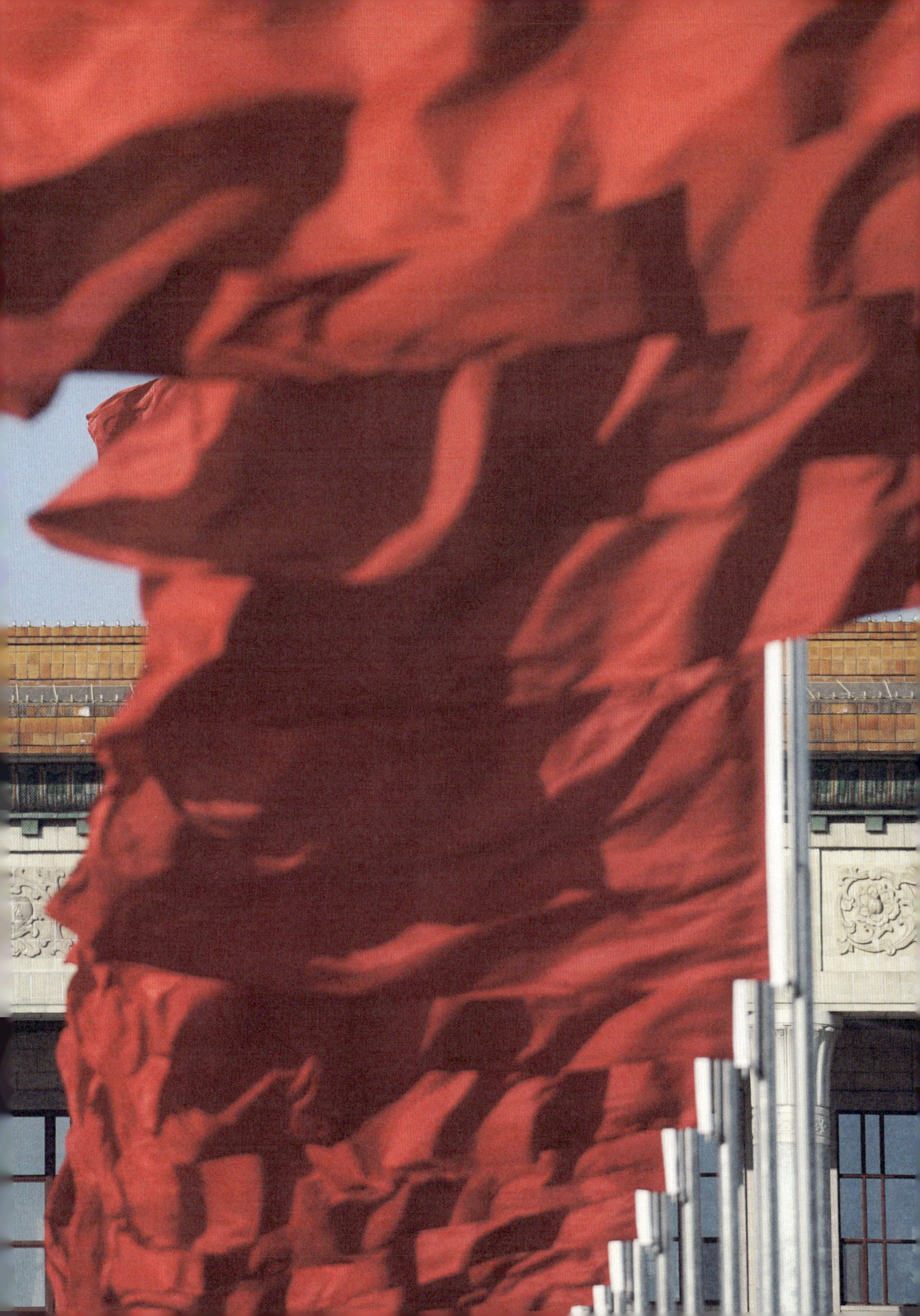

（一）

历史长河奔腾不息，往往在重要关口迸发出磅礴的力量。

在党的二十大首场"党代表通道"上，英国《经济学人》杂志记者提问：历史会怎么样记住今年的二十大？

历史的答案正在书写：党的二十大是一次高举旗帜、凝聚力量、团结奋进的大会，在党和国家发展进程中具有极其重大的历史意义。党的二十大作出的各项决策部署、取得的各项成果，必将对全面建设社会主义现代化国家、全面推进中华民族伟大复兴，对夺取中国特色社会主义新胜利发挥十分重要的指导和保证作用。

历史启迪未来，盛会凝聚共识。感悟"二十大时光"，会场内外，激荡着9600多万名中国共产党党员、14亿多中国人民的共同心声："全党有了定盘星，人民就有主心骨，国家更添新动力""没有习近平总书记坚强领导，哪来彪炳史册的人间奇迹""新时代的精彩故事，见证着思想的力量"……

回望过去，我们更加深刻地认识到：党确立习近平同志党中央的核心、全党的核心地位，确立习近平新时代中国特色社会主义思想的指导地位，反映了全党全军全国各族人民共同心愿，对新时代党和国家事业发展、对推进中华民族伟大复兴历史进程具有决定性意义。

展望未来，我们更加自信地笃定前行："两个确立"是党在新时代取得的重大政治成果，是推动党和国家事业取得历史性成就、发生历史性变革的决定性因素。新时代新征程上把中国特色社会主义事业推向前进，最紧要的是深刻领悟"两个确立"的决定性意义，增强"四个意识"、坚定"四个自信"、做到"两个维护"，自觉在思想上政治上行动上同以习近平同志为核心的党中央保持高度一致。这是夺取中国特色社会主义新胜利、实现新时代新征程各

夺取新征程新胜利的根本保证

2022年10月16日，中国共产党第二十次全国代表大会在北京人民大会堂开幕。（新华社记者姚大伟摄）

项目标任务最重要的前提和最根本的保证。

（二）

数据显示，2021年全国地级及以上城市PM2.5平均浓度比2015年下降34.8%，空气质量优良天数比率达到87.5%。

这是新时代十年伟大变革的一个生动缩影。在神州大地上，一个个令人欣喜的变化，铺展出更新更美的画卷。

16日，习近平总书记代表第十九届中央委员会向党的二十大作报告。在近2个小时的报告过程中，掌声一次次回荡在庄严雄阔的人民大会堂。掌声传递心声，10年来党和国家事业取得的历史性成就、发生的历史性变革，刻印在亿万人民心中。

10年来，神州大地开启了气势如虹、势如破竹的伟大变革。以习近平同志为核心的党中央以巨大的政治勇气全面深化改革，各领域基础性制度框架基本确立，许多领域实现历史性变革、系统性重塑、整体性重构，中国特色社会主义制度更加成熟更加定型，国家治理体系和治理能力现代化水平明显提高，为实现中华民族伟大复兴提供了更为完善的制度保证。

10年来，党带领人民创造了令人刮目相看的发展新奇迹。经过接续奋斗，我们实现了小康这个中华民族的千年梦想，打赢了人类历史上规模最大的脱贫攻坚战，历史性地解决了绝对贫困问题。国内生产总值从54万亿元增长到114万亿元，经济总量稳居世界第二位。一些关键核心技术实现突破，战略性新兴产业发展壮大，我国进入创新型国家行列。国家经济实力、科技实力、综合国力跃上新台阶，为实现中华民族伟大复兴奠定了更为坚实的物质基础。

10年来，习近平新时代中国特色社会主义思想深入人心，社会主义核心价值观广泛传播，中华优秀传统文化得到创造性转化、创新性发展，文化事业日益繁荣，网络生态持续向好，意识形态领域形势发生全局性、根本性转变，为实现中华民族伟大复兴注入了更为主动的精神力量。

在历史检验、实践考验、斗争历练中，习近平总书记以马克思主义政治家、思想家、战略家的恢弘气魄、远见卓识、雄韬伟略，总揽全局，运筹帷幄，展现了卓越领导才能、崇高人格风范、赤诚为民情怀。在全党全军全国各族人民心中，习近平总书记无愧为全党拥护、人民爱戴的领袖，无愧为民族复兴的领路人、亿万人民的主心骨。

问题是时代的声音，回答并指导解决问题是理论的根本任务。

党的十八大以来，面对国内外形势新变化和实践新要求，我们党勇于进行理论探索和创新，以全新的视野深化对共产党执政规律、社会主义建设规律、人类社会发展规律的认识，取得重大理论创新成果，集中体现为习近平新时代中国特色社会主义思想，实现了马克思主义中国化时代化新的飞跃，为新时代党和国家事业发展提供了根本遵循。

提出坚持和加强党的全面领导，深入推进全面从严治党，找到了自我革命这一跳出治乱兴衰历史周期率的第二个答案，指引开辟了管党治党、兴党强党的新境界；提出并贯彻新发展理念，着力推进高质量发展，推动构建新发展格局，统筹发展和安全，推动我国经济迈上更高质量、更有效率、更加公平、更可持续、更为安全的发展之路；坚持绿水青山就是金山银山的理念，以前所未有的力度抓生态文明建设，推动生态环境保护发生历史性、转折性、全局性变化；深入贯彻以人民为中心的发展思想，让人民群众获得感、幸福感、安全感更加充实、更有保障、更可持续；全面推进中国特色大国外交，推动构建人类命运共同体，坚定维护国际公平正义，我国国际影响力、感召力、塑造力显著提升……

以复兴之志凝聚磅礴之力,以真理之光照亮奋斗之路。习近平新时代中国特色社会主义思想为丰富和发展马克思主义作出重大原创性贡献,为激活中华优秀传统文化的生命力作出历史性贡献,为人类文明进步作出世界性贡献,是当代中国马克思主义、二十一世纪马克思主义,是中华文化和中国精神的时代精华。

征途回望千山远,前路放眼万木春。新时代十年的伟大变革,在党史、新中国史、改革开放史、社会主义发展史、中华民族发展史上具有里程碑意义。党和国家事业不断开创新局面、取得举世瞩目的重大成就,最根本的原因在于有习近平总书记作为党中央的核心、全党的核心掌舵领航,在于有习近平新时代中国特色社会主义思想科学指引。

(三)

确立和维护坚强的领导核心,创立和发展科学的指导思想,是马克思主义建党学说的重大原则,也是马克思主义唯物史观的根本要求。

马克思曾深刻指出:"一个单独的提琴手是自己指挥自己,一个乐队就需要一个乐队指挥。"恩格斯也认为,"没有权威,就不可能有任何的一致行动"。列宁鲜明提出:"在历史上,任何一个阶级,如果不推举出自己的善于组织运动和领导运动的政治领袖和先进代表,就不可能取得统治地位。"早在延安时期,毛泽东同志就指出:"实行一元化的领导很重要,要建立领导核心,反对'一国三公'。"改革开放之后,邓小平同志强调:"任何一个领导集体都要有一个核心,没有核心的领导是靠不住的。"全党有核心,党中央才有权威,党才有力量。维护党中央权威和集中统一领导,是一个成熟的马克思主义执政党的重大建党原则。

拥有科学理论的政党，才拥有真理的力量；科学理论指导的事业，才会有光明的前途。恩格斯强调，"我们党有个很大的优点，就是有一个新的科学的世界观作为理论的基础"。中国共产党为什么能，中国特色社会主义为什么好，归根到底是马克思主义行，是中国化时代化的马克思主义行。拥有马克思主义科学理论指导是我们党坚定信仰信念、把握历史主动的根本所在。

百年成就无比辉煌，百年大党风华正茂。面对我们党带领人民创造的一个个人间奇迹，国际社会不断进行追问和探寻。哈萨克斯坦总统托卡耶夫盛赞习近平主席："在您的卓越领导下，中国进入了一个全新的时代，中华民族伟大复兴进入新征程。"在英国学者马丁·雅克看来，习近平是中国发展繁荣的"绝对关键人物"。大道至简，实践不断证明——拥有坚强领导核心、科学理论指导是中国共产党创造百年辉煌、成就千秋伟业的成功密码。

核心就是力量，旗帜就是方向。"两个确立"深刻揭示了马克思主义政党最根本的政治原则，丰富和发展了马克思主义建党学说，充分彰显了新时代中国共产党人高度的政治自觉和坚定的理论自信。

（四）

"事非经过不知难，成如容易却艰辛。这10年，有涉滩之险，有爬坡之艰，有闯关之难，党和国家事业实现一系列突破性进展，取得一系列标志性成果。"17日，习近平总书记在参加党的二十大广西代表团讨论时的重要讲话，引发人们的广泛共鸣。

党的十八大以来，以习近平同志为核心的党中央审时度势、果敢抉择、锐意进取、攻坚克难，团结带领全党全军全国各族人民撸起袖子加油干、风雨无阻向前行，义无反顾进行具有许多新的历史特点的伟大斗争，攻克了许多长期没有解决的难题，办成了许多事关长远的大事要事。

惟其艰难，方显勇毅；惟其磨砺，始得玉成。这是脱贫攻坚战中"不获全胜决不收兵"的决心，是改革大潮中"敢于啃硬骨头，敢于涉险滩"的魄力，是抗疫斗争中"人民至上、生命至上"的情怀，是维护国家尊严和核心利益"敢于斗争、善于斗争"的意志和能力，是管党治党"得罪千百人、不负十四亿"的使命担当……

在"奋进新时代"主题成就展的中央综合展区，一艘中国经济"奇迹号"巨轮模型吸引了参观者的目光。在时代洪流中奋楫扬帆，于惊涛骇浪中行稳致远，非凡十年深刻启示：正是因为确立了习近平同志党中央的核心、全党的核心地位，确立了习近平新时代中国特色社会主义思想的指导地位，党才有力解决了影响党长期执政、国家长治久安、人民幸福安康的突出矛盾和问题，消除了党、国家、军队内部存在的严重隐患，从根本上确保实现中华民族伟大复兴进入了不可逆转的历史进程。

回望党的奋斗历程，有危难之际的绝处逢生，有挫折之后的毅然奋起，有失误之后的拨乱反正，有磨难面前的百折不挠。历史和现实反复昭示，什么时候拥有了坚强领导核心，拥有了科学理论指导，什么时候党和人民的事业就会无往而不胜，反之就会遭受挫折甚至失败。

以史为鉴，开创未来。党在百年奋斗征程中，先后制定了三个历史决议。尽管三个历史决议产生于不同历史时期，内容侧重点也不尽相同，但有一个共同点，就是通过总结历史经验，进一步深刻认识到领导核心和指导思想的重要性。历史已经证明并将继续证明，拥有坚强领导核心，坚持科学理论指导和正确道路指引，就必定能凝聚亿万人民团结奋斗的磅礴力量，中国人民就必定焕发出更为强烈的历史自觉和主动精神，就必定能把中国发展进步的命运牢牢

2022年10月8日，观众在"奋进新时代"主题成就展中央综合展区内拍摄中国经济"奇迹号"巨轮模型。（新华社记者李鑫摄）

中国这十年

国内生产总值 从53.9万亿元 ↑ 到114.4万亿元

国内生产总值占世界比重从11.3% ↑ 到18%以上

居民人均可支配收入 从1.65万元 ↑ 到3.51万元

货物进出口总额 从24.4万亿元 ↑ 到39.1万亿元
（2012年-2021年）

科技强国

全球创新指数排名 从34位 ↑ 到12位

基础研究经费 从499亿元 ↑ 到1817亿元

技术合同成交额 从6437亿元 ↑ 到37294亿元
（2012年-2021年）

航天强国

制造强国

制造业增加值 从16.98万亿元 ↑ 到31.4万亿元

制造业增加值占全球比重从22.3% ↑ 到近30%

高技术制造业增加值占比从9.4% ↑ 到15.1%
（2012年-2021年）

掌握在自己手中！

"验之往古，按之当今之务。"从历史走向未来，"两个确立"是深刻总结党的百年奋斗历史经验、深刻总结党的十八大以来伟大实践得出的重大历史结论，深刻揭示了中国共产党始终掌握历史主动的根本原因，回答了"过去我们为什么成功"，指明了"未来怎样继续成功"。

（五）

"从现在起，中国共产党的中心任务就是团结带领全国各族人民全面建成社会主义现代化强国、实现第二个百年奋斗目标，以中国式现代化全面推进中华民族伟大复兴。"在党的二十大上，习近平总书记宣示新时代新征程党的使命任务，发出了全面建设社会主义现代化国家、全面推进中华民族伟大复兴的动员令。

征程越是壮阔，目标越是远大，任务越是艰巨，越需要领导核心的掌舵定向、科学理论的指引领航。"两个确立"不仅是创造新时代伟大成就的制胜密码，更是中国共产党、中国人民、中华民族走向更加辉煌未来的根本保证。

新征程上，"两个确立"为我们提供了强大政治引领和科学理论指引。核心的引领，是最有力的引领；思想的主动，是最彻底的主动。坚决捍卫"两个确立"，忠实践行"两个维护"，不断谱写马克思主义中国化时代化新篇章，中国特色社会主义就能沿着正确方向开拓前进，全党全国各族人民就能在党的旗帜下团结成"一块坚硬的钢铁"，心往一处想、劲往一处使，不断坚定历史自信、增强历史主动，推动中华民族伟大复兴号巨轮乘风破浪、扬帆远航。

新征程上，"两个确立"是战胜各种艰难险阻的最大底气。我国发展进入战略机遇和风险挑战并存、不确定难预料因素增多的时期，各种"黑天鹅""灰犀牛"事件随时可能发生。我们必须增强忧患意识，坚持底线思维，做到居安思危、未雨绸缪，准备经受风高浪急甚至惊涛骇浪的重大考验。舟行万里，操之在舵。前进道路上，坚决捍卫"两个确立"，忠实践行"两个维护"，我们攻坚克难、开拓进取就有了坚强政治保证和强大思想武器，党和国家事业发展就能做到"任凭风浪起，稳坐钓鱼船"。"两个确立"既是全党意志和民心所向，也是我们应对一切不确定性的最大确定性。

新征程上，"两个确立"是推进党的自我革命的根本遵循。全面建设社会主义现代化国家、全面推进中华民族伟大复兴，关键在党。我们党作为世界上最大的马克思主义执政党，要始终赢得人民拥护、巩固长期执政地位，必须时刻保持解决大党独有难题的清醒和坚定。全面从严治党永远在路上，党的自我革命永远在路上。坚持和加强党中央集中统一领导，确保全党在政治立场、政治方向、政治原则、政治道路上同以习近平同志为核心的党中央保持高度一致，坚持不懈用习近平新时代中国特色社会主义思想凝心铸魂，才能持之以恒推进全面从严治党，深入推进新时代党的建设新的伟大工程，使我们党始终坚守初心使命，始终成为中国特色社会主义事业的坚强领导核心，以党的自我革命引领社会革命。

站在金秋的阳光下，党的二十大代表、"燃灯校长"张桂梅向记者讲述了她的新梦想："原来我们是让孩子们能读得到书、人人有书读，这次我看到了更高远的目标：让孩子们读好书！"

奋进新征程、建功新时代，中华大地上澎湃着奋斗圆梦的热潮。

基层党员干部带领乡亲们"走好乡村振兴路"，产业工人感到"舞台更大了，干劲更足了"，科技工作者践行"把论文写在祖国的大地上"，广大青年立志"让青春在全面建设社会主义现代化国家的火热实践中绽放绚丽之花"……长期观察中国的法国专家布鲁诺·吉格感言："我看到中国人忙碌又

2022年6月7日,工作人员在山东省惠民县风电装备产业基地涂装车间对风电轮毂进行涂装。(新华社记者郭绪雷摄)

从容不迫。中国人的从容，来自他们对国家不断向前发展的自信。"

在习近平总书记带领下，在习近平新时代中国特色社会主义思想指引下，中国人民的前进动力更加强大、奋斗精神更加昂扬、必胜信念更加坚定，新时代中国的明天一定会更加美好。

（六）

党的二十大开幕前夕，长征二号丁运载火箭飞向苍穹，成功将遥感三十六号卫星送入预定轨道，这是长征系列运载火箭第444次发射。

心有翼，自飞云宇天际；梦无垠，当征星辰大海。随着党的二十大胜利闭幕，我们站在了民族复兴征程的新起点。

逐梦百年路，奋斗向未来。习近平总书记的铿锵宣示充满信心和力量——"党用伟大奋斗创造了百年伟业，也一定能用新的伟大奋斗创造新的伟业。"

唯有矢志不渝、笃行不怠，方能不负时代、不负人民。让我们更加紧密地团结在以习近平同志为核心的党中央周围，全面贯彻习近平新时代中国特色社会主义思想，坚定信心、同心同德，埋头苦干、奋勇前进，深入贯彻落实党的二十大精神和党中央决策部署，为全面建设社会主义现代化国家、全面推进中华民族伟大复兴而团结奋斗，在新的赶考之路上向历史和人民交出新的优异答卷。

（新华社北京2022年10月23日电）

> 创作手记

阐明"两个确立"的决定性意义

在党的二十大胜利闭幕之际,"钟华论"文章《夺取新征程新胜利的根本保证》及时推出。文章结合新时代十年的伟大变革,阐明"两个确立"的决定性意义,突出党的二十大的重要成果和重大历史意义,为贯彻落实党的二十大精神和党中央决策部署营造良好舆论氛围。

"壹引其纲,万目皆张。"驾驭宏大主题,必须在思想上"先立乎其大者"。在构思阶段,写作团队逐渐明确了以"两个确立"的理论逻辑、历史逻辑、实践逻辑为纲的总体结构。在写作中,着力构建每一个逻辑层次的具体内涵。从理论逻辑看,"两个确立"深刻揭示了马克思主义政党最根本的政治原则,丰富和发展了马克思主义建党学说;从历史逻辑看,"两个确立"是深刻总结党的百年奋斗历史经验、深刻总结党的十八大以来伟大实践得出的重大历史结论,深刻揭示了中国共产党始终掌握历史主动的根本原因;从实践逻辑看,新时代以来党和国家事业不断开创新局面、取得举世瞩目的重大成就,最根本的原因在于有习近平总书记作为党中央的核心、全党的核心掌舵领航,在于有习近平新时代中国特色社会主义思想科学指引,"两个确立"也是实现新时代新征程各项目标任务最重要前提和最根本保证。三个逻辑如鼎立三足,支撑起整篇文章的格局,为读者深刻理解"两个确立"的决定性意义提供了坚实基础。

笔端注情,情理抵心。政论文章的魅力,既在于圆融周密的逻辑结构,也在于打动人心的话语表达。文章坚持虚实结合、理事相融,从空气质量之变看新时代伟大变革，以中国经济"奇迹号"巨轮模型比喻新时代中国在习近平总书记领航下破浪前行，从"燃灯校长"张桂梅的感言看中国人民奋斗圆梦的热潮。"以复兴之志凝聚磅礴之力，以真理之光照亮奋斗之路""惟其艰难，方显勇毅；惟其磨砺，始得玉成""心有翼，自飞云宇天际；梦无垠，当征星辰大海"等精彩语句，把情感注入理性思考之中，有力烘托文章主题，与读者共情共鸣、共同思考，不断凝聚思想共识、激发奋进力量。

"钟华论"文章《夺取新征程新胜利的根本保证》播发后，被4700多家媒体采用转载，创造了新华社评论采用新纪录，"学习强国"平台突出展示，总浏览量超过3亿。受众、业界和媒体用户普遍认为这篇文章"视野开阔，思想深刻""是学习贯彻党的二十大精神的必读精品"。

新年钟声即将敲响。这是挥别的时刻,也是前进的起点。

"我们要一往无前、顽强拼搏,让明天的中国更美好。"习近平主席发表的二〇二三年新年贺词饱含深情、催人奋进,凝聚起坚定信心、共创未来的强大正能量。

时光无言,在人心深处镌刻难忘印记。梦想无垠,照耀气象万千的中华大地。迎来新年第一缕阳光,"明天会更好"是我们共同的信念。

新征程是充满光荣和梦想的远征。以奋斗为笔,我们书写极不平凡的2022;以梦想之名,我们拥抱充满希望的2023!

让明天的中国更美好
——2023年新年献词

本文不仅是辞旧迎新之际的感怀，更是对家国、对未来的认知与展望。与读者共情，讲好你我的故事；与时代共鸣，激发前行的动力。700多家媒体采用，相关话题登上微博热搜榜，全网总浏览量过亿。

白鹤滩水电站一景（2022年12月19日摄，无人机照片）。（新华社记者胡超摄）

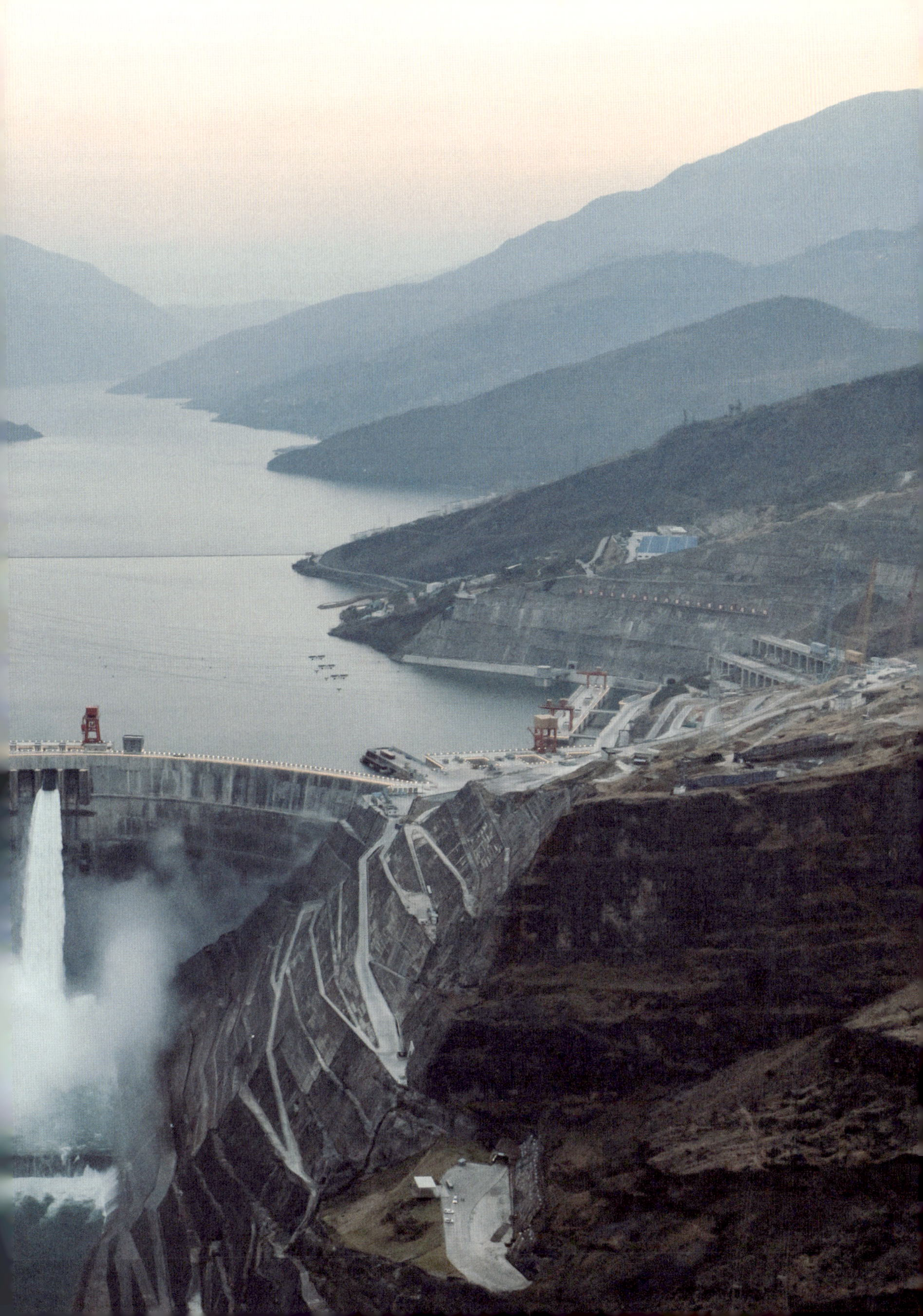

（一）

时至岁末，多家机构评选的年度关键词纷纷出炉。"抗疫""发展""党的二十大""一起向未来""中国式现代化"等定格 2022 的年度记忆——这是党和国家历史上极为重要的一年，也是我们每个人刻骨铭心的一年。

党的二十大胜利召开，描绘了全面建设社会主义现代化国家的宏伟蓝图；面对风高浪急的国际环境和艰巨繁重的国内改革发展稳定任务，在以习近平同志为核心的党中央坚强领导下，全党全国各族人民迎难而上，砥砺前行，人民生命安全和身体健康得到有力守护，中国经济航船劈波斩浪向前进；克服各种困难和挑战，我们成功举办北京冬奥会、冬残奥会，冬奥盛会鼓舞世界各国人民……

回首 2022，我们心底有豪情万丈，也有万般感慨。正是因为有以习近平同志为核心的党中央坚强领导，有习近平新时代中国特色社会主义思想的科学指引，有亿万中国人民的艰苦奋斗，我们才能打赢一场场大仗硬仗，跨越一个个难关险隘。

不久前，我国新冠疫情防控政策作出新的重大调整。新冠病毒感染将自 2023 年 1 月 8 日起由"乙类甲管"调整为"乙类乙管"，各项防控措施也将作出相应调整。抗疫三年来，病毒频繁变异，形势不断演变，防控策略不断调整，但贯穿其中的理念始终如一：坚持人民至上、生命至上。走过风风雨雨，越过沟沟坎坎，我们更加坚信：寒冬终会过去，春天必将到来。

希望的春天，就在医务人员忙碌的身影中，在广袤田野辛勤的耕作中，在工厂车间轰鸣的机器声中，在实验室里夜以继日的攻关中，在大街小巷重新升腾起来的人间烟火中……每一点梦想的星火，汇聚成时代的光焰。无数个平凡的"你我"，成就了极不平凡的"我们"。

让明天的中国更美好
——2023年新年献词

这是当代中国最动人的风景,也是中华民族战胜一切困难挑战最硬核的力量。

(二)

为了梦想,你可以坚持多久?

神舟十五号载人飞行任务航天员邓清明的答案是:近25年。2022年,56岁的他实现了飞天梦。"我可以用一生去默默准备,但不允许在任务来临的时候,我却没有准备好。"持之以恒的坚守,让奋斗者终于迎来梦想照进现实的高光时刻。

2022年11月30日在酒泉卫星发射中心拍摄的神舟十五号航天员乘组与神舟十四号航天员乘组太空合影的画面。11月30日7时33分,翘盼已久的神舟十四号航天员乘组顺利打开"家门",热情欢迎远道而来的亲人入驻"天宫"。随后,"胜利会师"的两个航天员乘组一起在中国人自己的"太空家园"里留下了一张足以载入史册的太空合影。(新华社记者郭中正摄)

这一年，我们看见一颗颗梦想的种子破土而出：冬奥健儿在赛场摘金夺银，自强不息的少年圆了大学梦，"大国工匠"让中国制造绽放光彩，八旬老人跑完北京马拉松全程……每一份付出都有收获，每一次奋斗都有回响。每一个追梦人努力奔跑的足迹，汇成一个国家浩荡前行的大势。

一些企业组团出海抢订单，各地出台助企等政策，推动生产"忙"起来、消费"暖"起来、物流"跑"起来……辞旧迎新之际，奋斗的脚步跋涉不停，希望的种子悄然萌芽。

回望来时路，我们已走过千山万水；展望新征程，曙光跃动在地平线上……

（三）

2023年是全面贯彻落实党的二十大精神的开局之年。站在新的历史起点上，崭新的篇章呼唤奋斗者挥毫书写，梦想的征途召唤追梦人再启新程。

在不久前举行的中央经济工作会议上，习近平总书记一番话引发广泛共鸣："什么时候没有困难？一个一个过，年年过、年年好，中华民族5000多年来都是这样。爬坡过坎，关键是提振信心。"

"摧伤虽多意愈厉，直与天地争春回。"回首我们走过的路，"难"是考验，也是常态。追梦之路上，从来没有轻松抵达的彼岸，也没有唾手可得的果实。将目光投向更加广阔的时空，我们就会发现，中国从来都是在磨难挫折中成长、在攻坚克难中壮大。中国人民把一个个"不可能"变成"一定能"，解锁了一道道难关，让梦想之路在脚下不断延展。

新时代十年，有涉滩之险，有爬坡之艰，有闯关之难。党和国家事业实现一系列突破性进展，取得一系列标志性成果，是在以习近平同志为核心的党中央坚强领导下、在习近平新时代中国特色社会主义思想科学指引下，全党全国各族人民苦干实干、团结奋斗取得的。实践充分证明，"两个确立"是战胜一切艰难险阻、应对一切不确定性的最大确定性、最大底气、最大保证，是我们的信心之源、胜利之本。前进道路上，坚持和加强党的全面领导，坚决维护党中央权威和集中统一领导，使党始终成为风雨来袭时全体人民最可靠的主心骨，就一定能够确保全党全国拥有团结奋斗的强大政治凝聚力、发展自信心，集聚起万众一心、攻坚克难的磅礴力量。

"乘风好去，长空万里，直下看山河。"今天的中国，是梦想接连实现的中国，是充满生机活力的中国，是赓续民族精神的中国，是紧密联系世界的中国。

全面建设社会主义现代化国家，是一项伟大而艰巨的事业。惟其艰巨，所以伟大；惟其艰巨，更显荣光。站在新的起点上，中华民族的凝聚力、向心力、创造力得到极大激发，中国人民的志气、骨气、底气得到极大增强，中国特色社会主义焕发出蓬勃生机活力，实现中华民族伟大复兴具有了更为完善的制度保证、更为坚实的物质基础、更为主动的精神力量。踏上新征程，向着新的奋斗目标砥砺奋进，明天的中国一定会更加美好。

（四）

"拼不拼？"

"拼！"

"战不战？"

"战！"

这段让人热血贲张的对话，发生在中国女足主教练水庆霞和队员之间。

图为2022年2月6日，中国队在2022女足亚洲杯颁奖仪式上庆祝。（新华社发　贾韦德·达尔摄）

2022年女足亚洲杯决赛中，中国姑娘们在0：2落后的情况下连追三球，时隔16年再次夺冠。竞技场上，"铿锵玫瑰"以荡气回肠的方式重返亚洲之巅，让人们见证了团结奋斗的力量。

一个人的成长，刻印着艰苦奋斗的足迹；一个国家的未来，寄望于勠力同心的力量。团结奋斗，既是洪亮的时代主旋律，也是丰伟的心灵正能量。

北京冬奥会开幕式上，96朵小雪花凝结成一朵大雪花，传递出"更团结"的宏大心愿；来自各地的建设者们齐心协力、接力奋斗，让白鹤滩水电站全部机组投产发电，我国在长江上建成世界最大"清洁能源走廊"；寒冬凛冽，面对疫情的冲击，一个个守望相助、共渡难关的故事涌动着大爱暖流……困难面前，我们从来不是一个人在苦撑；奇迹背后，凝结着无数人的付出和努力。新征程上，只要我们团结一心、众志成城，就一定能依靠顽强奋斗打开事业发展新天地，创造令人刮目相看的新的更大奇迹。

（五）

天时人事日相催，冬至阳生春又来。新年的一切都是崭新的。在这片气象万千的热土上，万物孕育着勃勃生机。

笃志前行，虽远必达。今天的中国朝气蓬勃，明天的中国前景光明。让我们更加紧密地团结在以习近平同志为核心的党中央周围，踔厉奋发、勇毅前行、团结奋斗，向着梦想开始新的出发！

（新华社北京2022年12月31日电）

> 创作手记

感悟梦想与奋斗的力量

岁月长河中，总有一些力量鼓舞人们风雨无阻地前进。《钟华论：让明天的中国更美好——2023年新年献词》回望难忘的2022，致敬那些为梦想不懈奋斗的平凡英雄，传播坚定信心、共创未来的正能量。

这篇"钟华论"文章不仅是辞旧迎新之际的感怀，更是对家国、对未来的认知与展望。与读者共情，讲好你我的故事；与时代共鸣，激发前行的动力。

走过2022年，"难"是人们的共同感受：国际环境风高浪急，国内改革发展稳定任务艰巨繁重，疫情形势纷繁复杂……文章既正视问题与挑战，更充分展现在以习近平同志为核心的党中央坚强领导下，中国人民攻坚克难、顽强拼搏的时代画卷。从克服重重困难成功举办冬奥盛会，到众志成城抗击疫情；从航天员邓清明坚守25年终圆飞天梦，到"铿锵玫瑰"中国女足逆袭夺冠重返亚洲之巅……通过一个个中国奇迹和感人故事，虚实结合、以事明理，让"寒冬终会过去，春天必将到来"的信念更加坚实，同时深刻揭示中华民族战胜一切困难挑战最硬核的力量就是人民的奋斗与创造。

迎来2023年，新的篇章呼唤奋斗者挥毫书写。文章用"梦想"这个主题词统领全篇，点燃人们团结奋斗的信心与热情。在党的二十大描绘的宏伟蓝图中，展望国家发展的光明前景；在习近平总书记"爬坡过坎，关键是提振信心"的庄严宣示中，进一步坚定攻坚克难的必胜信心；在各行各业人们的奋力打拼中，把握新时代中国浩荡前行的大势，展现中国特色社会主义焕发的蓬勃生机。文章把个体梦想与复兴伟业融合起来，实现同频共振，从大局大势看未来，从家国一体看前景，水到渠成地建构起"明天的中国一定会更加美好"的共识。

《钟华论：让明天的中国更美好——2023年新年献词》播发后，被700多家媒体采用，相关话题登上微博热搜榜，全网总浏览量过亿。"愿我们的国家，向着梦想开始新的出发"，网友的评论，洋溢着暖心的祝福，也是对文章主题的最好回应。

春风拂绿草木，大地勃发生机，在这个充满希望的春天，我们又迎来"两会时间"。

春天，折射发展新气象，标注奋斗新起点。在全面贯彻党的二十大精神的开局之年，即将召开的全国两会将通过法定程序，使党的主张成为国家意志，进一步把全国人民的思想和行动统一到党的二十大作出的各项决策部署上来，凝聚起强国建设、民族复兴的强大信心和力量。

阳和启蛰，品物皆春。从春天出发，让我们向着美好的未来奋跃而上！

向着美好的未来奋跃而上

本文播发后被近千家媒体采用转发,相关话题登上网络热搜榜,总浏览量过亿,取得了较好的社会效果和传播效果。受众、业界和媒体用户纷纷评价"钟华论"文章"给人向上的力量""读起来倍感振奋"。

2021年10月31日拍摄的国家会展中心（上海）（无人机照片）。（新华社发 蒋中呈摄）

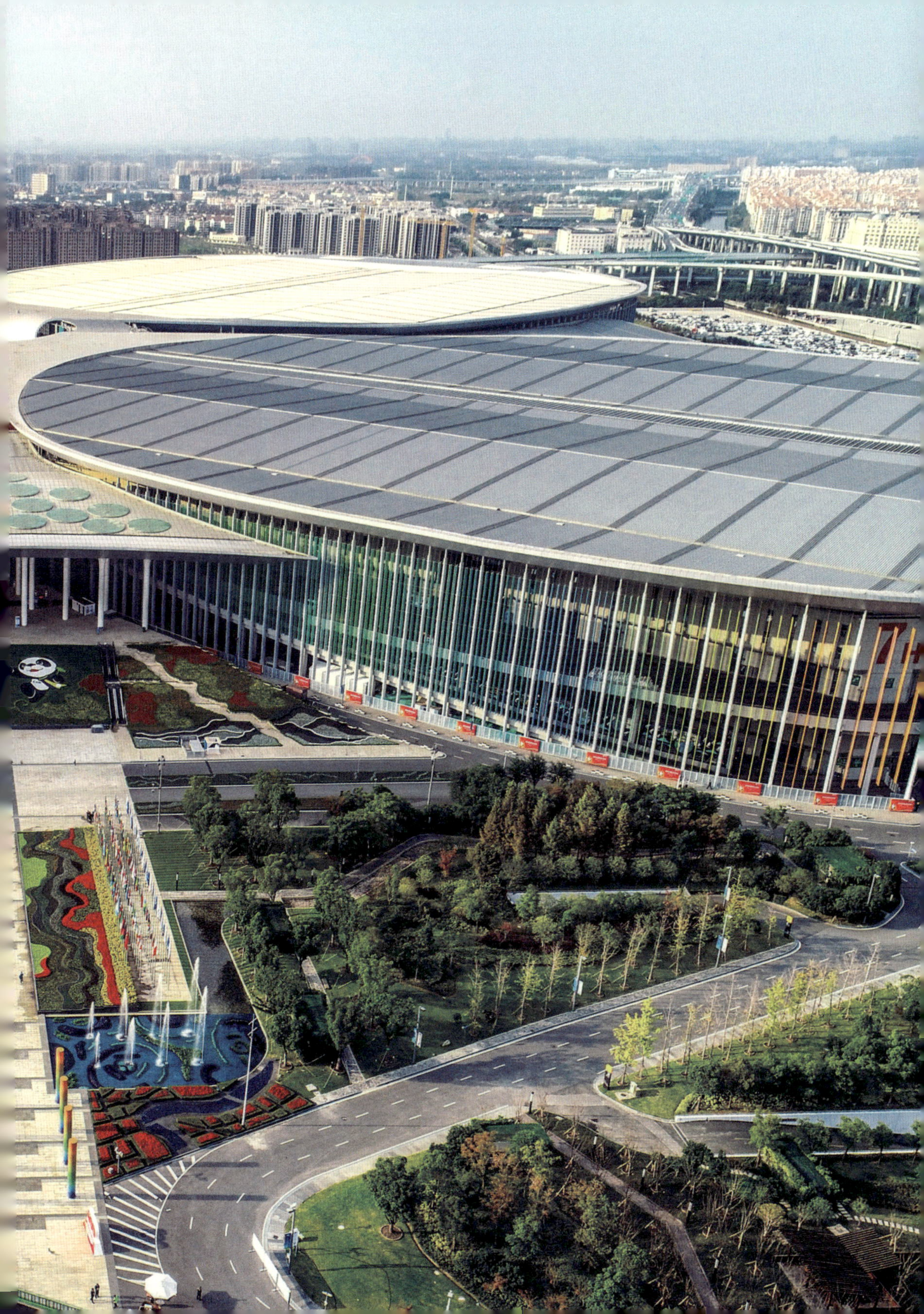

(一)

"等闲识得东风面,万紫千红总是春。"看中华大地,经济社会发展暖意扑面、向上向好。

看"账面",2月份制造业采购经理指数为52.6%,连续两个月上扬,我国市场主体数量增至1.7亿户,经济景气水平明显回升。

看"市面",春节假期消费相关行业销售收入同比增长12.2%,春运期间全社会人员流动量约47.33亿人次,快递业日均件量恢复至3亿件以上……人员"动"起来,消费"火"起来,物流"忙"起来,流动的中国迸发出蓬勃活力。

看"人面",各地紧锣密鼓推进高质量发展,用工大省开展跨省招工,各种招聘会上人头攒动,一系列解民忧、惠民生的实事让老百姓吃下"定心丸"、对未来更有盼头,各级干部进一步焕发谋发展、抓落实的精气神。

看"基本面",今天的中国,是一个拥有14亿多人口、超4亿中等收入群体、人均国内生产总值超过1.2万美元的超大规模市场的经济大国,拥有持续快速发展积累的坚实基础。中国经济韧性强、潜力大、活力足,长期向好的基本面不会改变。

"却顾所来径,苍苍横翠微。"回望新时代10年,党和国家事业取得历史性成就、发生历史性变革,我国经济实力实现历史性跃升,我国发展站在新的更高历史起点上。2013年至2021年,中国国内生产总值年均增长6.6%,高于同期世界2.6%和发展中经济体3.7%的平均增长水平。10年来,中国国内生产总值从54万亿元增长到121万亿元,中国经济对世界经济增长的平均贡献率超过30%,中国在全球创新指数中的排名从34位升至11位,进入创新型国家行列。

一路走来，有涉滩之险，有爬坡之艰，有闯关之难。以习近平同志为核心的党中央团结带领亿万人民，稳经济、促发展，攻贫困、建小康，战疫情、抗大灾，应变局、化危机，攻克了一个个看似不可攻克的难关险阻，创造了一个个令人刮目相看的人间奇迹。

从明确"五位一体"总体布局和"四个全面"战略布局，到明确社会主要矛盾发生历史性变化，判断我国经济已由高速增长阶段转向高质量发展阶段；从创造性提出新发展理念，到作出加快构建新发展格局的重大战略决策；从科学统筹发展和安全，到贯彻以人民为中心的发展思想……进入新时代，习近平总书记以马克思主义政治家、思想家、战略家的雄韬伟略、远见卓识、战略定力，引领中国经济迈上更高质量、更有效率、更加公平、更可持续、更为安全的发展之路。习近平新时代中国特色社会主义思想以一系列原创性治国理政新理念新思想新战略，科学回答中国之问、世界之问、人民之问、时代之问，为高质量发展提供科学指引。

成绩殊为不易，经验弥足珍贵。辉煌成就的取得，根本在于有习近平总书记作为党中央的核心、全党的核心掌舵领航，在于有习近平新时代中国特色社会主义思想科学指引。实践充分证明，"两个确立"是战胜一切艰难险阻、应对一切不确定性的最大确定性、最大底气、最大保证，是我们的信心之源、胜利之本。

征途越是壮阔，目标越是远大，越需要核心的掌舵定向、真理的指引领航。全面建设社会主义现代化国家新征程上，更加紧密地团结在以习近平同志为核心的党中央周围，全面贯彻习近平新时代中国特色社会主义思想，进一步把"两个确立"的政治共识转化为"两个维护"的行动自觉，团结成"一块坚硬的钢铁"，就能确保拥有团结奋斗的强大政治凝聚力、发展自信心，集聚起万众一心、共克时艰的磅礴力量，推动中华复兴号巨轮行稳致远。

（二）

"2亿多人得到诊治，近80万重症患者得到有效救治，新冠死亡率保持在全球最低水平，取得疫情防控重大决定性胜利，创造了人类文明史上人口大国成功走出疫情大流行的奇迹。" 2月16日，习近平总书记主持召开中共中央政治局常务委员会议，对去年11月以来较短时间实现了疫情防控平稳转段作出充分肯定，对3年多来我国极不平凡的抗疫防疫历程进行深刻总结。

穿越寒冬，迎来春天。抗疫斗争伟大实践再次证明，中国特色社会主义制度具有显著优势，是抵御风险挑战、夺取伟大胜利的根本保证，是中国信心的有力支撑。

衡量一个国家的制度是否成功、是否优越，一个重要方面是看其在重大风险挑战面前是否能展现出高效治理效能。世纪疫情突然袭来，党中央一声令下，广大党员干部冲锋在前，医务人员舍生忘死挽救生命，社区工作者坚守一线日夜值守，千千万万志愿者和普通人默默奉献，各行各业扛起责任、同心出力……在以习近平同志为核心的党中央坚强领导下，全国迅速形成统一指挥、全面部署、立体防控的战略布局，因时因势优化调整防控政策措施，高效统筹疫情防控和经济社会发展，交出了人民至上、生命至上的优异答卷。3年多的抗疫斗争，中国特色社会主义制度展现出非凡的组织动员能力、统筹协调能力、贯彻执行能力，发挥出集中力量办大事、办难事、办急事的独特优势，有力彰显了我国国家制度和国家治理体系的优越性。

"经国序民，正其制度。"制度优势是我们成就事业的重要法宝。在脱贫攻坚的"大战"中，我们党构建五级书记抓扶贫、全党动员促攻坚的局面，党政军民学劲往一处使，东西南北中拧成一股绳，带领人民历史性地解决绝对贫困问题；在经济社会发展的"大考"中，我们党不断深化改革创新，不断推动制度完善，持续激发发展活力；面对复杂严峻的国内外形势和诸多风险挑战，我们党坚持总体国家安全观，实施国家安全战略，建立健全体制机制，努力实现高质量发展和高水平安全的良性互动……实践证明，制度优势是我们战胜风险挑战、赢得发展主动的坚强保证，为中国信心写下最具说服力的注脚。

经历疾风骤雨，愈有坚如磐石的信心；穿越惊涛骇浪，更有扬帆远航的底气。

制度优势是一个国家的最大优势。新征程上，进一步坚定制度自信，坚持和完善中国特色社会主义制度，善于运用制度力量应对风险挑战冲击，把制度优势更好转化为治理效能，新时代中国必将续写"两大奇迹"，创造新的发展传奇。

（三）

人勤春来早，功到秋华实。春天是播撒希望的季节，更是只争朝夕的时光。

放眼神州大地，一个个奋斗的身影、忙碌的场景传递着信心与活力。在北大荒集团五大连池农场，科技服务中心工人忙着装运肥料；在四川省阆中市彭城镇，村民驾驶农机翻耕菜地；在北京一轻食品集团，智能化生产线开足马力运行；在广东深圳鹏城实验室，科研人员夜以继日地进行技术攻关；在浙江宁波舟山港穿山港区，桥吊林立，集装箱卡车穿梭不停；在江西南昌向塘国际陆港，平均5分钟就进出一辆货车……劳动的忙碌劲、奋斗的热乎气，升腾着追梦人的激情与期盼。

习近平总书记深刻指出：中国人民对美好生活的向往，是中国发展最大内生动力。千百年来，中国人民就以生命力的顽强、凝聚力的深厚、意志力的

演员在隆子县玉麦乡文化广场表演歌舞剧《天边格桑花》（2022年5月31日）。（新华社记者张汝锋摄）

坚韧、创造力的巨大而闻名于世。从革命年代"百万工农齐踊跃"到建设时期"遍地英雄下夕烟",从改革开放之初"万千能人涌珠江"到新时代"举国同心战贫困",一切伟大的成就,都是党和人民一道拼出来、干出来、奋斗出来的。

今天的中国,是梦想接连实现的中国,是充满生机活力的中国。点点星火,汇聚成炬,亿万人民的创造与奋斗,始终是中国发展的力量源泉,是中国信心的坚实基础。

人民是新时代的主角。全面建设社会主义现代化国家,必须充分发挥亿万人民的创造伟力。推进养老服务设施建设,加强困难群体就业帮扶,新增中小学学位、幼儿托位……各地纷纷推出"民生实事清单",聚焦群众的"急难愁盼"问题出实招、求实效。民生有力度,发展有温度。坚持以人民为中心的发展思想,把老百姓的安危冷暖放在心上,一件事情接着一件事情办,以干部"辛苦指数"换取群众"幸福指数",就能更好地强信心、聚民心、暖人心、筑同心,汇聚起共创未来的磅礴力量。

(四)

"你们尽管想象,我们负责实现。"不久前,中国航天科技集团、中核集团等"国家队"集体喊话国产科幻电影《流浪地球2》。艺术与科技融合,梦想与现实辉映,这样的"中国式浪漫",激荡着自信自强的精神力量。

人无精神则不立,国无精神则不强。在新时代的壮阔征程上,闪耀着一个个熠熠生辉的精神坐标。那是"宁愿苦干,不愿苦熬"的战贫之志,是"疫情不退我不退"的抗疫决心,是"只要祖国需要,我必全力以赴"的忠诚奉献,是"确确实实想为更多的人做点事"的公仆情怀……

李大钊同志曾说："历史的道路，不全是坦平的，有时走到艰难险阻的境界。这是全靠雄健的精神才能够冲过去的。"精神的力量穿越时空，奔流在中华民族的血脉之中。从"天行健，君子以自强不息"的志气到"犯其至难而图其至远"的勇气，从"安危不贰其志，险易不革其心"的意志到"为有牺牲多壮志，敢教日月换新天"的气概……代代传承的浩然之气，自强不息的精神力量，让我们一次次战胜困难挑战，也让我们倍增勇毅前行的信心。

5000多年来，中华民族之所以能在历史洪流中屹立不倒、挺立潮头，中华文明之所以能绵延不绝，依靠的就是历史风雨中锤炼出的自信自强、坚韧不拔的民族性格，凭借的正是时代变迁里锻造的攻坚克难、勇往直前的民族精神。

近日，习近平总书记对深入开展学雷锋活动作出重要指示，强调让雷锋精神在新时代绽放更加璀璨的光芒，为全面建设社会主义现代化国家、全面推进中华民族伟大复兴凝聚强大力量。雷锋精神滋养着一代代中华儿女的心灵，折射出精神力量的生生不息、历久弥新。

今天的中国，是赓续民族精神的中国。自信自强的精神力量，正是中国发展的深厚根基、强大动力。"客流量起来了，心里就踏实多了""创新是照亮企业未来的那道光""好日子是干出来的"……各行各业的人们，充盈着"拼"的精神、"闯"的劲头、"实"的干劲。一句句乐观向上的心声，一次次爬坡过坎的拼搏，一个个执着坚守的身影，都在朴实而有力地宣示：新征程上，中国人民的前进动力更加强大、奋斗精神更加昂扬、必胜信念更加坚定，实现梦想的步伐不可阻挡。

"火堆只要燃着，日子就不会难过"，一部名为《天边格桑花》的歌舞剧，讲述着西藏山南市隆子县玉麦乡从"三人乡"到67户小康乡的奋斗故事。恰如雪域高原上的格桑花——在风雪中傲然挺立，绽放着生命的力量。在精神火炬的召唤和引领下，我们必将抵达梦想的远方。

（五）

2023年新年伊始，中国外交活动格外繁忙。首次访华的菲律宾总统马科斯将中国称为"最强劲的合作伙伴"；土库曼斯坦总统谢尔达尔·别尔德穆哈梅多夫访华期间，中土两国政府签署关于"一带一路"倡议和"复兴丝绸之路"战略对接的谅解备忘录；柬埔寨首相洪森兑现"三年之约"，新春之际来华共商开启中柬命运共同体建设新时代；伊朗总统莱希用"岁寒知松柏，患难见真情"形容两国关系；来华进行国事访问的白俄罗斯总统卢卡申科预祝中国即将召开的全国两会取得圆满成功，相信"这将对中国和世界的未来产生重要影响"……友好的情谊、务实的合作，反映出国际社会对中国发展前景的坚定信心。

信心，源自对"中国作用"的普遍共识。国际货币基金组织发布报告，大幅上调今年中国经济增长预期至5.2%。摩根大通、瑞银集团、德意志银行等都上调了对中国经济的预期。"中国市场就是我们最大的信心""中国是全球经济复苏的关键"……这样的信念，回响在达沃斯的雪山上，呈现于投资机构的报告中，升腾在川流不息的港口码头。当前，世界经济复苏举步维艰，中国经济运行有望总体回升，进一步凸显世界经济复苏的"稳定器"和增长的"发动机"作用。

信心，源自对"中国机遇"的热切期盼。今天的中国，是紧密联系世界的中国。2022年，中国实际使用外资金额超过1.2万亿元，吸引外资和对外投资稳居世界前列。当前，我国已成为140多个国家和地区的主要贸易伙伴。一个不断深化改革、扩大开放的新时代中国，牢牢吸引着世界的目光。在海南，第三届消博会正加紧筹备，国际展区面积占总展区的80%；在上海，目前已有超500家海外企业签约参展第六届进博会。越开越大的开放大门，越来越广的合作空间，实实在在告诉世人：中国的发展是世界的机遇，投资中国就是投资未来。

信心，源自对"中国担当"的高度认同。当一些国家人为"筑墙设垒"，强推"脱钩断链"，中国倡导践行真正的多边主义，携手各国共建"一带一路"，推动构建开放型世界经济。面对"世界怎么了、我们怎么办"的时代之问，习近平总书记提出全球发展倡议、全球安全倡议等一系列新理念新倡议，为推动世界可持续发展、应对全球安全治理难题贡献中国力量，为推动人类和平与发展、构建人类命运共同体提供科学指引。

"天生襟度容江海"。在世界之变、时代之变、历史之变的加速演进中，一个把握大势、立己达人、开放包容的新时代中国，不断为全球发展注入信心和力量。世界好，中国才能好；中国好，世界才更好。

（六）

历史长河时而风平浪静，时而波涛汹涌，但总会奔涌向前。

全面建设社会主义现代化国家，是一项伟大而艰巨的事业。当前，世界百年未有之大变局加速演进，新一轮科技革命和产业变革深入发展，国际力量对比深刻调整，我国发展面临新的战略机遇。同时，世界进入新的动荡变革期，我国改革发展稳定面临不少躲不开、绕不过的深层次矛盾，我国发展进入战略机遇和风险挑战并存、不确定难预料因素增多的时期，各种"黑天鹅""灰犀牛"事件随时可能发生。难走的路是上坡路，难开的船是顶风船。面对困难，信心比黄金更重要；战胜挑战，提振信心是关键。最根本的，就是坚定不移走好自己的路，心无旁骛做好自己的事。

新时代新征程上，我们要继续保持坚忍不拔的韧劲。前进的道路不会一帆风顺，越是"乱花渐欲迷人眼"，越是"山雨欲来风满楼"，越要拿出"乱云飞渡仍从容"的定力、"咬定青山不放松"的执着、"越是艰险越向前"的勇毅，不为一时一事所惑、不为惊涛骇浪所惧，接续奋斗、艰苦奋斗、不懈奋斗，奋力实现既定目标。

新时代新征程上，我们要不断激发改革创新的闯劲。应对新挑战、破解新课题、实现新发展，关键是向改革要活力、向创新要动力。惟改革者进，惟创新者强，惟改革创新者胜。拿出"踏平坎坷成大道"的胆识，鼓足"狭路相逢勇者胜"的气概，突进"深水区"、勇闯"无人区"，让干部敢为、地方敢闯、企业敢干、群众敢首创，充分激发全社会创造活力，发展新动能就会澎湃不息。

新时代新征程上，我们要始终激扬攻坚克难的拼劲。我们的事业是前无古人的开创性事业，必须勇于进行具有许多新的历史特点的伟大斗争，准备付出更为艰巨、更为艰苦的努力。坚定"不破楼兰终不还"的决心，迸发"斗罢艰险又出发"的劲头，知难而进、迎难而上，敢于斗争、善于斗争，我们就一定能战胜前进道路上的各种困难和挑战，通过顽强斗争打开事业发展新天地。

新时代新征程上，我们要时刻铆足脚踏实地的干劲。"长安何处在，只在马蹄下。"一切梦想的实现，都不是靠喊破嗓子喊出来的，而是靠甩开膀子干出来的。追梦路上，容不得任何花架子、假把式。实干是最昂扬的姿态，实效是最有力的证明。砥砺埋头苦干的品格，发扬求真务实的作风，扎扎实实解决问题，一步一个脚印向前进，才能干出经得起实践、人民和历史检验的业绩。

全国人大代表袁海波（右三）在云南省曲靖市马龙区一种植基地了解务工人员就业需求（2023年2月11日）。（新华社记者江文耀摄）

两会前夕，全国人大代表袁海波奔忙于乡村和人才市场调研；被网友称为"最美医生"的全国人大代表陈玮深入基层倾听百姓呼声；全国政协委员马萧林思考如何加强文物保护、传承发展中华优秀传统文化；全国政协委员余国东仔细打磨提案，为绿色发展建言献策……代表委员履职的身影，诠释着初心和使命，凝聚着信心与力量。

一年春作首，万事行为先。新征程是充满光荣和梦想的远征，没有捷径，唯有实干。让我们更加紧密地团结在以习近平同志为核心的党中央周围，全面学习、全面把握、全面落实党的二十大精神，乘势而上启新程，撸起袖子加油干，以中国式现代化全面推进中华民族伟大复兴！

（新华社北京 2023 年 3 月 2 日电）

◢ 创作手记

唱响强信心主旋律，激发新征程奋进力

  2023年全国两会召开之际，《钟华论：向着美好的未来奋跃而上》应时而发。文章以"强信心"为主题，从不同维度深入论述"中国信心从哪里来"，激发攻坚克难、团结奋斗的正能量，有效发挥了凝心聚力、提振信心的舆论引导作用，为全国两会胜利召开营造了良好舆论氛围。

  "中国信心"之本是什么？这是评论必须回答的最重要问题，也是思想制高点所在。这篇"钟华论"文章从当前我国经济社会发展暖意扑面、向上向好的态势，回望新时代以来党和国家事业取得历史性成就、发生历史性变革，我国经济实力实现历史性跃升，进而分析成就的背后，是习近平总书记以马克思主义政治家、思想家、战略家的雄韬伟略、远见卓识、战略定力，引领中国经济迈上更高质量、更有效率、更加公平、更可持续、更为安全的发展之路，是习近平新时代中国特色社会主义思想为高质量发展提供科学指引。文章结合理论和实践，通过权威数据、典型事实、普遍感受，得出令人信服的结论："两个确立"是战胜一切艰难险阻、应对一切不确定性的最大确定性、最大底气、最大保证，是我们的信心之源、胜利之本。这样的论述有理有据、水到渠成，揭示了中国信心的本源，提升了思想深度和理论厚度。

  虚实结合，事理融合，是"钟华论"文章的一大特色。这篇文章从我国经济社会发展的"账面""市面""人面""基本面"等角度进行观察，列数据、摆事实、看场景、观风貌、明大势，有力支撑起"中国经济韧性强、潜力大、活力足，长期向好的基本面不会改变"的结论。文章通过对3年多的抗疫斗争、脱贫攻坚的"大战"、经济社会发展的"大考"等大事难事急事的回顾，充分彰显我国国家制度和国家治理体系的优越性。文章还把视野投向经济社会发展一线，展现了车间厂房、商场农场、车站港口的生产劳动场景，用人民群众乐观向上的心声、爬坡过坎的拼搏、执着坚守的身影，生动说明人民的创造与奋斗始终是中国发展的力量源泉，是中国信心的坚实基础。这些接地气、冒热气的内容，为"中国信心"写下了扎实有力的注脚。

展现"强信心"主题，文风须有生气、有底气，才能给人以温度和力量。这篇"钟华论"文章创新表达，活用意象，增强了可读性和感染力。文章有"劳动的忙碌劲、奋斗的热乎气""'拼'的精神、'闯'的劲头、'实'的干劲"等口语化的短句，也有"客流量起来了，心里就踏实多了""创新是照亮企业未来的那道光"等直接来自采访对象的群众语言，还有"人民是新时代的主角""火堆只要燃着，日子就不会难过"等意涵深远的句子，令人读来既感亲切，也有启迪。文章挖掘和用活"春"的意象，从开头的"春风拂绿草木，大地勃发生机"，到结尾的"一年春作首，万事行为先"等，春意盎然，文气贯通，进一步强化了"强信心"主题。

《钟华论：向着美好的未来奋跃而上》播发后，被近千家媒体采用转发，相关话题登上网络热搜榜，总浏览量过亿，取得了较好的社会效果和传播效果。受众、业界和媒体用户纷纷评价"钟华论"文章"给人向上的力量""读起来倍感振奋"。

这是人民的选择——

2023年3月10日上午，十四届全国人大一次会议第三次全体会议上，习近平全票当选为国家主席、中央军委主席。长时间的热烈掌声响彻人民大会堂，亿万人民心潮激荡。这充分体现了党的意志、人民意志、国家意志的高度统一，充分反映了全党全军全国各族人民的共同愿望和心声。

这是庄严的时刻——

国徽高悬，熠熠生辉。习近平面向近3000名全国人大代表宣读誓词：

"我宣誓：忠于中华人民共和国宪法，维护宪法权威，履行法定职责，忠于祖国、忠于人民，恪尽职守、廉洁奉公，接受人民监督，为建设富强民主文明和谐美丽的社会主义现代化强国努力奋斗！"

掌声如潮，誓言如山。奔赴充满光荣和梦想的远征，在习近平总书记带领下，14亿多中国人民同心同德、团结奋斗，凝聚起推进中国式现代化的磅礴力量，向着民族复兴的光明未来勇毅前行！

民族复兴的领路人
亿万人民的主心骨

本文播发后取得镇版刷屏之效。海内外近1600家媒体刊发转载,头部媒体纷纷置顶展示,全网总浏览量超过2亿,入选2023中国正能量网络精品。受众和业界人士评价这篇评论"有高度、有情怀""写出了人心所向",是"历史性时刻推出的重磅力作"。

这是海南洋浦经济开发区（2022年11月6日摄，无人机照片）。（新华社记者 蒲晓旭 摄）

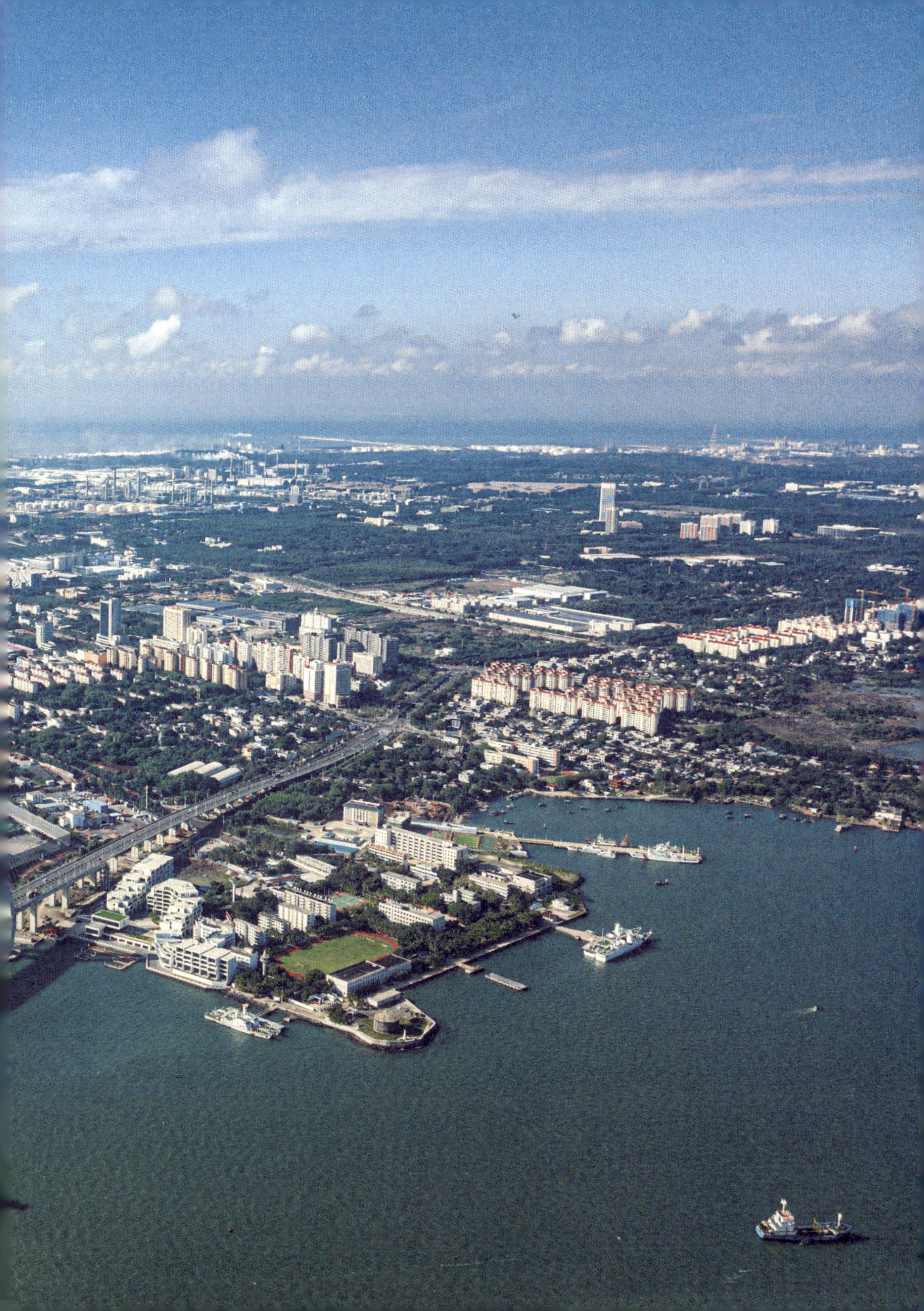

（一）

国内生产总值增加到 121 万亿元，十年增加近 70 万亿元、年均增长 6.2%；近 1 亿农村贫困人口实现脱贫，历史性地解决了绝对贫困问题；科技进步贡献率提高到 60% 以上；高速铁路运营里程增加到 4.2 万公里；基本养老保险参保人数覆盖 10.5 亿人……一个个数字，映照新时代党和国家事业取得的历史性成就、发生的历史性变革。

事非经过不知难，成如容易却艰辛。新时代以来，有涉滩之险，有爬坡之艰，有闯关之难。以习近平同志为核心的党中央审时度势、果敢抉择，锐意进取、攻坚克难，团结带领全党全军全国各族人民攻克了许多长期没有解决的难题，办成了许多事关长远的大事要事。

历史的如椽之笔，已把峥嵘岁月刻写在人心深处。这是脱贫攻坚战中"不获全胜决不收兵"的坚定决心，是改革大潮中"敢于啃硬骨头，敢于涉险滩"的非凡魄力，是抗疫斗争中"人民至上、生命至上"的深厚情怀，是维护国家尊严和核心利益"敢于斗争、善于斗争"的顽强意志，是管党治党"得罪千百人、不负十四亿"的使命担当……

在历史检验、实践考验、斗争历练中，习近平总书记以马克思主义政治家、思想家、战略家的恢弘气魄、远见卓识、雄韬伟略，总揽全局，运筹帷幄，展现了卓越领导才能、崇高人格风范、赤诚为民情怀。在全党全军全国各族人民心中，习近平总书记无愧为党的核心、人民领袖、军队统帅，无愧为民族复兴的领路人、亿万人民的主心骨。

新时代的壮阔征程，见证着思想的伟力。以习近平同志为核心的党中央提出坚持和加强党的全面领导，深入推进全面从严治党，找到了自我革命这一跳出治乱兴衰历史周期率的第二个答案；提出并贯彻新发展理念，着力推进高质量发展，推动构建新发展格局，统筹发展和安全，推动我国经济迈上更高质量、更有效率、更加公平、更可持续、更为安全的发展之路；坚持绿水青山就是金山银山的理念，推动生态环境保护发生历史性、转折性、全局性变化；确立和坚持马克思主义在意识形态领域指导地位的根本制度，中华优秀传统文化得到创造性转化、创新性发展；深入贯彻以人民为中心的发展思想，让人民群众获得感、幸福感、安全感更加充实、更有保障、更可持续；推动构建人类命运共同体，倡导践行真正的多边主义，提出全球发展倡议、全球安全倡议，坚定维护国际公平正义……

习近平新时代中国特色社会主义思想以一系列原创性治国理政新理念新思想新战略，科学回答中国之问、世界之问、人民之问、时代之问，实现了马克思主义中国化时代化新的飞跃，为新时代中国特色社会主义事业发展提供了根本遵循。

"共产党瓦吉瓦（很好），习总书记卡沙沙（谢谢）""成就来之不易，源于习近平总书记的掌舵领航""党中央坚强领导是我们的制胜法宝"……从庄严的人民大会堂到广袤的神州大地，激荡着14亿多中国人民的共同心声与普遍共识："两个确立"对新时代党和国家事业发展、对推进中华民族伟大复兴历史进程具有决定性意义，是我们在新征程上创造新的历史伟业的根本保证。

强调"牢牢把握高质量发展这个首要任务"，为推动高质量发展指明实践路径；对加快实现高水平科技自立自强、加快构建新发展格局、推进农业现代化等作出新部署，提出新要求；引导民营企业和民营企业家正确理解党中央方针政策，推动民营经济健康发展、高质量发展；开创一体化国家战略体系和能力建设新局面……两会期间，习近平总书记的重要讲话和重要论述，为我们在新征程上推进中国式现代化建设进一步明方向、强信心、聚共识，注入强大思想和行动力量。

中国式现代化是一项伟大而艰巨的事业。征途越是壮阔，目标越是远大，任务越是艰巨，越需要领导核心的掌舵定向、科学理论的指引领航。新征程上，深刻领悟"两个确立"的决定性意义，增强"四个意识"、坚定"四个自信"、做到"两个维护"，不断谱写马克思主义中国化时代化新篇章，中国式现代化事业就能在科学理论指引下沿着正确方向开拓前进，全党全国各族人民就能在党的旗帜下团结成"一块坚硬的钢铁"，心往一处想、劲往一处使，推动中华民族伟大复兴号巨轮乘风破浪、扬帆远航，驶向光辉的彼岸。

（二）

"我在福建工作的时候，每天都要看吃菜的问题。"3月5日，习近平总书记在参加十四届全国人大一次会议江苏代表团审议时回忆往事，要求抓好"菜篮子""米袋子"。在总书记心中，人民幸福安康是推动高质量发展的最终目的。

一蔬一饭，皆系民生。两会上，习近平总书记总是牵挂着人民群众的急难愁盼问题。湘西十八洞村大龄男青年的"脱单"情况，四川大凉山"悬崖村"村民的出行问题，青海农牧民的"保健室"，困难群众的社会救助，人民群众"舌尖上的安全"……在习近平总书记的亲切关怀和有力推动下，一件件"揪心事"正变成"舒心事"。温暖的变化，生动诠释了"民之所忧，我必念之；民之所盼，我必行之"。

"我们的目标很宏伟，但也很朴素，归根结底就是让全体中国人都过上更好的日子。"在与外宾交流时，习近平总书记的一番话，道出了中国共产党人矢志不渝的追求。

进入新时代，为了人民的幸福安康，以习近平同志为核心的党中央始终把

山东省临沂市郯城县郯城街道农民将收获的水稻装车（2022年10月23日摄）。（新华社发 张春雷摄）

人民放在心中最高位置，把人民对美好生活的向往作为奋斗目标，在幼有所育、学有所教、劳有所得、病有所医、老有所养、住有所居、弱有所扶上持续用力，人民生活全方位改善，人民幸福成为新时代壮美画卷最为温暖的底色。

"必须以满足人民日益增长的美好生活需要为出发点和落脚点，把发展成果不断转化为生活品质，不断增强人民群众的获得感、幸福感、安全感。"踏上全面建设社会主义现代化国家新征程，习近平总书记心怀"国之大者"、心系万家安乐，带领全党把握为民造福这一立党为公、执政为民的本质要求，紧紧抓住人民最关心最直接最现实的利益问题尽力而为、量力而行，坚持在发展中保障和改善民生，扎实推进共同富裕，不断实现发展为了人民、发展依靠人民、发展成果由人民共享，让现代化建设成果更多更公平惠及全体人民。

治国有常，利民为本。在推动高质量发展中创造高品质生活，在共同奋斗中不断实现人民对美好生活的向往，习近平总书记擘画的发展新蓝图、民生新图景温暖人心、催人奋进，为亿万人民追梦圆梦注入强大信心和力量。

人心是最大的政治。谁把人民放在心上，人民就把谁放在心上。在老百姓心中，习近平总书记是"全国人民的福星""群众的贴心人""自家人"。坚定拥护"两个确立"、坚决做到"两个维护"，是党心民心所向，是亿万人民不可撼动的思想共识和行动自觉。

江山就是人民，人民就是江山。从春天里的两会看中国，广大代表委员履职尽责，展现着全过程人民民主的生机与活力；各行各业的劳动者挥洒汗水，为各项事业发展尽自己的一份力。奋进的步伐，坚守的身影，彰显着"把中国式现代化蓝图变为现实"的远大志向，见证着"更好的日子还在后头"的坚定信心，激荡着"一步一个脚印向前进"的实干力量。

今天的中国，江山壮丽，人民豪迈，前程远大。在习近平总书记带领下，中国人民更加自信、自立、自强，更有志气、骨气、底气，焕发出前所未有的历史主动精神、历史创造精神，正在满怀信心书写新时代中国发展新的恢宏史诗。

（三）

"我坚信，在习近平主席坚强领导下，中国将不断取得新的辉煌成就。"全国两会前夕，来华进行国事访问的白俄罗斯总统卢卡申科对中国发展前景充满信心。

中国为什么能？面对我们党带领人民创造的辉煌成就，国际社会不断进行追问和探寻。在英国学者马丁·雅克看来，习近平是中国发展繁荣的"绝对关键人物"；阿根廷总统费尔南德斯表示，中国之所以取得巨大成就，关键在于中国共产党的坚强领导；有感于《习近平谈治国理政》中的中国智慧，泰国总理巴育多次向内阁成员推荐这套书籍；肯尼亚总统鲁托对习近平主席"以人民为中心、甘于奉献的领袖风范"印象深刻，认为"树立了榜样"……

读懂中国号巨轮掌舵者，世界可以更好地读懂中国。从"我将无我，不负人民"的深情告白，到"实现中华民族伟大复兴进入了不可逆转的历史进程"的豪迈宣示，从高质量共建"一带一路"的壮阔实践，到推动构建人类命运共同体的责任担当，世界感知着一个团结奋进、开放包容的新时代中国，更看到了互利合作、共同发展的广阔前景。

两会，是世界观察中国发展的重要窗口。"我们期待从两会中得到重要信息，期待中国继续为促进和平与繁荣提供方案、作出贡献"。两会期间，全球媒体对中国的报道热情高涨，各国人士对中国的关注持续升温。"加快构建新发展格局""深入推进重点领域改革""稳步扩大制度型开放"……习近平总书记关于深化改革开放、推动高质量发展等一系列重要论述引起国际社会热

图为从广西钦州港发出的首趟"北部湾—西藏"班列（2022年9月17日摄，无人机照片）。（新华社记者张爱林摄）

议，世界触摸着中国发展的强劲脉搏。

"在习近平经济思想指引下，中国经济进入了更具科技含量和包容度的新发展阶段"，这是菲律宾"亚洲世纪"战略研究所副所长安娜·马林博格-乌伊的评价；"习近平主席强调中国将推进高水平对外开放，对于中国经济和世界经济都是重大利好"，这是埃塞俄比亚亚的斯亚贝巴大学教授科斯坦蒂诺斯·贝尔胡特斯法的判断；"成百上千家美国企业热切盼望拓展在华业务"，这是美中贸易全国委员会会长克雷格·艾伦的观察……恳切的话语凝结着鲜明共识：一个蓬勃发展的中国不断为世界创造新机遇、带来新希望。

大道之行，天下为公。"坚定站在历史正确的一边、站在人类文明进步的一边，努力为人类和平与发展事业贡献中国智慧、中国方案"，习近平主席的庄严宣示铿锵有力、意涵深远。新征程上，新时代中国必将以海纳百川的气度、合作共赢的智慧、兼济天下的担当，不断促进世界和平与发展，携手各国开创人类更加美好的未来。

（四）

"沉着冷静、保持定力，稳中求进、积极作为，团结一致、敢于斗争"。3月6日，在看望参加全国政协十四届一次会议的民建、工商联界委员时,习近平总书记回顾奋斗历程,用24个字概括了面对复杂严峻国内外环境必须坚持的重大原则,为我们在新征程上攻坚克难、再创辉煌提供了制胜秘诀。

这些年来,我们面临的各种风险挑战接踵而至,大仗一个接一个。在以习近平同志为核心的党中央坚强领导下,全体人民团结奋斗、顽强斗争,稳经济、促发展,攻贫困、建小康,战疫情、抗大灾,应变局、化危机,闯过了多少难关险隘,创造了多少人间奇迹!

当前,世界百年未有之大变局加速演进,我国发展进入战略机遇和风险挑战并存、不确定难预料因素增多的时期。推进中国式现代化,是一项前无古人的开创性事业,前进之路没有坦途,少不了各种艰难险阻。未来一个时期,我们面临的风险挑战只会越来越多、越来越严峻。我们必须付出更加艰辛的努力,通过顽强斗争打开事业发展新天地。

实践已经充分证明并将继续证明,"两个确立"是战胜一切艰难险阻、应对一切不确定性的最大确定性、最大底气、最大保证。坚决捍卫"两个确立",忠实践行"两个维护"。新征程上,全党有"定盘星",全国人民有"主心骨",应对风险挑战有思想上的"导航仪"、行动上的"指南针",我们就一定能够确保中国式现代化事业锚定奋斗目标行稳致远,面对任何惊涛骇浪都做到"任凭风浪起,稳坐钓鱼船"。力量源于团结,拼搏成就梦想。新征程上,坚定不移沿着习近平总书记指引的方向奋勇前进,全面贯彻落实党中央决策部署,14亿多人拧成一股绳、铆足一股劲,敢于斗争、善于斗争,集聚起万众一心、攻坚克难的磅礴力量,就一定能不断夺取新的更大胜利。

"从现在起,中国共产党的中心任务就是团结带领全国各族人民全面建成社会主义现代化强国、实现第二个百年奋斗目标,以中国式现代化全面推进中华民族伟大复兴。"在党的二十大上,习近平总书记宣示新时代新征程党的使命任务，发出了奋进新征程、建功新时代的动员令。

  东风浩荡满眼春，万里征途惟奋进。让我们更加紧密地团结在以习近平同志为核心的党中央周围，全面贯彻习近平新时代中国特色社会主义思想，勠力同心加油干，风雨无阻向前进，为全面建设社会主义现代化国家、全面推进中华民族伟大复兴而不懈奋斗！

（新华社北京 2023 年 3 月 10 日电）

> 创作手记

展现人心所向，凝聚奋斗伟力

在十四届全国人大一次会议第三次全体会议上，习近平总书记全票当选国家主席、中央军委主席并进行宪法宣誓。聚焦这一重要历史性时刻，新华社及时推出"钟华论"文章《民族复兴的领路人 亿万人民的主心骨》。文章全方位展示新时代党和国家事业取得的历史性成就、发生的历史性变革，展现人民领袖爱人民、人民领袖人民爱，突出"两个确立"的决定性意义，发挥了凝心聚力、鼓舞干劲的重要作用，引起热烈反响。

这篇"钟华论"文章由宪法宣誓场景切入，回望总书记领航新时代新征程的伟大实践，以翔实的数字、标志性大事，展现新时代党和国家事业取得的历史性成就、发生的历史性变革，揭示根本原因是以习近平同志为核心的党中央的坚强领导、习近平新时代中国特色社会主义思想的科学指引，进而指出习近平总书记无愧为党的核心、人民领袖、军队统帅，无愧为民族复兴的领路人、亿万人民的主心骨。文章结合新征程上推进中国式现代化的伟大实践、伟大斗争，阐明任务越是艰巨，越需要领导核心的掌舵定向、科学理论的指引领航，进一步突出"两个确立"的决定性意义。文章还着眼未来，强调"两个确立"是我们在新征程上创造新的历史伟业的根本保证。文章以事实为依据，以理论为指引，贯通过去、现在和未来，从而深化了主题，提升了政治站位。

文章播发时正值全国两会期间，文章结合习近平总书记两会系列重要讲话精神进行深入阐释，突出总书记思想的真理力量，展现总书记的人民情怀和领袖风范。"我在福建工作的时候，每天都要看吃菜的问题。"文章从习近平总书记在参加十四届全国人大一次会议江苏代表团审议时回忆往事入手，由抓好"菜篮子""米袋子"为切入点，以两会上的镜头为线索串联起以人民为中心的思想和实践。文章通过讲故事、举例子、用细节等方式，生动诠释习近平总书记深厚的人民情怀，展现人民群众对领袖的衷心拥护和爱戴。

文章在说理中融入情感，在叙述中以情动人，具有较强的感染力和说服力。"共产党瓦吉瓦（很好），习总书记卡沙沙（谢谢）""党中央坚强领导是我们的制胜法宝"等直接来自群众的语言，读起来既感亲切、又有说服力。全党有"定盘星"、全国人民有"主心骨"、应对风险挑战有思想上的"导航仪"和行动上的"指南针"等表达，形象生动而又富有思想内涵，让人印象深刻。文章还努力借嘴说话，通过英国学者马丁·雅克、阿根廷总统费尔南德斯、泰国总理巴育、肯尼亚总统鲁托等国际政治经济界人士的客观评价，从不同角度呈现习近平总书记人民领袖和大国领袖的形象，让世界更好读懂中国号巨轮掌舵者的责任担当、读懂新时代中国。

《钟华论：民族复兴的领路人 亿万人民的主心骨》播发后，取得镇版刷屏之效。海内外近1600家媒体刊发转载，头部媒体纷纷置顶展示，全网总浏览量超过2亿，入选2023中国正能量网络精品。受众和业界人士评价这篇评论"有高度、有情怀""写出了人心所向"，是"历史性时刻推出的重磅力作"。

这是春天里的奋斗号角，这是新征程的进军号令。

"从现在起到本世纪中叶，全面建成社会主义现代化强国、全面推进中华民族伟大复兴，是全党全国人民的中心任务。"在十四届全国人大一次会议上，习近平主席的重要讲话坚守人民立场、坚定历史自信、彰显使命担当、指引前进方向，凝聚起推进中国式现代化建设的磅礴力量。

东风浩荡征帆劲，大潮奔涌奋楫先。从春天再出发，14亿多中国人民沿着民族复兴的康庄大道勇毅前行，向着全面建成社会主义现代化强国的光明未来砥砺奋进！

在强国建设、民族复兴新征程上勇毅前行

本文被海内外900多家媒体采用转载，相关话题登上多个网络热搜榜，全网总浏览量超3亿。受众纷纷评价文章"立意高远，逻辑严密""视野开阔，读来豁然开朗"，是"读懂中国式现代化的一篇精品力作"。

中国共产党历史展览馆(2021年6月18日摄)。(新华社记者岳月伟摄)

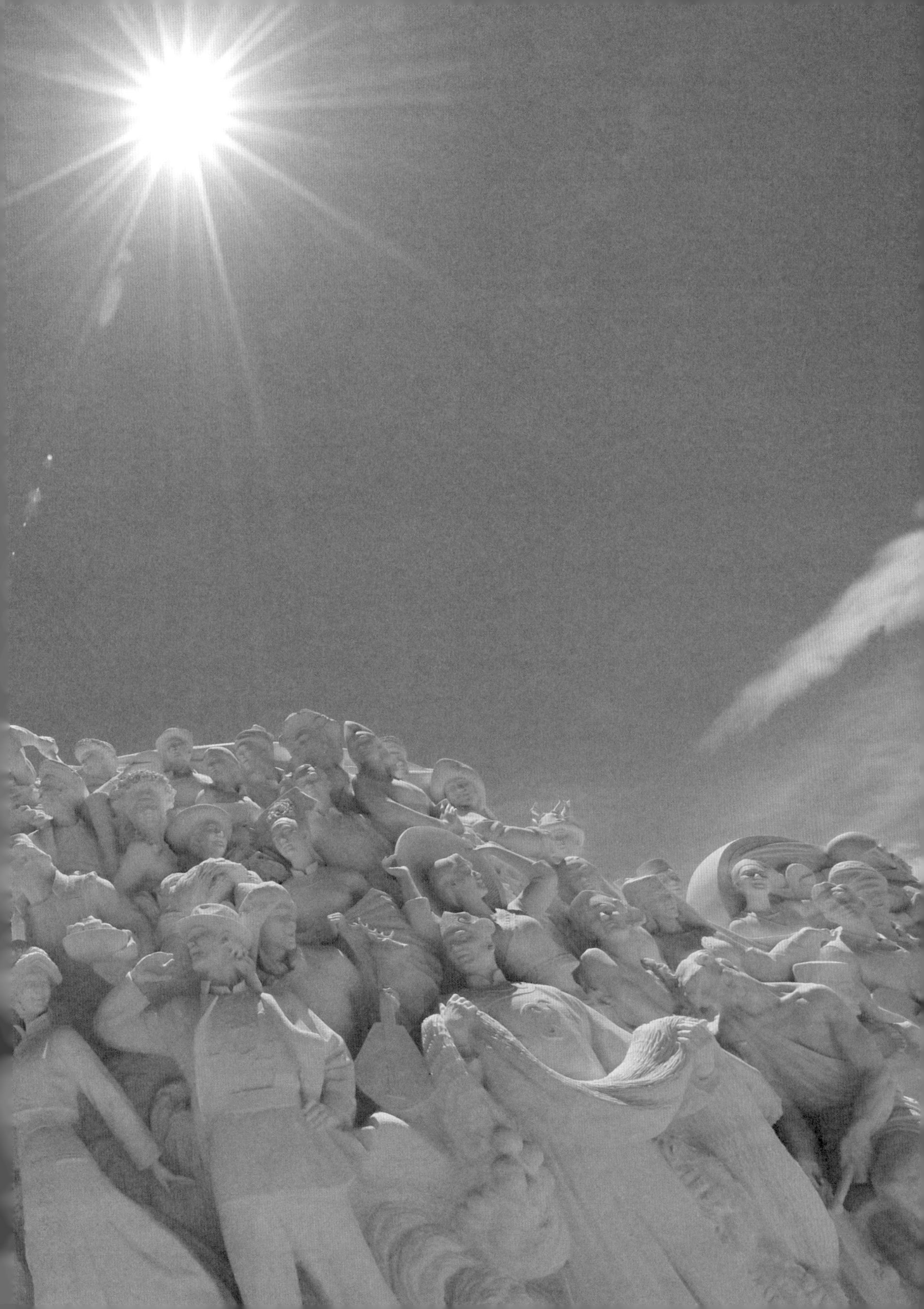

（一）

四川凉山州昭觉县"悬崖村"贫困户易地搬迁，鞍钢矿业曾经尘土飞扬的矿山蜕变为绿色生态园……全国两会期间，一组卫星对比图在海外社交媒体刷屏。惊叹于过去10年中国的发展成就，海外网友纷纷留言："这是真正的变化""很令人钦佩"……

斗转星移，气象万千。从卫星视角瞰中国，中华大地上的沧桑巨变，生动诠释着中国式现代化的生机与活力。穿越历史的时空，抚今追昔，更令人无限感慨。

1840年鸦片战争以后，中国逐步沦为半殖民地半封建社会。在那个国家蒙辱、人民蒙难、文明蒙尘的年代，为了找到救国救民的道路，实现民族复兴，无数仁人志士苦苦求索、进行各种尝试，但都以失败告终。从太平天国的《资政新篇》，到洋务运动的"师夷长技以制夷"；从戊戌变法的"改良图强"，到辛亥革命的"资产阶级共和国""振兴实业"方案……

中国共产党一经诞生，就把为中国人民谋幸福、为中华民族谋复兴确立为自己的初心和使命。探索中国现代化道路的重任，历史地落在了中国共产党身上。山长水阔不辞其远，风摧雨折不改其志。我们党团结带领中国人民所进行的一切奋斗，就是为了把我国建设成为现代化强国，实现中华民族伟大复兴。

1945年，毛泽东同志在党的七大上明确提出："中国工人阶级的任务，不但是为着建立新民主主义的国家而斗争，而且是为着中国的工业化和农业近代化而斗争。"新中国成立以后，我们党提出"把我国建设成为一个具有现代农业、现代工业、现代国防和现代科学技术的社会主义强国"，"四个现代化"的宏伟目标激励着广大中华儿女矢志奋斗。改革开放后，根据新的实际和历史经验，我们党制定了到21世纪中叶分三步走、基本实现社会主义现代化的发展战略。党的十八大以来，以习近平同志为核心的党中央团结带领全国各族人民在已有基础上继续前进，不断实现理论和实践上的创新突破，成功推进和拓展了中国式现代化。习近平新时代中国特色社会主义思想实现了马克思主义中国化时代化新的飞跃，为中国式现代化提供了根本遵循。

上下求索，正道沧桑。我们党100多年团结带领中国人民追求民族复兴的历史，也是一部不断探索现代化道路的历史。经过数代人不懈努力，我们走出了中国式现代化道路。这个历史进程，充满了艰辛与探索，凝结着鲜血和汗水，见证了苦难与辉煌。

中国式现代化为什么行？实践是最有力的证明。曾经一穷二白的国家，如今已成为世界第二大经济体；曾经连火柴、煤油都要进口的国家，如今已成为拥有联合国产业分类目录中全部工业门类的制造业第一大国；曾经民不聊生、哀鸿遍野的国家，如今全面建成了小康社会，历史性地解决了绝对贫困问题，建成了世界上规模最大的社会保障体系，人民生活越来越幸福，精神面貌焕然一新，极大增强了做中国人的志气、骨气、底气……

习近平总书记深刻指出："中国式现代化，是我们为如何唤醒'睡狮'、实现民族复兴这个重大历史课题所给出的答案，是选择自己的道路、做自己的事情。"新中国成立特别是改革开放以来，我们党团结带领中国人民仅用几十年的时间就走完了西方发达国家几百年走过的工业化历程，创造了世所罕见的经济快速发展和社会长期稳定两大奇迹，推动实现中华民族伟大复兴进入了不可逆转的历史进程，赢得了彻底的精神主动、历史主动、发展主动。

"中国人能近代化吗？"这是近百年前，学者们发出的痛切之问。回望历史风云，极目中华大地，历史的结论已然在人心深处写下：中国式现代化走得通、行得稳，是强国建设、民族复兴的唯一正确道路。

（二）

"只有我们中国共产党人实现了。"2020年10月，广东汕头开埠文化陈列馆。面对孙中山先生《建国方略》中的规划图，习近平总书记驻足感慨。

风雨百年路，奋斗铸辉煌。中国共产党牢记初心使命、肩负历史重任，团结带领全国各族人民，经过长期不懈努力，让无数先贤为之魂牵梦萦的现代化理想在中华大地上逐渐成为现实，中华民族伟大复兴展现无比光明的前景。历史和人民选择了中国共产党，中国共产党也没有辜负历史和人民的选择。历史和实践充分证明，没有中国共产党，就没有新中国，就没有中华民族伟大复兴。

中国式现代化，是中国共产党领导的社会主义现代化。党的性质宗旨、初心使命、信仰信念、政策主张，决定了中国式现代化是社会主义现代化，而不是别的什么现代化。党的二十大明确中国式现代化的本质要求，第一条就是"坚持中国共产党领导"；明确全面建设社会主义现代化国家必须牢牢把握的五个重大原则，第一条也是"坚持和加强党的全面领导"。

"为什么要强调党在中国式现代化建设中的领导地位？这是因为，党的领导直接关系中国式现代化的根本方向、前途命运、最终成败。"在学习贯彻党的二十大精神研讨班开班式上，习近平总书记深刻阐明中国式现代化最鲜明的特征和最突出的优势。在党的坚强领导下不断推进中国式现代化，这是历史和实践的结论，更是我们在强国建设、民族复兴的新征程上开辟中国式现代化新境界的根本保证。

面对纷繁复杂的国内外形势，只有毫不动摇坚持党的领导，坚决维护习近平总书记党中央的核心、全党的核心地位，坚决维护以习近平同志为核心的党中央权威和集中统一领导，把党的领导落实到社会主义现代化建设各领域各方面各环节，中国式现代化才会前景光明、繁荣兴盛。面对强国建设、民族复兴的宏伟目标，只有在党的领导下把远大理想和阶段性目标统一起来，接续奋斗、艰苦奋斗、不懈奋斗，才能确保现代化建设锚定奋斗目标行稳致远，扎扎实实把"规划图"变成"实景图"。面对新情况新问题新挑战，只有在党的领导下勇于改革创新，坚定不移扩大对外开放，着力破解深层次体制机制障碍，才能为中国式现代化建设注入不竭动力和活力。面对人民对美好生活的向往，只有坚持党的群众路线，践行以人民为中心的发展思想，发展全过程人民民主，不断实现好、维护好、发展好最广大人民根本利益，才能充分激发全体人民的主人翁精神，汇聚起齐心协力推进中国式现代化的强大力量。

这是党心所向、民心所向、众望所归。3月10日上午，十四届全国人大一次会议第三次全体会议上，习近平同志再次全票当选为中华人民共和国主席、中华人民共和国中央军事委员会主席。旗帜指引方向，核心凝聚力量。新征程上，深刻领悟"两个确立"的决定性意义，增强"四个意识"、坚定"四个自信"、做到"两个维护"，14亿多中国人民更加紧密地团结在以习近平同志为核心的党中央周围，心往一处想、劲往一处使，中国式现代化事业必将在习近平新时代中国特色社会主义思想指引下沿着正确方向开拓前进，不断夺取全面建设社会主义现代化国家新胜利。

（三）

"天问"探火，"羲和"逐日，"天宫"遨游，"墨子"传信，"悟空"探秘，"北斗"导航……一大批重大科技创新成果竞相涌现，展现着"中国式浪漫"的精彩与魅力，折射出中国式现代化的深厚文明底蕴。

树高千尺有根，水流万里有源。中华优秀传统文化源远流长、博大精深，是中华文明的智慧结晶,为中华民族迈向现代化提供了丰厚的精神滋养。不忘本来,才能开创未来。实现现代化过程中,如何正确把握和处理传统与现代的关系,事关国家的前途命运。

中国共产党既是马克思主义的坚定信仰者和实践者,也是中华优秀传统文化的忠实传承者和弘扬者。毛泽东同志曾指出:"从孔夫子到孙中山,我们应当给以总结,承继这一份珍贵的遗产。"改革开放之初,邓小平同志借鉴《礼记·礼运》中关于古代小康社会的描述,提出建设"小康社会"发展目标,有力凝聚和激发了亿万人民的现代化建设热情。进入新时代,以习近平同志为核心的党中央坚持把马克思主义基本原理同中国具体实际相结合、同中华优秀传统文化相结合,大力推进实践基础上的理论创新。

"如果没有中华五千年文明,哪里有什么中国特色?如果不是中国特色,哪有我们今天这么成功的中国特色社会主义道路?"习近平总书记这一问蕴含了对中华文明与中国特色社会主义内在联系最深刻、最准确、最鲜明的判断。中国式现代化深深植根于中华优秀传统文化,是重视文明传承和创新的现代化,是具有中国特色、中国风格、中国气派的现代化。中国式现代化是马克思主义基本原理同中国具体实际和中华优秀传统文化相结合的思想结晶、实践典范,彰显着中华文明中特有的礼乐文明、道德理想、价值取向,积淀着中华民族最深沉的精神追求、精神基因、精神标识。

中国式现代化5个方面的中国特色,每个方面都彰显了中华文化的独特气质和思想内涵,澎湃着中华文明的蓬勃生命力。在"人口规模巨大"的现代化实践中,可以感知"民惟邦本,本固邦宁"的民本思想;在"全体人民共同富裕"的不懈追求中,可以发现"国之称富者,在乎丰民"的治理理念;在"物质文明和精神文明相协调"的统筹兼顾中,可以体会厚德载物、自强不息的风范品格;在"人与自然和谐共生"的扎实行动中,可以感悟道法自然、天

在强国建设、民族复兴新征程上勇毅前行

天鹅在河南省三门峡黄河湿地嬉戏（2022年11月22日摄）。（新华社记者郝源摄）

人合一的发展理念；在"走和平发展道路"的坚定抉择中，可以读懂讲信修睦、天下大同的社会理想。

"我们从哪里来？我们走向何方？中国到了今天，我无时无刻不提醒自己，要有这样一种历史感……"党的十八大以来，习近平总书记以坚定的文化自觉与自信，引领中国人民在中华民族伟大复兴之路上砥砺奋进。中国式现代化之根，立于5000多年中华文明的深厚土壤；中国式现代化之魂，融入14亿多中国人民的精神血脉。"根之茂者其实遂，膏之沃者其光晔。"中国式现代化具有深厚、广泛的历史基础、文化基础、群众基础，为强国建设、民族复兴注入了源源不竭的前进动力。

习近平总书记在为《复兴文库》所作的序言中强调："要坚定文化自信、增强文化自觉，传承革命文化、发展社会主义先进文化，推动中华优秀传统文化创造性转化、创新性发展，构筑中华民族共有精神家园。"站立在广袤的神州大地上，吸吮着中华民族漫长奋斗积累的文化养分，我们走中国式现代化道路，具有无比广阔的舞台，具有无比深厚的历史底蕴，具有无比强大的前进定力！

（四）

从提出"把发展成果不断转化为生活品质"，到强调"人民幸福安康是推动高质量发展的最终目的"；从要求"紧紧抓住人民群众急难愁盼问题"，到宣示"始终坚持人民至上"……全国两会期间，习近平总书记与代表委员们共商国是、共谋大计，贯穿着一条思想主线：坚持以人民为中心。

哲学家有言，人是万物的尺度。从《共产党宣言》中"解放全人类"的历史宏愿，到《资本论》中关于共产主义是"一个更高级的、以每一个个人的全面而自由的发展为基本原则的社会形式"的理想追求，实现人的全面发展，是马克思主义经典作家的一贯主张。中国共产党人的初心和使命，就是为中国人民谋幸福、为中华民族谋复兴。一代代共产党人勇往直前以赴之，艰苦奋斗以求之，殚精竭虑以成之。

"现代化的本质是人的现代化""现代化的最终目标是实现人自由而全面的发展"，习近平总书记的重要论断，既是对马克思主义经典理论的继承与发展，也揭示了中国式现代化的根本目的与价值旨归。

从人的维度来理解，中国式现代化坚持把实现人民对美好生活的向往作为现代化建设的出发点和落脚点，追求物质富足、精神富有，不断促进人的全面发展，着力促进全体人民共同富裕，不断实现发展为了人民、发展依靠人民、发展成果由人民共享，让现代化建设成果更多更公平惠及全体人民。中国式现代化坚守人民至上理念，突出现代化方向的人民性，开辟了以人民为中心的现代化新境界。

现代化是什么？对老百姓来说，现代化看得见、摸得着、可体验，存在于日常生活中，激荡在追梦之路上。曾几何时，现代化是"楼上楼下电灯电话"的朴素憧憬。如今，随着时代的发展、社会的进步，人们的现代化期盼日益精彩纷呈：更加殷实的日子，智能化的生活，天蓝、地绿、水净的美好生态，公平公正的法治环境，丰富充实的精神文化生活……在中国式现代化"致广大"的壮美画卷里，每个人都能找到"尽精微"的幸福坐标。

马克思、恩格斯曾指出，历史活动是群众的活动，随着历史活动的深入，必将是群众队伍的扩大。人民是历史的创造者，是推进现代化最坚实的根基、最深厚的力量。"一切为民者，则民向往之。"中国式现代化道路之所以走得通、行得稳，关键是坚持以人民为中心，持续促进人民的幸福安康，从而成为广大人民的心之所向、行之所往，不断集聚起澎湃不息的创造伟力。

不负好春光，耕耘新希望，中国式现代化建设的热潮激荡神州大地。"新农人"扎根希望的田野为乡村振兴注入新活力，产业工人为发展高端制造业默默奉献，科研工作者潜心攻关奋力破解"卡脖子"难题，医务人员坚守岗位为人民健康保驾护航，文化工作者精心创作推出更多更好"精神食粮"，民营企业家抓住市场机遇谱写新的创业史……点点星光，汇聚成炬，每个人都担一份责、尽一份力，不断为强国建设、民族复兴伟业添砖加瓦、增光添彩，就将汇成推进中国式现代化的无穷力量！

（五）

"我们究竟需要什么样的现代化？怎样才能实现现代化？" 3月15日，在以"现代化道路：政党的责任"为主题的中国共产党与世界政党高层对话会上，习近平总书记系统阐释破解人类社会现代化进程历史之问的中国答案，为探索现代化道路、推动人类社会现代化进程注入信心与力量。

纵览历史，各国探索现代化道路的历程充满艰辛。有人形象地把现代化比作一场"国际马拉松赛"，自18世纪后期英国工业革命兴起，西方国家率先开启现代化进程，世界上大多数国家或主动或被动地加入"比赛"。在对现代化道路的探索中，一些发展中国家不顾自身发展的国情和历史方位，全盘照搬西方模式，结果发展过程极为艰难。历史的教训十分深刻：照搬没有出路，模仿导致迷失。人类历史上没有一个民族、一个国家可以通过依赖外部力量、照搬外国模式、跟在他人后面亦步亦趋实现强大和振兴。一个国家走向现代化，既要遵循现代化一般规律，更要立足本国国情，具有本国特色。

"'什么是发展''什么是民主''什么是好的治理'，我发现，对于这些我们已经习以为常的问题，中国给出了不同的答案"，正如法国专家布鲁诺·吉格所说，中国式现代化展现了不同于西方现代化模式的新图景，是一种全新的人类文明形态。中国式现代化蕴含的独特世界观、价值观、历史观、文明观、民主观、生态观等及其伟大实践，是对世界现代化理论和实践的重大创新。

中国式现代化"新"在何处？实践正在书写答案：它摒弃了西方以资本为中心的现代化、两极分化的现代化、物质主义膨胀的现代化、对外扩张掠夺的现代化老路，走出了一条以人民为中心、促进全体人民共同富裕、追求物质文明和精神文明相协调、人与自然和谐共生、和平发展的新路。中国式现代化代表人类文明进步的发展方向，既基于自身国情、又借鉴各国经验，既传承历史文化、又融合现代文明，既造福中国人民、又促进世界共同发展，是我们强国建设、民族复兴的康庄大道，也是为人类谋进步、为世界谋大同的必由之路。

英国历史学家汤因比曾预言："如果中国能够在社会和经济的战略选择方面开辟出一条新路，那么就会证明自己有能力给全世界提供中国与世界都需要的礼物。"中国式现代化拓展了现代化的内涵、发展的道路、实现现代化的方式，彻底打破了"现代化＝西方化"的迷思，展现了现代化的另一幅图景，拓展了发展中国家走向现代化的路径选择，为人类对更好社会制度的探索提供了中国方案。它雄辩地表明：现代化不是少数国家的"专利品"，也不是非此即彼的"单选题"，世界上既不存在定于一尊的现代化模式，也不存在放之四海而皆准的现代化标准。它给世界各国特别是广大发展中国家带来深刻启示：只要坚守人民至上理念、秉持独立自主原则、树立守正创新意识、弘扬立己达人精神、保持奋发有为姿态，各国有权利也有能力基于自身国情自主探索各具特色的现代化之路，把国家发展进步的命运牢牢掌握在自己手中。

近日，一则重要消息从北京传遍世界，为当前动荡不安的世界注入了宝贵的正能量：在中国推动和支持下，沙特和伊朗在北京对话取得重要成果，沙伊

游客在海南省海口市日月广场逛古风市集（2023年2月19日摄）。（新华社记者郭程摄）

同意恢复外交关系，开展各领域合作。这是对话的胜利、和平的胜利，得到国际社会普遍赞誉。

在对俄罗斯进行国事访问期间，习近平主席同普京总统就乌克兰危机进行了坦诚、深入的交流。中俄元首签署联合声明，强调通过和谈解决乌克兰危机。中国真心诚意致力于劝和促谈，推动停火止战，体现了中国负责任的大国担当，符合包括俄乌在内的世界上大多数国家人民的利益和期待。

从提出构建人类命运共同体理念，到推动共建"一带一路"高质量发展，再到提出全球发展倡议、全球安全倡议、全球文明倡议，中国始终不渝做世界和平的建设者、全球发展的贡献者、国际秩序的维护者，以实际行动和扎实成效告诉世人：中国实现现代化是世界和平力量的增长，是国际正义力量的壮大。

共行天下大道，共创光明未来。新征程上，新时代中国与世界携手同行现代化之路，必将为促进人类和平与发展事业、推动构建人类命运共同体作出新的更大贡献。

（六）

"这是人类历史上规模最大的现代化，也是难度最大的现代化。"习近平总书记对推进中国式现代化的深刻思考发人深省。

惟其艰巨，所以伟大；惟其艰巨，更显荣光。在人类200多年的现代化进程中，实现工业化的国家不超过30个、人口不超过10亿。14亿多人口的中国实现现代化，将超过现有发达国家人口的总和，使世界上实现现代化的人口翻一番多，彻底改写现代化的世界版图。大国之大，也有大国之重。光是解决14亿多人的吃饭问题，就是一个不小的挑战。还有就业、分配、教育、医疗、住房、养老、托幼等问题，哪一项解决起来都不容易，哪一项涉及的人群都是天文数字。推进中国式现代化，是前无古人的伟大事业，也是负重前行的艰辛探索。

在强国建设、民族复兴的新征程上，我们要始终保持"积跬步至千里"的历史耐心和"咬定青山不放松"的战略定力。推进中国式现代化，前途光明，任重道远。越是乱云飞渡，越要有道不改、志不变的决心，不为各种风险所惧，不为逆风逆流所扰，锚定既定的战略目标向前进，一张蓝图干到底。大道无垠，行者无疆。坚定不移走好自己的路，心无旁骛做好自己的事，我们就一定能不断开创中国式现代化事业发展新境界。

在强国建设、民族复兴的新征程上，我们要始终发扬"不破楼兰终不还"的斗争精神。道有夷险，履之者知。康庄大道并不等于一马平川，推进中国式现代化不可能顺风顺水，必然会遇到各种可以预料和难以预料的风险挑战、艰难险阻，必须勇于进行具有许多新的历史特点的伟大斗争，一仗接着一仗打，一关接着一关闯。坚持底线思维，保持战略清醒，发扬斗争精神，增强斗争本领，下好先手棋，打好主动仗，我们就一定能通过顽强斗争打开事业发展新天地。

在强国建设、民族复兴的新征程上，我们要始终遵循"十个指头弹钢琴"的科学方法。推进中国式现代化是一个系统工程，涉及经济、政治、文化、社会、生态文明等各个领域，关系治党治国治军、内政外交国防等方方面面，必须按规律办事、有章法实施，做到统筹兼顾、系统谋划、整体推进。坚持一切从实际出发，坚持稳中求进、循序渐进、持续推进，既不好高骛远，也不因循守旧，正确处理好顶层设计与实践探索、战略与策略、守正与创新、效率与公平、活力与秩序、自立自强与对外开放等一系列重大关系，扎扎实实、踏踏实实地搞现代化建设，方能不断创造新时代中国发展的新奇迹。

征途漫漫，惟有奋斗。现代化不会从天上掉下来，而是要通过发扬历史主动精神干出来。今天，强国建设、民族复兴的接力棒，历史地落在我们这一代人身上。奔赴充满光荣和梦想的远征，让我们更加紧密地团结在以习近平同志为核心的党中央周围，全面贯彻习近平新时代中国特色社会主义思想，全面学习、全面把握、全面落实党的二十大精神，自信自强、守正创新，凝心聚力、埋头苦干，为全面建设社会主义现代化国家、全面推进中华民族伟大复兴而团结奋斗！

（新华社北京 2023 年 3 月 24 日电）

> 创作手记

读懂中国式现代化的评论探索

习近平总书记指出，读懂中国，关键要读懂中国式现代化。《钟华论：在强国建设、民族复兴新征程上勇毅前行》紧密结合习近平总书记相关重要论述，阐明中国式现代化的历史逻辑、政治逻辑、文明逻辑、实践逻辑、世界意义。如何读懂中国式现代化？这篇重磅评论进行了探索和回答。

从政治保障和根本遵循的维度，突出习近平总书记推进中国式现代化的理论和实践创新。文章以春天的意象开篇，从卫星视角下中华大地的沧桑巨变，到回顾我们党100多年团结带领中国人民不断探索现代化道路的历史，突出党的十八大以来，以习近平同志为核心的党中央团结带领全国各族人民不断实现理论和实践上的创新突破，成功推进和拓展了中国式现代化，推动实现中华民族伟大复兴进入了不可逆转的历史进程，赢得了彻底的精神主动、历史主动、发展主动。

文章从习近平新时代中国特色社会主义思想为中国式现代化提供根本遵循、"两个确立"的决定性意义、"第二个结合"的实践典范、以人民为中心的现代化新境界、促进世界和平与发展等方面，结合事实、案例、数据等，展现以习近平同志为核心的党中央在新时代不断推进中国式现代化建设、不断发展中国式现代化理论的奋斗征程，生动诠释了中国式现代化的生机与活力，让人们看到中国式现代化在新时代的宏阔图景和光明未来。

从内在逻辑深入思考，彰显中国式现代化的重要意义和壮阔实践。文章从历史逻辑、政治逻辑、文明逻辑、人的发展逻辑、实践逻辑、世界意义等方面来谋篇布局，蕴含着对"中国式现代化为什么行、中国式现代化是什么、怎么干中国式现代化"等问题的深刻思考，用逻辑主线贯穿全文，各个方面的开掘又有力支撑主题主线，增强了思想性和说服力。

比如，文章从中国式现代化5个方面的中国特色，解析其彰显中华文明中特有的礼乐文明、道德理想、价值取向，积淀着中华民族最深沉的精神追求、精神基因、精神标识，说明中国式现代化是马克思主义基本原理同中国具体实际和中华优秀传统文化相结合的思想结晶、实践典范；结合沙特和伊朗在北京对话取得重要成果、习近平主席访俄期间强调通过和谈解决乌克兰危机等事实，说明中国式现代化代表人类文明进步的发展方向，是为人类谋进步、为世界谋大同的必由之路。

从创新表达和融媒呈现上，让推进中国式现代化的共识深入人心。文章用"路"的意象群串联全篇，让受众体会到中国式现代化"上下求索，正道沧桑"。"树高千尺有根，水流万里有源""'致广大'的壮美画卷，'尽精微'的幸福坐标""大国之大，也有大国之重"等语句令人印象深刻，进一步提升了文章的可读性。创作团队推出系列金句海报、系列微评，设置网络话题，有效放大了传播效果。"读懂中国式现代化"话题浏览量超2.1亿，"从春天再出发"话题浏览量超1.1亿。

《钟华论：在强国建设、民族复兴新征程上勇毅前行》被海内外900多家媒体采用转载，相关话题登上多个网络热搜榜，全网总浏览量超3亿。受众纷纷评价文章"立意高远，逻辑严密""视野开阔，读来豁然开朗"，是"读懂中国式现代化的一篇精品力作"。

"以这次主题教育为契机，将调查研究发扬光大"——习近平总书记2023年6月在内蒙古考察时，强调大兴务实之风，抓好调查研究，在察实情、出实招、求实效上下功夫。

当前，学习贯彻习近平新时代中国特色社会主义思想主题教育正在全党深入开展。在全党大兴调查研究，以深化调查研究推动解决发展难题，是这次主题教育的重要内容和鲜明特色。

回望党的百年奋斗史，调查研究是我们党的传家宝。从启航红船到领航巨轮，在深入开展调查研究的基础上制定和执行正确的路线和方针政策，让我们党牢牢把握历史主动，带领人民不断创造历史伟业。

实践发展永无止境，调查研究永远在路上。在强国建设、民族复兴的新征程上，如何进一步用好调查研究传家宝，让调查研究在新时代焕发新光彩？时代和人民期待着共产党人作出新的回答。

将调查研究发扬光大

本文播发后被1500多家媒体采用转发,全网置顶推送,"学习强国"平台突出展示,相关话题"调查研究永远在路上"连续两日登上微博热搜榜,话题阅读量达1.3亿。受众、业界和媒体用户评价这篇"钟华论"文章"正当其时""接地气、很解渴",把调查研究"讲明白、讲透彻、讲得深入人心"。

在广东省深圳市前海拍摄的前海石（2021年7月15日摄）。（新华社记者毛思倩摄）

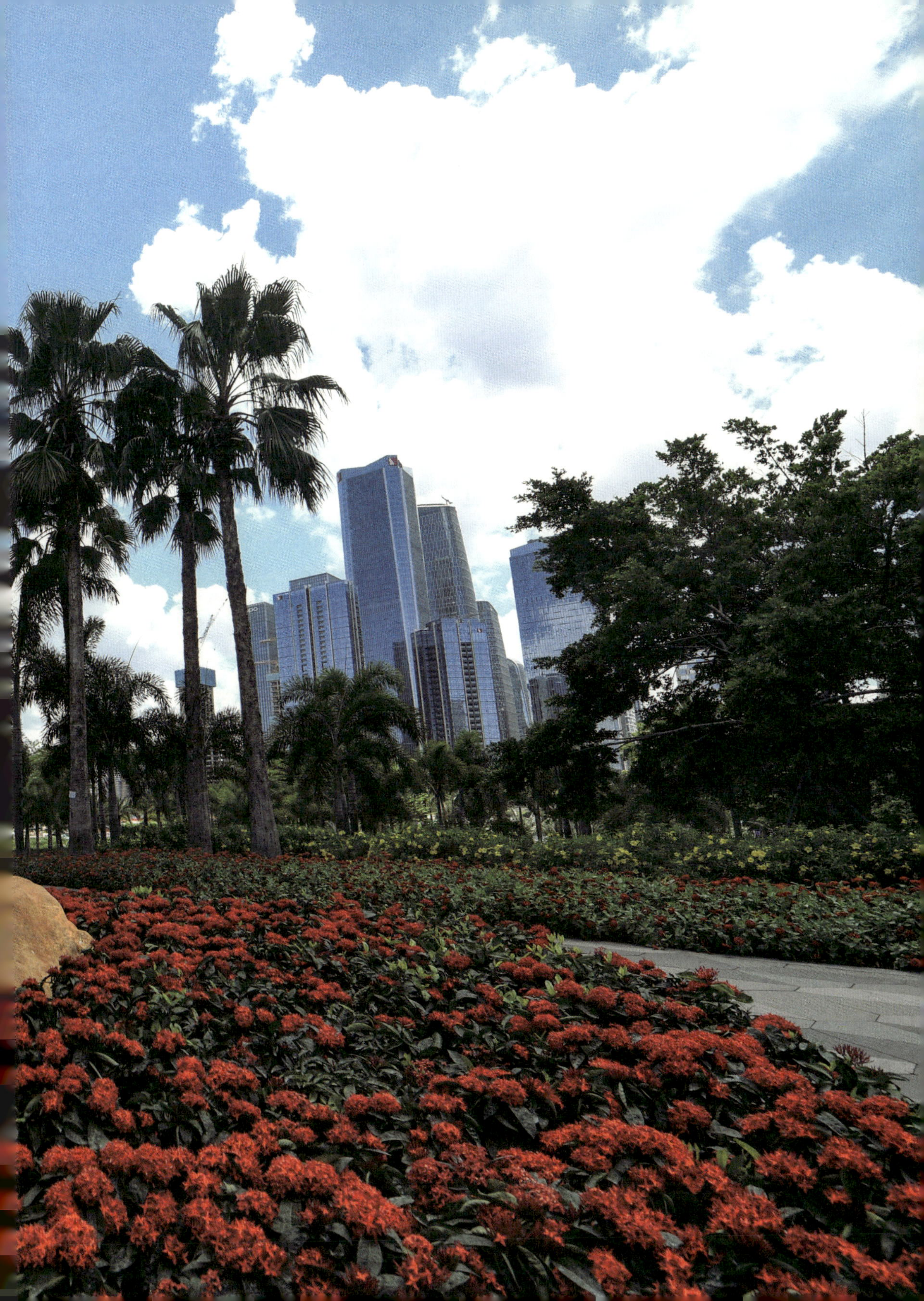

（一）

"你的工作场所使用的是煤气灯、煤油灯还是其他照明设备？"

"机器是专门雇工人来擦拭的呢，还是由使用机器的工人在工作日内无报酬地擦拭的？"

"开不开夜工？"……

这是140多年前，马克思为调查法国工人工作、生活情况而制作的《工人调查表》中的问题，一项一项非常具体，很接地气。

正如马克思所说："一个不了解社会现状的人，更不会了解力求推翻这个社会的运动和这个革命运动在文献上的表现。"调查研究是马克思主义经典作家认识世界、改造世界的重要方法。马克思主义在调查研究的基础上产生，也在调查研究的基础上不断发展。

为了写《资本论》，马克思在近40年的时间里对资本主义社会进行了全面、系统、动态的调查研究，阅读了2000多册经济学著作，收集了4000多种报刊，还经常深入工厂、农村进行实地调查。恩格斯用21个月时间在英国进行了广泛而深入的调查，访问工厂、矿山和工人家庭，与工人、医生、教师等广交朋友，搜集了大量第一手材料，写出了不朽之作《英国工人阶级状况》。

翻开我们党的历史，许多熠熠生辉的理论创新、许多影响深远的重大决策，无不源于深入扎实的调查研究。从石库门到天安门，从兴业路到复兴路，我们党一路走来，重视调查研究成为党的光荣传统和优良作风，大兴调查研究成为党带领人民不断取得胜利的重要法宝。

面对"红旗到底打得多久"的质疑，毛泽东同志立足中国大地、把握中国国情，科学回答了"中国的红色政权为什么能够存在"的重大问题，"星星之火，可以燎原"的信念在共产党人心中扎下根来。

面对"建设一个新世界"的课题，我们党开展大规模调查研究，严格区分和正确处理敌我矛盾和人民内部矛盾，正确处理我国社会主义建设的十大关系，探索适合中国国情的社会主义建设道路，党带领人民在社会主义革命和建设中取得独创性理论成果和巨大成就。

面对"建设什么样的社会主义、怎样建设社会主义"的时代之问，我们党深入开展调查研究，坚持实事求是、一切从实际出发，作出把党和国家工作中心转移到经济建设上来、实行改革开放的历史性决策，开启了改革开放和社会主义现代化建设新时期。

进入新时代，以习近平同志为核心的党中央高度重视调查研究工作，把调查研究作为我们党科学决策的重要依据、联系群众的重要途径、做好工作的重

在东洲街道黄公望村梅花桩农家乐，党员志愿者了解从业人员的需求（2021年5月21日摄）。（新华社记者徐昱摄）

要方法、改进作风的重要环节,在全党大兴调查研究。党的十八大后出台的中央八项规定,第一条就是"改进调查研究"。从党的群众路线教育实践活动到"三严三实"专题教育,从"两学一做"学习教育到"不忘初心、牢记使命"主题教育,从党史学习教育到学习贯彻习近平新时代中国特色社会主义思想主题教育,每一次党内集中学习教育都对调查研究提出明确要求,做好调查研究成为重要内容。

回望党的奋斗历程,调查研究是洞察大势的"望远镜",是破解难题的"金钥匙",是科学决策的"地基桩",是改进作风的"磨刀石"。什么时候全党从上到下重视并坚持和加强调查研究,党的工作决策和指导方针符合客观实际,党的事业就顺利发展。

毛泽东同志曾深刻指出:"中国革命斗争的胜利要靠中国同志了解中国情况。"何以"知中国"?调查研究,是马克思主义基本原理同中国具体实际、同中华优秀传统文化相结合的桥梁和纽带。实现"两个结合"、开辟马克思主义中国化时代化新境界,始终以调查研究为前提和依据。从毛泽东同志提出"没有调查,没有发言权"的重大命题,到邓小平同志指出要把调查研究"作为永远的、根本的工作方法",再到习近平总书记作出"调查研究是我们党的传家宝,是做好各项工作的基本功"的深刻论断,重视调查研究、坚持理论联系实际,运用马克思主义的立场观点方法创造性地解决实践中的问题,是"中国共产党为什么能"的关键密码。

(二)

主题教育开展以来,习近平总书记以一次次深入而扎实的调研率先垂范。在广东,深入企业、港口、农村,同工人、农民、企业家、科技人员等亲切交流，为广东如何"在推进中国式现代化建设中走在前列"指明方向；在河北，探工地、看港口、进社区、问民生，主持召开两场座谈会，谋划高标准高质量推进雄安新区建设、推动京津冀协同发展；在北京，考察中国国家版本馆和中国历史研究院，出席文化传承发展座谈会并发表重要讲话；在内蒙古，深入自然保护区、现代农业示范园区、林场、水利部门等调研，主持召开加强荒漠化综合防治和推进"三北"等重点生态工程建设座谈会并发表重要讲话；在江苏，深入工业园区、企业、历史文化街区、科学实验室等进行调研，谋划谱写"强富美高"新江苏现代化建设新篇章；在四川，来到广元、德阳等地进行调研，部署推动新时代治蜀兴川再上新台阶……习近平总书记以一堂堂生动而深刻的"调研课"，教育引导广大党员干部搞好调查研究、推动事业发展，让主题教育不断走深走实。

实践是最生动的课堂，行动是最有力的示范。从大别山区到秦巴腹地，从黄河之滨到长江之畔，从厂矿企业到田间地头，从街头巷尾到寻常人家……党的十八大以来，习近平总书记考察调研的足迹遍及大江南北。顶风雪、踏泥泞，问冷暖、听真话，察实情、谋良策，习近平总书记以身作则、亲力亲为，为全党重视调研、深入调研、善于调研树立了光辉典范。通过调查研究谋划和推动工作，是习近平总书记治国理政的鲜明特点，是习近平新时代中国特色社会主义思想不断丰富发展的重要动力。

为什么要重视调研？怎样搞好调研？如何用好调研成果？一路走来，习近平总书记想得深、看得远、抓得实：论重要性，指出"调查研究是谋事之基、成事之道"，强调"正确的决策离不开调查研究，正确的贯彻落实同样也离不开调查研究"；讲方法论，要求"拜人民为师，向人民学习"，强调"学习和运用唯物辩证法""善于解剖麻雀，把实际情况摸准摸透""善于透过现象看本质，提高把握问题实质、把握矛盾规律的能力"；指明检验标准，"要看

是否摸清社情民意、是否解决实际问题";改进调研作风,指出"既要'身入'基层,更要'心到'基层",要求"不能搞作秀式调研、盆景式调研、蜻蜓点水式调研""力戒形式主义、官僚主义";谋求工作长效,指出"调查研究要经常化",要求"各级领导干部要带头调研、经常调研"……习近平总书记深刻阐明调查研究的意义、内涵、途径、方法,进一步丰富和发展了我们党关于调查研究的理论和实践,为全党在新时代大兴调查研究、推动各项工作指明了努力方向。

　　行程万里,伟略在胸。在湖南调研时首次提出"精准扶贫",在江苏考察调研时首次提出"四个全面"战略布局,在贵州考察时就扶贫开发工作提出"六个精准"的基本要求,构建新发展格局、推动京津冀协同发展、长江经济带发展、粤港澳大湾区建设、长三角一体化发展、黄河流域生态保护和高质量

旅客在京雄城际铁路雄安站内拍摄"千年轮"(2020年12月27日摄)。(新华社记者牟宇摄)

发展……新时代采取的一系列战略性举措，推进的一系列变革性实践，实现的一系列突破性进展，取得的一系列标志性成果，无不凝结着总书记一次又一次深入调查研究的心血和智慧。习近平总书记的调查研究实践，彰显了共产党人实事求是、求真务实的宝贵品格，折射着心系人民、造福人民的深厚情怀，展现了把握规律、破解难题的高超智慧。

马克思指出，"理论在一个国家实现的程度，总是取决于理论满足这个国家的需要的程度。"稳经济、促发展，攻贫困、建小康，战疫情、抗大灾，应变局、化危机……党的十八大以来，在以习近平同志为核心的党中央坚强领导下，在习近平新时代中国特色社会主义思想科学指引下，中国人民闯过了多少难关险隘，创造了多少人间奇迹！实践证明，习近平新时代中国特色社会主义思想既立足于现实的中国，又植根于历史的中国，是当代中国马克思主义、二十一世纪马克思主义，是中华文化和中国精神的时代精华，是接地气、有温度、得民心的科学理论，实现了马克思主义中国化时代化新的飞跃，为新时代党和国家事业发展提供了根本遵循。

一个民族要走在时代前列，就一刻不能没有理论思维，一刻不能没有正确思想指引。深入开展学习贯彻习近平新时代中国特色社会主义思想主题教育，不断用党的创新理论武装头脑、指导实践、推动工作，我们奋进新征程就有了无比强大的思想力量和精神动力。

（三）

"越是深入调研，就越心明眼亮，越感到肩上担子很重""坐在办公室碰到的都是问题，深入基层看到的全是办法""接地气才能出实招"……不少党员干部的调研心得体会，从一个侧面启示我们，传家宝永不过时，新征程上调查研究的重要性更加凸显，新时代在全党大兴调查研究的意义更加深远。

时代是思想之母，实践是理论之源。习近平新时代中国特色社会主义思想在新时代伟大实践中创立，在指导实践、推动实践中展现出强大真理力量和实践伟力。在全党大兴调查研究，有利于党员干部全面系统掌握这一思想的基本观点、科学体系，把握好这一思想的世界观、方法论，坚持好、运用好贯穿其中的立场观点方法，不断增进对党的创新理论的政治认同、思想认同、理论认同、情感认同，深刻领悟"两个确立"的决定性意义，增强"四个意识"、坚定"四个自信"、做到"两个维护"，始终在思想上政治上行动上同以习近平同志为核心的党中央保持高度一致，共同把党锻造成一块攻无不克、战无不胜的坚硬钢铁。

"知之愈明，则行之愈笃。"调查研究是获得真知灼见的源头活水。在全党大兴调查研究，是应对新时代新征程前进路上的风浪考验、推进中国式现代化的有力举措。全面建成社会主义现代化强国、实现第二个百年奋斗目标，以中国式现代化全面推进中华民族伟大复兴，是全党全国各族人民在新时代新征程的中心任务。这是前无古人的开创性事业，必然会遇到各种可以预料和难以预料的艰难险阻。新时代新征程上，科学认识世界之变、时代之变、历史之变，回答好中国之问、世界之问、人民之问、时代之问，做好经受风高浪急甚至惊涛骇浪重大考验的准备，不断推进中国式现代化事业，都需要通过高质量调查研究把握大势和规律，不断提出解决问题的新理念新思路新办法，更好地应变局、育新机、开新局。

大有大的优势，大有大的难处。今天，我们党已经成为拥有9800多万名党员、500多万个基层党组织的世界上最大的马克思主义执政党。在全党大兴调查研究，是时刻保持解决大党独有难题的清醒和坚定、回答"六个如何始终"的现实需要。通过深入细致的调查研究了解实情、摸清问题，查不足、找差距、明方向，不断深化对共产党执政规律、社会主义建设规律、人类社会发展规律的认识，健全全面从严治党体系，使全面从严治党各项工作更好体现时代性、把握规律性、富于创造性，才能深入推进新时代党的建设新的伟大工程，使我们党始终成为中国特色社会主义事业的坚强领导核心。

根植沃土，其叶方茂；实事求是，其理乃明。在全党大兴调查研究，是转变工作作风、密切联系群众、提高履职本领、强化责任担当的有效途径。实践是真理的依据，调研是成功的基石。越是深入扎实进行调查研究，才越能保持同人民群众血肉联系；越能锻造优良作风、激发奋进动力，越能把马克思主义看家本领学到手，不断交出无愧于历史和人民的精彩答卷。

（四）

浙江杭州市富阳区组织党员干部以"昼访企业项目＋夜谈群众干部"等形式，分层分类深入一线开展调查研究；江西兴国县建立"网格说事点"，组织党员干部深入社区收集民情民意、办好民生事项；青海开展"大走访、大调研、大排查、大攻坚"，到海拔高、条件艰苦的地方，研究提出举措建议；农业农村部分批派出党员干部赴650多个县开展调研，系统梳理"三农"领域重点工作开展情况、面临的重点难点任务和关键紧迫问题……在主题教育中，各地各部门、广大党员干部纷纷深入实际、深入基层、深入群众，掌握实情、把脉问诊，推动调查研究蔚然成风。

搞好调查研究，必须坚持群众路线。从群众中来、到群众中去，迈进群众的门槛容易，走进群众的心坎不易。用心用情，搭起干群连心桥。排忧解难，做好百姓贴心人。"把屁股端端地坐在老百姓的这一面"，在身挨身坐、心贴心聊的深入交流中，真诚倾听群众呼声、真实反映群众愿望、真情关心群众疾苦，说百姓话、办百姓事，才能始终同人民群众站在一起、想在一起、干在一起。甘当"小学生"，向群众求教，向人民问策，学习借鉴人民群众的"真知识""金点子"，才能更好地察民情、聚民智、汇民力，把调研结果转化为正确认识，把党的正确主张变为群众的自觉行动。

搞好调查研究，必须坚持实事求是。能不能、敢不敢实事求是，不只是认识水平问题，而且是党性问题。做好调查研究，要有直面问题的勇气、坚持真理的追求、修正错误的魄力。既看"高楼大厦"又看"背阴胡同"，近的远的都要去，好的差的都要看，干部群众表扬和批评都要听，有一是一、有二是二，一门心思听真话、察实情、谋实策，确保调查研究的过程和结果都真实可靠，才是真正的"不唯书、不唯上、只唯实"。

搞好调查研究，必须坚持问题导向。毛泽东同志曾形象地说："调查就像'十月怀胎'，解决问题就像'一朝分娩'。调查就是解决问题。"能不能发现问题、解决问题，是检验调查研究成效的试金石。要聚焦发展所需、改革所急、基层所盼、民心所向的问题，真正把情况摸清、把问题找准、把对策提实，不断提出有效解决问题的新思路新办法，一环紧着一环拧，一锤接着一锤敲，积小胜为大胜，把一个个"问题清单"变为"成果清单"。

搞好调查研究，必须坚持攻坚克难。志不求易者成，事不避难者进。开展调查研究，不能搞"坐着车子转、隔着玻璃看"的"假调研"，也不能搞"看'门面'和'窗口'多、看'后院'和'角落'少"的"浅调研"，更不能搞"遇到困难绕着走、碰见矛盾拐个弯"的"选择性调研"，必须务实事、破难题，不断发扬斗争精神、增强斗争本领。要敢于接"烫手山芋"、善于啃"硬骨头"，多到困难多、群众意见集中、工作打不开局面的地方和单位开展调研，找到解决难题的有效办法和科学路径。"一语不能践，万卷徒空虚。"要防止调查多研究少、情况多分析少，扑下身子摸实情，撸起袖子干实事，努力写好"后半篇文章",切实把调查研究成果转化为推进工作、战胜困难的实际成效。

搞好调查研究,必须坚持系统观念。深入实际、深入基层、深入群众调查了解情况,不能"见山是山""见水是水",更不能"一叶障目""盲人摸象"。要不断提高系统思维能力,把握好全局和局部、当前和长远、宏观和微观、主要矛盾和次要矛盾、特殊和一般的关系。不为一时一事所惑,不为风险挑战所惧,明发展大势,谋长远之计,下好先手棋,打好主动仗,以前瞻性思考、全局性谋划、整体性推进,让党和国家各项事业行稳致远。

(五)

井冈山的翠竹郁郁葱葱,深圳的前海石屹然矗立,雄安高铁站内的"千年轮"转动不停……

穿越历史时空,追寻永恒足迹。一代代共产党人奔赴的身影,闪耀着调查研究优良传统的光辉。

今天,中国式现代化的宏伟蓝图在神州大地徐徐铺展。扎根中华大地,心中装着人民,新时代中国共产党人奋斗的底气更加充足,前进的步伐更加有力,团结带领亿万人民创造新的历史伟业的意志更加坚定!

(新华社北京 2023 年 8 月 9 日电)

◢ 创作手记

让"传家宝"在新时代焕发新光彩

在全党大兴调查研究,以深化调查研究推动解决发展难题,是学习贯彻习近平新时代中国特色社会主义思想主题教育的重要内容和鲜明特色。《钟华论:将调查研究发扬光大》紧密结合主题教育相关部署,突出习近平总书记关于调查研究的理论和实践,深入回答新征程上为什么要重视调查研究、如何搞好调查研究,为推动主题教育走深走实营造良好舆论氛围。

文章打通历史与现实,突出调查研究的重要性。写作中,以习近平总书记在内蒙古考察时发出的"将调查研究发扬光大"号召为主题,以宏阔视野、严谨论述、生动故事,深刻阐明不同历史时期调查研究都是我们党的传家宝。文章聚焦党的十八大以来习近平总书记的调查思想和实践,从调查研究的角度来理解党的创新理论,得出这样的结论:通过调查研究谋划和推动工作,是习近平总书记治国理政的鲜明特点,是习近平新时代中国特色社会主义思想不断丰富发展的重要动力。文章结合新征程上推进中国式现代化的伟大实践、伟大斗争,阐明形势越是严峻复杂,任务越是艰巨繁重,越要在全党大兴调查研究,越要不断用党的创新理论武装头脑、指导实践、推动工作。在此基础上,从学深悟透习近平新时代中国特色社会主义思想、推进中国式现代化、推进党的自我革命、转变作风提高本领等方面,凸显调查研究的重要价值和意义,增强党员干部重视调研、搞好调研的自觉性和主动性。

文章体现传承与发展,深入思考新时代新征程如何用好"传家宝"。结合习近平总书记有关重要论述,文章从坚持群众路线、坚持实事求是、坚持问题导向、坚持攻坚克难、坚持系统观念等方面，阐明我们今天怎样搞好调查研究。这五个方面，既有价值取向、工作导向，也有科学方法论，还有精神状态和作风，系统深入地说清楚怎样把马克思主义看家本领学到手，有针对性和指导性。在论述过程中，还结合浙江杭州、江西兴国、青海、农业农村部等的调研实践进行"案例教学"，使得说理更实也更有说服力。

在创作过程中，我们始终坚持一个信念：调查研究主题的评论，一定要写得接地气，本身就要有调研的味道。文章着力打造质朴、鲜活的文风。以洞察大势的"望远镜"、破解难题的"金钥匙"、科学决策的"地基桩"、改进作风的"磨刀石"来说明调查研究的重要作用，生动而又深刻。"实践是真理的依据，调研是成功的基石""接地气才能出实招""调查研究永远在路上"等金句，意涵深远，给人以启发。文章结尾，串起井冈翠竹、深圳前海石、雄安高铁站"千年轮"等意象，折射共产党人坚持调查研究的永恒足迹，言简意赅，耐人咀嚼。

《钟华论：将调查研究发扬光大》播发后，被1500多家媒体采用转发，全网置顶推送，"学习强国"平台突出展示，相关话题"调查研究永远在路上"连续两日登上微博热搜榜，话题阅读量达1.3亿。受众、业界和媒体用户评价这篇"钟华论"文章"正当其时""接地气、很解渴"，把调查研究"讲明白、讲透彻、讲得深入人心"。

潮起亚细亚，欢歌钱塘江。2023年10月8日晚，熊熊燃烧了16天的亚运会圣火在杭州奥体中心体育场徐徐熄灭，杭州第十九届亚洲运动会圆满落幕。

中国特色、亚洲风采、精彩纷呈——这是中国为世界呈现的体育盛会，也是亚洲人民携手写就的崭新篇章。

"亚洲运动会承载着亚洲人民对和平、团结、包容的美好向往。"以体育之名，聚亚洲之力，筑未来之路。在充满活力的中华大地，在亚洲大家庭的共同努力下，杭州亚运会成功举办，为推动奥林匹克运动发展、促进亚洲人民团结和友谊作出新的贡献，奏响了"心心相融，爱达未来"的时代乐章！

聚亚洲之力，筑未来之路

——写在杭州第十九届亚洲运动会闭幕之际

> 本文播发后被数百家媒体采用转发，相关话题登上网络热搜榜，总浏览量过亿，取得良好传播效果和社会效果。

2023年10月8日,数字火炬手在杭州亚运会闭幕式的主火炬熄灭仪式上。(新华社记者孙非摄)

杭州第19届亚洲运动会
The 19th Asian Games Hangzhou

（一）

这一刻，载入亚运会历史。9月23日21时16分，国家主席习近平宣布：杭州第十九届亚洲运动会开幕！顿时，全场沸腾，掌声欢呼声经久不息。历经8年筹办，在秋分这个寓意丰收和团圆的日子，亚运会圣火再次在中国点燃。

杭州亚运会是党的二十大胜利召开后我国举办的规模最大、水平最高的国际综合性体育赛事。自申办以来，中国认真履行承诺，全力推进各项筹办工作。习近平总书记亲切关怀、高度重视杭州亚运会筹办和举办工作，多次作出重要指示，为办好杭州亚运会提供了根本遵循。

盛会召开之际，习近平主席为来华出席亚运会开幕式的国际贵宾举行欢迎宴会，同外国领导人和国际组织负责人举行会见。从"增进亚洲人民团结和友谊，给全世界留下难忘的杭州记忆"的深情展望，到"以体育促和平""以体育促团结""以体育促包容"的中国主张，习近平主席的"亚运时间"，展现着东道主的热情好客，宣示了新时代中国推动奥林匹克运动发展、构建亚洲命运共同体和人类命运共同体的坚定决心。

体育强则中国强，国运兴则体育兴。体育承载着国家强盛、民族振兴的梦想。党的十八大以来，以习近平同志为核心的党中央高度重视和关心体育事业，始终从不断满足人民群众对美好生活向往的高度引领体育事业健康有序发展。把全民健身上升为国家战略，全民健身公共服务体系建设不断完善；确立建设体育强国的战略目标，公布《体育强国建设纲要》……一系列重要举措不断推出，新时代中国体育事业发展蹄疾步稳，城乡居民健康水平持续提升。

本届亚运会，中国体育代表团的骄人成绩创造了新的历史，折射出体育强

聚亚洲之力，筑未来之路
——写在杭州第十九届亚洲运动会闭幕之际

国建设的丰硕成果。夯体育之基，聚磅礴之力，逐梦想之路，一个自信包容、意气风发的新时代中国正在强国建设、民族复兴的新征程上勇毅前行。

（二）

中国新时代，杭州新亚运。各方落实"绿色、智能、节俭、文明"的办赛理念和"简约、安全、精彩"的办赛要求，书写了亚运会的新篇章。

绿色的盛会，让之江大地满眼"亚运绿"。首次实现赛会全部场馆绿电供应，全力打造全球首个大型"无废"赛事，上亿人次参加"人人1千克、助力亚运碳中和"线上环保活动……作为亚运会史上首届碳中和赛事，杭州亚运

2023年9月23日，中国体育代表团在杭州亚运会开幕式上入场。（新华社记者陈益宸摄）

会把绿色、低碳和可持续融入亚运会各领域、全过程。杭州亚运会绿意盎然，让世界看到中国"用绿色描绘未来的创新力和行动力"。

智能的盛会，使赛场内外尽显"科技范"。巨型数字人跨越钱塘江，携手运动员点燃主火炬，完成了亚运史上首次数实融合点燃火炬的创举。从"智能亚运一站通"实现吃住行游购一站式解决，到活跃在赛场上的机器狗，再到智能服务机器人为观众提供全方位赛事服务……层出不穷的新技术新应用给杭州亚运会装上科技之眼、创新之翼，让体育盛会"出圈"运动、"跨界"科技，更加精彩纷呈。

简约的盛会，在细微之处劲吹"节俭风"。"能改不建、能借不租、能租不买"，56个竞赛场馆中有44个是改建或临建场馆；水上运动中心的临时板房和上百台空调从街道租赁；杭州电子科技大学体育馆的约5000个观众席座椅经翻新再次"上岗"……简约不简单，节俭更出彩。大到场馆改建新建，小到纸笔的回收利用，"节俭办亚运"的理念不断融入细节之中，"简约亚运"更加充满魅力。

文明的盛会，令竞技体育充盈"文化味"。呈现杭州山水景观的亚运奖牌"湖山"，融入世界文化遗产元素的亚运吉祥物"江南忆"组合，以人文历史和山川风物为主干的亚运火炬"薪火"，提供热情周到服务的赛会志愿者"小青荷"……透过杭州亚运会这一独特窗口，人们看到了亚运与人文双向奔赴、体育与文明交相辉映。

惠民的盛会，让大街小巷涌动"健身潮"。"还馆于民""体育惠民"的实践扎实推进，亚运场馆提前面向大众开放，一批场馆设施的建成丰富了群众体育的场景选择，有利于缓解老百姓去哪里健身的问题。从基础设施改造、环境综合治理，到公共服务提升、城市面貌改善、全民健身习惯养成，杭州亚运会的红利正持续释放，不断惠及广大人民群众，努力实现"办好一个会，提升一座城"。

聚亚洲之力，筑未来之路
——写在杭州第十九届亚洲运动会闭幕之际

（三）

杭州亚运会累计产生482枚金牌，累计15次打破世界纪录，37次打破亚洲纪录，170次打破亚运会赛会纪录。亚奥理事会代理主席辛格盛赞：本届亚运会精彩绝伦、令人难忘，取得了空前成功。

比金牌更耀眼的，是永不言弃的精神；比获奖更重要的，是超越自我的拼搏。

中国赛艇运动员邹佳琪和邱秀萍两双布满老茧的手刷屏网络；60岁的科威特飞碟射击老将阿卜杜拉·拉希迪依然身形矫健，用追平世界纪录的成绩再度拿到亚运金牌；48岁的乌兹别克斯坦体操运动员丘索维金娜虽与奖牌失之交臂，但她的全力以赴、奋力拼搏依然感动全场……

不经历风雨，怎能见彩虹？一段段坚毅笃行的艰辛历程，一场场勇克挑战的"生死"对决，一次次战胜自我的砥砺超越，讲述着震撼人心的奋斗故事，诠释着体育精神的永恒价值。为每一次拼搏喝彩，为每一次突破点赞，在健儿们追求卓越、挑战极限的搏击中，精神的力量得以激扬，体育的魅力更加彰显。

亚运会是竞技的赛场，也是促进交流和友谊的重要平台。各国各地区健儿携手同行，一幕幕团结友爱的温馨场景，同样构成了令人动容的"杭州画卷"。游泳馆内，中国运动员张雨霏将心爱的熊猫腕带送给从白血病中复出的日本运动员池江璃花子。田径赛场上，27岁的菲律宾男子撑杆跳高运动员奥贝纳确保夺金后，向亚洲纪录发起冲击，中国运动员黄博凯和沙特阿拉伯运动员希扎姆高举双手为他鼓掌。中秋之夜，来自不同国家和地区的运动员欢聚一堂、共叙友情。亚运村内，交换徽章成为运动员之间传递友谊的流行方式。

同一次亚运，同一个亚洲。亚洲运动员们相聚杭州、相聚浙江，在"更

俯瞰屋顶被绿植覆盖的杭州富阳水上运动中心（无人机照片，2023年8月24日摄）。（新华社记者徐昱摄）

快、更高、更强——更团结"的奥林匹克格言感召下，一起用拼搏和汗水书写追梦故事。精神的力量生生不息，团结的纽带越来越紧，这正是亚运会的魅力所在。

（四）

钱塘江畔，杭州奥体中心体育场宛若一朵"大莲花"。这一场馆造型取意于古老丝绸纹理与编织体系，建筑体态源于钱塘江水的动态。从空中俯瞰，它与亚运会网球项目竞赛场馆"小莲花"交相辉映，犹如"花"开并蒂，让人不禁联想起"接天莲叶无穷碧，映日荷花别样红"的诗句。

哲人有言：建筑是凝固的音乐。纵览座座场馆，有的取意雨巷中的一顶油纸伞，有的化用名画《富春山居图》，有的则营造江南烟雨蒙蒙的意境，它们静默无语，却又韵味无穷，好似演奏着一曲曲风华国乐。当亚运赛事遇上之江山水，当亚洲雄风遇上中华底蕴，人们从精致、典雅的诗画江南里，看见一个不一样的亚运盛会，看见"亚运风"与"中国韵"的交融共生。

本届亚运会上，无论是从"江南忆，最忆是杭州"中走来的吉祥物，还是灵感源于"淡妆浓抹总相宜"的亚运会色彩系统；无论是由丝绸刺绣制作而成的定格动画宣传片，还是融入互联网符号"@"的亚运会主题口号……通过杭州亚运会，源远流长的中华文化有了创新表达，婉约清丽的江南情致有了时代呈现。

亚运会是体育的盛会，也是文明交流互鉴的舞台。在杭州亚运会开幕式欢迎宴会上，中国《采茶舞曲》、叙利亚《梦中之花》、尼泊尔《丝绸飘舞》、马来西亚《嬷嬷的纱巾》等亚洲各国名曲相继奏响。赛场上，有源于东南亚、被喻为"脚踢的排球"的藤球，有来自中亚地区、被比作"没有地面战的柔道"的克柔术，还有风靡于西亚和南亚的卡巴迪……本届亚运会设置了诸多富有亚洲特色的比赛项目，为体育和文化交相辉映提供了舞台，是亚洲文化兼收并蓄、博采众长、充满活力的生动写照。

"相知无远近，万里尚为邻。"杭州亚运会以体育促包容，增强文明自信，坚持交流互鉴，为续写亚洲文明新辉煌注入了新动力。

（五）

"你和我同住亚细亚，同呼吸同感受同梦想，同爱同在同分享……"在杭州亚运会开幕式上，全场同唱主题曲《同爱同在》，气势磅礴、昂扬向上的歌声，唱出亚洲人民对和平、团结、包容的美好向往。

一部亚运史，就是一部亚洲国家实现民族独立、掌握自身命运、迈向和平与发展的奋斗史。1951年，首届亚运会在印度新德里举办。彼时，亚洲民族独立解放运动方兴未艾，亚洲多国先后摆脱殖民统治，获得了独立与解放。几十年来，亚洲地区总体保持稳定，经济持续快速增长，成就了"风景这边独好"的亚洲奇迹。作为这一奇迹的见证者、参与者、推动者，亚运会日益成为增进友谊的盛会。杭州亚运会召开之际，正值百年未有之大变局加速演进，亚洲和平与发展面临诸多挑战。当亚洲大家庭以体育之名欢聚一堂，当现场观众为各国各地区运动员发出热情欢呼，杭州亚运会向世界传递了守护和平、共同发展的强烈信号。

"最强大的力量是同心合力，最有效的方法是和衷共济"，这是人类冲出迷雾走向光明的正确途径，也是体育带给世界的深刻启迪。亚奥理事会45个成员的1.2万多名运动员共赴盛会，不仅体现了亚洲在体育领域的发展成就，也象征着亚洲人民的团结和友谊。不同肤色、语言、信仰的体育健儿奋勇拼搏、友爱互助，各国文明交流互鉴、美美与共，团结合作的共识不断凝聚，杭州亚运会是构建亚洲命运共同体、人类命运共同体的生动实践，给世界带来鼓舞和希望。

（六）

期于春和，始于秋分，在荷桂交接的金秋时节，杭州亚运会落下帷幕。闭幕式上，"亚运记忆之花"悄然绽放，"数字火炬手"迈向远方，幻化为漫天星辰，洒向亚洲和世界……

风自东方起，扬帆向未来。新的征程上，中国人民更加意气风发、斗志昂扬，在中国式现代化道路上笃行不怠、开拓奋进，必将不断创造令人刮目相看的新的人间奇迹。

新的征程上，亚洲人民心贴心更近、手拉手更紧，在和平、发展、合作、共赢的时代潮流中始终携手前行，必将把共同发展、开放融通的亚洲之路越走越宽，共同迈向更加美好的明天！

（新华社北京 2023 年 10 月 9 日电）

◣ 创作手记

亚运盛会，不止于体育

杭州第十九届亚洲运动会圆满落幕，新华社第一时间推出《钟华论：聚亚洲之力，筑未来之路——写在杭州第十九届亚洲运动会闭幕之际》，系统总结这次亚运盛会的丰硕成果，揭示其重要意义，引起广泛关注。

亚运会承载着亚洲人民对和平、团结、包容的美好向往，也寄托着中国人民真挚悠长的亚运情缘，意义非比寻常。在谋篇布局之初，创作团队就有一个思路：亚运盛会，始于体育，而又不止于体育。在写作过程中，应起笔于赛场之中、落笔于赛场之外，既要立足体育更要跳出体育，从更广更深的维度来观察思考这场盛会，阐释杭州亚运会"以体育之名，聚亚洲之力，筑未来之路"的深意。

这篇"钟华论"文章从亚运盛会看新时代中国。从习近平主席的"亚运时间"写起，"增进亚洲人民团结和友谊"的深情展望，"以体育促和平""以体育促团结""以体育促包容"的中国主张，推动杭州亚运会筹办和举办工作的科学指引……文章把"大国之诺"与"大国之行"呼应起来，宣示新时代中国推动奥林匹克运动发展、构建亚洲命运共同体和人类命运共同体的坚定决心。文章从中国办赛理念和实践出发，通过绿色、智能、简约、文明、惠民等角度来观察盛会，既有对体育强国建设取得丰硕成果的评价，更进行"夯体育之基，聚磅礴之力，逐梦想之路"的拓展与升华，展现亚运盛会的背后，是一个自信包容、意气风发的新时代中国。

文章从赛场看精神。相比赛场佳绩，文章将更多笔墨投入到对精神力量的挖掘和诠释。"比金牌更耀眼的，是永不言弃的精神""不经历风雨，怎能见彩虹"等金句，与中国赛艇运动员邹佳琪和邱秀萍、科威特飞碟射击老将阿卜杜拉·拉希迪、乌兹别克斯坦体操运动员丘索维金娜等人的拼搏故事相映生辉，讴歌体育精神，令人感奋；赛场上各国运动员相互鼓励，中秋之夜运动员们欢聚一堂……赛场内外的暖心故事，让团结的力量直抵人心深处，进一步彰显了亚运会的魅力和价值。

文章从亚运盛会思考文明交流之道。通过富有诗意的笔触，文章记录和解析这场人文盛会。从"中国莲"到《富春山居图》，从"江南忆，最忆是杭州"到"淡妆浓抹总相宜"，从《采茶舞曲》《梦中之花》到《丝绸飘舞》《嬷嬷的纱巾》……文章巧妙撷取会场内外竞相绽放的文明之花，浓墨重彩地描绘出一幅中华文化与亚洲文化交汇融合的美好画卷，启示人们：以体育促包容，增强文明自信，坚持交流互鉴，必将为续写亚洲文明新辉煌注入新动力。

文章从亚洲梦想看构建亚洲命运共同体。文章回顾亚运发展史、亚洲发展史，深刻揭示"风景这边独好"的亚洲奇迹是多么来之不易。通过团结的场景、温馨的故事、主题曲《同爱同在》等，说明"最强大的力量是同心合力，最有效的方法是和衷共济"。当不同肤色、语言、信仰的体育健儿一起用拼搏和汗水书写追梦故事，当亚洲大家庭以体育之名欢聚一堂，文章向世人宣示：杭州亚运会就是构建亚洲命运共同体、人类命运共同体的生动实践，给世界带来鼓舞和希望。

《钟华论：聚亚洲之力，筑未来之路——写在杭州第十九届亚洲运动会闭幕之际》播发后，被数百家媒体采用转发，相关话题登上网络热搜榜，总浏览量过亿，取得良好传播效果和社会效果。

这个伟大的倡议，源自中国属于世界——10年来，共建"一带一路"架设合作之桥，筑起阳光大道，铺展气象万千的"丝路画卷"。

这份真诚的邀约，从中国飞向五洲——分享实践经验，谋划未来蓝图，来自140多个国家、30多个国际组织的代表将出席在北京举行的第三届"一带一路"国际合作高峰论坛。这是纪念"一带一路"倡议提出10周年最隆重的活动，也是各方共商高质量共建"一带一路"合作的重要平台。

绵亘万里、延续千年的古丝绸之路正焕发新的生机。中国与各方携手同行，致力实现共同发展繁荣，向着更加美好的世界开始新的出发。

筑就通向美好未来的阳光大道

——写在第三届『一带一路』国际合作高峰论坛召开之际

> 本文播发后被1000多家媒体采用，全网置顶推送，『学习强国』平台突出展示，全网总浏览量过亿。受众、业界和媒体用户评价这篇『钟华论』文章『大气磅礴、思想深刻』『立足中国，放眼世界』，是『读懂共建"一带一路"』的精品力作』。

2023年10月14日在北京国家会议中心附近拍摄的第三届"一带一路"国际合作高峰论坛景观布置。(新华社记者鞠焕宗摄)

国际合作高峰论坛
m for International Cooperation

（一）

伟大的思想，凝结着历史的智慧，启示着未来的方向。

2013年3月，习近平主席提出构建人类命运共同体理念；9月和10月，习近平主席先后提出共建"丝绸之路经济带"和"21世纪海上丝绸之路"。共建"一带一路"倡议，创造性地传承弘扬古丝绸之路这一人类历史文明发展成果，并赋予其新的时代精神和人文内涵，为构建人类命运共同体提供了实践平台，为建设一个持久和平、普遍安全、共同繁荣、开放包容、清洁美丽的世界注入强大动力。

建设一个什么样的世界，如何创造更加美好的未来，攸关每个民族、每个国家、每个人的前途命运。习近平主席提出共建"一带一路"倡议，弘扬以和平合作、开放包容、互学互鉴、互利共赢为核心的丝路精神，与中国人一贯的协和万邦、亲仁善邻、立己达人的处世之道相符合，与和平、发展、合作、共赢的时代潮流相适应，彰显了破解时代难题、引领历史进步的智慧、勇气与担当。

从擘画政策沟通、设施联通、贸易畅通、资金融通、民心相通的合作蓝图，到提出共商、共建、共享原则；从倡导开放、绿色、廉洁理念，到提出高标准、可持续、惠民生目标；从拓展健康、绿色、创新、数字等新领域合作，到推动共建"一带一路"向高质量发展方向转变……习近平主席深刻阐明共建"一带一路"的原则、理念、目标、实践路径等，为各方携手推进这项开创性事业指明了前进方向。

10年间，三次出席"一带一路"建设座谈会并发表重要讲话，两次主持"一带一路"国际合作高峰论坛，主持中央政治局集体学习总结历史经验、为新形势下推进"一带一路"建设提供借鉴，主持召开会议研究丝绸之路经济带和21世纪海上丝绸之路规划，发起建立亚洲基础设施投资银行和设立丝路基金，在出国访问和国内考察期间关心推动"一带一路"重大项目建设，在多边国际场合呼吁各方携手高质量共建"一带一路"，积极推动务实合作……

在习近平主席的亲自倡议、亲自谋划、亲自部署、亲自推动下，共建"一带一路"不断走深走实，取得举世瞩目的巨大成就。

（二）

绘一方锦绣，展万里宏图。

伴随"一带一路"海陆两条弧线不断延展，一幅波澜壮阔的画卷正在地球表面徐徐铺开。在各方的共同努力下，共建"一带一路"从中国倡议走向国际实践，从谋篇布局的"大写意"到精耕细作的"工笔画"，取得实打实、沉甸甸的成就，成为深受欢迎的国际公共产品和国际合作平台。共建"一带一路"走过10年，给世界带来引人注目的深刻变化，成为人类社会发展史上具有里程碑意义的重大事件。

这是共建成果造福世界的10年。从夯基垒台、立柱架梁到落地生根、持久发展，共建"一带一路"奏响"硬联通""软联通""心联通"的交响乐，形成一大批标志性项目和惠民生的"小而美"项目，开辟了世界经济增长的新空间，搭建了国际贸易和投资的新平台，提升了有关国家的发展能力和民生福祉，为完善全球治理体系拓展了新实践。共建"一带一路"，既发展了中国，也造福了世界。

这是合作共识日益深入人心的10年。截至2023年6月底，中国与五大洲的150多个国家、30多个国际组织签署了200多份共建"一带一路"合作文件。共商共建共享等共建"一带一路"的核心理念被写入联合国、中非合作论坛等国际组织及机制的重要文件，得到越来越广泛的认同和响应。

共建"一带一路"，超越以实力抗衡为基础的丛林法则、霸权秩序，摒弃你输我赢、你死我活的零和逻辑，跳出意识形态对立、地缘政治博弈的冷战思维，走和平发展道路，致力于从根本上解决永久和平和普遍安全问题；不走剥削掠夺的殖民主义老路，不做凌驾于人的强买强卖，不搞"中心—边缘"的依附体系，目标是实现互利共赢、共同发展繁荣；超越国界阻隔、超越意识形态分歧、超越发展阶段区别、超越社会制度差异、超越地缘利益纷争，是开放包容的合作进程；坚持创新驱动发展，把握数字化、网络化、智能化发展机遇，助力各方实现跨越式发展；以文明交流超越文明隔阂，以文明互鉴超越文明冲突，以文明共存超越文明优越，推动文明间和而不同、求同存异、互学互鉴。

共建"一带一路"追求的是发展、崇尚的是共赢、传递的是希望，开拓的是和平之路、繁荣之路、开放之路、创新之路、文明之路。实践充分证明，共建"一带一路"顺潮流、惠民生、得民心、利天下，具有强劲的韧性、旺盛的生命力和广阔的发展前景，这正是其扎实推进、行稳致远的成功密码。

（三）

"感觉很平稳、很舒适。"第一次乘坐雅万高铁的印尼总统佐科对乘车体验非常满意。10月初，历时8年建设的雅万高铁正式启用。作为中印尼共建"一带一路"的旗舰项目，时速350公里的雅万高铁也是印尼和东南亚第一条高速铁路，将为印尼和地区经济社会发展插上"梦的翅膀"。

疾驰的高铁为一方发展带来加速度，而激荡世界的共建"一带一路"实践，正在成为全球发展的重要"动力源"。

筑就通向美好未来的阳光大道
——写在第三届"一带一路"国际合作高峰论坛召开之际

在印度尼西亚普哇加达拍摄的一列行驶中的雅万高铁高速动车组（2023年9月30日摄，无人机照片）。（新华社记者徐钦摄）

发展是人类社会的永恒主题。打破发展瓶颈、缩小南北差距、摆脱发展困境，是国际社会面临的突出挑战。"在人类追求幸福的道路上，一个国家、一个民族都不能少"，正是基于这样的信念与担当，共建"一带一路"紧握发展这把解决一切问题的总钥匙，推动实现经济大融合、发展大联动、成果大共享。共建"一带一路"将活跃的东亚经济圈、发达的欧洲经济圈、中间广大腹地经济发展潜力巨大的国家联系起来，进一步拉紧同非洲、拉美大陆的经济合作网络，推动形成一个欧亚大陆与太平洋、印度洋和大西洋完全连接、陆海一体的全球发展新格局，在更广阔的经济地理空间中拓展国际分工的范围和覆盖面，塑造共同发展的新图景。

险阻不改初心，笃行方见远方。"要致富，先修路。"这是中国在发展中得出的有效经验，也道出了设施联通对全球发展的重要意义。10年来，中老铁

中国专家在巴布亚新几内亚东高地省中国援助巴新菌草和旱稻技术项目第9期培训班上授课（2020年12月15日摄）。（新华社发）

路、雅万高铁、匈塞铁路等一大批标志性项目陆续建成投运,"丝路海运"国际航线网络遍及全球,"六廊六路多国多港"的互联互通架构基本形成。

飞驰的中欧班列通达欧洲25个国家的200多个城市,蒙内铁路拉动当地经济增长超过2个百分点,中老铁路实现了老挝人民"变陆锁国为陆联国"的企盼,昔日东印度公司探险家们眼中"崎岖而老旧"的瓜达尔港成为巴基斯坦振兴经济的希望,一度破败不堪的希腊比雷埃夫斯港崛起为欧洲第四大集装箱港口……

一路一桥,跨越的不仅是山海之远,更是发展阻隔;一廊一港,畅通的不仅是贸易往来,更是经济血脉。2013年至2022年,中国与共建国家进出口总额累计19.1万亿美元,年均增长6.4%;截至2023年8月底,80多个国家和国际组织参与中国发起的《"一带一路"贸易畅通合作倡议》;截至2023年6月底,中国同40多个国家签署产能合作文件,丝路基金累计签约投资项目75个,承诺投资金额约220.4亿美元;亚洲基础设施投资银行目前已累计批准230多个投资项目,融资总额超450亿美元……共建"一带一路"所达之处,贸易投资壁垒大幅消除,贸易和投资自由化便利化得以推进,推动经济全球化朝着更加开放、包容、普惠、平衡、共赢的方向发展。

纾发展之困,汇合作之力。"这不是简单的一条路或一条经济带,而是让全人类共同进步的倡议,为各国共同发展开辟了新道路",正如国际社会评价的,共建"一带一路"照亮了"贫困的黑暗",温暖着"被遗忘的角落",让各国人民实实在在感受到共同发展的阳光……

(四)

2019年,作为中老友谊和"一带一路"建设的见证者和受益者,老挝中老友好农冰村小学师生致信习近平主席表达感谢，习近平主席则在回信中欢迎他们"早日乘上中老铁路列车来到北京"。

三年后，登上"澜沧号"动车组的老挝小乘客们如愿以偿："我们坐上中老铁路列车啦！"

历史，总是伴随着人们追求美好生活的脚步不断前行。"中国人民不仅希望自己过得好，也希望各国人民过得好。"实现共同发展，让民众过上好日子，是共建"一带一路"倡议的初心。

"一带一路"是什么？在各国人民心中，答案很实在，也很温暖。在马达加斯加马哈扎扎镇，它是中国援建、村民们津津乐道的"鸡蛋路"，大大降低了鸡蛋在路途运输过程中的破损率；在马拉维，它是人们眼中的"幸福井"，600眼水井助力15万民众摆脱缺水困境；在巴布亚新几内亚、卢旺达、斐济等国，它是帮助民众脱贫致富的"中国菌草"……一个个"小而美""惠而实"的民生工程、民心工程，帮助当地民众解决了燃眉之急、改善了生产生活条件，增进了共建国家的民生福祉，为各国人民带来实实在在的获得感、幸福感、安全感。

在各国人民眼中，"一带一路"是越来越好的生活，也是照亮前路的明灯。10年来，深入开展的教育、科技、减贫等领域合作，帮助人们实现一个个具体的梦想，鼓起人们为美好生活奋斗的勇气，凝聚成奔向未来的强大合力。

路与路相通，心与心相连。共建"一带一路"的恢宏篇章中，人永远是最活跃的主角，也是最美丽的风景。"一带一路"建设将希望的种子播撒在沃土之上，根植于共建国家人民心中，收获的则是真挚的友谊以及无数梦想成真的时刻，共同奏响"众乐乐"的动人乐章。

一名在哈萨克斯坦从事农业贸易多年的中国企业家感慨："刚去哈萨克斯坦时，当地百姓把'你们''我们'分得很清楚。现在他们说'咱们'，分别时，大家会久久拥抱。"称呼之变，诠释着深厚的情谊，更在告诉世人，推动共建"一带一路"蓬勃发展的磅礴力量，源自人心深处，源自各国人民的期盼和奋斗。

（五）

2022年9月，习近平主席在访问乌兹别克斯坦期间，赠给乌方一件中乌合作修复的希瓦古城历史文化遗迹微缩模型。这座位于古丝绸之路东西交汇之地的千年古城，在中方团队的帮助下重焕昔日光彩。

"我愿出一袋黄金，只求看一眼希瓦。"比黄金更可宝贵的，是历史文化价值，是不同文明的交流互鉴。文明交融是最美好的相遇。"穿行的人们把他们各自的文化，像其带往远方的异国香料种子一样沿途撒播"，美国耶鲁大学教授瓦莱丽·汉森如是感叹。千百年来，古丝绸之路犹如川流不息的"大动脉"，推动了东西方文明交流互鉴，创造了地区大发展大繁荣。

数千年弦歌未绝，几万里人心相连。10年来，各方广泛开展文化旅游合作、教育交流、媒体和智库合作、民间交往等，推动文明互学互鉴和文化融合创新，形成了多元互动、百花齐放的人文交流格局，夯实了共建"一带一路"的民意基础，更好地凝聚思想和价值共识，推动人类文明创新发展。

同道而相益，同心而共济。共建"一带一路"，搭建起一座座文化交流、文明交融的"连心桥"。丝绸之路（敦煌）国际文化博览会、丝绸之路国际艺术节、海上丝绸之路国际艺术节等已经成为深受欢迎的活动品牌，吸引了大量民众的积极参与；"丝路一家亲""健康爱心包""鲁班工坊"等人文交流项目赢得广泛赞誉；图书广播影视精品创作和互译互播、亚洲文化遗产保护行动等扎实推进……每一场活动，每一次对话，每一个平台，都在加深人们对不同文明的理解与欣赏，促进民心相通，不断增强各国民众对共建"一带一路"的亲切感和认同感。

世界文明的魅力在于多姿多彩，人类进步的要义在于互学互鉴。共建"一带一路"坚持平等、互鉴、对话、包容的文明观，坚持弘扬全人类共同价值，共建各美其美、美美与共的文明交流互鉴之路，推动形成世界各国人文交流、文化交融、民心相通新局面，为人类文明永续发展指明了正确方向。

2023年中国—中亚峰会期间，在古丝绸之路的东方起点西安，习近平主席与中亚五国元首一起挥锹培土，种下六棵寄托着美好期待的石榴树。"榴枝婀娜榴实繁，榴膜轻明榴子鲜"，在不同文明相互交流、互鉴、融合的时代画卷中，人类文明之树必将结出新的累累硕果。

（六）

"春秋多佳日，登高赋新诗。"第三届"一带一路"国际合作高峰论坛举行在即，共建"一带一路"迎来又一个历史性时刻。

当前，世界进入新的动荡变革期，大国博弈竞争加速升级，地缘政治局势持续紧张，全球经济复苏道阻且长，冷战思维、零和思维沉渣泛起，单边主义、保护主义、霸权主义甚嚣尘上，和平赤字、发展赤字、安全赤字、治理赤字持续加重，全球可以预见和难以预见的风险显著增加，人类面临前所未有的挑战。在不确定、不稳定的世界中，各国迫切需要以对话弥合分歧、以团结反对分裂、以合作促进发展，共建"一带一路"的意义愈发彰显、前景更加值得期待。

从长远来看，世界多极化的趋势没有变，经济全球化的大方向没有变，和平、发展、合作、共赢的时代潮流没有变，各国人民追求美好生活的愿望没有变，广大发展中国家整体崛起的势头没有变。"'一带一路'倡议具有广阔发展前景"，如俄罗斯总统普京所说，从巩固合作基础、拓展合作领域、做优合作项目，到建设更加紧密的卫生合作、互联互通、绿色发展、开放包容、创新合作、廉洁共建伙伴关系，共建"一带一路"将更具创新与活力，更加开放和包容，为中国和世界打开新的机遇之窗。

"一带一路"建设所及之处，不仅打通了互联互通之"路"，也彰显着合作共赢之"道"。大道不孤，众行致远。诚如英国历史学家彼得·弗兰科潘在其著作《丝绸之路：一部全新的世界史》中所感言，"丝绸之路曾经塑造了过去的世界，甚至塑造了当今的世界，也将塑造未来的世界。"

开放让世界更宽广，合作让未来更美好。作为长周期、跨国界、系统性的世界工程、世纪工程，共建"一带一路"的第一个10年只是序章，更辉煌的篇章留待各方共同书写。只要不忘合作初心、坚定不移前进，我们定能共同把这条造福世界的幸福之路铺得更宽更远，谱写国家互利共赢、人民相知相亲、文明互学互鉴的丝路时代新篇章。

路在脚下，梦在前方。共建"一带一路"的前途无比光明，迈向人类命运共同体的未来更加美好！

（新华社北京2023年10月16日电）

> 创作手记

唱响"一带一路"建设光明论

这是"钟华论"首次就国际性议题发声——第三届"一带一路"国际合作高峰论坛召开之际,新华社播发《钟华论:筑就通向美好未来的阳光大道》。文章回顾总结"一带一路"建设10年来取得的丰硕成果和经验启迪,凸显习近平主席引领和推动高质量共建"一带一路"的智慧与胸怀,展现共建"一带一路"为世界和平发展作出的卓越贡献,唱响"一带一路"建设光明论,为论坛召开营造良好舆论氛围。

如何精准把握、生动呈现"一带一路"建设这一宏大主题,唱响光明论?首先立意要高,从大局大势上去思考和开掘。文章系统梳理"一带一路"倡议提出的时代背景、核心理念、重要原则、实践路径等,展现习近平总书记推动高质量共建"一带一路"的思想和实践。文章把共建"一带一路"置于建设一个什么样的世界、如何创造更加美好的未来的这一攸关人类前途命运的高度来阐发,表明这是推动文明进步、构建人类命运共同体的伟大事业,顺应历史大势和时代潮流,其前景必将是光明的。这样的论证逻辑严密、层层递进,深入揭示了"一带一路"建设之所以成功的核心密码。

共建"一带一路"是深邃的思想,也是火热的实践。唱响"一带一路"建设光明论,下笔要落得实,结论才能令人信服。为了将文章做"实",写作团队阅读《"一带一路"与人类命运共同体》《丝绸之路:一部全新的世界史》等大量书籍,前往陕西西安等地采访调研,与一线职工、地方干部、专家学者等进行深入交流,储备了大量素材和案例,不断深化对"一带一路"建设的认识。在写作中,坚持点面结合、以小见大,让共建"一带一路"具体可感。中国和乌兹别克斯坦合作修复的古城、中国为马达加斯加援建的"鸡蛋路"、马拉维解决缺水难题的"幸福井"、帮助非洲民众脱贫致富的"中国菌草"……这些事实和案例折射出"一带一路"建设在共同发展、民生改善、文明交融等方面取得的扎实成就。文章见人见事,用事实阐释理念,以真情打动人心,让人读来既觉亲切,也有认同感。

这篇"钟华论"文章的一个特点是透过现象看本质、剖析实践明启示,既引人入胜,更启人悟道。文章努力思考共建"一带一路"背后的思想理念和成功之道。共建"一带一路"共享发展机遇、推动各国经济发展,展现互利共赢、共同繁荣的发展观。共建"一带一路"促进民心相通、造福各国人民,告诉世人推动共建"一带一路"蓬勃发展的磅礴力量,源自人心深处、源自各国人民的期盼和奋斗。共建"一带一路"助力文明交流互鉴,彰显平等、互鉴、对话、包容的文明观,为人类文明永续发展指明了正确方向。通读文章,读者既能看到互联互通之"路",更能感悟合作共赢之"道",从而对共建"一带一路"的重大意义和实践规律有了更深认识,增强了筑就通向美好未来的阳光大道的信心和力量。

《钟华论:筑就通向美好未来的阳光大道》播发后,被1000多家媒体采用,全网置顶推送,"学习强国"平台突出展示,全网总浏览量过亿。受众、业界和媒体用户评价这篇"钟华论"文章"大气磅礴、思想深刻""立足中国,放眼世界",是"读懂共建'一带一路'的精品力作"。

历史的书写，常常在变革中开启新篇章。

党的十一届三中全会以来，45 载砥砺奋进，改革开放大潮激荡神州，社会主义中国实现了从"赶上时代"到"引领时代"的伟大跨越。

党的十八届三中全会以来，10 年攻坚克难，我们党以巨大的政治勇气全面深化改革，许多领域实现历史性变革、系统性重塑、整体性重构，以前所未有的力度开创了改革开放新局面。

风雨沧桑，大道无垠。实践昭示我们，改革开放是当代中国发展进步的必由之路，是实现中国梦的必由之路。在强国建设、民族复兴的新征程上，将改革开放进行到底——这是时代的呼唤，是人民的心声，是党中央坚定不移的战略布局，是新时代中国共产党人的使命与担当。

将改革开放进行到底

本文播发后被海内外近800家媒体采用转载，《新华文摘》2024年第4期在头条位置全文转发，广大财经和网络媒体纷纷突出展示，不少媒体引述其主要观点。人们普遍认为，文章"观察时代之变，凸显改革之力""讲清了改革逻辑，传递了改革开放正能量""发出了坚持改革开放的时代强音"。

河北雄安新区容西片区安置房（2022年8月25日摄，无人机照片）。（新华社记者朱旭东摄）

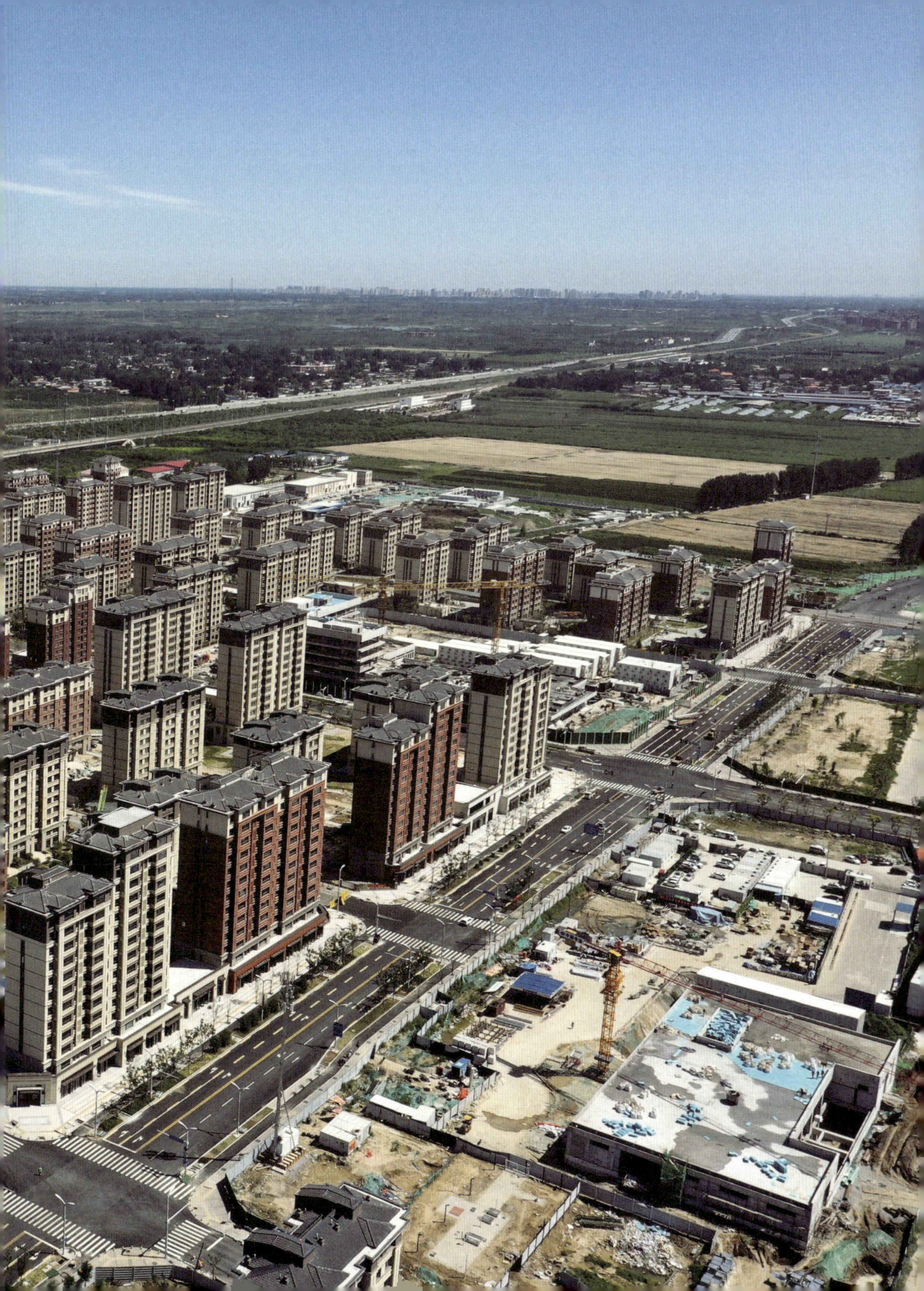

（一）

经济体制改革不断完善，政治体制改革稳步推进，文化体制改革创新发展，社会体制改革全面推进，生态文明体制改革加快推进，党的建设制度改革扎实推进，纪律检查体制改革取得重要阶段性成果，国防和军队改革取得历史性突破……

时间是忠实的记录者。党的十八届三中全会吹响了全面深化改革的号角，开启了全面深化改革、系统整体设计推进改革的新时代。10年来，改革是全方位、深层次、根本性的，取得的成就是历史性、革命性、开创性的，各领域基础性制度框架基本建立，中国特色社会主义制度更加成熟更加定型，国家治理体系和治理能力现代化水平明显提高，在中国式现代化的宏阔进程中写下了浓墨重彩的篇章。

回望中，更能感悟"历史性变革"的真切含义。

以习近平同志为核心的党中央坚持目标引领，突出问题导向，敢于突进深水区，敢于啃硬骨头，敢于涉险滩，敢于面对新矛盾新挑战，冲破思想观念束缚，突破利益固化藩篱，坚决破除各方面体制机制弊端，开启了气势如虹、影响深远的伟大变革。

这是思想理论的深刻变革。以习近平同志为核心的党中央坚持以思想理论创新引领改革实践创新，以总结实践经验推动思想理论丰富和发展，从全面深化改革的总体目标、主攻方向、重点任务、价值取向、科学方法论、实践路径等方面提出一系列具有突破性、战略性、指导性的重要思想和重大论断，科学回答了在新时代为什么要全面深化改革、怎样全面深化改革等一系列重大理论和实践问题。

这是改革组织方式的深刻变革。党对全面深化改革的集中统一领导不断加强，以全局观念和系统思维谋划推进改革，从夯基垒台、立柱架梁到全面推进、积厚成势，再到加强系统集成、协同高效，蹄疾步稳、有力有序解决各领域各方面体制性障碍、机制性梗阻、政策性创新问题，方向目标清晰，战略部署明确，方法路径高效，实现由局部探索、破冰突围到系统协调、全面深化的历史性转变。

这是国家制度和治理体系的深刻变革。全面深化改革把国家治理体系和治理能力建设摆到更加突出的位置，突出制度建设这条主线，筑牢根本制度、完善基本制度、创新重要制度，为推进国家治理体系和治理能力现代化打下了坚实基础。

回望中，更能真切领悟核心引领的卓绝力量。

2020年3月，习近平总书记来到浙江宁波舟山港实地考察复工复产。"我感觉到，现在的形势已经很不一样了，大进大出的环境条件已经变化，必须根据新的形势提出引领发展的新思路。"回京后不久，习近平总书记便在中央财经委员会第七次会议上提出了"构建以国内大循环为主体、国内国际双循环相互促进的新发展格局"。之后出台的《中共中央 国务院关于加快建设全国统一大市场的意见》等改革举措，为推动构建新发展格局、建设高标准市场体系、构建高水平社会主义市场经济体制注入强劲动力。

这是习近平总书记谋划和推动新时代改革开放的一个生动缩影。把全面深化改革纳入"四个全面"战略布局，亲自主持召开40次中央全面深化改革领导小组会议和30次中央全面深化改革委员会会议，加强改革顶层设计；系统总结改革开放40多年来的宝贵经验，不断推进理论和实践创新，为改革注入强大思想和行动力量；深入各地各部门进行考察调研，察实情、听民声、谋良策；部署和推进一系列改革攻坚战，用改革的思路和办法解决了许多难题，办成了许多大事……

新时代以来，习近平总书记以马克思主义政治家、思想家、战略家的深刻洞察力、敏锐判断力、理论创造力，既挂帅又出征，亲力亲为抓改革，为新时代全面深化改革提供了根本遵循和科学指南，把中国特色社会主义改革理论和改革实践推进到新的广度和深度，推动全面深化改革取得重大突破，引领中国实现新的伟大社会变革。

实践充分证明，以习近平同志为核心的党中央的坚强领导，始终是全面深化改革的定海神针。新时代改革开放之所以取得辉煌成就，根本在于有习近平总书记作为党中央的核心、全党的核心领航掌舵，在于有习近平新时代中国特色社会主义思想科学指引。这是新征程上改革开放事业行稳致远的最大底气、根本保证。

（二）

"我们的现代化既是最难的，也是最伟大的。"习近平总书记的这番话发人深省。迄今为止，世界上实现工业化的国家不超过 30 个，人口总数不超过 10 亿。中国 14 亿多人口实现现代化将是人类发展史上前所未有的大事，彻底改写现代化的世界版图。

惟其艰巨，所以伟大；惟其艰巨，更显荣光。党的二十大擘画了全面建成社会主义现代化强国、以中国式现代化全面推进中华民族伟大复兴的宏伟蓝图，阐明了前进道路上必须牢牢把握的五个重大原则，其中之一就是坚持深化改革开放。改革，始终是推进中国式现代化的根本动力。

改革是由问题倒逼而产生，又在不断解决问题中而深化。改革开放越往纵深发展，遇到的问题和矛盾、有待完成和新提出的任务越交织叠加、错综复杂。解决这些问题和矛盾，除了深化改革开放，别无他途。从这个意义上说，

国防科技大学计算机学院计算机研究所科研人员在天河机房测试"天河二号"超级计算机系统（2019年2月25日摄）。（新华社发　何书远摄）

改革开放只有进行时没有完成时。只有坚定不移深化改革、扩大开放，我们才能牢牢把握历史主动，不断创造新的历史伟业。

在强国建设、民族复兴的新征程上，我国发展面临新的战略机遇、新的战略任务、新的战略阶段、新的战略要求、新的战略环境。推进中国式现代化是一项前无古人的开创性事业，还有许多未知领域，更加需要我们在实践中继续大胆探索、改革创新，让中国式现代化走得更实、行得更稳。

面对世界百年未有之大变局加速演进，更加需要通过深化改革开放解放和发展社会生产力、激发和增强社会活力，不断增强自身实力，更好促进世界和平与发展；破解经济社会发展的深层次问题和矛盾，更加需要通过改革补短板、强弱项，协同发力推动高质量发展；完善和发展中国特色社会主义制度，更加需要通过改革推进各方面创新，更好地把制度优势转化为国家治理效能；不断满足人民群众对美好生活的向往，更加需要通过改革解决好群众的急难愁盼问题，为创造高品质生活注入不竭动力……

出路在改革，希望在改革。实现新时代新征程的目标任务，要把全面深化改革作为推进中国式现代化的根本动力，作为稳大局、应变局、开新局的重要抓手，谱写新时代改革开放的新篇章。

（三）

改革最难的是刀刃向内的自我革命。

2018年启动的党和国家机构改革，中央和国家机关层面涉及180多万人，涉及管理体制、机构设置、职责和人员调整的部门达80多个。其中，核减部级机构21个，核减班子正副职数58名；减少设置部长助理部门9个，减少职数25名……在全面深化改革的壮阔进程中，动奶酪、触动利益的改革比比皆是。正是因为我们党拿出自我革新的勇气和胸怀，真刀真枪抓改革，动真碰硬求实效，才攻克了一个个难关险隘，完成了一项项艰巨任务。

胜人者有力，自胜者强。放眼全世界，没有哪个国家和政党，能有这样的政治气魄和历史担当，敢于大刀阔斧、刀刃向内、自我革命，也没有哪个国家和政党，能在这么短时间内推动这么大范围、这么大规模、这么大力度的改革，这是中国特色社会主义制度的鲜明特征和显著优势。

办好中国的事情，关键在党。始终坚持和加强党的领导，坚持以伟大自我革命引领伟大社会革命，这是改革开放的成功密码，也是全面深化改革的制胜之道。

发展出题目，改革做文章。对新时代中国共产党人来说，做好新征程上全面深化改革的大文章，要强化问题意识，以重大问题为导向，抓住重大问题、关键问题进一步研究思考，找出答案；要加强调查研究，多到矛盾问题集中的地方和部门去，深入基层、走进群众，体察实情、解剖麻雀；要坚持科学方法论，处理好顶层设计和摸着石头过河、胆子要大与步子要稳、改革发展稳定等重大关系，更加注重改革的系统性、整体性、协同性；要抓住关键出实招，聚焦全面建设社会主义现代化国家中的重大问题谋划推进改革，用好深化改革的有利条件，努力在破除各方面体制机制弊端、调整深层次利益格局上不断取得新的突破。

"行之力则知愈进，知之深则行愈达"。把情况摸清、把问题找准、把对策提实，依靠改革创新应变局、育先机、开新局，把一个个"问题清单"变为"成果清单"，就一定能积小胜为大胜，不断以改革开放的新成效扎实推进中国式现代化。

（四）

"租金贵不贵？"隆冬时节，习近平总书记走进上海闵行区的出租房社区，同租户聊起了家常。"城市不仅要有高度，更要有温度。"总书记的一番话，道出了改革发展以人民为中心的鲜明价值导向。

从坚持精准扶贫精准脱贫基本方略、打赢脱贫攻坚战实现近1亿农村贫困人口脱贫，到建成世界上规模最大的教育体系、社会保障体系、医疗卫生体系；从深化司法体制改革有力维护公平正义，到颁布新中国首部民法典护航人民美好生活；从城镇新增就业年均超过1300万人，到保障性安居工程惠及1.4亿多群众……沉甸甸的成绩单，记录着全面深化改革造福人民的温暖步伐，生动诠释了"让人民生活幸福是'国之大者'"。

治国有常，利民为本。10年来，全面深化改革坚持从解决群众最关心最直接最现实的利益问题切入，奔着问题去、盯着问题改，从老百姓身边事改起，持续推进民生领域重大改革和制度建设，使群众真真切切感受到了改革带来的新变化。

人民是改革事业的主角，改革为了人民、依靠人民，改革成果由人民共享、由人民检验，这是改革事业生生不息、蓬勃发展的根本所在。新征程上，贯彻党的群众路线，尊重人民主体地位，真正把群众反映问题、意见的渠道畅通起来，把群众的意志和智慧凝聚起来，才能充分激发蕴藏在人民群众中的创造伟力，共同为改革想招，一起为改革发力。

习近平总书记指出，"老百姓关心什么、期盼什么，我们就要重视什么、关注什么，改革就要抓住什么、推进什么，通过改革给人民群众带来更多获得感"。新征程上，着力解决人民群众所需所急所盼，不断在幼有所育、学有所教、劳有所得、病有所医、老有所养、住有所居、弱有所扶上取得新进展，让

在贵州省雷山县龙头街道一处易地扶贫搬迁安置点,村民和游客在苗年活动中跳芦笙舞(2020年11月19日摄)。(新华社记者杨文斌摄)

改革发展成果更多更公平惠及全体人民，不断促进人的全面发展、全体人民共同富裕，才能以全面深化改革的新成效书写人民群众美好生活新篇章。

（五）

金秋时节的黄浦江畔，八方来宾汇聚"四叶草"。全球超过3400家企业参展，世界500强和行业龙头企业参展数量289家，"中国芯""未来车"等超过400项新产品、新技术、新服务精彩亮相……一组数字标注出第六届中国国际进口博览会的开放新高度。

中国的发展离不开世界，世界的发展也需要中国。从提出"一带一路"倡议，到办好中国国际进口博览会、中国进出口商品交易会、中国国际服务贸易交易会等重大展会；从推动各国各方共享中国制度型开放机遇，到实施外商投资法及相关配套法规；从高质量建设自由贸易试验区，到加快建设海南自由贸易港……党的十八大以来，以习近平同志为核心的党中央准确把握经济全球化新趋势和我国对外开放新要求，作出深化改革扩大开放系列重大部署。这是中国基于发展需要作出的战略抉择，更是在以实际行动造福世界各国人民。

以开放促改革、促发展是我国现代化建设不断取得新成就的重要法宝。当前，世界之变、时代之变、历史之变正以前所未有的方式展开。世界经济复苏动力不足，不稳定、不确定、难预料因素增多，全球发展面临诸多挑战。面对世界百年未有之大变局，"筑墙设垒""脱钩断链"是逆历史潮流之举，开放合作、互利共赢才是人间正道。中国坚定不移深化改革、扩大高水平开放，不断为全球发展注入正能量。中国拥抱世界的进程，也是世界走向中国的进程，更是合作共赢的过程。中国经济韧性强、潜力足、回旋余地广，长期向好的基本面没有变也不会变，更有信心、有能力实现长期稳定发展，不断以中国新发展为世界带来新动力、新机遇。

中国开放的大门不会关闭，只会越开越大。展望未来，随着中国式现代化不断推进，坚定不移改革开放的新时代中国，将为推动人类文明进步、推进世界现代化进程作出新的更大贡献。下一个"中国"，还是中国！

（六）

改革是一个国家、一个民族的生存发展之道。邓小平同志说过，"没有一点闯的精神，没有一点'冒'的精神，没有一股气呀、劲呀，就走不出一条好路，走不出一条新路，就干不出新的事业。"习近平总书记强调："只有敢于走别人没有走过的路，才能收获别样的风景。"在新征程上推进改革开放事业，必须大力弘扬改革开放精神，保持"闯"的劲头、激发"创"的智慧、砥砺"干"的作风，不断推动改革开放和中国式现代化建设向广度和深度进军。

在新征程上深化改革开放，必须解放思想、实事求是。一部中国改革开放史，就是一部党带领人民不断摆脱观念束缚、不懈创造求索的思想解放史。只有着眼解决新时代改革开放和社会主义现代化建设的实际问题，敢于说前人没有说过的新话，敢于干前人没有干过的事情，以满腔热忱对待一切新生事物，才能不断回答好中国之问、世界之问、人民之问、时代之问。只有坚持一切从实际出发，想问题、作决策都符合实际、接上地气，善于透过现象看本质，善于遵循规律解难题，才能让改革举措更加科学有效，有力推动事业发展。

在新征程上深化改革开放，必须敢闯敢试、勇于创新。改革已经进入深水区，险滩暗礁多，就得有那么一种"明知山有虎，偏向虎山行"的气魄。

要正确处理"立"与"破"的关系，既要有"破"的胆识，敢于打破阻碍高质量发展的条条框框，突破利益固化藩篱；更要有"立"的作为，尊重人民首创精神，探索新思路新路径新方法，应对新挑战，解决新问题。让新时代的"弄潮儿"们搏风击浪，"拓荒牛"们抖擞雄风，凝聚最广大人民的智慧和力量，改革必将无坚不克、无往不胜。

在新征程上深化改革开放，必须真抓实干、务求实效。逢山开路、遇水架桥，抓铁有痕、踏石留印，改革开放事业就是这样一步一步走出来的、一砖一瓦建起来的。新征程是充满光荣和梦想的远征。坚定"路虽远，行则将至"的信念，保持"滴水可以穿石"的韧劲，既当改革的促进派，又当改革的实干家，以钉钉子精神稳扎稳打向前行，过了一山再登一峰，跨过一沟再越一壑，新时代改革开放事业定能行稳致远。

（七）

深圳，莲花山公园，邓小平同志铜像高高矗立，深情注视着脚下这片土地。不远处，习近平总书记亲手种下的一棵高山榕已是枝繁叶茂。

历史的画卷，在砥砺前行中一路铺展；时代的华章，在接续奋斗里不断书写。近日闭幕的中央经济工作会议强调"必须坚持依靠改革开放增强发展内生动力"，部署深化重点领域改革、扩大高水平对外开放等重点工作，于辞旧迎新之际再次释放了改革不停顿、开放不止步的鲜明信号。

今天，沿着改革开放之路开拓进取，我国发展具备了更为坚实的物质基础、更为完善的制度保证、更为主动的精神力量，实现中华民族伟大复兴进入了不可逆转的历史进程，中国特色社会主义展现出蓬勃生机。历史已经并将继续证明，改革开放是决定当代中国前途命运的关键一招，中国特色社会主义道路是指引中国发展繁荣的正确道路。

征途漫漫,惟有奋斗。破局开路,惟有改革。新征程上,在以习近平同志为核心的党中央坚强领导下,汇聚亿万人民的磅礴之力,将改革开放进行到底,我们一定能把中国发展进步的命运牢牢掌握在自己手中,奋力创造中国式现代化新辉煌!

(新华社北京2023年12月18日电)

◣ 创作手记

吹响新时代改革开放的奋进号角

改革开放45周年和党的十八届三中全会召开10周年之际,《钟华论:将改革开放进行到底》重磅推出。文章系统总结全面深化改革的辉煌成就和深刻启示,阐明新时代新征程"为什么要改革开放""改革开放为了谁""怎样推进改革开放"等一系列重大理论和实践问题,为新征程上进一步全面深化改革开放凝聚广泛共识、激发奋进力量。

"文章合为时而著,歌诗合为事而作。"在重要历史节点推出的"改革篇",需要牢牢把握历史方位和时代特征,结合理论与实践、贯通历史与未来、阐明原则与方法,把"将改革开放进行到底"的历史逻辑、理论逻辑、实践逻辑说透彻、讲明白。

文章系统回顾全面深改十年之变,展现新时代以来改革开放取得的辉煌成就,深刻解析"历史性变革"的真切含义。文章从总书记在地方考察及主持召开中央财经委会议提出构建新发展格局的故事起笔,展现总书记亲力亲为抓改革的思想、行动和成效,从思想理论的深刻变革、改革组织方式的深刻变革、国家制度和治理体系的深刻变革等方面总结新时代改革开放的鲜明特点,进而得出结论:根本在于有习近平总书记作为党中央的核心、全党的核心领航掌舵,在于有习近平新时代中国特色社会主义思想科学指引。通过层层递进、步步深入的论述,不只是总结过去,也将新征程上改革开放事业行稳致远的最大底气、根本保证揭示出来,使得观点更有穿透力。

文章把握推进中国式现代化与全面深化改革开放、改革与党的领导、改革与人民、改革与开放等重大关系，凸显新征程上坚定不移深化改革、扩大开放的重要性，深入解读新征程上改革开放的宏阔画卷。文章解析改革与发展的内在关系，强调"把全面深化改革作为推进中国式现代化的根本动力"；以推进党和国家机构改革、开展刀刃向内的自我革命为例，让党坚持"以伟大自我革命引领伟大社会革命"的决心跃然纸上；从习近平总书记上海考察的细节，引出对改革发展以人民为中心的价值导向的思考；从第六届进博会取得丰硕成果，展望新时代中国开放的大门不会关闭，只会越开越大。论述中，把"大写意"和"工笔画"结合起来，让抽象问题具象化，使改革开放这一"国之大者"更易于被读者所感知和理解。

文章高举改革开放精神旗帜，深入思考新征程上改革者应该坚持什么样的思想路线、保持什么样的精神状态，给人以信心和力量。新征程上推动改革开放，既要"敢于说前人没有说过的新话，敢于干前人没有干过的事情"，又要"坚持一切从实际出发"；既要有"破"的胆识，又要有"立"的作为；既当改革的促进派，又当改革的实干家……这些充满辩证思维和时代气息的论述，既生动形象，又切中肯綮，彰显了不忘改革初心、书写改革新篇的思想指向，进一步强化了"将改革开放进行到底"的主题。

《钟华论：将改革开放进行到底》播发后，被海内外近800家媒体采用转载，《新华文摘》2024年第4期在头条位置全文转发，广大财经和网络媒体纷纷突出展示，不少媒体引述其主要观点。人们普遍认为，文章"观察时代之变，凸显改革之力""讲清了改革逻辑，传递了改革开放正能量""发出了坚持改革开放的时代强音"。

这是激情满怀的回望:风雨兼程又一年,新时代中国开拓前进,中国式现代化气象万千。

这是奔赴远方的号角:凝心聚力再出发,我们眺望喷薄的朝阳,为了共同的梦想砥砺前行。

再见,2023;你好,2024!

龙腾中华，逐梦前行
——2024年新年献词

本文播发后被数百家媒体采用转载，全网总浏览量过亿。受众称赞文章"有温度，很攒劲""充满恢宏气势和浓浓情意"。

2023年10月26日,搭载神舟十七号载人飞船的长征二号F遥十七运载火箭在酒泉卫星发射中心点火发射。(新华社记者李刚摄)

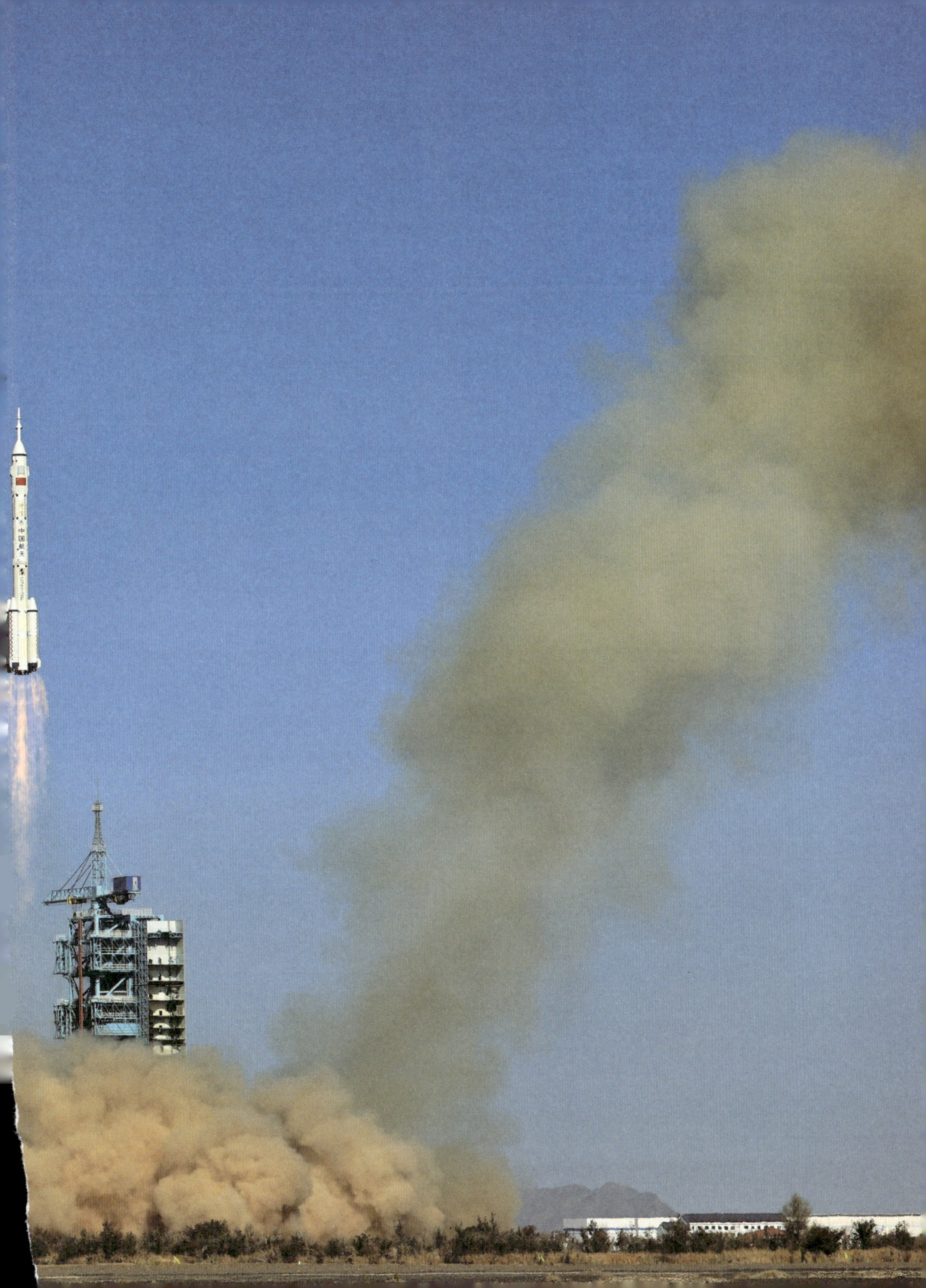

（一）

时间的如椽之笔，一笔一划书写正道沧桑，点横撇捺折射梦想光芒。

2023年是全面贯彻党的二十大精神的开局之年，是三年新冠疫情防控转段后经济恢复发展的一年。在以习近平同志为核心的党中央坚强领导下，14亿多中国人民团结奋斗，绘就了波澜壮阔的新时代画卷。

这是彰显信心和底气的发展画卷。坚决克服内外困难，高质量发展扎实推进，粮食总产再创新高，民生保障有力有效，新一轮党和国家机构改革基本完成，高水平对外开放持续扩大，经济社会发展主要预期目标圆满实现。来之不易、可圈可点的成绩，展现出新时代中国发展进步的宏大气象，为强国建设、民族复兴的伟业写下了新注脚。

2023年10月19日，在黑龙江省肇东市五里明镇东升村，农民把收获的玉米运到当地农业合作社指定的地点进行晾晒（无人机照片）。（新华社记者谢剑飞摄）

龙腾中华，逐梦前行
——2024年新年献词

这是日新月异的创新画卷。神舟十七号载人飞船发射取得圆满成功，国产大飞机C919投入商业运营，国产大型邮轮制造实现"零的突破"，"九章三号"量子计算原型机问世……科技创新实现新突破，新质生产力加快形成，在推进高质量发展的坚实步伐中，新时代中国正向着更高的目标蓄势跃升。

这是团结互助的温暖画卷。暴雨来袭时，北京市门头沟区落坡岭社区居民全力帮助受困乘客；甘肃省临夏州积石山县发生6.2级地震，各方救援力量迅速集结，全社会纷纷伸出援助之手……大爱浸润人心，希望生生不息。团结的力量，总是让我们在挑战中挺起脊梁，在困难中奋发向上，跨越一个又一个艰难险阻。

2023年8月2日，在北京市门头沟区妙峰山镇，来北京旅游、受强降雨影响被困的内蒙古三年级小学生武天骐（中）在乘坐车辆转移前，向武警北京总队机动第三支队的王雷鸣敬礼感谢。（新华社记者鞠焕宗摄）

奋斗为笔，山河为卷。每一处笔墨，都在勾勒中国式现代化的宏伟蓝图，都在描摹一个伟大民族的梦想的模样。

（二）

"我将无我，不负人民，这就是我终生的信念。"2023年11月，习近平总书记在美国友好团体联合欢迎宴会上的宣示饱含深情。

心之所系，行之所至。一年来，从南海之滨到长江两岸，从东北平原到八桂大地，习近平总书记的考察调研足迹遍及大江南北、大河上下。这份"时时放心不下"的牵挂，饱含着真挚的人民情怀，诠释着新时代共产党人的庄严承诺——"让全体中国人民一起迈向现代化"。

中国式现代化，是以人民为中心的现代化。在老百姓眼里，现代化是宏大的，更是实实在在的——它是天蓝、地绿、水净的美丽家园，是立德树人、培育英才的菁菁校园，是越来越牢靠的社会保障体系，是越过越有滋味的高品质生活，是家家户户响起的幸福笑声……

2024年是新中国成立75周年，是实现"十四五"规划目标任务的关键一年。"更加突出就业优先导向，确保重点群体就业稳定""织密扎牢社会保障网，健全分层分类的社会救助体系""加快完善生育支持政策体系，发展银发经济"……不久前召开的中央经济工作会议，对2024年经济社会发展重点工作作出部署，进一步彰显了以人民为中心的发展思想。

人民，只有人民，才是创造世界历史的动力。紧紧依靠全体人民和衷共济、共襄大业，汇聚蕴藏在人民中的无穷智慧和力量，始终与人民同呼吸、共命运、心连心，推进中国式现代化就拥有了最可靠、最深厚、最持久的力量源泉！

（三）

近日，第 78 届联合国大会协商一致通过决议，将春节确定为联合国假日。作为中国传统民俗节日，春节传承着和平、和睦、和谐等中华文明理念，也承载着家庭和睦、社会包容、人与自然和谐共生等全人类共同价值。

溯历史的源头才能理解现实的世界，循文化的根基才能辨识当今的中国。五千载弦歌不辍，中华文明如浩荡江河，在同世界其他文明的交流互鉴中丰富发展，赋予中国式现代化以深厚底蕴。中国式现代化是马克思主义基本原理同中国具体实际和中华优秀传统文化相结合的思想结晶、实践典范，彰显着中华文明中特有的礼乐文明、道德理想、价值取向，积淀着中华民族最深沉的精神追求、精神基因、精神标识。惟其如此，中国式现代化才具有了深厚、广泛的历史基础、文化基础、群众基础，才拥有了源源不竭的前进动力。

泱泱华夏，何以中国？深沉的历史叩问化作新时代"郁郁乎文哉"的文化热潮。试看今日之中国，"文博热"火爆，"文创风"劲吹，"文保热"升温，优秀传统文化元素破壁出圈，人民群众的文化生活日益丰富，中国精神历久弥新，中华文脉绵延不绝。

大道无垠，斯文在兹。新征程上，坚定文化自信，赓续中华文脉，共同努力创造属于我们这个时代的新文化，建设中华民族现代文明，是中华儿女共同的心声，更是炎黄子孙共同的责任。

（四）

从"躺在山坡放牛牧星"，到"真的去天上摘星星"，航天员桂海潮的人生轨迹令人感奋；从东京奥运会失意而归，到游泳世锦赛包揽三金，运动员覃海洋的坚持不懈书写了传奇;"90后"青年杨安仁扎根山区辛勤耕耘,让油桐林成为造福乡亲们的"绿色油库"……一个个励志故事诠释着梦想的力量,激扬着新时代奋斗者的精气神。

习近平总书记深刻指出:"什么时候没有困难?一个一个过,年年过、年年好,中华民族5000多年来都是这样。"中国式现代化是人类历史上规模最大的现代化,是前无古人的伟大事业。艰巨繁重的系统工程,从来不是轻轻松松、敲锣打鼓就能实现的。我们的前途无限光明,我们的任务无比艰巨,依然需要通过艰苦奋斗打开新天地。

奋斗,以一往无前的闯劲。前进道路上,种种风险挑战绕不开、躲不过,必须在攻坚克难中奋勇前进。以"闯"的精神勇往直前,以"创"的劲头开拓进取,方能攻坚克难、赢得未来。

奋斗,以百折不挠的韧劲。推进中国式现代化是一项开创性事业,不可能一蹴而就、一劳永逸。路走对了,何惧山高水长。坚信时与势在我们一边,风雨无阻向前进,我们终将抵达梦想的彼岸。

奋斗,以只争朝夕的干劲。在这个属于奋斗者的新时代,人生出彩的舞台越来越广阔。不驰于空想,不骛于虚声,看准了就抓紧干,时间终将属于奋进者。唯有实干才能拨动命运的齿轮,唯有奋斗才能创造美好的未来。

"我们总要努力!我们总要拼命的向前!我们黄金的世界,光华灿烂的世界,就在前面!"一百多年前毛泽东同志发出的疾呼依然振聋发聩。今天,中华民族伟大复兴展现出前所未有的光明前景。走过了万水千山,我们还要继续奋斗、勇往直前。

（五）

"见龙在田，天下文明。"我们即将迎来农历甲辰龙年。龙是中华民族的图腾与独特文化标识，寓意着威武刚健，象征着智慧吉祥。作为龙的传人，新的一年，让我们抖擞生龙活虎的精神，保持潜龙在渊的定力，鼓舞龙腾虎跃的气势，为了心中的梦想笃行不怠，为了更加美好的中国拼搏奋斗！

（新华社北京2023年12月31日电）

✎ 创作手记

强发展之信心，抒奋斗之豪情

龙，在炎黄子孙心中有着特殊的意义。告别2023、迎来农历甲辰龙年之际，《钟华论：龙腾中华，逐梦前行——2024年新年献词》突出"强信心"主题，回望风雨兼程的一年，吹响团结奋斗的号角，为广大读者送上一份饱含深情与力量的新年礼物。

在策划这篇新年献词时，创作团队经过讨论，以增强发展信心、唱响光明论作为基调。文章从"时间的如椽之笔"起笔，将"发展""创新""温暖"三幅画卷徐徐展开，引导读者在"奋斗为笔，山河为卷"的时空中纵览中国式现代化的宏伟蓝图。文章追随习近平总书记的考察调研足迹，彰显"我将无我，不负人民"的深厚情怀，在亿万人民的奋斗中感知最可靠、最深厚、最持久的力量源泉。文章提纲挈领、由表及里，揭示新时代画卷蕴含的信心密码——中国式现代化的扎实成就，是以习近平同志为核心的党中央坚强领导的结果，是14亿多中国人民艰苦奋斗的结果。

从大处着眼，往小处落笔，宏大主题才能深入人心。"信心"是治国理政的纵横捭阖，也是广大人民的所知所感。文章讲高质量发展的成绩，写的是神舟十七号载人飞船、国产大飞机C919、"九章三号"量子计算原型机；论中国式现代化的人民性，写的是"越过越有滋味的高品质生活""家家户户响起的幸福笑声""天蓝、地绿、水净的美丽家园"；谈赓续中华文脉，写的是"文博热"火爆，"文创风"劲吹，"文保热"升温……新鲜生动的故事案例、娓娓道来的表达方式，让人们对国家的发展进步有了更加真切的感受，对创造美好未来更加充满信心。

真金不怕火炼。"信心"不仅体现在顺境中昂首前行，更在于逆境时迎难而上。面对推进中国式现代化的艰巨繁重任务，文章没有回避困难和挑战，而是从历史中汲取智慧，引导读者正确认识时与势、危与机，指出"唯有实干才能拨动命运的齿轮"，新征程上依然需要通过艰苦奋斗打开新天地。文章把发展的道理、成事的哲理结合起来，以"一往无前的闯劲""百折不挠的韧劲""只争朝夕的干劲"这三个"劲"阐明新时代奋斗者的精气神，以"抖擞生龙活虎的精神""保持潜龙在渊的定力""鼓舞龙腾虎跃的气势"吹响龙年拼搏奋斗的号角，激发砥砺奋进的力量，坚定笃行不怠的斗志，在论述逻辑的层层递进中燃起人们对未来的希望。

《钟华论：龙腾中华，逐梦前行——2024年新年献词》播发后，数百家媒体采用转载，全网总浏览量过亿。受众称赞文章"有温度，很攒劲""充满恢宏气势和浓浓情意"。

图书在版编目（CIP）数据

新华社"钟华论"评论集：读懂新时代中国 / 新华社评论部著．
-- 北京：新华出版社，2023.11
ISBN 978-7-5166-7165-8

Ⅰ．①新… Ⅱ．①新… Ⅲ．①新闻报道—作品集—中国—当代
Ⅳ．① I253

中国国家版本馆 CIP 数据核字（2023）第 207612 号

新华社"钟华论"评论集：读懂新时代中国

著　者：新华社评论部
出版发行：新华出版社有限责任公司
　　　　　（北京市石景山区京原路 8 号　邮编：100040）
印　刷：河北鑫兆源印刷有限公司

成品尺寸：170mm×230mm　1/16		印张：31.5　　字数：408 千字	
版　次：2024 年 5 月第 1 版		印次：2024 年 5 月第 1 次印刷	
书　号：ISBN 978-7-5166-7165-8		定价：98.00 元	

版权所有·侵权必究
如有印刷、装订问题，本公司负责调换。

微店	视频号小店	抖店	京东旗舰店	请加我的企业微信
微信公众号	喜马拉雅	小红书	淘宝旗舰店	扫码添加专属客服